ALTERED CARBON

RICHARD MORGAN

オルタード・カーボン

上

リチャード・モーガン

田口俊樹　訳

ALTERED CARBON
by Richard Morgan

本書を父と母に捧ぐ

ジョン
逆境にあっても弛(たゆ)むことのないその寛大さと鉄の忍耐心に

マーガレット
おもいやりの中に住まうその白熱した憤りと
人を見捨てることを拒否する心に

はじめに

夜明け二時間まえ、私はホテルの八階にある部屋にいて、サンフェルナンド・ヴァレーの明かりを眺めている。考えをめぐらせ、待っている。ロスアンジェルスはもうとっくにベッドにはいっているのに、私は眠れない。このところ、あまりに多くのことが起きた。それに今私がいるのは、故郷を遠く離れた地球のもう一方の側だ。体内時計が時差に急かされ、興奮しているのだろう。ここへはタケシ・コヴァッチが連れてきてくれた。この二十年のあいだにほかの場所にも連れていってくれたように。そのことを私は彼に対する借りとして認めるべきなのだろう。

彼が私の心にはいり込んできたのは、二千年紀が終わろうとする十年ほどのあいだでのことだった。まだ来てはいない時代のヒーローだった。このぶっきらぼうな殺しの達人はアンチヒーローの偉大な歴史を受け継ぎながら、さらに一歩進んだ男だった。タケシ・コヴァッチは死を恐れるということを忘れた男だった。

この点についてはもちろん、彼は彼に生をもたらしたヒーローの神話体系からさほどはずれた人間ではない。ヒーローは誰しも死と傲慢な関係を築いている。彼らは死をぞんざいに扱い、どんな場面でも死を小馬鹿にし、ついにはまるで恋人のように死に言い寄ったりさえする。さらに死からの生還法を見つける者もいれば、最低限、自分たちが必要とされる日が来たときに舞い戻ることを約束する者もいる。が、コヴァッチはそうしたことすべてを超越している。そうしたことをいとも簡単にやってのけている。むしろそれが彼の仕事になっている。この男にとっては——彼と同種の者たちにとっては——暴力的な死というのはただの傷でしかない。ダメージを受けたら、それを吸い取り、深く埋める。要らなくなった体のように。もちろん傷痕は残る。が、そんな傷痕ともいずれ折り合いをつけられるようになる。常に新たな肉体が用意されているのだから。

『オルタード・カーボン』では、私は〝デジタル・ヒューマン〟にとっての意識というものを探索しようと思ったのだが、私の直感はこうだった――それは多くの人が信じているほどには理想的なものではないのではないか、人間の行動に関してそれほど大きな変化をもたらすものではないのではないか。オルタード・カーボンの技術が現実のものとなったタケシの世界では、死というものがもはや放棄されている。完全に過去の遺物となったわけではないにしろ、死が交渉可能なものとなったのがタケシの世界だ。しかし、どんな社会もそうであるように、タケシの世界にもかかる交渉力を持つ者と持たざる者がいる。さらに彼の世界にはいかなる社会正義も存在しない。人間としてわれわれはずっと社会正義を軽視してきた。このことからは眼をそらすべきではないだろう。その結果、交渉可能になった死は世界に文字どおり天国と地獄の両方をもたらした。

そうした世界で幅を利かせるのは、非凡な男と女だ。そうした世界で人間性――それがどんなものであれ――を維持し、その人間性に戦う機能と強さを与えるのは非凡な鎧だ。さらに想像もつかないほどの意志の力（加えてそれに見合ったブラックユーモアのセンス）だ。ほとんど悪魔的とも言える何かだ。私はそう思った。

そんなときが熟し、彼が姿を現わしたのだった。

タケシ・コヴァッチは今述べた私の思念が交ざり合った産物で、それが墓の向こうでにやついている黒い何かのように浮かび上がるのを見て、私は手元に呼び寄せた。そして、友達から借りた、マドリッドのスペイン広場にほど近い古い通りに面したアパートメントで苦心して、それに生（せい）を与えた。毎日夜遅くまで、週末にも時間をつくって、こつこつこつこつとキーボードを叩いた。その仕事が終わり、タケシの召喚が完遂すると、私がコヴァッチに何を見たにしろ、ほかにも多くの人が何かを見てくれた。結果、『オルタード・カーボン』はこのジャンルの無名の作家の処女作としては例外的によく売れた。温かく寛大な書評も得た。出版数ヵ月後には大型の映画化も決定した。もっとも、その映画化は実現しなかったが。思うに、『オルタード・カーボン』の本質的な暗さとハリウッドの大型映画の持つ繊細さが衝突したのだろう。どうしても折り合いがつかなかったのだろう。しかし、映像化のアイディア、映像化への読者の希求が消えることはなかった。その間、私は『オルタード・カーボン』について話すよう世界じゅうから招待された。また、本書を気に入ってくれた、出版とは異なるメディアの大物たちから刺激的な仕事のオファーも新たに受けた。まったく知らない人たちからは何千という質問を受けた。タケシとタケシの世界について。それらの質問の多くが私自身考えたこともないことに関するものだったが、それはともかく、私がこの物語とそのヒーローに何を吹き込んだにしろ、その反響が消えることはなかった。

　そして今、言うまでもない、さらなる反響があった。私としてはただただ驚くしかない錚々たる才能が〈スカイダンス・メディア〉に結集して、本書を原作とする〈ネットフリックス〉のオリジナル・シリーズが製作されたのだ。さらに〈ダイナマイト・コミックス〉からは新たなオリジナル・ストーリーのシリーズで、グラフィック・ノヴェルが上梓された。私が今ここに――このホテルの八階に――いるのはそういうわけだ。眠ることができず、市（まち）の明かりを眺めているのは。私は今、コヴァッチについて繰り返し語ろうとする人たちとの集まりに出るときを待っている。私が作家としてどれほど荒唐無稽な夢を見ようと、二十年まえには想像すらできなかったことだが、『オルタード・カーボン』は今もまだ生きている。コヴァッチもまた。今も薄暗い部屋の向こう側の椅子に坐っている。片手に酒、もう一方の手に大きな口径の銃を持って。

　今もにやついている。それはそうだろう。自分は決して死なないことが彼にはよくわかっているのだから。

二〇一七年十二月十二日
ロスアンジェルスにて

目次

主な登場人物

タケシ・コヴァッチ……元エンヴォイ・コーズ（特命外交部隊）隊員
サラ・サチロフスカ……タケシの恋人
ヴァージニア・ヴィダウラ……タケシのエンヴォイ時代の上官
クリスティン・オルテガ……ベイ・シティ警察有機体損壊課の警部補
ローレンス・バンクロフト……地球の大富豪で有力者
ミリアム・バンクロフト……ローレンスの妻
レイリーン・カワハラ……タケシのエンヴォイ時代の上官
ディミトリ・カドミン……プロの殺し屋
ジミー・デ・ソト……タケシの戦友

ウームー・プレスコット……………バンクロフトの筆頭法的代理人
カーティス……………………………バンクロフト家の運転手
エリザベス・エリオット……………ジェリーの店の娼婦
ヴィクター・エリオット……………エリザベスの父親
アイリーン・エリオット……………エリザベスの母親
ルイーズ（アネノメ）………………エリザベスの同僚
トレップ………………………………カワハラの手下で殺し屋
イライアス・ライカー………………元ベイ・シティ警察の刑事
ロドリゴ・バウティスタ……………ベイ・シティ警察の部長刑事。オルテガの同僚

プロローグ

　夜明け二時間前。壁の塗装の剝げかけたキッチン。おれは椅子に坐り、海の大渦巻きが奏でる音を聞いていた。サラの煙草を吸いながら、待っていた。ミルズポートの市はもうとっくに眠りについていたが、入り江では今でもまだ潮が浅瀬を流れ、その音が陸に上がり、閑散とした通りを徘徊していた。大渦巻きからは細かい霧が立ち昇り、モスリンのように市を覆い、キッチンの窓を曇らせていた。

　薬物のせいで神経が異様に張りつめている。傷んだ木のテーブルの上に置いた武器をまた点検する。その夜五十回目の点検だ。サラのヘックラー・ウント・コッホ破砕銃。ほの暗い中、かすかな光をとらえて鈍く反射している。銃把が弾丸を求めて口を開けている。暗殺者用の武器。まったく音がしない。弾丸はその脇にあった。それぞれ区別できるよう、ひとつひとつに絶縁テープが巻かれていた。サラが巻いたのだ。グリーンは催眠弾、黒はクモの毒弾。大半は黒。グリーンの弾丸は前夜、〈ジェミニ・バイオシス〉で警備員相手にかなり消費してしまっていた。

　おれの手持ちはもっと派手だ。大型の銀のスミス&ウェッスンに幻覚手榴弾四発。手榴弾にはそれぞれ深紅色の細いひもが巻かれ、かすかにきらめき、今にも手榴弾から勝手に離れ、浮かび上がり、おれが吸っている煙草の煙の渦巻き模様の仲間入りでもしたがっているように見える。そんなふうに見えたりするのは、先日の午後、埠頭で手に入れたテトラメチルの副作用のせいだ、意味が変容し、転移し、スライドするのは。おれは普段煙草を吸わない。が、どういうわけか、テトラメチルをやると決まって衝動の引き金を引かされる。

大渦巻きの音に逆らって、遠くから別な音が聞こえてきた――ヘリコプターの回転翼が夜の外気を革砥がわりに慌しく自らを砥いでいる。

おれは煙草を揉み消し、少しだけ自分にがっかりして、寝室に向かった。サラは眠っていた。シーツ一枚の下でサイン曲線を描く低周波の集合体。顔はつやのある黒髪に覆われ、指の長い手をベッドの脇から垂らしていた。ベッドのそばに立って、そんな彼女を見下ろした。そのとき家の外で夜が炸裂した。ハーランズ・ワールドの軌道守備隊の誰かが入り江に向けて、試し撃ちをしたのだ。脳震盪を起こした空から雷鳴が轟き、窓が震えた。サラはベッドの上でもぞもぞと体を動かし、眼から髪を払った。濡れた水晶のような彼女の眼がおれを見上げてとらえた。「何を見てるの？」眠りの残滓に彼女の声はかすれていた。

おれはただ薄い笑みを浮かべた。

「やめて。何を見てるのか言って」

「ただ見てただけだ。そろそろ時間だ」

彼女は頭をもたげ、そこでようやくヘリコプターの音に気づいたようだった。それで眠気はいっぺんに吹き飛んだらしく、ベッドの上ですばやく上体を起こした。

「〝モノ〟（ウェアズ・ザ・ウェア）はどこ？」

それはエンヴォイ・コーズ（特命外交部隊）のジョークだった。おれは人が旧友に会ったときに見せる笑みを浮かべ、寝室の隅に置いたケースを示した。

「わたしの銃を持ってきて」

「かしこまりました、奥さま。で、黒ですか、それともグリーン？」

「黒。そっちのほうがラップでつくったコンドーム程度には信用できる」

　おれはキッチンに戻り、破砕銃に弾丸を装塡し、自分の銃を見やった。が、それはそこに置いたままにして、かわりに幻覚手榴弾を取り上げ、もう一方の手に持ち、寝室の戸口に立つと、重さを測るようにそれぞれの武器を手のひらにのせて尋ねた。

「この男根代用物に何か細工をした？」

　サラは長いウールのソックスを太腿まで引き上げて穿きながら、顔に垂れた黒い髪越しにおれを見上げて言った。

「気にしないで。あなたのほうが長いから、タケシ」

「いや、サイズのことを言ったんじゃ——」

　おれたちは同時にその音を聞いた。外の廊下から金属的な音が二度響いた。一瞬、おれたちの眼が合い、おれは自分の恐怖が彼女の眼に映っているのを見た。それでも次の瞬間にはもう弾丸を込めた破砕銃をサラに放っていた。彼女が手を上げて銃を受け取ったのと、轟音とともに寝室の壁が一気に崩れ落ちたのが同時だった。おれはその衝撃に仰向けに倒れ、部屋の隅まで吹き飛ばされた。

　やつらは体熱センサーでおれたちがどの部屋にいるのか突き止め、壁全体に吸着機雷を取り付けたのだろう。今度ばかりは勝ち目がなかった。崩れた壁の向こうから現れたコマンドはずんぐりとして、昆虫の眼をしたやつだった。フル装備をしており、手袋をはめた手にカラシニコフを持っていた。

　耳ががんがん鳴っていた。床に倒れたまま、そいつをめがけて手榴弾を投げた。それには信管がついておらず、どっちみちガスマスクをした相手にはなんの意味もない武器だ。しかし、相手にはそれがなんなのか見きわめる時間がない。そのコマンドはカラシニコフの銃尾で手榴弾を叩き落とすと、よろよろとあとずさった。マスクのガラスパネル越しに大きく見開かれた眼が見えた。

「穴を狙って撃つんだ！」

サラはベッド脇の床に身を伏せ、腕を頭に巻きつけるようにして、爆風から身を守っていた。が、おれのその怒鳴り声を聞くと、はったりの手榴弾が稼いでくれた数秒を無駄にはしなかった。すばやく立ち上がり、破砕銃をぶっ放した。手榴弾の炸裂を予測して身をひそめているいくつかの人影が壁の向こうに見えた。飛蚊音のような単分子のかすかな炸裂音とともに、サラが撃った弾丸が先頭のコマンドに三発命中した。見えないまでも弾丸が戦闘服を突き破り、肉を切り裂くのがわかった。神経組織にクモの毒が浸透し、そのコマンドは重いものを持ち上げるときのようなうめき声を洩らした。おれはにやりとして、立ち上がりかけた。

サラは壁の向こう側のコマンドたちに狙いを変えた。そのときだった。二番手のコマンドがキッチンの戸口に現れ、突撃銃の銃弾をやみくもに彼女に浴びせた。

おれは膝をついて、彼女が死ぬところを見た。薬物のせいでことさら鮮明にありありと。そのあとの動きはまるでビデオの再生画像をコマ送りするかのように遅くなった。そのコマンドは強い反動に備えてカラシニコフをことさら低く構えており、まずベッドが白いガチョウの羽根とずたずたの布の骸と化し、そのあとサラが振り向きざま、銃弾の嵐にさらされた。膝から下がパルプ状になるのが見えた。次に胴体。銃弾のカーテンの中に倒れる彼女の青白い脇腹から、血まみれの肉片が一握り千切れるのも見えた。

突撃銃の銃声がやむのを待って、すばやくおれは立ち上がった。サラは体をまるめて、うつぶせに倒れていた。こうむったダメージをまるで隠すかのように。どのみちおれには赤いヴェール越しにすべてが見えたが。意識の上では何も考えず、部屋の隅からまえに出た。コマンドの反応は鈍かった。カラシニコフの銃口を向けられるまえに、おれは銃を払いのけ、相手の腹に体あたりしていた。コマンドはキッチンの床に仰向けに倒れた。銃身がドアノブに引っかかり、銃がコマンドの手から離れた。倒れ込んだふたりの背後で銃が床に落ちた音がした。テトラメチルがもたらしてくれるスピードとパワーで、おれは渾身のパンチを送り込むと、両手で相手の頭をつかみ、タイルに叩きつけた。ココナツのように。

コマンドの眼の焦点が急に失せたのがマスク越しにわかった。コマンドの頭を持ち上げ、もう一度叩きつけた。ぐしゃっと頭蓋が砕けた感覚が手にあった。おれは相手の頭を床に押しつけ、こねまわしてから、さらにもう一度持ち上げて叩きつけた。大渦巻きのように何かが耳の中でうなっていた。卑語を叫んでいる自分の声が聞こえた。四回か五回叩きつけたところで、肩甲骨のあいだを思いきり蹴られた。テーブルの脚の破片が魔法のようにいくつか眼のまえに飛び出してきて、そのうちのふたつがおれの顔に刺さった。

そこでどういうわけか、それまでの激しい怒りがあたふたとおれの中から出ていった。おれはコマンドの頭をむしろそっと手から放して、テーブルの脚の破片を引き抜こうと、頬に手をやった。そこで初めて気がついた。自分が撃たれたことに。さきほどの背中の衝撃は銃弾だったのだ。その銃弾が肺を貫通し、テーブルの脚にあたり、その破片が飛び散ったのだ。うつむいて唖然とした。シャツに黒いしみが広がっていた。まちがいなかった。銃弾が飛び出した胸の穴はゴルフボールぐらいの大きさだった。

認識とともに苦痛がやってきた。誰かにスティールウールのパイプクリーナーを胸腔に突っ込まれ、乱暴に掃除されているような感じがした。ほとんどもの思いにふけるように、胸の穴を手で見つけ、指を二本差し込んだ。傷の中で砕けた骨が指先に触れた。何かが脈打っているのが膜越しに片方の指に感じられた。銃弾は心臓をはずしていた。おれはうなり声をあげ、立ち上がろうとした。しかし、うなり声は咳になり、舌に血の味が残った。

「じっとしてるんだ、この豚野郎」

若い咽喉から発せられた怒鳴り声だった。が、ショックを受けているのか、ひどくひずんでいた。おれは傷をかばって前屈みになりながら、肩越しにうしろを振り返った。警官の制服を着た若い男が戸口に立っていた。今おれを撃った銃を両手に握りしめて。眼に見えるほど震えていた。おれはまた咳をして、テーブルのほうに向き直った。

スミス&ウェッスンが眼の高さにあった。おれが二分前に置いたテーブルの上で銀色に光っていた。二分。たぶんそれだ。その二分というわずかな時間のせいだ。二分前には、サラはまだ生きていて、何も問題はなかった。たった二分の隔たり。おれがトチ狂ったのはそのわずかな時間のせいだ。二分たらずまえならその銃を手に取ることができた。実際、そうしようと一度は思ったではないか。なのに、どうして今それができない？　おれは歯を食いしばり、胸の傷口に指を強く押しつけ、よろよろと立ち上がった。温かい血が咽喉にあふれた。空いているほうの手でテーブルの端をつかんで体を支え、お巡りを振り返った。歯を食いしばっているせいで、唇がめくれ、しかめっつらというより、歯を見せた満面の笑みみたいに見えたはずだ。

「動くんじゃない、コヴァッチ」

おれはさらにテーブルに近づき、膝を押しあててもたれた。歯の隙間から息を洩らした。ごぼごぼと咽喉が鳴った。疵だらけのテーブルの上のスミス&ウェッスンが偽物の宝石のように輝いて見えた。軌道が発するエネルギーが入り江に降り注ぎ、そのエネルギーがキッチンを青く照らしていた。大渦巻きが呼んでいた。

「動くなと言ったん——」

おれは眼を閉じ、テーブルの上の銃をつかんだ。

第一部

到着

（ニードルキャスト・ダウンロード）

第一章

死からの生還はときに荒っぽい体験になることがある。

だから、エンヴォイ・コーズ（特命外交部隊）では、冷凍保管されるまえにはすべてを手放せ、と教えられる。あくまで中立状態と浮遊状態を保て、と。それが訓練初日に指導教官が訓練生に叩き込むファースト・レッスンだ。入隊式当日、ヴァージニア・ヴィダウラは、そのダンサーのような肢体にはあまり似合わないオーヴァーオール姿でおれたちのまえに現れると、眼光鋭く言ったものだ――「何も心配しなければ、それが心の準備になる」それから十年が過ぎ、おれはニュー・カナガワの法務施設内にある囚人収容所で彼女に会った。彼女のほうは重武装強盗罪と有機体損壊罪で八十年から百年の保管刑だった。それでも、監房から連れ出されるときに彼女が最後におれに言ったのはこんなことばだった――「何も心配しないことね。ちゃんと保管してもらえるんだから」彼女はそう言ってうつむき、煙草に火をつけると、確かにもう心配しなくてもよくなった肺に深々と煙を吸い込み、まるでこれから退屈なブリーフィングでもしにいくかのように、通路を歩いていったのだった。おれは監房の中から見えるかぎり彼女を見送った。彼女は誇り高く堂々と歩いていた。おれは彼女の言ったことばをマントラのように唱えた。

何も心配しないことね。ちゃんと保管してもらえるんだから――これはすぐれた市井の両刃の知恵だ。行刑制度にはやはり信頼を置かねばならない。一方、精神病という障害物をよけるには、むしろどっちつかずの精神状態を保ったほうがいい。何を感じていようと、何を考えていようと、自分が何者であろうと、そのときの自分が保管され、蘇生したときの自分になるからだ。度を越した不安はとかく問題を惹き起こす種になる。だから〝手放せ〟なのだ。中立を保ち、どんなことにもとらわれず、浮遊する。

　そうする時間さえあれば。

　おれは保管タンクの中から手足をばたつかせて生還した。片手を胸に貼りつかせ、もう一方の手でありもしない銃をつかもうとしながら。その途端、重さを感じ、浮遊ゲルの中にまた沈み込んだ。そのあとはやみくもに腕を振りまわし、タンクの側面に肘を思いきりぶつけて喘いだ。ゲルが口の中にはいり込み、思わず飲み込んでしまった。口をしっかりと閉じ、ハッチの縁材をつかんだ。体じゅうゲルだらけだった。眼の中も、ひりひりと焼けるような鼻の中も、咽喉（のど）の奥も、指のあいだも。自分の重さのせいでハッチから手が離れ、高重力加速訓練を受けているかのように胸が圧迫され、ゲルの中に体を押し込まれた。限られた広さのタンクの中で、おれの体は激しく揺らいだ。浮遊ゲル？　冗談じゃない、おれは沈んでる。溺れかけてる。

　いきなり腕を強くつかまれた。咳き込みながら、上体を誰かに引き起こされた。それとほぼ同時に、胸に傷など負っていないことがわかった。誰かがタオルでおれの顔を拭いてくれていることも、眼が見えることも。それを確かめる愉しみはあとに取っておくことにして、今はタンクの中身を鼻と咽喉（のど）から出すことに専念した。だいたい三十秒ぐらい、坐ったまま咳き込みつづけた。そして、どうして何もかもがこんなに重いのか、そのわけを考えた。

「だからトレーニングが要るのさ」断固とした男の声だった。法務施設によくいる類いの。

「エンヴォイで何を習ってきた、ええ、コヴァック?」

おれにもわかったのはそのときだ。ハーランズ・ワールドでは、コヴァッチというのはいたってありふれた名前だ。だから、どう発音するのか、誰でも知っている。が、この男は知らなかった。ハーランズ・ワールドで使われているアマングリック語の変形のようなことばを使っているが、それでもありふれた名前の発音を誤った。語尾を強いＫ音で終わらせた。スラヴ系のＣＨ音ではなく。

それに、そもそも何もかもが重かった。

霧がかかったような感覚を通して、はっきりと認識された——曇りガラスを割ってレンガが飛び込んできたように。

外界（オフワールド）。

どういう経緯だったにしろ、おれ——タケシ・コヴァッチは施設を出され、ＤＨＦ——デジタル人間移送——されたのだ。しかし、グリマー系内（〝グリマー〟はハーランズ・ワールドの太陽のこと）の生物圏はハーランズ・ワールド星だけだ。ニードルキャストできるほかの星と言えば……

どこだ?

おれは顔を上げた。コンクリートの天井にはネオン灯が取り付けられ、きめの粗い光を放っていた。くすんだ色のメタル・シリンダーの開かれたハッチに坐り、まわりの世界を見まわした。複葉機に乗り込むまえの身支度を忘れた大昔の飛行家のように。おれがはいっているシリンダーは壁ぎわに並べられた二十ばかりのシリンダーのひとつで、反対側に重そうな金属製のドアが見えたが、それは閉じられていた。空気はひんやりとして、壁には何も塗られていなかった。これだけはハーランズ・ワールドのやつらを誉めてやらなければいけない。ハーランズ・ワールドでは、少なくとも再生室にはパステルカラーの塗料が塗られ、係官はみな美人だ。しかし、こっちとしても社会への借りはとりあえず返したわけだ。新たな人生を始めるのに明るい第一歩を踏み出すお膳立てぐらいはしてもらっても罰(ばち)はあたらない。

しかし、〝明るい〟という形容詞はおれの眼のまえにいる人物を言い表す語彙に含まれなかった。身長はほぼ二メートル、今の職を得るまえには、沼豹とレスリングをして生計を立てていたのではないかと思われるような風貌で、胸の筋肉が異様に盛り上がり、鎧のような腕をしていた。髪はきわめて短く刈り込まれ、頭から左の耳まで延びている稲妻のような傷痕が露呈していた。胸にディスケット・ロゴと肩章のあるゆったりとした黒っぽい服を着て、その服と同じ色の眼に、凝り固まったおだやかさをたたえ、おれをじっと見ていた。おれが上体を起こすのを手伝ったあとはマニュアルどおり、おれの手の届かないところまでちゃんとさがっていた。この仕事ももう長いのだろう。

おれは鼻の穴の片方を押さえ、手鼻をかむようにしてもう一方の穴からタンクのゲルを吹き出した。

「ここはどこだ？　教えてくれないか？　それとも、おれの権利を読み上げるとか」

「コヴァック、今のところ、あんたにはなんの権利もない」

おれは男を見上げた。男の顔には凄みのある笑みが浮かんでいた。おれは肩をすくめて、押さえたほうの鼻の穴からもゲルを出した。

「だったら、ここはどこなのか教えてくれるだけでいい」

男はためらい、ネオン灯が連なる天井を見上げた。おれに情報を与えるまえにその情報の正確さを自ら確かめるかのように。そのあと、おれと同じように肩をすくめると言った。

「いいとも。教えてまずいわけがない。ベイ・シティ（サンフランシスコの俗称）だ。ベイ・シティ。地球だ」そこでまた凄みのある笑みを浮かべた。「ジャジャーン！　ジャジャーン！　人類の故郷だ。滞在中は、文明化された世界の中で最も古いこの星をせいぜい愉しんでくれ。ジャジャーン」

「よけいなことは言わなくていいから、自分の仕事だけちゃんとしてくれ」とおれはむっつりと言った。

床にストレッチャーのゴムの車輪の跡がついている、白く長い廊下を女医に案内された。その女医の歩くペースは半端ではなく、タンクのゲルがまだ垂れている無地のグレーのタオルを一枚まとっただけのおれは、あたふたとついていかなければならなかった。女医の態度は患者に接するマナーを心得たものではあったが、いかにもおざなりだった。不承不承にこやかに接しているという本音が透けて見えた。まるめた書類を小脇に抱えているところを見ると、このあとも仕事がいっぱい詰まっているのだろう。こういうところの医師は一日にいったいどれぐらいの再生に立ち会うのだろう？

「明日か明後日まではできるだけ休養を取ってください」と女医は何かを読み上げる口調で言った。「痛みや不快感をいくらか覚えるかもしれませんが、それはむしろ正常なことです。そういった問題は睡眠が解決してくれます。もしそういうことが繰り返されるようなら——」

「わかってる。まえにもやってるから」

おれは人間関係を新たに築きたい気分ではなかった。ただ、サラのことだけが思い出された。

女医は曇りガラスに〝シャワー〟とステンシル印刷されたドアのまえで立ち止まると、おれをその中に入れ、しばらく佇み、おれを見守った。

「シャワーもまえに使ったことがある」とおれは女医に言ってやった。

女医はうなずいて言った。「シャワーが終わったら、廊下のつきあたりにエレヴェーターがありますから、次の階に行って、退出手続きをしてください——ええっと、警察がそこであなたを待っています。あなたと話がしたいそうです」

再生してすぐの人間にはあまりアドレナリン・ショックを与えないように——マニュアルにはそう書かれている。しかし、その女医はおれのファイルを読んだのだろう。そして、おれのライフスタイルを考えれば、警察に待たれていることぐらいなんでもないはずだと判断したのだろう。おれも努めてそう思うことにして尋ねた。

「警察がおれになんの用があるんだ？」

「そういうことは聞いていません」女医の声音にはほんとうは立場上おれには見せてはならない苛立ちがにじんでいた。「あなたの評判があなた本人より先行している。そういうことなのかもね」

「なるほど」そう言って、おれは反射的に新しい自分の顔に笑みを浮かべた。「ドクター、おれはここに来たのは初めてなんだよ。ここというのはつまり地球のことだが。地球のお巡りにも会ったことがない。だから、訊くんだが、おれは心配したほうがいいんだろうか？」

女医はおれを見た。その眼には、恐れと、疑念と、できそこないのリフォーム人間に対する侮蔑が入り交じっていた。

「あなたのような人に関して言えば」と女医はようやく口を開いて言った。「心配しなければならないのは、むしろ警察のほうなんじゃないかと思ってたけど」

「ああ、そのとおりだ」おれはぼそっと答えた。

女医は一瞬ためらってから、手振りで示した。「着替え室には鏡もあります」そう言って立ち去った。おれは女医が示した部屋を見やった。鏡に対する心の準備はまだできていなかった。

シャワーを浴びながら、調子はずれの口笛を吹いて不安を頭から振り払い、石鹸を使い、手で新しい体――スリーヴ（殻）を確かめた。新しいスリーヴは四十代前半の男のもので、神経組織に軍人の生活習慣に似た反射が刷り込まれていた。体格は保護国の男子の標準で、競泳選手のような体型をしていた。どうやらニューラケム（超神経化学物質）でグレードアップされているようだった。ニューラケムはまえにも一度経験していた。ニコチン中毒を思わせる肺の圧迫感と、前腕になんとも立派な傷痕があった。

が、それ以外に文句をつけなければならないところは見つからなかった。このあと軽い痛みと引き攣りを感じるようになるはずだが、それは対処できないことではない。どんなスリーヴにも過去がある。そういうことが気になるなら、〈シンシータズ〉や〈ファブリコン〉製の人造スリーヴにすることだ。おれには人造スリーヴの経験もある。保釈審問のときには通常その手のスリーヴが用意される。そのほうが安上がりだからだ。しかし、人造スリーヴをまとうというのは、やたらと隙間風のはいり込む家にひとりで住んでいるようなもので、おまけに、味覚系統のまともなやつがあったためしがなく、何を食べてもカレー味のおがくずを食べているような気分にさせられる。

着替え室には、サマースーツが丁寧にたたんでベンチの上に置かれ、壁に鏡が張られていた。たたんだ服の上にスティール製の腕時計、その下におれの名前がきれいな字で書かれた白い無地の封筒があった。ひとつ深く息を吸ってからおれは鏡を見た。

ここがいつも一番厄介なところだ。おれはこういうことをほぼ二十年近くやっているが、鏡をのぞき込み、赤の他人に見つめ返されると、いまだにどうしてもぎくりとする。たとえて言えば、それはオート・ホログラフの奥底からひとつのイメージを取り出そうとするのに似ている。最初の数十秒は窓枠の向こうから自分のほうを見ている他人の顔しか見えない。そのあとレンズの焦点がゆっくりと合わされるように、自分自身が仮面の背後から浮かび上がり、ほとんど触知できるほどの衝撃をともなって、自分自身が顔の内面に貼りつく。それは誰かに臍帯を切られるような感覚でもある。ただ、この場合はそれで二者が切り離されるというより、他者が切断されると言ったほうが正確だが。そのときにはもう自分自身を鏡の中に見ているから。

おれは鏡のまえに立ったままタオルで体を拭いた。徐々に自分の顔にも慣れてきた。基本的に白人だった。それはとりあえず目先が変わって悪くはなかったが、それより何より圧倒的なまでに印象深かったのは、この男は楽な選択肢を決して選ばないだろう、ということだった。保管タンクの中に長時間入れられていたために、今はまだ顔に血の気がなかったが、よく陽焼けしていた。そして、顔じゅうに皺があった。短く刈られた黒く濃い髪にはちらほらと白いものが混じっていた。青い眼は思慮深そうで、左眼にぎざぎざの傷痕がかすかに残っていた。おれは左腕をもたげてそこにも書かれている物語を読み、このふたつの傷痕には関連があるのだろうかと思った。

腕時計の下の封筒の中に印刷された紙が一枚はいっていた。ハードコピー。手書きの署名。なんと古風な。

まあ、ここはなんといっても地球なのだ。文明化された世界の中で最も古い星なのだ。おれは肩をすくめて手紙をざっと読み、服を身につけると、手紙はたたんで新しいスーツのジャケットのポケットにしまった。そして、最後に鏡を見て、新しい時計を腕につけ、警察官に会いに部屋を出た。

腕時計はここの時刻で四時十五分を指していた。

さっきの女医が待っていた。湾曲した長い受付カウンターの中に坐り、モニター画面上の書類になにやら記入していた。その脇にいかめしい顔をした黒いスーツ姿の痩せた男が立っていた。部屋にはほかに誰もいなかった。

おれはあたりを見まわしてから、スーツの男に眼を戻して言った。

「あんたが警察か?」

「外だ」と男はドアを示した。「ここは警察の管轄じゃないんで、ここにはいるには彼らとしても特別許可を取らなきゃならない。うちにはうちの警備員がいるんでね」

「じゃあ、あんたは?」

男はさきほど階下で女医が見せたのと同じような、いくつかの感情が入り交じった眼でおれを見た。

「ウォーデン・サリヴァン。きみが今から退出する〈ベイ・シティ・セントラル〉の主任理事だ」

「そういう職務の人間にしては、おれの退出をあまり喜んでくれてないんだね。少なくとも今のはそんな口調だった」

サリヴァンはおれをじっと見すえて言った。「きみは犯罪常習者だ。きみのような人間に上等の肉体と血液が無駄づかいされるのを私は理事になって今回初めて見たよ」

おれは胸のポケットの手紙に手を触れて言った。「おれとしちゃなんとも運のいいことに、ミスター・バンクロフトはあんたとはまたちがった考えを持ってるわけだ。ミスター・バンクロフトがリムジンを手配してくれることになってるんだがな。それも外か？」

「しばらく外を見ていない」

カウンターのどこかでプロトコル・チャイムが鳴った。書類の作成が終わったようだった。女医はまるまったハードコピーを破り取ると、頭文字だけの署名を書類の数個所にしてから、サリヴァンに渡した。〝管理者殿〟は猫背になって眼を細め、書類に眼を通すと、同じように署名してからおれに渡して言った。

「タケシ・レヴ・コヴァック」再生室にいた彼の子分と同じ発音のまちがいを犯した。「国際連合司法協定に基づき、付与された権限によって、私、ウォーデン・サリヴァンは貴下を仮釈放する。身元引受人はローレンス・J・バンクロフト。期間は六週間。それを超えてはならない。貴下の今後の身分については仮釈放期間終了時に改めて審査する――ここにサインを」

おれはペンを取ると、管理者の指の横に他人の筆跡で自分の名前を書いた。サリヴァンは上のコピーと下のコピーを引き離し、ピンクのほうをおれに寄越した。女医が二番目の書類を掲げ、サリヴァンはそれを受け取って言った。

「これはタケシ・コヴァックがハーランズ・ワールド司法当局から無事に送られ、新しいスリーヴを身につけたということが明記されている医師の証明書だ。その証人は私とクローズド・サーキット・モニター。移送に関する詳細のディスク・コピーとタンク・データもはいっている。これにもサインを」

おれは顔を上げてカメラを探したが、モニターしていそうなカメラなどどこにもなかった。が、いちいち文句を言わなければならないほどのことでもない。おれは二度目の新しい署名をした。

「これはきみが仮釈放中に従わなければならない同意書だ。だから、注意して読むように。そこに書かれていることに従わなかった場合、きみはただちに保管され、全刑期に服すことになる。場所はここになるか、それとも司法当局が選んだほかの施設になるか、どっちにしろ。きみはこれらのことを理解し、これらのことに従うことに同意するか？」

おれは書類を受け取り、ざっと眼を通した。通常の同意書だった。ハーランズ・ワールドですでに五、六回署名させられた仮釈放同意書の修正版だ。ことばづかいはいくらか堅苦しかったが、内容は同じものだった。別名、たわごと。おれはすぐに署名した。

「それじゃ」とサリヴァンは言った。声から少しだけ棘が取れていた。「きみは運がいい、コヴァック。このチャンスを無駄にしないことだ」

こいつらは今のような台詞に自分でもうんざりすることはないのだろうか。

おれは何も言わず、書類をたたむと、手紙を入れたのと同じポケットにしまって、立ち去りかけた。すると、女医が立ち上がり、小さな白い名刺を差し出した。

「ミスター・コヴァック」

おれは黙って待った。

「スリーヴの調整にはなんの問題もないと思うけれど」と彼女は言った。「健康体だし、あなたはこういうことにはもう慣れてるわけだし。でも、もし万が一大きな不都合が生じたら、この番号に電話してください」

おれは手を差し出し、小さな長方形のカードを受け取った。おれのその一連の動きは機械のように正確だった。そのことにそこで初めて気づいた。ニューラケム入りのスリーヴであることはどうやらまちがいないようだ。おれはその名刺も書類と同じポケットに入れ、無言でその場を離れ、受付エリアを横切ってドアを押した。礼を失した態度だったかもしれない。が、礼を向けるのに値する人間などその建物にはひとりもいないような気がした。

きみは運がいい、コヴァック。もちろん。故郷から百八十光年離れ、六週間のレンタル契約に同意し、他人の体をまとい、地元の警察が暴動鎮圧棒を使ってもやろうとしないような仕事をやりに、はるばる運ばれ、ヘマをすればまた保管施設に逆戻りさせられるのだ。幸運すぎて、思わずハミングしそうになりながら、おれはドアを抜けて外に出た。

第二章

外のホールは馬鹿でかかった。が、閑散としていた。故郷のミルズポートの鉄道駅を思わせた。透明パネルの傾斜屋根の下、融解ガラス張りの床が午後の陽射しを受けて、琥珀色に光っていた。出口の自動ドアを相手に子供がふたり遊んでいた。一方の壁ぎわでは清掃ロボットがただ一体、人目につかない場所を選んで嗅ぎまわっていた。それ以外、動いているものはなかった。ベンチにはぽつぽつと人が坐っていたが、気持ちを昂ぶらせながらも無言でじっと待っていた。家族や友人が〝変身コピー（オルタード・カーボン）〟となって出所し、社会に戻ってくるのを。

ダウンロード・セントラル。

しかし、待っている者には自分たちの愛する者がわからない。彼らはたいてい新しいスリーヴをまとっているからだ。だから、相手を見つけるのはもっぱら出所者の役目となり、待っている者から見たその再会の儀にはひんやりとした恐怖が交じる。これから自分たちはどんな顔のどんな体つきの人間を愛することになるのか、まだわからないからだ。また、二、三世代離れてしまっているような場合には、幼い頃の思い出か、家族の昔話にしか残っていない、自分にとってはほとんど意味のない相手を待つことになる。そう言えば、エンヴォイにこんなやつがいた。ムラカミというやつで、一世紀ほどまえに保管された曽祖父が釈放になるのを待っており、ウィスキーの一リットル壜とビリヤードのキューを歓迎の手土産に、ニューペスト保管施設まで出迎えにいこうとしていた。ムラカミはカナガワのビリヤード・ホールでの曽祖父の逸話をあれこれ聞かされて育ったのだ。ムラカミの曽祖父が保管されたのは彼が生まれるまえのことだった。

　どいつがおれの歓迎委員会か。それはホールへの階段を降りるなり、すぐにわかった。三人の背の高い人影がひとつのベンチのそばに集まり、斜めに射し込む陽射しの中、あっちを見たりこっちを見たり、いかにも忙しげにしており、その三人のまわりには、宙に漂う埃のちょっとした渦巻きができていた。四人目は脚を伸ばし、腕組みをしてベンチに坐っていた。四人とも、ミラー・サングラスをかけており、遠くからだと、どの顔も同じ仮面をつけているように見えた。

　おれはすでにドアのほうに向かいかけていて、彼らをわざわざ避けようとは思わなかった。それで彼らにもおれがホールを半分ほど歩いただけでわかったのだろう。彼らのうちのふたりが近づいてくると、餌を与えられたばかりの大猫みたいに落ち着き払い、おれのまえに立ちはだかり、おれを立ち止まらせようとした。深紅色の髪をきれいにモヒカン刈りにした、ごつい体つきの強面ふたり。おれとのあいだは一メートルと離れておらず、こっちとしては立ち止まるか、鋭角に迂回するしかない。おれは立ち止まるほうを選んだ。地元の兵隊を怒らせるのに、新しい地に着いたばかり、新しいスリーヴを着たばかりというのは、絶好のタイミングとは言いがたい。おれはその日二度目の笑みをつくって言った。

「何か用かい?」

　ふたりのうち年かさのほうがおれのほうにぞんざいにバッジを向け、空気に長いあいださらしているとまるで変色でもするかのように、すぐにまたしまった。

「ベイ・シティ警察だ。警部補が会いたがってる……おまえに」吐き捨てるような物言いだった。最後の〝おまえ〟にはほんとうは何か形容詞をつけたかったのだろう。そのお巡りのことばにおとなしく従うかどうするか、おれは真剣に迷っているふりをとりあえずしてみせた。しかし、おれに選択権がないのは明らかで、そのことを彼らはよく心得ていた。お巡りを相手に一戦交えるほどには、新しい体のことがまだおれにはよくわかっていなかった。タンクを出てたった一時間では無理だ。死んだサラの面影を心から閉め出し、ベンチに坐っているお巡りのところまで従順にふたりのあとについて歩いた。

警部補は三十代半ばの女で、金色のまるいサングラスのレンズの下の頬骨の形から察するに、アメリカ先住民の血が流れているように思われた。今はひややかな笑みを表す一本の線にしか見えない、幅の広い唇。サングラスは缶詰ぐらい開けられそうなほど尖った鼻にかっちりとのっていた。短いながらぼさぼさの髪が顔を縁取り、前髪がスパイクのように額から突き出ていた。戦闘ジャケットに黒いスラックス。ジャケットは特大サイズだったが、投げ出された長い脚を見るかぎり、体のしなやかさは容易に見て取れた。腕を組んだまま、おれを見上げた。誰もひとことも発しないまま一分近く経って、女警部補が言った。

「あなたがコヴァッチね？」

「ああ」

「タケシ・コヴァッチ？」彼女の発音は完璧だった。「ハーランズ・ワールドの？　ミルズポート出身で、カナガワ保管施設から来た？」

「ひとつ言っておくよ。あんたが何かひとつでもまちがったことを言ったら、おれのほうから訂正しよう」

ミラー・レンズの長い沈黙ができた。それでも、警部補はいくらか軟化したように見えた。自分の手のひらを見てから言った。

「あなたにはそういうユーモアのセンスがあるのね、コヴァッチ?」

「いや、すまん。そういうものは故郷に置いてきちまった」

「どうして地球へ?」

おれはこらえ性をなくし、身振りを交えて言った。「そっちには全部わかってるんじゃないのか。だからあんたらはここにいるんじゃないのか。何かおれに言いたいことがあるのか、それとも、これはこいつらを教育するための演習か何かなのか?」

自然と握り拳になり、上腕に力がはいっているのが自分でも感じられた。ほとんどわからないくらいかすかに警部補の頭が動き、それを受けて、おれのうしろにいたお巡りが口を開いた。

「そうかりかりするな、コヴァッチ。これは取り調べじゃない。おれたちはただ話がしたいだけだ。ああ、ローレンス・バンクロフトがおまえを呼び寄せたことはわかっている。実際の話、おれたちはおまえをバンクロフトのところまで送り届けるためにここで待ってたのさ」そこで警部補が上体をまえに倒すようにしていきなり立ち上がった。立つと、おれの新しいスリーヴと同じくらいの背丈があった。

「わたしはクリスティン・オルテガ。有機体損壊課の。バンクロフトの事件を担当してた」

「してた?」

彼女はうなずいて言った。「その事件はもう解決したから」

「それはおれに対する警告か?」

「いいえ、ただ事実を言ったまで。疑う余地のない自殺だった」

「バンクロフトはそうは思ってない。彼は自分は殺されたと言ってる」

「そう、わたしもそう聞いてる」オルテガは肩をすくめた。「どう思おうと、それは彼の勝手よ。自分で自分の頭を吹き飛ばすなんて、ああいう人物としてはことさら信じられないことでしょうよ」

「ああいう人物というと？」

「とぼけな――」彼女はそう言いかけて、かすかな笑みを浮かべた。「失礼。どうしても忘れてしまう」

「忘れる？　何を？」

また沈黙ができた。が、今度の沈黙は、会ってまだいくらも経っていないものの、クリスティン・オルテガが初めて見せた戸惑いによってできたものだった。また口を開いた彼女の声音には明らかにその戸惑いがにじんでいた。「あなたがここの人間ではないことを」

「だから？」

「ここの人間なら、ローレンス・バンクロフトがどういう人物か誰もが知ってる。そういうこと」

人が赤の他人につく嘘の下手さ加減におれはむしろ感心して、彼女の崩れたバランスをもとに戻してやった。「金持ちで、有力者」

彼女は薄く笑って言った。「すぐにわかるわ。わたしたちの車を利用する？　それとも？」

ショーファーが終着地で待っている、と手紙には書いてあった。バンクロフトは警察のことは何も言っていなかった。おれは肩をすくめて言った。

「ただで車で送ってもらえるチャンスを逃したことはこれまで一度もないんじゃないかな」

「よろしい。じゃ、行きましょう」

彼らはおれをあいだにはさんでドアに向かった。三人のモヒカンはまるでボディガードみたいに頭を高くしてサングラス越しにあたりに眼を配り、さきに外に出た。おれとオルテガは一緒にドアを抜けた。暖かい陽射しが顔に感じられた。おれはまぶしさに新しい眼を慣れさせ、手入れの悪い離着陸エリアをはさんで本物の針金フェンスの向こう側に建っている無骨な建物を眺めた。オフホワイトの無味乾燥な、まずまちがいなく前千年紀に建てられた建物のようだった。奇妙なモノクロの壁から湾曲した灰色の鉄製のブリッジが突き出ていて、おれのところからは見えない地上に降りていた。離着陸エリアにはどれもよく似た、くすんだ色の陸海空の乗りものが並び、雑然とした線を描いていた。風が急に吹き、離着陸エリアの地面の割れ目に沿って生えている草花のにおいが鼻をかすめた。聞き覚えのある乗りものの音が遠くから聞こえていた。が、それ以外はどれも舞台のセットのように見えた。

「……裁き主はひとりしかいない！　科学者を信じてはいけない、彼らのたわごとを……」

ホールの出口から階段を降りると、お粗末なアンプとスピーカーからそんなことばが聞こえてきた。離着陸エリアを見まわすと、何かの箱の上に立った黒ずくめの男のまわりに人垣ができていた。ところどころその人垣の頭の上にホログラフのプラカードが突き出て、不規則に揺れていた——第六五三号判決に反対を！　復活できるのは神のみ！　D・H・F（デジタル人間移送）＝D・E・A・T・H（死）！　喝采する人々の声がスピーカーから流れていた。

「なんだい、あれは？」

「カトリック」とオルテガは言って、唇をへの字に曲げた。「古い宗教団体」

「ふうん。聞いたことがないな」

「でしょうね。彼らは魂を失うことなく人間をデジタル化することなんてできないと信じてる」

「あまり広く信じられてる宗教じゃないな」

「そう、地球だけの宗教ね」とオルテガは突っぱねるように言った。「ヴァチカン——彼らの中央教会——はスターフォール星とラティマー星に向かう極低温冷凍船に出資してるんじゃなかったかな」

「ラティマーには行ったことがあるが、あんなのは見たことがない」

「彼らの船が出航したのは今世紀のはじめだから、コヴァッチ、着くまでにはあと二十年ばかりかかる」

おれたちは人垣のへりを通って歩いた。髪をきつくうしろに結った若い女がおれにチラシを差し出してきた。それがあまりに突然だったので、まだ安定していないおれのスリーヴの反射神経が過剰に反応し、とっさにおれは拒絶行動を取っていた。若い女は険しい眼をして、手を差し出したままその場で固まった。おれは平常心を取り戻すと、笑みを浮かべて女をなだめ、チラシを受け取った。

「彼らに権利なんてありません」と女は言った。

「ああ、それにはおれも同意……」

「あなたの魂を救えるのはただひとり、われらが主（しゅ）だけです」

「おれは……」そこでクリスティン・オルテガに誘導されてしまった。ただ手を肩に置かれただけで。何度も実践している手並みだった。おれはその手を払った。さりげなく、同時にきっぱりと。

「おれたちは急いでるのか？」

「わたしたちにはほかにしなくちゃならないことがある。だから、今のあなたの質問の答えはイエスということになるわね」と彼女は差し出されたチラシを同じようによけている部下を振り返りながら、硬い口調で言った。

「おれはさっきの女とちょっと話がしてみたかったんだがな」

「そう？　わたしにはあの女の咽喉（のど）を今にも切り裂きそうに見えたけど」

「それはこのスリーヴのせいだ。このスリーヴにはかなりグレードアップされたニューラケムが仕込まれてる。さっきの女はそれを刺激しただけのことだ。ダウンロードされたあとはたいていみんな数時間、横になってるもんだが、どういうわけかおれにはそういう時間が与えられなかった。で、神経がちょっとぴりぴりしてるのさ」

おれは手にしたチラシを見た――〝機械にあなたの魂が救えますか？〟。

読む者に修辞的理解を求めていた。〝機械〟のところだけ手書きになっていて、大昔のコンピューター・ディスプレーに似せたデザインになっていた。〝魂〟のほうは流れるような立体画法で書かれ、チラシ全面で躍っていた。おれは答えを求めてチラシを裏返した。

〝ノーーー！！！！〟

「極低温保存した人間の移送はよくても、人間をデジタル化した移送は駄目ってわけだ。面白い」おれはある種の感慨を持って、光り輝くプラカードを振り返った。「第六五三号判決というのは？」

「国連法廷で審議されてるテストケース」とオルテガは簡潔に言った。「ベイ・シティ公共検察局は保管施設に保管されてる、あるカトリック信徒を召喚したがっている。そのカトリック信徒はある事件の最重要証人なのよ。でも、ヴァチカンは、その信徒はもう死んでおり、今は神の手の中にあると主張してる。だから、そんなことをしたら、瀆神の罪になるとね」

「なるほど。地球じゃ忠誠心がふたつに引き裂かれるなんてことはないわけだ」

彼女は立ち止まると、おれと向かい合った。

「コヴァッチ、わたしはああいうろくでもないいかれ頭を心底憎んでる。彼らは二千六百年の大半、われわれ人類を虐げてきた。人類の災厄に対して、歴史上のほかのどんな組織より彼らの責任は重いわ。いい？　彼らは自分たちの信奉者には産児制限さえ許そうとしないのよ。まったく。彼らはこの五百年というもの、ことごとく重大な医療の進歩の邪魔をしてきた。実際、彼らを擁護できるのはただひとつ、デジタル人間移送に関することだけね。そのおかげで彼らが人類世界のあちこちに蔓延することが防げてるわけだから」

ただで乗せてもらえる乗りものはかなり年季の入った、それでも見るからにスピードの出そうな、〈ロッキード・ミトマ〉のクルーザーで、おそらくこっちの警察車両の色と思われる色でめかし込んでいた。〈ロッキード・ミトマ〉にはシャーヤで乗ったことがあるが、それはレーダーの眼をかいくぐるために全体が鈍い黒に塗られていた。そのときのクルーザーと比べると、この赤と白のストライプの代物は見るからに派手だった。オルテガの部下と同じようなサングラスをかけたパイロットがコックピットに坐っていた。クルーザーの腹の部分にあるハッチはすでに開けられていて、全員が乗り込むと、オルテガがハッチの縁材の部分を叩いた。囁き声のような音を発してタービンが眼を覚ました。

おれはモヒカンのひとりがハッチを閉めるのを手伝ってやった。クルーザーが宙に浮いたのがわかり、足を踏んばってから、窓ぎわの席を確保した。クルーザーが螺旋を描いて上昇すると、首をめぐらして見えるかぎり下の人々の群れを眼で追った。クルーザーは百メートルばかり垂直に舞い上がると、少しだけ鼻先を下に傾けた。おれは自動成形シートに深々と坐り直した。オルテガがそんなおれを見て言った。

「まだ好奇心をそそられる？」

「まるで旅行者の気分だね。質問があるんだが、答えてもらえるかな？」

「答えられる質問なら」

「カトリックは産児制限をしないと言ったね。もしそうなら、どんどん人数が増えてしまいそうなもんだが。ちがうか。しかし、地球がきょうび人であふれてるなんて話はあまり聞かない……彼らが地球を牛耳ってるようなことにはどうしてなってないんだ？」

オルテガと彼女の部下はそれぞれ苦笑を浮かべ、互いに顔を見合わせた。「そりゃ保管刑があるからだろうが」とおれの左側に坐っているモヒカンが言った。

おれは首のうしろを平手で叩いた。そのあと、その仕種はここ地球でも有効だろうかと思った。そんなふうに自分を叩くのにもってこいの場面ではあったが、所変われば品変わる。同じ仕種がどこでも同じ意味を持つとはかぎらない。

「保管刑か。確かに」と言って、おれはみんなの顔を見まわした。「彼らだけ特別免除されるなんてことはないわけだ？」

「ああ」なぜかこのやりとりがおれたちの垣根を取り払った。彼らが緊張を解いたのがわかった。同じモヒカンが説明までしてくれた。「保管刑の期間が十年であれ、三ヵ月であれ、彼らにとっちゃ同じことだ。保管刑を受けてデジタル化されちまったら、どんな刑罰もその時点ですべて死を意味するんだから。彼らのメモリー・スタックは二度と甦らないんだから。うまくできてるだろ、ええ？」

おれはうなずいて言った。「確かに。だったら、彼らの体はどうなるんだ？」

おれと向かい合って坐っているやつが何かを放り投げるような手振りをして言った。「売られる。移植用にばらばらに分けて。それは遺族次第だ」

おれは窓の外を眺めた。

「どうかした、コヴァッチ？」とオルテガが言った。

おれは少しずつ顔になじみかけている新しい笑みをオルテガに向けた。笑みを浮かべるのがなんだか馬鹿にうまくなってきているような気がした。

「いや。ちょっと考えごとをしてただけだ。いや、まったく。ちがう星に来たみたいだ」

おれのそのことばにみんなが笑った。

拝啓
この手紙を受け取っても、きみにはなんのことやらさっぱりわからないことだろう。その点に関しては、まずお詫びしておきたい。しかし私は、エンヴォイ・コーズ（特命外交部隊）で訓練を受けたきみには、この問題を処理する能力が必ずあることを確信するものだ。同時に、ここまでせっぱつまった状況に置かれていなければ、きみをこのようなことに従事させようとはまず思わなかったことも、確信をもって言える。

私の名前はローレンス・バンクロフト。きみのような植民星出身者にはなんの意味も持たない名前かもしれない。だから、私はここ地球では富豪で有力者だとだけ言っておこう。だから、敵も少なくないとも。六週間前、私は殺害された。警察には警察の理由があるらしく、彼らは自殺と見なしているが、そんなこととは関係なく、犯人は見事に失敗したわけで、また同じことを試みるとしか私には思えない。警察の態度を見るかぎり、今度は成功する可能性大だ。

きみはまずまちがいなく、そんな地球の出来事に対処するためにどうして自分が保管施設から引き出され、百八十六光年も旅しなければならなかったのか、と考えあぐねていることだろう。正直なところ、弁護士に勧められたのだよ。私立探偵を雇うようにと。しかし、地球にいて私を知らない者はおらず、そのため信用するに足る相手を地球上に見つけるというのは、私にとっていたって困難なことでね。きみの名前はレイリーン・カワハラから聞いた。八年前、きみは彼女のためにニュー・ペキンでなかなかいい仕事をしたそうだね。カナガワのきみの居所はエンヴォイを通して調べることができ、問い合わせたら二日で返事が来た。しかし、きみの除隊そのもの、さらにその後の行動を鑑みて、彼らのほうはきみを推薦しようとはしなかった。きみの能力を保証することも、言質（げんち）を私に与えることも。きみは現在一匹狼である、というのがきみに関する私の理解だ。

きみの仮釈放の条件について書こう。

きみは私と契約し、六週間私のために調査する。さらなる調査が必要になった場合には、私の判断で期間を延長することもできる。その期間中、調査にかかる正当な経費はすべて私が負担する。スリーヴのレンタル料も当然私の負担となる。きみの調査から満足のいく結果が得られた場合、カナガワでのきみの刑期の残り――百十七年四ヵ月――は無効となり、きみはハーランズ・ワールドに送還され、ただちに釈放され、新しいスリーヴはきみの選択に任せられる。あるいは、現在のきみのスリーヴを私が買い取り、きみは国際連合の市民になることもできる。どちらの場合にも、十万国連ドル、あるいはそれと等価の貨幣がきみに支払われる。

これらの条件はいたって気前のいいものと思うが、だからと言って、私は甘い人間ではない。きみの調査が不首尾に終わり、私が殺された場合、なんらかの形できみが逃亡を企てるか、契約をないがしろにした場合、スリーヴ契約はただちに破棄され、きみは保管施設に逆戻りし、ここ地球で残りの刑期に服すことになる。きみが私の申し出を端から拒否した場合にも、きみはただちに保管施設に移送される。ただ、その場合には、きみをハーランズ・ワールドに送り返すことは私にはできない。

きみがこの私の申し出をチャンスと考えてくれることを切に望む。そして、もちろん同意してくれることを。そのことを期待して、こちらの保管施設にはショーファーを差し向ける。運転手の名前はカーティス。信頼の置ける私の使用人だ。退出ホールできみを待っているはずだ。

サンタッチ・ハウスできみに会えるのを愉しみにしている。

十月二日

敬具

サンタッチ・ハウス

ローレンス・J・バンクロフト

タケシーサン

第三章

サンタッチ・ハウスというのはいかにも理に適(かな)った命名だった。ベイ・シティから海岸沿いを三十分ばかり飛んだところでエンジン音のピッチが変わり、目的地に近づいたのがおれにもわかった。その頃には、クルーザーの右側の窓から射し込む光が温かい金色に変わり、太陽もすでに海の彼方に傾きかけていた。下降を始めたクルーザーの窓から下を眺めると、融解した銅のような色の波と、混じりけのない琥珀色の大気が見え、なにやら蜂蜜の壺の中に着陸するような按配だった。

クルーザーがバンクして機体を斜めに傾けた。バンクロフトの地所全体が眺められた。きれいに手入れされた緑の芝と砂利道が海まで延びており、その中に小規模な軍隊ぐらいまるまる収容できそうな、馬鹿でかい邸宅のタイル屋根が見えた。壁は白、屋根は珊瑚色で、軍隊は――もしいたとしても――どこにも見えなかったが。バンクロフトがどのようなセキュリティ・システムを取っているにしろ、それはどうやらあまりめだたないもののようだった。降下するにつれて、地所の一方のへりにパワーフェンスが備えられているのが見えた。実際、めだたなかった。邸からの眺めを損なわないためだろう。なかなか品がよかった。

塵ひとつ落ちていない芝生の上空十メートルたらずになったところで、パイロットが着陸ブレーキを踏み込んだ。不必要に荒々しく。クルーザーはぶるっと端から端まで機体を震わせ、芝を吹き飛ばしながら、その芝の渦の中に着地した。

　おれは咎めるような視線をオルテガに送ったが、無視された。彼女はハッチを開けると、クルーザーから降りた。いくらか遅れておれも傷められた芝生の上に降り立った。そして、掘り起こされた芝を靴の爪先で均しながら、タービンの音に逆らい、呼ばわった。「いったいなんでこんなことをする？　バンクロフトが自殺の線で納得しないからといって、子供みたいに意地悪することはないだろうが」

「いいえ」オルテガは、まるでそこに引っ越すことでも考えているかのように邸をとくと眺めながら言った。「そうじゃない。わたしたちはそんなことで彼に腹を立ててるわけじゃない」

「だったら、どんなことで腹を立ててるんだ？」

「探偵はあなたでしょうが」

　邸の脇の戸口から、テニスラケットを手にした若い女が現れ、芝生を横切っておれたちのほうにやってきた。そして、二十メートルばかり離れたところで立ち止まると、ラケットを脇にはさみ、両手をメガホンのようにして口にあてた。

「あなたがコヴァッチ？」

　太陽と海と砂がよく似合う美人だった。スポーツショーツとレオタードがその事実を最大限に引き立てていた。金色の髪が肩を撫で、大声を張り上げた口元にミルクのような白い歯がこぼれた。額と手首にスウェットバンドをつけていたが、額に光る汗を見れば、それらがファッションのためにつけられているわけでないことは容易に知れた。脚にも持ち上げた腕にもしっかりと美しい筋肉がついていた。豊かな胸がレオタードをぴんと張りつめさせていた。本人の体だろうか？

「ああ」とおれは呼ばわり返した。「タケシ・コヴァッチ。今日の午後解放されてね」

「出迎えの車が待っていたはずだけど」非難する口調だった。おれは手を広げてみせた。

「ああ、おれもそう聞いてたんだが」

「警察の出迎えじゃなくて」女は近づいてきた。その間、女の眼はずっとオルテガに向けられていた。

「あなた。あなたには以前会った記憶がある」

「オルテガ警部補」とオルテガはまるでガーデン・パーティでホステスに出会ったかのように名を名乗った。「ベイ・シティ警察有機体損壊課の」

「ええ、思い出したわ」その口調には明らかに敵意が込められていた。「排ガス規制違反をでっち上げて、うちのショーファーをしょっぴいたのはあなたね」

「いいえ、それは交通規制課の仕事です」とオルテガは馬鹿丁寧に言った。「うちの課の管轄じゃなくて」

女は皮肉な笑みを浮かべた。

「ええ、そうでしょうとも、警部補。交通課にはあなたのお友達はひとりもいないのよね」そこでいかにも横柄な声音になった。「いずれにしろ、うちのショーファーは日暮れまえにはもう釈放になってると思うけれど」

おれは横眼でオルテガを見やった。なんの反応も示していなかった。鷹のように無表情な横顔だった。が、おれの関心は実際にはもうひとりの女の皮肉な笑みに向かっていた。醜かった。もっと歳を取った人間にこそふさわしい笑みだった。

バンクロフト邸は自動銃を肩にかけたふたりの大男によって警備されており、そのふたりは邸の軒の下に立ち、おれたちが到着してからずっとおれたちを見ていた。それが今は日陰を出て、おれたちのほうにぶらぶらとやってきた。若い女の眼がかすかに見開かれたところを見ると、おそらく内蔵マイクでふたりを呼び寄せたのだろう。すばらしい。ハーランズ・ワールドの人間の多くはまだハードウェアを体内に埋め込むのに抵抗を持っている。地球のほうはすでに新たな段階にはいっているようだ。

「あなたはうちでは歓迎されざる人物よ、警部補」と女はひややかな声で言った。

「すぐにお暇(いとま)します」オルテガは面倒くさそうに応じると、思いがけずおれの肩を叩いてゆっくりとクルーザーのほうに戻っていった。が、そこでいきなり立ち止まると、振り向いて言った。

「そうそう、コヴァッチ、もう少しで忘れるところだった。あなたにはこれが要る」

彼女は胸のポケットから小さなパックを取り出しておれに放った。おれは反射的に受け取って、見た。煙草だった。

「それじゃ、また」

彼女はクルーザーに乗り込むと、ハッチを勢いよく閉めた。ガラス越しに彼女がおれを見ているのが見えた。クルーザーは地面にことさら強く反発するように舞い上がって芝生に畝を刻み、西の海のほうへ飛んでいった。おれたちはその機影が見えなくなるまで見送った。

「すばらしい」と女がおれの脇でほとんど自分につぶやくように言った。

「ミセス・バンクロフト?」

女はおれのほうを向いた。その表情から察するに、おれもオルテガ同様あまり歓迎されていないように思えた。さきほどオルテガがおれに対して、まるで同志のような態度を示したときにも、女はさも不快げに口元をゆがめていた。

「主人があなたに車を差し向けることになっていたのに、ミスター・コヴァッチ、どうして待とうとしなかったの?」

おれはバンクロフトの手紙を取り出して言った。「ここには車がおれを待ってるはずだと書かれてる。

だけど、実際にはそんな車は見あたらなかった」

彼女は手紙に手を伸ばした。おれは手紙を彼女の手の届かないところまで持ち上げた。彼女はおれと面と向かい合った。顔を真っ赤にして息を荒げ、胸を何度かふくらませた。どうしてもそこに眼がいった。タンクの中に保管されていると、眠っているときと同様、やたらとホルモンが分泌される。ペニスが消火活動中の消火ホースみたいに一気に硬くなったのがわかった。

「あなたは待つべきだった」

ハーランズ・ワールドでは重力が０・８Ｇであることをなんの脈絡もなく思い出して、またわけもなく急に体が重くなった。おれは圧縮されたようなため息をついて言った。

「ミセス・バンクロフト、もし待ってたら、おれは今もまだ保管施設にいなきゃならない。なあ、家の中には入れてもらえないのかい？」

ミセス・バンクロフトの眼が少しだけ大きくなった。その眼から彼女がほんとうはどれほど歳を取っているのか、おれには突然わかったような気がした。彼女は眼を伏せ、一呼吸置いて態勢を立て直した。口を開いた彼女の声音はだいぶ柔らかくなっていた。

「ごめんなさい、ミスター・コヴァッチ、取り乱してしまって。もうおわかりと思うけれど、警察はわたしたちにおよそ同情的とは言えない態度を取りつづけているの。それはもう腹立たしいほどよ。だから、おだやかに彼らに接するなんて、まだわたしにはとてもできないの。そういうことは察してもらうしかないけれど――」

「いや、わかるよ」

「でも、ほんとうにごめんなさい。普段のわたしはこんなじゃないのに。普段のわたしたちは」彼女はそう言って、うしろにいる武装した警備員を手で示した。普段の警備員たちはまるで花の首飾りでもつけているかのように。「赦していただける?」

「もちろん」

「主人は海側のラウンジにいるわ。そこまでお連れするわね」


邸内は明るく、風通しがよかった。メイドがヴェランダのドアのところでおれたちを出迎え、言いつけられるまえからミセス・バンクロフトのテニスラケットを受け取った。おれたちは大理石の廊下を歩いた。壁には絵が掛けられていて、そういう方面に心得のないおれの眼にもかなり古い絵であることはすぐにわかった。ガガーリンやアームストロングのスケッチに、コンラッド・ハーランやアンジン・チャンドラの肖像を描いた感情移入派の作品。そうしたギャラリーの最後に、もろそうな赤い石でできた細い木のようなものが台座に置かれて、飾られていた。おれはそのまえで立ち止まった。おれのさきを歩いて、すでに廊下の角を左に曲がっていたミセス・バンクロフトが引き返してきて言った。

「お気に召した?」

「ああ、とても。これは火星のものだね?」

彼女の表情が変わったのが眼の隅に見えた。おれを再評価したのだろう。おれはもっと表情をよく見ようと、彼女のほうを向いた。

「ちょっと驚いた」と彼女は言った。

「おれは時々人に驚かれることがある。そう、バック転なんかもよくやるんだ」

彼女は怪訝そうに眼を細めておれを見た。「これはなんなのか、あなた、ほんとうにわかってるの?」

「いや、正直に言えば、ノーだ。以前は構造美術に興味があったけど。まあ、石と絵のちがいぐらいはわかるが……」

「これはソングスパイア――歌の塔」彼女はおれの脇から手を差し出すと、上向きに伸びている枝に沿って指を這わせた。すると、かすかなため息のような音がその物体から洩れ、チェリーとマスタードを合わせたような香りがあたりに漂った。

「こいつは生きてるのか?」

「それは誰も知らない」いきなり熱を帯びた声になっていた。そういう声のほうがそれまでの声よりはるかに好ましかった。「火星では、これは百メートルほどにも育って、根元の太さはこの家くらい太くなる。だから、その歌声は何キロもさきまで聞こえる。香りもそれぐらい遠くまで届く。腐食の摸様から想像されるのは、それらの大半は少なくとも樹齢一万年ぐらいということだけれど、これはまだローマ帝国が建設された頃のものね」

「値の張るものなんだろうな。つまり、こういうものを地球に持ってくるっていうのは……」

「お金は支障にはならなかった」彼女の顔にまた仮面が戻っていた。ここでいつまでも立ち話をしているわけにはいかない、とその仮面は言っていた。

　おれたちは左に曲がっている廊下を歩いた。早足になって――たぶん立ち止まったぶんを挽回するために。一歩ごとにミセス・バンクロフトの胸がレオタードの薄い生地の下で揺れ、おれはむっつりと反対側の壁に飾られている美術品を眺めた。感情移入派の作品が続いていた。ロケットから突き出た男根像にほっそりとした手を置いたアンジン・チャンドラ。そういうものを見ても、気を逸らすのには少しも役立たなかった。

　海側のラウンジは邸の西の翼の一番端にあった。ミセス・バンクロフトはめだたない木のドアを抜け、おれをその部屋に招じ入れた。はいるなり、強い陽射しに眼を射られた。

「ローレンス、ミスター・コヴァッチが見えたわ」

おれは手を眼の上にかざして、陽射しをさえぎり、部屋を見た。海側のラウンジには一段高くなったデッキがあり、その外のバルコニーと邸内とはガラスの引き戸によって仕切られていた。バルコニーの手すりにもたれて男が立っていた。おれたちの足音は聞こえていたにちがいない。そういうことを言えば、警察のクルーザーがやってきて、それが何を意味するかということもわかっていたにちがいない。なのに、男は外に出てこなかった。ただ海を眺めていた。死から生還すると、そんな気分になるのだろうか。それとも、ただこの男が傲慢なやつというだけのことか。ミセス・バンクロフトがおれにうなずいてみせ、おれたちはドアと同じ材質の木でできた階段をのぼった。そこで初めて、その部屋の壁はどの壁も床から天井まで本棚が造り付けになっているのに気づいた。本の背表紙に太陽が均一なオレンジ色の皮膜のような光を投げかけていた。

おれたちがバルコニーに出たところで、ようやくバンクロフトはおれたちのほうに向き直った。指をページのあいだにはさみ込んで本を持っていた。

「ミスター・コヴァッチ」彼はそう言って、握手をするのに本を脇に置いた。「やっと会えて嬉しいよ。新しいスリーヴはどうだね？」

「悪くない。快適だ」

「そう、あまり細かいところまで指示したわけではないのだが、弁護士には……そう、適切なものを、とは言っておいた」彼はうしろを振り返った。まるで水平線上にオルテガのクルーザーを探すかのように。「警察の連中にあれこれうるさいことを言われたのでなければいいんだが」

「今のところはまだ」

バンクロフトは見るからに読書家といった風情の男だった。ハーランズ・ワールドにはアラン・マリオットというエクスペリアの人気スターがいる。入植時代の圧政に対抗して派手にやり合った、血気盛んな若きクウェリストを演じたのが一番有名だが、その中でクウェリストたちがどれほど史実に忠実に描かれていたかどうかは疑問にしろ、いい作品で、おれも二回見た。バンクロフトはその役どころの老けたアラン・マリオットを彷彿とさせた。すらりと痩せていて、品があり、鉄灰色の豊かな髪をうしろにやってポニーテールにしていた。眼は黒で、鋭かった。手にしている本も彼を取り囲んでいる本棚もただの飾りではなかった。その鋭い眼で今おれを見ている彼の心の広がりを示唆するものだった。少なくとも、おれにはそのように思われた。

バンクロフトはさりげなく、しかし、傲岸に女房の肩に触れた。おれが今置かれている状況ではそんな仕種を見ただけで泣きたくなる。

「またあの女よ」とミセス・バンクロフトは言った。「あの警部補」

バンクロフトはうなずいて言った。「何も心配することはない。連中はただ嗅ぎまわっているだけだから、ミリアム。私はこれこれこういうことまでするつもりだと彼らに警告した。なのに、彼らはそれを無視した。そうしたら、ほんとうにミスター・コヴァッチがやってきた。彼らとしても真面目に考えざるをえなくなったのだろう」

彼はおれのほうを見た。「今度の件に関して、私は警察にあまり同情されていなくてね」

「ああ。だから、おれがこうしてここにいるわけだ」

おれたちは互いに見つめ合った。おれはこの男に腹を立てているのか、いないのか。そこのところが自分でまだよくわかっていなかった。この男はおれに入植の進んだ宇宙の半分を旅させ、新しい体におれを押し込み、とても断れないような申し出をしてきた。金持ちというのはよくそういうことをする。力を持っている人間がその力の行使をためらわなかったとしてもなんの不思議もない。所詮、男も女も商品なのだから。ほかのあらゆるもの同様。保管し、輸送し、別の容器に移し替える。伝票の一番下にサインをどうぞ。

一方、サンタッチ・ハウスの人間は今のところ誰ひとりおれの名前をまちがって発音していない。実際の話、おれには選択権がない。もちろん金のこともある。十万国連ドルというのは、おれとサラがミルズポートでウェットウェア強盗をやって手に入れようとした額の六倍から七倍にあたる。国連ドルは保護国内のどの星でも交換できる何より強い通貨だ。

それだけでも頭を冷やす価値は充分にある。

バンクロフトはまたさりげなく女房に触れた。今度は腰で、彼女をそっと押しやった。

「ミリアム、少しのあいだわれわれだけにしてくれないか。ミスター・コヴァッチには私に山ほど訊きたいことがあるはずだ。きみにはそういう話はきっと退屈だろうから」

「いや、奥さんにもいくつか訊きたいことがある」

ミセス・バンクロフトはもう引き上げかけていたが、おれのそのことばで足を止めた。そして、首を傾げ、まずおれを見てから、夫を見た。おれの脇でバンクロフトはどことなく居心地が悪そうにしていた。どうやら夫人の同席は彼の望むところではないようだった。

「まあ、あとで話を聞かせてもらってもいいけれど」おれはその場の空気を修復した。「別々に」

「ええ、もちろん」彼女はいったんおれと眼を合わせてから、視線を夫にずらして言った。

「地図室にいるわ、ローレンス。あなたの話が終わったら、ミスター・コヴァッチをそっちにお連れしてちょうだい」

おれたちはふたりとも彼女が部屋を出ていくのを見送った。ドアが閉まるのを待って、バンクロフトはバルコニーに置かれたラウンジチェアのひとつを示した。ラウンジチェアのうしろに天体望遠鏡が水平に置かれていたが、埃をかぶっていた。足元に眼を落とすと、床がかなりすり減っているのがわかった。それらから想像されるのは膨大な時間の流れだ。その時間の流れが外套のようにおれを包み、そのことにかすかに居心地の悪さを覚えながら、おれは椅子に腰をおろした。

「どうか私のことを男性優越主義者だなどと思わないでほしい、ミスター・コヴァッチ。二百五十年も結婚生活を送っていると、夫婦の関係というのはもう礼を重んじるもの以外の何物でもなくなるものだ。それに、別個に話をしたほうがいろんな点で都合がいい」

「わかった」別々に話した場合、真実がいくらか割り引かれる。しかし、だからといって、それですべてが台無しになるものでもない。

「何か飲むかね？　アルコールのはいったものでも？」

「いや、アルコールはけっこう。もしあるなら、フルーツジュースか何かもらえるかな」ダウンロードにつきものの震えが起こりはじめ、それに加えて足と手の指に不快なむず痒さも出はじめていた。たぶんニコチン依存のせいだろう。時々、サラからもらい煙草をしてはいたが、このまえのふたつのスリーヴのときには煙草をやめていた。それをまた始めようとは思わない。ここでアルコールを摂取してしまえば、一気に逆戻りしてしまいそうな気がした。

膝の上で手を組んで、バンクロフトが言った。「もちろん。何か持ってこさせよう。それじゃ、どこから始めようか？」

「まずあんたはどんなことを期待してるのか、そこから始めたほうがいいと思う。レイリーン・カワハラがあんたにどんな話をしたのかも、地球におけるエンヴォイの評判がどんなものかも知らないが、おれに奇跡を期待しないでくれ。おれは魔法使いじゃないんだから」

「そんなことはもちろんわかっている。エンヴォイに関する資料は隈なく読んだよ。それに、レイリーン・カワハラが私に話してくれたのは、きみは信用ができるということだ。それだけだ。ちょっと気むずかしいところはあるとしても」

カワハラのやり方が思い出された。それに対するおれ自身の反応についても。気むずかしい？　ああ、そのとおりだ。

それでも、おれは通り一遍の宣伝文句を並べ立てた。すでに依頼人になっている相手に自分を売り込むというのも、自分にはどんなことができるかあれこれ誇示してみせるというのも、なんとも妙な按配だったが。犯罪者の世界は謙譲の美徳で有名な世界ではない。どんな評判であれ、すでに得ているそれを最大限活用する。それこそあてになる支援を取りつけるための最善策だ。これはエンヴォイについても言えることで、よく磨かれた会議用の長テーブルと、自分のチームにできることを列挙するヴァージニア・ヴィダウラの姿が思い出された。

「エンヴォイの訓練は国連が進める入植地のコマンドのためのものだからといって、必ずしも……」

必ずしもエンヴォイ全員がコマンドであることを意味しない。いや、と言ってしまうのも正確ではないか。そういうことを言えば、そもそも兵士とはなんなのか。エンヴォイの訓練というのは肉体にも精神にもどれほど彫り込まれるものなのか。そのふたつが別々になってしまったときにはどうなるのか。

常套句を使えば、宇宙は広い。入植が進んだ最も近い星でさえ地球から五十光年も離れている。最も遠い星はその四倍離れており、何台かの入植宇宙船は今もまだ移動中だ。どこかのいかれたやつが戦略核兵器や、そのほか生物圏を脅かすおもちゃを弄びはじめたら、どうすればいいか。超空間ニードルキャストを利用してその情報をただちに伝達することはできる。科学者たちが術語についてまだ議論をしているあいだにも。しかし、クウェルクリスト・フォークナーのことばを引用すれば、〝くそったれ部隊ひとつ派遣することもできない〟。騒乱が起きると同時に軍隊輸送船を出航させても、部隊が現地に到着するのは、どちらが勝とうと、勝者の孫の代になり、ただ勝者の孫たちを戸惑わせるだけのことだろう。

つまるところ、保護国を統治するなどそもそも不可能なのだ。

ただ、デジタル化すれば、超一流コンバット・チームの心だけ移送することは可能だ。戦争における数の問題が重視されるようになって久しく、この五百年というもの、軍事的勝利の大半は小規模の移動ゲリラ部隊によってもたらされてきた。実際、優秀な兵士をデジタル人間移送し、チューンアップされた神経組織とステロイド仕様の肉体を持つ戦闘モードのスリーヴに押し込むというのは、できないことではない。しかし、そのあとどうする？

兵士たちは自分の知らない肉体で、自分の知らない世界で、まったく知らない相手にかわって、まったく知らない相手を敵にまわし、たぶん聞いたこともなく、まちがいなく理解もできない大義のために戦うことになる。気候も言語も文化も異なり、野生動物も植物も異なり、大気も異なる、そう、重力さえ異なる場所で。彼らは何も知らない。たとえ現地の知識をインプラントしてダウンロードしたとしても、たいていは新しいスリーヴに着替えてまだ数時間と経たないうちに、命を賭して戦わなければならないのだ。そういう状況下で一度に吸収するには基本情報量が膨大すぎる。

そこでエンヴォイ・コーズ——特命外交部隊——のお出ましとなるわけだ。

ニューラケム仕様、サイボーグ・インターフェース、付加機能——これらはすべて物質的なもので、これらの大半は精神に関わるものではない。移送されるのは精神そのものなのに。この事実からエンヴォイが組織されたのだ。地球の東洋文化が何千年もまえから知っていた霊能テクニックが採用され、それが隊員の訓練に生かされたのだ。実際、この訓練はあまりに完璧なものなので、この訓練の修了者は、政治的および軍事的な仕事に就くことがほとんどの植民星で法律で禁じられている。

だから、おれたちは正確には兵士とは言えないのだ。

「おれたちは吸収することで仕事をする」とおれは話を締めくくった。「どんなものと接触しようと、吸収する。そして、道を切り拓く方途にそれを利用する」

バンクロフトは椅子の上で体をもぞもぞと動かした。講義を受けることにはあまり慣れていないらしい。そろそろ始めてもいい頃合だった。

「あんたの死体を発見したのは？」

「私の娘、ナオミだ――」

誰かがラウンジのドアを開けた音がして、彼は話をやめた。一瞬のち、さきほど、ミリアム・バンクロフトの世話をしていたメイドがバルコニーの階段をのぼってきた。見るからによく冷えたデカンターと背の高いグラスをのせたトレーを持って。バンクロフトもスピーカー・システムを内蔵しているのだろう。おそらくはサンタッチ・ハウスの住人全員。

メイドは機械のように音ひとつたてず、飲みものをグラスに注いでバンクロフトから軽い会釈を受けると、すぐに引き下がった。バンクロフトは呆けたようになってしばらくメイドを見送った。

まさに死からの生還。こっちも笑える身分ではないが。

「ナオミ？」とおれはそれとなく話を急かした。

彼はまばたきをした。「そう、娘はここに飛び込んできた。何かを探して。たぶんリムジンのキーか何かだろう。私は子供に甘い父親でね。おまけにナオミは末っ子なんだ」

「歳は？」

「二十三」

「子供は多いのかい？」

「ああ。かなりいる」バンクロフトはうっすらと笑みを浮かべた。「金と暇さえあれば、子供を世に送り出すということが何よりの愉しみになる。私には息子が二十三人、娘が三十四人いる」

「みんなここに住んでる？」

「ナオミはだいたいここにいる。ほかの子供は来たり来なかったりだね。みんなもう自分たちの家族を持ってるんだよ」

「娘さんは今どうしてる？」おれは声のトーンを少しだけ落とした。一日を始めるのにはいろんなやり方があるだろうが、首のもげた父親の死体を発見するというのがその一番人気に推されることはまずないだろう。

「今はまだ精神手術を受けているが」とバンクロフトは簡潔に言った。「きっと立ち直ってくれると思う。娘とも話をするかね？」

「いや、今はまだいい」おれは椅子から立ち上がり、バルコニーの引き戸のところまで歩いた。「娘さんはここに飛び込んできたと言ったね。ということは、ここが現場なのか？」

「そうだ」バンクロフトも引き戸のところまでやってきた。「何者かがここに忍び込み、私の頭を分子破砕銃で吹き飛ばした。弾痕がまだあそこの壁に残っている。あの机のそばだ」

おれは家の中に戻って階段を降りた。重厚なミラーウッド製の机があった――ハーランズ・ワールドから遺伝子暗号を移送して地球で育てたのだろう。しかし、そこまでする必要がどこにあるのか。廊下にあった火星原産のソングスパイア――歌の塔も同じことだ。趣味の良し悪しを考えると、ソングスパイア以上に大きな疑問符がつく。ラーウッドというのはハーランズ・ワールドの三大陸の森に群生してる樹木で、実際、ミルズポートのどこの酒場のカウンターにもこの木が使用されている。おれはそんな机の脇をすり抜け、化粧漆喰の壁を調べた。壁の白い表面にまずまちがいのない光線銃の黒い署名の跡が畝になって残っていた。焼け焦げがちょうど頭の高さから始まり、短い弧を描いて下に延びていた。

バンクロフトはバルコニーから降りてこなかった。おれはシルエットになった彼の顔を見上げて言った。「銃撃があったことを示すものはこれだけか?」

「そうだ」

「ほかに何か壊れたり、疵ができたりしているものは?」

「ない。何も」バンクロフトが何か言いたそうにしているのは明らかだった。が、おれが話しおえるのを礼儀正しく待っていた。

「警察は銃があんたの脇に落ちてるのを見つけた」

「そうだ」

「あんた自身はそういう芸当ができる武器を持ってはいないのか?」

「いや、持っている。私を撃った凶器がそれだ。机の下の金庫の中に保管してあった。金庫は指紋式のものだが、警察が来たとき、金庫は開けられていた。が、銃以外には何にも手をつけられていなかった。金庫の中を見るかね?」

「いや、今はまだいい」ミラーウッド製の家具を動かすのは骨が折れる。それは経験からわかっている。机の下の織物の敷物の端をめくってみた。床には継ぎ目があったが、それはほとんど見えないほどのものだった。「金庫は誰の指紋で開くんだね?」

「私とミリアムの指紋だ」

そこで意味深長な間(ま)ができた。バンクロフトは部屋の端と端に離れていても聞こえるほど大きなため息をついた。「遠慮は要らない、コヴァッチ。言ってくれ。誰からも言われたことだ。私が自殺したのか、家内が私を殺したのか。ほかに理に適(かな)った説明はできない。それは私がアルカトラズにある施設のタンクから引き上げられてからずっと言われつづけていることだ」

おれはことさら慎重に部屋を見まわしてから、バンクロフトと視線を合わせて言った。

「まあ、それはそう考えたほうが警察としては仕事がやりやすいからさ。それで何もかもきれいさっぱり説明がつく。それぐらいは認めてやらなきゃ」

バンクロフトは鼻を鳴らした。が、笑ってもいた。意に反して、おれはこの男がだんだん好きになっているのに気づいた。階段をのぼり、バルコニーに出て手すりにもたれた。外では黒い服を着た人影が控え銃の恰好で、芝生を行ったり来たりしていた。遠くにパワーフェンスが光って見えた。しばらくその方向を眺めてから、おれは言った。

「何者かがセキュリティ・システムを全部くぐりぬけ、あんたとあんたの奥さんしか開けられない金庫を開けて、騒ぎひとつ起こさずあんたを殺した。そういうことを信じようと思ったら、かなりの努力が要る。あんたは知的な人だ。だから、そういうことを信じているなら、それにはそれ相当の理由があるはずだ」

「ああ、もちろん。理由はいくつかある」

「しかし、それは警察が無視することに決めた理由だ」

「そうだ」

おれは彼のほうを向いて言った。「よかろう。拝聴しよう」

「きみはそれをもう見ている」と彼は私のまえに立って言った。「私はここにいる。私はまた生き返った。つまり、私の首のうしろに埋められている皮質メモリー・スタックを吹き飛ばしたからと言って、私を殺したことにはならないということだ」

「あんたはメモリー・スタックを遠隔保管してる。それぐらいは言われなくてもわかる。さもなきゃ、あんたはそもそもここにいない。そのスタックの更新はどれぐらいの頻度でやってるんだね？」

バンクロフトは笑みを浮かべて言った。「四十八時間ごとだ」そう言って、首のうしろを叩いた。「ここから直接アルカトラズにある〈サイカセック〉の保管装置にニードルキャスト移送される。自動的に。私がいちいち考えなくても」

「そこにあんたのクローンも保管されてるんだね？」

「ああ。何体も」

要するに、彼の場合、不死が手厚く保証されているということだ。おれは椅子に坐り、そのことを自分の身に置き換えて考えた。おれ自身はそういう身分をどれくらい望んでいるか。いや、そもそもそういうことを望んでいるのかどうか。

「そういうことをするには相当金をふんだくられるんだろうな」とおれは最後に言った。

「いや、そうでもない。施設そのものが私のものだから」

「なるほど」

「わかったかね、ミスター・コヴァッチ。要するに、私か妻が引き金を引いたなどということはまず考えられないということだ。なぜなら、それだけでは私を殺したことにはならず、そのことはふたりともよく知っているからだ。だから、どれほど奇異に見えようと、これは見知らぬ人間の仕業でなければならないのだよ。私がメモリー・スタックを遠隔保管していることを知らない者の犯行でなければ、すじが通らないのだよ」

おれはうなずいて言った。「わかった。だったら、あんたたちのほかには誰がそのことを知っていた？走りまわらなきゃならないフィールドを少し狭めよう」

「私の家族以外にかね？」バンクロフトは肩をすくめた。「私の弁護士、ウームー・プレスコットは知っている。それに彼女の手伝いをしている弁護士も。それから、もちろん〈サイカセック〉の所長も。

だいたいそれぐらいだろうか」

「もっとも、自殺というものがすじの通った理性的行為であることはめったにないが」とおれは言った。

「ああ、それは警察にも言われた。彼らは彼らの推理における矛盾点を糊塗して説明するのに、今まさにきみが言った事実を利用しようとした」

「矛盾点というと？」

さきほどからバンクロフトが話したがっていたのがそれだった。堰を切ったように彼は話しはじめた。

「彼らの説に従えば、私は家まで最後の二キロを歩いて帰ったことになる。そして、歩いて地所にはいり、殺されるまえに明らかに内蔵時計を合わせようとしたことになる」

おれはまばたきをして言った。「ちょっと話が見えなくなった」

「警察はタクシーが着陸した跡をサンタッチ・ハウスから二キロ離れた空き地に見つけた。それはうちのセキュリティ・システムがカヴァーしている範囲から逃れるのにちょうどいい距離だ。さらにうまい具合にその時刻、衛星警備もうちの上空からはずれていた」

「警察は当然タクシーのデータ・スタックを調べたと思うが」

バンクロフトはうなずいた。「とりあえず調べるだけはね。しかし、ウェスト・コーストの法律はタクシー会社に全車両の走行状況を記録することを義務づけていない。そのため、記録しているところもあれば、してないところもある。まっとうな会社はだいたい記録しているが、逆に記録しないことをセールスポイントにしている会社もある。利用客のプライヴァシーが、まあ、それで守れるからね」一瞬、捕えられた獲物のような表情がバンクロフトの顔に浮かんで消えた。「客によっては——あるいは場合によっても——そのほうが好都合ということもないではないから」

「そのタクシー会社を以前に使ったことは？」

「まあ、たまに使うことはある」

論理的に導き出される質問がひとつ、おれとバンクロフトのあいだに漂った。が、おれは自分のほうからはあえて訊かずに待った。バンクロフトはプライヴァシーが守れるタクシーを使い、そしてそれにはもちろん理由があった。しかし、自分のほうから話したくないというのであれば、無理に訊き出そうとは思わなかった。話すことがほかには何もなくなるまでは。

バンクロフトは空咳をしてから言った。「着陸したクルーザーはタクシーではなかった可能性もある。そのことを示唆する証拠もある。着陸した際に地面にできた跡がそうだ。それは警察も認めている。タクシーよりもっと大きなクルーザーだった可能性も否定できないとね」

「それは、しかし、どれほど強く着陸したかによってちがってくるだろうが」

「もちろんそうだ。いずれにしろ、着陸地点から私が歩いた痕跡と、郊外を二キロ歩いた私の靴の状態とはぴたりと一致するんだそうだ。一方、私が殺された夜中の午前三時すぎにこの部屋から電話がかけられている。時刻を確認するタイムチェックの電話だ。電話それ自体には誰の声も残っていない。ただ、誰かが息をしている音しか」

「警察はそのことを知ってるのか?」

「もちろん」

「それについては警察はどんな説明をしてる?」

バンクロフトは薄く笑って言った。「なんの説明もない。雨の中をひとりで二キロも歩くというのはいかにも自殺志願者がやりそうなことであり、私が自分の頭を吹き飛ばすまえに内蔵時計を調整したことにも彼らはどんな矛盾も感じないのだろう。きみがさっき言ったように、自殺というのは理性的な行動ではないからね。もっとも、こうしたことに関して、警察にはあらゆる記録が残っているのだろうが。

実際、世の中には、自殺しては翌日新しいスリーヴで生き返る生活不適格者があふれているからね。そういう説明は何度もされたよ。しかし、その手の自殺者はみんな自分自身を遠隔保管していることを忘れてしまうんだろうか。あるいは自殺するときにはそんなことなどもうどうでもよくなってしまうのか。どちらにしろ、われらが愛すべき医療福祉機関は彼らをすぐに生き返らせる。遺書や故人の要望のあるなしにかかわらず。奇妙な人権の乱用としかほかに言いようがない。ハーランズ・ワールドでも事情は同じかね？」

おれは肩をすくめて言った。「まあね。要望が法的に認められた場合には、そのまま死なせてもらえることもないではないが、そうでない場合には蘇生させないことがスタック保管法違反になる」

「まあ、それはそれで自殺の賢明な予防策とは思うが」

「ああ、それで自殺に見せかけた殺人も防げる」

バンクロフトは手すりにもたれ、まっすぐにおれと眼を合わせて言った。「ミスター・コヴァッチ、私はもう三百五十七歳だ。企業戦争などこれまでに何度経験してきたか知れない。それにともなう生産部門や株式部門における大損もね。ふたりの子供のほんとうの死も経験している。少なくとも三度の破産の危機も。それでも、私はまだここにいる。私は自分の命を自分で断つような人間ではないよ。よしんばそうであったとしても、こんなやり方をしてしくじりはしないだろう。私に死ぬ意志がもしあったのなら、ここでこうしてきみと話をしているようなことにはなっていないだろう。これでわかってもらえただろうか？」

おれは彼を見返した。彼の黒く鋭い眼をじっと見すえて言った。「ああ、よくわかった」

「よろしい」彼は視線をはずした。「じゃあ、さきを続けようか？」

「ああ。警察のことだが、連中はあんたにあまり好意を抱いていないようだった。そのわけは？」

バンクロフトはユーモアのかけらもない笑みを浮かべた。「警察と私とのあいだには客観的な問題があるのだよ」

「客観的な問題?」

「ああ」彼はそう言ってバルコニーを移動した。「来てくれ。私が今言ったことがきみにもわかるはずだ」

おれは彼のあとについて手すりに沿って歩いた。そのとき腕が望遠鏡にあたり、その拍子に望遠鏡の円筒が垂直に立った。ダウンロードにともなう震えが顕著になってきていた。望遠鏡のモーターが音を立て、円筒が自動的にまたもとの浅い角度に戻った。仰角と可視範囲を示す数字が旧式のデジタル・メモリー画面に表示された。おれは立ち止まって、機械が自ら自動修正するのを眺めた。何年にも及ぶ埃にまみれて、キーパッドに指の跡が残っていた。

バンクロフトはおれの体の震えに気づかないのか、それとも気づかないふりをするのが礼儀と思ったのか。

「あんたのかい?」おれは親指で望遠鏡を示して言った。彼は望遠鏡を見た。関心のかけらもないといった風情だった。

「以前、凝ったことがあるんだ。星がまだ眺める対象であった時代にね。星を眺めるとどんな気分になったものか、今ではもうそんなことも忘れてしまったが」意識的に何かを主張するでもなく、もったいぶるでもなく、いかにも些細なことだと言わんばかりの物言いだった。声自体うつろだった。伝達エネルギーがどこかで途切れてしまったようなところがあった。

「最後にそのレンズ越しに星を見たのはもう二世紀近くもまえのことだ。その頃は航行中の入植船がまだ何隻も見られた。成功するかどうかもまだはっきりとはわからなかった時代の話だ。ニードル光線が届くのを今か今かと待ったものだよ。灯台の灯火を探すように」

彼はどこか遠くへ行ってしまっていた。おれはそんな彼を現実に引き戻して、それとなく思い出させた。「客観的な問題と言ったね？」

「そう、客観的な問題だ」彼はうなずいて腕を広げ、自分の地所を示した。「あの木が見えるかね？テニスコートのすぐ向こうに生えている」

見つけずにいるほうがむずかしかった。邸宅の屋根より高い、節くれだった怪物のような木で、テニスコートと同じくらいの広さの木陰をつくっていた。おれは黙ってうなずいた。

「あの木は樹齢七百年を超えている。この土地を買ったとき、雇った設計技師はあの木を切りたがった。あの小高い丘のところまで延びる大きな家を建てるのがその設計技師のプランで、あの木は海の景観を損ねるというわけだ。私は即刻その技師を馘にした」

バンクロフトは、言わんとすることが伝わっているかどうか確かめようとするかのように、私のほうを向いた。

「わかるかね、ミスター・コヴァッチ、技師はそのとき三十代半ばで、彼にとってあの木は障害物以外の何物でもなかった。彼の設計プランの邪魔をするものでしかなかった。あの木は彼の人生の長さの二十倍以上もこの世の一部であったのに、そんなことは彼にはどうでもよかった。そういうことに対する敬意というものがその技師にはまったくなかった」

「つまり、あんたがあの木というわけだ」

「まさに」と彼は抑揚のない声で言った。「まさに私はあの木そのものだ。警察は私を切り倒したがっている。今言った技師のように。私は彼らにとって邪魔者で、彼らは敬意というものを知らない」

おれは椅子に戻って、彼が言ったことを考えた。クリスティン・オルテガの態度がようやく腑に落ちた。自分だけは善良な市民に強いられるものの埒外にいるなどとバンクロフトが思っているようなら、制服を着た友人が彼に多いわけがない。オルテガにはオルテガの木がある。それは法という名の木で、彼女には、バンクロフトのような人間はその木に不浄な釘を打ちつけているように見えるのだろう。しかし、そんなことをバンクロフトに言っても始まらない。おれはこの手のことを両方の側から長く見てきた。だから言えるのだが、解決策はひとつしかない。おれの先祖が取った解決策だ。法が気に入らなければ、その法の力の及ばないところに行く。それしかない。

そして、そこで自分の法をつくる。それしかない。

バンクロフトは手すりのそばから離れようとしなかった。たぶん木と話でもしているのだろう。おれはこの問題はこのままにしておくことにして尋ねた。

「最後に覚えてることは？」

「八月十四日、火曜日」と彼は即座に答えた。「午前零時前後にベッドにはいったことだ」

「それが最後に遠隔更新した日時になるわけだ」

「そうだ。ニードルキャストが完了するのは午前四時頃になると思うが、その頃にはもうまちがいなく眠っていた」

「つまり、あんたが死ぬほぼ四十八時間前ということか」

「残念ながら」

まさにそのとおりだ。四十八時間あれば、どんなことでも起こりうる。それだけの時間があれば、月に行って帰ってもこられる。気づくと、眼の上の傷痕を指で掻いていた。この傷痕にはどんな物語があるのだろう？　そんなことがぼんやりと思われた。

「それ以前に誰かがあんたを殺したがるような出来事は特になかった。その点については何も思いつかないんだね？」

バンクロフトはまだ手すりにもたれて遠くを見ていた。が、笑ったのがおれにはわかった。

「何か可笑しなことを言ったかな？」

ようやく彼も戻ってきて言った。

「いや、ミスター・コヴァッチ。今私が置かれている状況に関して可笑しなことなど何もないよ。誰かが私の死を望んでいる。それはおよそ心地よい環境とは言いがたい。しかし、わかってほしいのは、私のような立場にいる者にとって、他人の敵意などというものは、いや、死の脅迫でさえ、人生の一部、日々届く小包みたいなものだということだ。人々は私を羨み、私を憎む。それは成功の代価と言っていい」

これはおれには初耳だった。おれは十ばかりの異なる星で人から嫌われている。しかし、自分のことを成功した人間だなどと思ったことは一度もない。

「だったら、最近何か面白そうなのはなかったかい？　死の脅迫文とかの中に」

彼は肩をすくめた。「たぶんあったはずだ。ただ、そういうものを自分で調べる趣味はなくてね。すべて弁護士のミズ・プレスコットに任せてある」

「死の脅迫を受けても取り立てて騒ぐこともないというわけだ」

「ミスター・コヴァッチ、私は企業家だ。チャンスがあるところには危険もある。私はその両方に対処する。そのために人も雇う。それが私のやり方だ」

「それはなんとも便利なことだろうが、これまで聞かされたことから察するに、あんたにしろ、警察にしろ、どちらもまだミズ・プレスコットのファイルを調べてない。そういうことかい？」

バンクロフトは手を振って言った。「いや、警察もそれぐらいの捜査はしたよ。だから、ミズ・プレスコットはすでに私に報告してくれていたのとまったく同じことを警察にも話した。つまり、ここ半年のあいだ、取り立てて不審なものは何も届かなかったとね。彼女のそのことばを疑わなければならない理由はどこにもないし、そもそも私は彼女を信用している。それでも見たいのなら、もちろん見てくれてかまわないが」

この古い星の血迷った人間、あるいは負け犬からの罵詈雑言を何百メートルもスクロールするという仕事には、ただ思い描いただけで疲れをどっと感じさせる効果があった。バンクロフトの抱える問題への関心の欠如が改めて自覚された。が、ヴァージニア・ヴィダウラからもお誉めのことばがもらえそうな自制心を発揮して、おれは言った。

「まあ、どっちみち、ウームー・プレスコットからも話は聞かなければならないだろう」

「だったら、会えるように手筈を整えよう、今ここで」バンクロフトの眼の奥が光った。内蔵ハードウェアと相談しようとしているのだろう。「きみは何時頃がいい?」

おれは手を上げて言った。「そういうことはおれが自分でやったほうがいいだろう。おれから連絡があるということだけ伝えておいてくれ。それから、あんたの〈サイカセック〉も見てきたい」

「わかった。そうだな、プレスコットにきみを〈サイカセック〉に連れていくように言おう。彼女は所長を知ってるから。ほかには?」

「クレジット関係」

「もちろんだ。私の取引銀行にDNAコードのきみ名義の口座がすでに開設されているはずだ。ハーランズ・ワールドでもシステムは変わらないと聞いているが」

おれは親指を舐めて掲げ、眼で問いかけた。バンクロフトはうなずいた。

「ここでもそれだ。ベイ・シティには今でもキャッシュしか通用しないエリアがある。まあ、きみがそういうエリアであまり長い時間を過ごさなくてもすめば、それに越したことはないが、必要な場合には今言ったきみ名義の口座からキャッシュを引き出してくれ。それはどの銀行の支店でもできる。武器は要るかな?」

「今のところは要らない」ヴァージニア・ヴィダウラの金科玉条のひとつに、道具を選ぶまえに仕事の性質を見きわめろ、というのがある。派手なドンパチを予測するには、ラウンジの壁に残るただひとつの焼け焦げは上品すぎた。

「まあ、それでも」とバンクロフトはおれの返答にほとんど困ったような顔をして言った。すでにシャツのポケットに手を伸ばしかけていたのだが、ぎこちなくその動作を続け、名前が書かれたカードをおれに差し出した。「私の銃製造者だ。きみから連絡があるはずだともう言ってある」

おれはカードを受け取って、見た。飾り文字で、〝ラーキン&グリーン——武器製造。二二〇三年創業〟と書かれていた。どうやら老舗のようだ。名前の下に数字が並んでいた。おれはそれをポケットに入れ、認めて言った。

「あとで役に立つかもしれない。でも、今のところはソフトランディングしようと思ってる。だから、あんたはしばらくうしろに下がって、様子を見ててくれ。実際、そういうことが今のあんたには必要なんじゃないかな」

「そのとおりだ。きみのほうは、よかれと思ったら、なんでも試してくれ。きみの判断にまちがいのないことを信じている」バンクロフトはそう言って、おれの視線をとらえ、しばらく放さず、つけ加えた。「ただ、契約書に書かれていたことは忘れないでほしい。きちんとした仕事に対してはもちろんきちんと払わせてもらう。ただ、信用が損なわれたら、私もあまり寛容ではいられなくなる」

「そりゃそうだろう」とおれはいささかうんざりして言った。レイリーン・カワハラが彼女に忠実でなかった部下に対して取った処置のことが思い出された。彼らの獣のような叫び声はそのあと長いこと夢に出てきた。彼らの叫び声をＢＧＭに、レイリーンはリンゴの皮を剝きながら言ったものだ。誰もほんとうには死ななくなって以来、懲罰と言えば苦痛だけになってしまった、と。あのときのことを思い出すと、いまだに新しい顔が引き攣るのがわかった。「エンヴォイがわたしに関して言ってることなんてたわごともいいところよ。わたしの言ったことだけが真実だったし、それはこれからも変わらない」

　おれは立ち上がった。

「どこか街中のホテルを推薦してくれないか。静かで、市の中心部にあるやつがいい」

「わかった。ミッション・ストリートに何軒かある。誰かにそこまで送らせよう。もう留置場から出てるようなら、カーティスに」バンクロフトも立ち上がった。「このあとはミリアムと話をするんだったね？　最後の四十八時間については私より彼女のほうがはるかに多くのことを知っている。だから、なんでも訊いてみてくれ」

　大きな胸のティーンエイジャーの体とあの古老のような眼を思い出して、ミリアム・バンクロフトと話をするのが急に億劫になった。と同時に、ひんやりとした手にみぞおちを撫でられたような感覚も覚えて、亀頭に一気に血が集まった。すばらしい。

「ああ」とおれは気のない返事をした。「そうするよ」

第四章

「なんだか、あなた、そわそわしてない、ミスター・コヴァッチ？　そんなことはない？」

おれは肩越しに振り返って、おれをそこまで案内してくれたメイドを見た。それからまたミセス・バンクロフトに視線を戻した。ふたりは肉体的にはほとんど同世代に見えた。

「いや」とおれは答えた。意図した以上にぞんざいな口調になっていた。

彼女はわずかに唇を曲げてから、それまで点検していた地図をまるめる作業に戻った。背後でメイドが地図室のドアを閉めた大きな音がした。バンクロフトはおれと話をするのに女房を同席させたがらなかった。たぶん互いに顔を見合わせるのに耐えられるのは一日一回が限度なのだろう。かわりにメイドのほうは、おれとバンクロフトがバルコニーからラウンジに戻るなり、まるで魔法のようにすぐに姿を現した。バンクロフトはそのときにも最初と同程度の関心をメイドに向けた。

ラウンジを出るとき、おれはふと振り返った。バンクロフトはミラーウッドの机の脇に立ち、壁にできた弾丸(たま)の痕を見つめていた。

ミセス・バンクロフトは手際よく地図を固くまるめると、長い筒の中に入れ、顔を上げることもなく言った。

「それじゃ、なんでも訊いてちょうだい」

「事件があったときあんたはどこにいたんだね？」

「ベッドの中」と彼女は今度はおれを見て言った。「でも、それを証明しろなんて言わないで。ベッドにはわたしひとりしかいなかったから」

　地図室は細長く、風通しのいい部屋で、アーチ型の天井にはイリユミニウム・タイルが張られていた。地図のラックは腰までの高さで、一番上の部分がどれもガラス張りになっていて、博物館の陳列ケースのように並べられていた。おれは中央の通路から出ると、そういったラックのひとつをあいだにはさんで、ミセス・バンクロフトと向かい合った。わけもなく、そのラックのおかげで身が守られているような気がした。

「ミセス・バンクロフト、あんたはひとつ誤解してるようだ。おれはお巡りじゃない。欲しいのは情報で、誰に罪があろうとなかろうと、そんなことに興味はない」

　彼女はまるめた地図をホルダーに収めると、両手をうしろにやってラックにもたれた。若い汗もテニスウェアも、おれが彼女の旦那と話しているあいだに、洒落たバスルームに置いてきたのだろう、今はディナージャケットとボディスが合体したみたいな胴衣と黒いスラックスを完璧に着こなしていた。袖をラフに肘までまくり上げていたが、手首に宝石はなかった。

「わたしの言い方は何か罪を犯した人間のようだったかしら、ミスター・コヴァッチ？」と彼女は言った。

「まったくの赤の他人に自分の貞節が疑われやしまいかとよけいな心配をしている人間のようだった」

　彼女は笑った。咽喉（のど）の奥から発せられた愉しげな笑い声で、彼女の肩がそれにつれて上下した。とりあえず好きになれそうな笑い声だった。

「あなたってとても婉曲的な物言いをするのね」

おれは眼のまえのラックのガラスケースに収められている地図を見た。左上の隅に日付が書かれていた。おれが生まれるより四世紀もまえの日付だった。名前が手書きで書かれていたが、そっちのほうは読み取ることができなかった。

「おれが住んでるところじゃ、単刀直入ということがあまり美徳とは思われてなくてね、ミセス・バンクロフト」

「そうなの？　だったら何が美徳なの？」

おれは肩をすくめて言った。「礼儀正しさ。自制心。関係者全員に恥をかかせないこと」

「そんなのってなんだか退屈そうね。あなたは地球ではいくらかショックを受けることになるかもしれないわ、ミスター・コヴァッチ」

「おれは自分が住んでるところで善良な市民だったとは言ってない」

「なるほど」と彼女はラックから離れておれに近づいた。「そうだったわね。あなたのことはローレンスから少し聞いたわ。あなたはハーランズ・ワールドでは危険人物と目(もく)されてるんですってね」

おれはただ肩をすくめた。

「ロシア語よ」

「ええ？」

「その手書きの文字」彼女はラックのまわりをまわり、おれの横に立って、地図を見下ろした。「これはロシアのもので、コンピューターがつくった月の着陸用地の地勢図。オークションで手に入れたんだけれど、とても珍しいものよ。気に入った？」

「ああ、悪くない。ご主人が殺された夜、あんたがベッドにはいったのは何時頃だったんだね？」

彼女はおれを見つめて言った。「早かった。言ったでしょ、わたしはひとりだったのよ」彼女は声音がきつくなるのを努めて抑えているようで、ほとんどもとの軽い口調に戻っていた。「まあ、夫婦が別々に寝ていること自体罪悪のように聞こえるなら、それはちがうわ。あきらめよ。苦々しさの副産物」

「あんたは亭主に苦々しさを覚えてる？」

彼女は笑みを浮かべた。「言ったでしょ、あきらめだって」

「あきらめと苦々しさ。あんたは両方言った」

「あなたはわたしが主人を殺したと思ってるの？　そう言ってるの？」

「おれはまだ何も言ってない。でも、その可能性もないとは言えない」

「そう？」

「あんたには金庫を開けることができて、事件が起きたときにはセキュリティ・システムの内側にいた。それに、今の話を聞くかぎり、感情的な動機もありそうだ」

笑みをたやさず、彼女は言った。「これはこんな事件だってあなたはもう説明してくれているわけ、ミスター・コヴァッチ？」

おれは彼女を見返して言った。「どこかの誰かの心臓がひどく高鳴ったのだとすれば、そういう事件という可能性は充分に考えられる」

「警察もしばらくそういう線を考えていた。でも、結局、心臓は高鳴らなかったという結論を出した。ここでは煙草は遠慮してほしいんだけど」

おれは自分の手を見た。無意識のうちにクリスティン・オルテガがくれた煙草を手に持っていて、パックの中からすでに一本取り出そうとさえしていた。神経のせいだろう。おれは新しいスリーヴになんだか裏切られたような妙な気分で、煙草をしまった。

「失礼」

「謝ってもらわなくてもいいけれど、この部屋の空気はきれいにしておかなくちゃならないのよ。汚染に弱い地図がたくさんあるから。あなたにはわからないかもしれないけれど」

どういうわけか、彼女はとんでもない低能に噛んで含んで聞かせるような言い方をした。その場の主導権が自分の手から離れていく。おれはわけもなくそんな感覚を覚えた。

「警察はどうして――」

「それは警察に訊くことね」彼女はおれに背を向け、おれから離れた。何か意を決したように。「ミスター・コヴァッチ、あなたはおいくつ？」

「主観的な歳かい？　それなら四十一だけれど、ハーランズ・ワールドでの歳はここでの歳よりもう少しいってる。でも、そんなことにあまり意味はない」

「だったら、客観的な歳は？」と彼女はおれの口調を茶化して言った。

「おれはこれまで合わせると一世紀ばかりタンクに保管されてた男だ。そういう人間はあまり歳など数えたりしなくなるものだ」それは嘘だった。保管刑の刑期がそれぞれどれほどのものだったか、どの刑についてもちゃんと覚えていた。ある夜、ふと思いたって計算したら、その数字が頭から離れなくなったのだ。服役するたびにその数は増えこそすれ、減ることはない。

「それじゃ、今はさぞ人恋しいことでしょうね」

おれはため息をつき、近くのラックを見た。まるめられた地図はどれにも端にラベルが貼ってあり、ラベルには考古学的な文言が記されていた。小シルチス（地中海のガルベス湾の古代名）――第三次発掘、東部。ブラッドベリー――アボリジニーの廃墟。おれはまるめられた地図のひとつを引き出して言った。

「ミセス・バンクロフト、おれが人恋しがっていようが、何をしていようが、そんなことは今はどうでもいいことだ。それより、あんたの旦那が自殺しかねない理由を何かひとつでも思いつかないかな?」

彼女はおれが言いおえないうちからおれのほうを向いていた。怒りに顔を引き攣らせていた。

「主人は自殺なんかしていません」と彼女は冷ややかに言った。

「やけにきっぱりと言うね」おれは地図から顔を起こして、彼女に笑みを向けた。「つまり、眠ってたと主張してる人のわりには、ということだが」

「それをもとに戻して!」と彼女は突進するような勢いでおれのほうにやってきて叫んだ。

「あなたにはそれがどれほど貴重なものか――」

おれが地図をラックに戻すと、彼女はぴたりと足を止め、深く息を吸った。抑えきれない感情が彼女の頬を赤く染めていた。

「ミスター・コヴァッチ、あなたはわたしを怒らせたいの?」

「少しはあんたの関心を惹きたいだけさ」

おれたちはほんの数秒見つめ合った。ミセス・バンクロフトは眼を伏せて言った。

「言ったでしょ、事件が起きたとき、わたしは眠ってた。ほかに何が言える?」

「その夜、ご主人はどこへ出かけたんだね?」

彼女は唇を噛んだ。「確かなことはわからない。ただ、その日、オオサカには行ったわ。会議があったんで」

「オオサカというと?」

彼女はちょっとびっくりしたようにおれを見た。

「奥さん、おれはここの人間じゃないんだよ」とおれは辛抱強く言った。

「オオサカは日本の都市よ。てっきりわたしは――」

「ああ、そのとおりさ。ハーランズ・ワールドは日本の〝系列〟が東ヨーロッパの労働力を利用してつくった入植星だ。でも、それは大昔の話で、その頃おれはまだ生まれてなかった」

「ごめんなさい」

「何も謝ることはない。自分の先祖が三世紀前に何をしてたかなんて、あんただってそんなに詳しくは知らないはず――」

　おれはそこでことばを切った。ミセス・バンクロフトは怪訝な顔をして、おれを見た。自分のことばが少し経ってあとから聞こえてくるような奇妙な感覚があった。ダウンロードした直後はよくこういうことが起こる。すぐに眠る必要があった。何かとてつもなく馬鹿なことを言うか、しでかすかするまえに。

「ミスター・コヴァッチ、わたしの歳はもう三世紀を超えてるのよ」彼女の口元にはひそかに何かを愉しむ者の薄い笑みが浮かんでいた。ボトルバックサメが水中にもぐるようにスムーズに、彼女は主導権を取り戻していた。「外見はあてにならないということね。これはわたしの十一番目の体よ」

　彼女は、だからもっとちゃんとわたしを見なさい、と言わんばかりのポーズを取った。おれはそれとなく、スラヴ系の頬骨から胸、さらになだらかなヒップライン、スラックスに包まれた太腿の線に眼を走らせた。おれにも、新しいスリーヴにも、触れる権利のないものに対する痛いほどの愛着を覚えながら。

「見事なスリーヴだ。おれの好みからすれば、ちょっと若すぎるが。でも、今言ったようにおれはここの人間じゃない。旦那のことにまた話を戻してもいいだろうか。彼は昼間のうちにオオサカへ行って、夜、帰ってきた。もちろん、物理的に行ったわけじゃないと思うが」

「ええ、もちろん。オオサカには主人のトランジット・クローンが冷凍保管されてる。いずれにしろ、六時前後にはこっちに戻っていたはずよ。でも――」

「でも？」

彼女はそれまでのポーズを少しだけ変えて、おれに手のひらを向けた。無理に気を落ち着かせようとしている――おれはそんな印象を受けた。「でも、帰りは遅かった。取引がまとまったときにはいつもそうなのよ」

「その間、ご主人はどこにいたのか、それは誰にもわからないのかい？　たとえば、そう、カーティスなんかにも」

さきほど彼女の顔に表れた緊張はまだそこにあった。長い年月風雨にさらされ、薄い雪の外套をまとっている岩のように。「主人はカーティスを呼ばなかった。だから、スリーヴィング・ステーションからはたぶんタクシーを使ったのでしょう。ミスター・コヴァッチ、わたしは主人の見張り番じゃないのよ」

「その会議というのは大切なものだったのかい？　そのオオサカでの会議というのは？」

「それは……いいえ、そうでもないと思う。その会議のことはふたりで話し合ったりしてた。もちろん主人は覚えてないでしょうけど。まえから主人の予定にはいっていた会議だった。契約内容についてもふたりで話し合った。相手は日本をベースにしている〈パシフィコン〉という海洋開発会社なんだけれど、リース契約の更新をしなければならなかったのよ。その手の仕事は、普通はベイ・シティですべて片づくんだけれど、査定官と特別に話し合わなければならなくなった。そういう場合、現場で対応するのがやはり最善策ということになる。わかるでしょ？」

おれはもっともらしくうなずいた。海洋開発の査定官というのはいったいどういう職業なのか、さっぱり見当もつかなかったが。気づくと、ミセス・バンクロフトはいくらか緊張を解いていた。

「つまり通常の業務というわけだ、ええ？」

「まあ、そうね」彼女は疲れた笑みをおれに向けた。「ミスター・コヴァッチ、今わたしが話したようなことは警察に行けばすぐにわかると思うけれど」

「ああ、もちろん。しかし、彼らがその情報をおれと分かち合いたがるかどうかはわからない。おれにはここじゃなんの権限もないんだからね」

「ここに来たとき、あなたは彼らと充分仲がよさそうに見えたけど」彼女の声には悪意の棘が含まれていた。おれは彼女が眼をそらすまでじっと彼女を見つめた。「いずれにしろ、あなたに必要なものはなんでもローレンスが調達してくれるはずよ」

彼女を相手にこんな話をしていても埒(らち)は明きそうになかった。おれはいったん引き下がることにした。

「こういう話は本人としたほうがよさそうだ」おれは地図室を見まわした。「この地図だけど、集めはじめてどれぐらいになるんだね？」

ミセス・バンクロフトはおれが事情聴取を終わらせようとしているのを察したにちがいない。ひびのはいった油受けから油が洩れるように緊張を解いた。

「ほぼわたしの人生を通じてと言ってもいいわね」と彼女は言った。「ローレンスが星を眺めているあいだも、わたしたちのうちのどちらかは地上から眼をそらさなかった。言ってみれば、そういうことね」

ヴェランダで見捨てられたままになっている天体望遠鏡。夕空を背景に、時と過去の強迫観念の物言わぬ証人として、誰も望まない遺物として、斜めに座礁しているそのシルエットが眼に浮かんだ。ソングスパイアがミセス・バンクロフトに撫でられていきなり眼をさましたように、おれが誤って腕をぶつけたあと、あの天体望遠鏡はおそらくは何世紀もまえに設定されたプログラムに忠実に自動的に照準を戻した。そのときの様子も眼に浮かんだ。

古さ。

突然、おれは息苦しいまでの圧迫感を覚えた。サンタッチ・ハウスに使われている石材のすべてから古さが有毒ガスのように洩れ出し、びっしりとおれのまわりを取り囲んでいた。長い年月。その気配が眼のまえのありえないほど若く美しい女からも感じられ、咽喉(のど)がロックされたようになった。おれの内なる何かが今すぐここから飛び出して、新鮮な空気を吸いたがっていた。おれが学校で習ったどんな歴史的な出来事よりさらに古い記憶を持つこれらの生きものから、ひたすら逃れたがっていた。

「大丈夫、ミスター・コヴァッチ？」

ダウンロード症候群。

おれは努めて意識を集中させた。「ああ、大丈夫」咳払いをして彼女の眼を見た。「そろそろ終えよう。時間を割いてくれてありがとう」

ミセス・バンクロフトはおれのほうにやってきた。「もし、なんなら――」

「いや、大丈夫。それじゃまた」

地図室を出るだけで時間が永遠にかかりそうだった。足を踏み出すだけで、その振動が頭に響くようだった。一歩一歩歩くたび、飾られている地図一枚一枚のまえを通り過ぎるたび、大昔の眼に見つめられているのが背骨にはっきりと感じられた。

無性に煙草が吸いたくなった。

第五章

バンクロフト家のショーファーがおれを街中まで連れ戻してくれたときには、空は懐かしい銀色で、光がまだベイ・シティを覆っていた。おれたちは海のほうから螺旋を描いて降下し、古ぼけたさび色の吊り橋を越え、勧告速度を超えて半島の丘に顔を起こして立ち並ぶ建物群の中にはいった。ショーファーのカーティスは警察に即決勾留されたことにまだ腹を立てていた。釈放されてから、おれを街中まで送るようバンクロフトに言われるまで二時間と経っておらず、リムジンの中でもずっと不機嫌なまま、口数も少なかった。筋骨逞しく、まだ若く、少年らしさの残る整った顔は、ふくれっつらをしてみせるにはもってこいだが、ローレンス・バンクロフトの使用人たちは政府の手先に自分の仕事を邪魔されることにたぶん慣れていないのだろう。

文句を言っているのではない。が、おれ自身の気分もカーティスのそれと大して変わらなかった。サラの死のイメージがたえずおれの心に忍び込んできていた。なんといっても、おれにとってはつい昨日の出来事なのだ。主観的には。

おれたちは広い通りの上空で停止した。それがあまりに急だったので、おれたちの上にいた誰かが怒りの接近警報をリムジンのコミュニケーション装置に送り込んできた。カーティスはコンソール上のそのシグナルを片手で振り払うようにして消すと、ルーフウィンドウ越しに上空を睨みつけた。そのあとはかすかな振動とともに地上交通の波の中にまぎれ込み、すぐに左に折れて、狭い通りにはいった。おれは窓の外に見えるものにそそくさと興味を移した。

街の暮らしはどこも変わらない。おれがこれまでに行ったどの世界でも根底には同じパターンがあった。誇示と大言壮語。売ることと買うこと。乾いた機械音をたてる政治のどんなマシーンが上から落とされようと、人間の行動のエッセンスは蒸留され、その下からにじみ出る。文明化された世界で最も古い星、地球のこのベイ・シティも例外ではなかった。馬鹿でかいだけで内実のない古い建物の表玄関を所有する者から、不恰好なおもちゃの鷹か、巨大な腫瘍のように見えるカタログ・ブロードキャスト・セットを肩にのせている露天商に至るまで、誰もが何かを売っていた。車が歩道に寄せて停まるたび、しなやかな肢体が車に押しつけられ、車の中に首が突っ込まれ、車がこの世にあるかぎり繰り返される交渉がここでもおこなわれていた。カーティスが運転するリムジンは防音および防ブロードキャスト仕様になっていたが、街の喧騒はガラス越しにも感じられた。露天商の呼び込みも、客の購買欲を促す超低周波に変調された音楽も聞こえてきそうだった。

エンヴォイでは人間性が裏返しにされる。まず最初に同じものを見て、自分の居場所がわかる根本の共鳴音のようなものを探し、しかるのち異なる点を細部から築き上げる。

ハーランズ・ワールドは主にスラヴと日本の混合民族で成り立っている。もちろん、金さえ出せば、それとはまた異なるタンクで育つことも可能だが。それに引き換え、ここ地球はどの顔もちがっていた。顔だちも色も。骨ばった背の高いアフリカ人、モンゴル人、青白い肌の北欧人。ひとり、ヴァージニア・ヴィダウラによく似た少女を見かけたが、すぐに雑踏の中に姿を消した。そんな彼らが川の土手に居並ぶ現地人よろしく次々と過ぎ去っていく。

何か妙だ。

そんな思いがふっと心に浮かんだ。雑踏の中の少女のように。おれは考え、思いあたった。

ハーランズ・ワールドの街の風情には、無駄なものをすべて削ぎ落とした優雅さがある。人々の動きや仕種がどこまでも節約されているのだ。慣れていない者の眼にはそれはほとんど振付けのように映るかもしれない。おれはそういう中で生まれ育ったので、ことさらそれを意識することはないが。

ここ地球にはそれがない。リムジンの窓越しに見える人々の商行為は、まるで船と船のあいだでたえず波立ち騒いでいる水面のように慌しい。押し合いへし合い、人の流れに滞りができてもそれに気づくのが遅れ、いったんうしろにさがってからその滞りを避けるようなことさえしている者がいる。誰もが見るからに緊張しており、首を伸ばしてきょろきょろしており、筋肉を引き締めている。実際、二度ばかりぶざまな喧嘩の現場を見かけた。すぐに見えなくなったが。まるであたり一帯にフェロモン刺激物が大量に撒かれてでもいるかのようだ。

「カーティス」とおれは平然とした彼の横顔をちらっと見て言った。「少しのあいだブロードキャスト・ブロックを切ってくれないか？」

彼はわずかに唇を曲げておれを見た。「いいですよ」

おれはシートの背にもたれ、改めて通りを見た。「別に観光しようと言うんじゃない。これまた仕事のうちだ」

露天商のカタログが譫妄（せんもう）時の幻覚のようにリムジンの中にはいり込んできた。直接受信しているわけではないので、いくらか拡散し、またカタログ同士互いに妨害し合って、くぐもって聞こえ、ぼやけて見えたが、それでもハーランズ・ワールドのいかなる基準に照らしても、過剰なブロードキャストだった。そんな中で最もよく聞こえたのがポン引きの宣伝だった――デジタル化され、胸や筋組織にエアブラシがかけられた、オーラルとアナルのセックスの反復映像。ひとりひとりの娼婦の名前が咽喉の奥から出されたような声で囁かれ、それに顔が重ね合わさる。あどけない少女、女王様、無精ひげを生やした種馬野郎。文化のちがいだろう、おれにはまったく理解できないタイプもいた。そのようなポン引きのカタログに交じって、ドラッグやインプラントのディーラーの微妙な薬物のリストやシュールなシナリオも飛び込んできた。宗教のブロードキャストも二、三あった。山の中で心を安らかにするイメージ。しかし、それらは商品の海の中で溺れる人のようだった。

最初は理解不能だったことばの意味が少しずつわかりはじめた。

「〝ハウスの〟というのはどういう意味なんだ?」とおれはブロードキャストからそのことばが三度聞こえたところでカーティスに尋ねた。

カーティスはにやっと笑って言った。「品質保証みたいなもの、〝ハウス〟というのはカルテルなんですよ——海岸沿いにある高級娼館の。まあ、なんでもご要望のままというのが謳い文句でね。つまり〝ハウスの〟の女と言えば、男が夢でしか見られないようなことまでできるよう仕込まれた女ってことです」彼は顎で通りを示した。「でも、騙されないように。ここにいる連中の中にはハウスで働いてた女なんてひとりもいませんから」

「〝スティッフ〟というのは?」

彼は肩をすくめた。「通称です、ベタサナティンの。臨死体験をするのに子供が使うんですよ。自殺より安上がりだから」

「なるほど」

「ハーランズ・ワールドにはベタサナティンはないんですか?」

「ああ、ない」エンヴォイにいた頃、ハーランズ・ワールド以外のところで試したことは二、三度あったが、ハーランズ・ワールドではとりあえず禁止されていた。「自殺はあるが。もうブロックを戻してくれ」

いくらかぼやけたいくつものイメージが消え、おれの頭の中は急にからっぽになった。家具も何もない部屋のように。おれはその感覚も消えるのを待った。たいていの遅発効果同様、それまた消えた。

「ここがミッション・ストリートです」とカーティスが言った。「ここから次のブロックまではみんなホテルです。ここで降ります？」

「どこかお勧めのところは？」

「それはお好み次第ということになりますけど」

おれは肩をすくめた。彼がさきほどやったのを真似て。「明るくて、広くて、ルームサーヴィスが頼めるところかな」

彼は考える顔つきで眼を細めてから言った。「だったら、ヘンドリックスはどうかな。タワー・アネックスがあって、あそこの娼婦は清潔だし」彼は少しだけリムジンのスピードを上げ、二ブロックばかりおれたちは無言で進んだ。おれが言ったルームサーヴィスというのはそういう意味ではなかったのだが、あえて弁明はしなかった。カーティスには彼の好きなように結論づけさせることにした。

記憶から呼び起こしたわけでもないのに、ミリアム・バンクロフトの汗をかいた胸の谷間が勝手に脳裏をよぎった。

カーティスは、煌々と明かりのともったホテルのまえにおれにはよくわからない様式の正面玄関のまえに――リムジンを停めた。おれはリムジンを降りて、巨大な黒人のホロキャストを見上げた。左手で白いギターを掻き鳴らし、その自らの音楽におそらく恍惚となっている表情を浮かべていた。どこかしら芸術的な風情があり、二次元のイメージを再生しているところがいかにも古さをかもしていた。このイメージが意味するところは、あくまでホテルの伝統的なサーヴィスであって、設備の老朽化ではないことを祈りながら、おれはカーティスに礼を言ってドアを閉め、リムジンが遠ざかるのを見送った。リムジンはただちに上昇すると、あっというまに空中交通の流れにもぐり込み、テールライトもすぐに見えなくなった。うしろを振り向くと、少しつっかかりながら、ガラスのドアが自動的に開いた。

ロビーも勘定に入れたら、ホテル・ヘンドリックスはまちがいなくおれが二番目に言った要求を満たしてくれそうだった。カーティスがバンクロフトのリムジンを横に三台か四台停めても、まだ清掃ロボットが動きまわれるスペースが充分あった。最初に言った要求についてはなんとも言えなかったが。壁と天井に不規則にイリュミニウム・タイルが張られていたが、その半減期はもうほとんど終わっており、部屋の中央にほの暗い光を弱々しく投げかける程度の仕事しか果たしていなかった。むしろ外の通りの明かりのほうがより重要な光源になっていた。

閑散としていたが、奥の壁ぎわのカウンターに淡いブルーの光がともっているのが見えた。おれは背の低い肘掛け椅子や、角にメタルを使った、脚の細いテーブルのあいだを抜けて、その光のほうに向かった。が、断線してしまっているのだろうか、カウンターに埋め込まれたモニター画面はスノーノイズ状態になっていた。ただ、画面のひとつの隅で英語とスペイン語と漢字で書かれた指示が点滅していた。

——お話しください。

おれはあたりを見まわしてから、またモニター画面を見た。

誰もいない。

おれは空咳をした。

カウンターの端の文字がぼやけ、また現れた——言語をお選びください。

「部屋を探してる」とおれはただの好奇心から日本語で言ってみた。

モニター画面がいきなり生き返った。それがあまりに突然だったので、思わずあとずさりしてしまった。かすかなノイズが聞こえ、マルチカラーが乱れるいっときが過ぎ、黒っぽい襟とネクタイの上にアジア系の浅黒い顔が現れた。その顔に笑みが浮かんだかと思うと、すぐに白人の女に変わり、気づいたときには、落ち着いたビジネススーツを着た、さきほどのアジア系よりいくらか歳を取った、三十前後のブロンド女と向かい合っていた。おれの対人関係の理想を生成して、同時におれには日本語は話せないと踏んだのだろう。

「こんにちは、ホテル・ヘンドリックスへようこそいらっしゃいました。当ホテルは二〇八七年創業で、おかげさまで現在もつつがなく営業させていただいております。お部屋はどのようなものをご用意いたしましょう?」

おれは女と同じアマングリック語で要望を言った。

「ありがとうございます。部屋は何部屋もございますが、どの部屋も市(まち)のすべての情報、すべてのエンターテインメント・メモリー・スタックとつながっております。ご希望の階と広さをご指示ください」

「タワールームがいい。西向きの。ここで一番大きな部屋だ」

女の顔が画面の隅に引っ込み、三次元の部屋の間取り図が現れた。セレクターが能率的に動いて部屋から部屋へ移り、ひとつの隅で停止すると、問題の部屋を拡大して映し出し、回転させた。画面の片側にさまざまな細かいデータが記された表が出てきた。

「ウォッチタワー・スイートでございます。部屋は三室。寝室は十三・八七メートル――」

「これでいい。ここを頼む」

三次元の間取り図が手品師のトリックのようにいきなり消え、さきほどの女がまた画面全体に現れた。

「何泊ご滞在のご予定でしょう?」

「それはまだ決まってない」

「当ホテルでは保証金を預からせていただいております」とホテルの女は遠慮がちに言った。

「ご宿泊が十四日を過ぎる場合には六百国連ドル預からせていただき、ご宿泊が十四日に満たなかった場合には、そのぶんご返金させていただいております」

「それでいい」

「ありがとうございます」ホテル・ヘンドリックスでは、そもそも金をちゃんと払う客自体珍しいのではないか。そんなことさえ疑わせる声音だった。「お支払い方法は？」

「ＤＮＡコード。〈ファースト・コロニー・バンク・オヴ・カリフォルニア〉」

首すじに金属製の円筒のひんやりとした感触を覚えたのは、支払いに関する詳細が画面にスクロールされているあいだのことだった。

「おまえが感じてるのはおまえが思ってるとおりのものだ」と落ち着いた声がした。「ちょっとでも妙な真似をしてみろ。おまえは皮質メモリー・スタックの断片を全部あの壁から警察にほじくり出してもらわなきゃならなくなる。それには、まあ、何週間もかかるだろうな。つまりほんとうの死ということだ、相棒。両手を体から離すんだ」

おれは言われたとおりにした。銃口が押しつけられているところまで、あまり感じたことのない戦慄が背骨を這いのぼるのがわかった。ほんとうの死の脅しを受けるのはずいぶんと久しぶりのことだった。

「よし」と落ち着いた声の主は言った。「おれの仲間が身体検査をするから、じっとしてろ。妙な動きをするんじゃないぜ」

「この画面の脇に置かれているパッドにＤＮＡ署名をどうぞ」ホテルはすでに〈ファースト・コロニー・バンク〉のデータベースにアクセスしていた。おれはスキーマスクをして、黒い服を着た痩せた女がおれのまえにまわり込み、灰色のスキャナーをおれの頭から足まであてるあいだ、身じろぎひとつしなかった。首すじにあてられた銃口も微動だにしなかった。もはや冷たくは感じられなかったが。おれの体温がもっと親しみの持てる温度に変えていた。

「彼はクリーンだね」女は、こうしたことに慣れている、はきはきとした声をしていた。

「基本的なニューラケムだけ。でも、今はあまり活性化してない。武器は持ってない」

「ほんとうに？　おまえは何光年も旅をしてきたんじゃないのか、コヴァッチ？」

心臓が胸からずれて、生気をなくして腸のあたりに落ちてしまったような感覚があった。ただの強盗であることを祈っていたのだが。

「おれはおまえを知らない」とおれは注意深く言って、ほんの数ミリ頭を動かした。銃口が強く押しつけられた。おれは動きを止めた。

「ああ、そのとおりだ。おまえはおれを知らない。だけど、このあとおれたちはこういうことをする。外に出て――」

「クレジット・アクセスはあと三十秒で消滅します」とホテルが辛抱強く言った。「ＤＮＡ署名をお願いします」

「ミスター・コヴァッチにはもう予約する必要がなくなった」とうしろの男が言っておれの肩を叩いた。

「さあ、来い、コヴァッチ。ちょっとドライヴをしよう」

「お支払いがない場合、お客さまにサーヴィスをご提供することはできません」とスクリーンの女は言っていた。

その女の口調が振り向きかけたおれをなぜか引き止めた。ほとんど反射的におれは無理やり咳をした。

「おい――」

前屈みになって咳き込みながら、おれは手を口にやり、親指を舐めた。

「なんで金を払う、コヴァッチ？」

おれは上体を起こすと、すばやくモニター画面の横に置かれたキーパッドに手を伸ばした。黒いマットのレシーヴァーにおれの唾液の跡が残った。その刹那、肥厚した手の側面がおれの左側頭部にめり込んだ。おれは倒され、床に四つん這いになった。さらにブーツが顔面を直撃し、顔から床に落ちた。

「ありがとうございます」ひどい耳鳴りとともにホテルの声が聞こえた。「只今お支払いのデータ処理をいたしております」

おれは立ち上がろうとした。ブーツが今度は脇腹に飛んできた。鼻血がカーペットに垂れた。銃身が首すじに押しつけられた。

「馬鹿なことをするなよ、コヴァッチ」声から少しだけ落ち着きが消えていた。「あんなことをして警察におまえのあとを追わせようと思ってるのなら、それはもうおまえの皮質スタックがいかれちまってる何よりの証しだ。さあ、立て！」

男はおれを立たせようとした。そのとき雷が炸裂した。

誰がどうして、ホテル・ヘンドリックスのセキュリティ・システムに二十ミリのオートキャノンを取り付けようなどと思ったのか、それはおれの理解を超えていたが、いずれにしろ、そのオートキャノンが自らの務めを完璧に遂行した。自動回転砲塔が二基天井から蛇のように降りてきたのが片眼の隅に見えたと思ったら、もう次の瞬間にはおれを脅していた男に三秒間攻撃を浴びせていた。小さな飛行機ぐらい楽に撃ち落とせるほどの火力があった。その砲声はまさに耳を聾さんばかりだった。

マスクをした女は俊敏にドアをめざしていた。砲声がまだ耳の中にこだましているあいだに砲塔が回転し、女を追い、女が薄暗がりを十歩ばかり走ったところで、女の背中にルビー色のレーザー光線の斑(まだら)

模様ができ、一斉射撃が閉ざされたロビー内で炸裂した。おれは膝をついたまま手で耳を覆った。砲弾が女を射抜いた。女は倒れ、あまり優雅には見えない肉の塊になった。

そこで砲撃は終わった。

コルダイト爆薬のにおいが漂った。動いているものは何もなかった。回転砲塔はまた眠りに向かい、砲身もじっと動かず、下に向けた砲口から煙を漂わせていた。おれは耳から手を放し、ゆっくりと立ち上がり、恐る恐る鼻と顔に手をやって、受けた傷の程度を調べた。鼻血は止まりかけていた。口の中を切っていたが、ぐらぐらしているような歯は一本もなかった。二番目の蹴りを受けた脇腹がひりひりと傷んだが、骨が折れているような感覚はなかった。一番近くに転がっている死体を見て、見なければよかったと思った。モップで掃除する必要がありそうだった。

チャイムがかすかに鳴り響き、左のほうでエレヴェーターのドアが開いた。

「お部屋の用意ができました、コヴァッチさま」とホテルは言った。

第六章

クリスティン・オルテガは見事なほど自分を抑えていた。

ホテルのロビーのドアを抜けると、ジャケットのポケットに入れた重いものを太腿にぶつけて弾ませながら、軽い足取りでロビーの中央までやってきた。そして、舌を押しつけて頬をふくらませ、殺戮現場をざっと見まわして言った。

「あなたはこういうことをしょっちゅうやってるの、コヴァッチ?」

「おれはすでにかなり長いことここで待たされてる」とおれはおだやかに言った。「だから、あまり気分爽快とは言えないんだがね」

自動回転砲塔が動いた時点で、ホテルは警察に通報していた。にもかかわらず、一台目のクルーザーが上空から急降下してくるまで優に三十分はかかった。おれは自分の部屋にまだ行っていなかった。どっちみちベッドから引きずり出されることがわかっていたからだ。警察の第一陣が来たあとはオルテガが到着するまで、部屋に行くなど論外だった。警察医は形ばかりおれの傷の具合を見て、鼻血を止めるのに抑制スプレーをかけた。そのあと、おれはロビーにずっと坐っていた。オルテガ警部補がくれた煙草を吸うことを自分に許して。彼女が一時間後にやってきたときにもまだ同じところに坐っていた。

オルテガは身振りを交えて言った。「そう、ベイ・シティは、夜はことさら忙しくなる市（まち）なのよ」

おれはオルテガに煙草のパックを差し出した。彼女はまるでおれに重大な哲学的命題でも問われたかのような顔をしてから、受け取り、振って一本取り出した。そして、パックに取り付けられている点火パッチを無視して、ポケットを探り、石油ライターを取り出し、手首のスナップを利かせてその蓋を開けた。彼女の動作はまるで自動操縦装置に操られているかのようだった。科学捜査班が機材を持ち込む邪魔にならないよう無意識に脇に退き、取り出したのとはまた別のポケットにライターをしまった。おれたちのまわりでは急に人が増え、有能そうに見える人間たちがそれぞれ自分の仕事に専念していた。

「それで」と彼女は頭上に向けて煙を吐きながら言った。「ここに倒れてるのはあなたの知ってる人間？」

「おいおい、冗談もいい加減にしろよ」

「それはどういう意味？」

「おれは保管タンクを出てまだ六時間しか経ってないという意味だ」自分の声が自然と大きくなっているのが自分でもわかった。「あんたと会ったあと、おれはまだ三人の人間としか話をしてないという意味だ。おれが地球へ来たのはこれが初めてだという意味だ。あんたはなんでも知ってる、という意味だ。なあ、もうちょっと賢い質問をしてくれよ。さもなきゃ、もう寝かせてくれ」

「わかったわ。まだ起きてて」疲労の色が突然オルテガの顔に表れた。おれと向かい台ってラウンジチェアに坐り、彼女は言った。「犯人はプロ。あなたはわたしの部下にそう言ったそうね」

「ああ、やつらはプロだ」ただひとつ警察と共有してもいい情報があるとすれば、それだった。どのみちふたつの死体を調べてファイルに照らせば彼らにもすぐにわかることだ。

「彼らはあなたを名前で呼んだ？」

おれはいかにも怪訝そうに眉をひそめた。「おれの名前で呼んだ?」

「そう」彼女はじれったそうな仕種をした。「あなたをコヴァッチと呼んだんじゃないの?」

「いや、それはどうかな」

「別な名前で呼ばれたの?」

おれは眉を吊り上げて言った。「たとえば?」

疲労の色が急に彼女の顔から消え、鋭い視線をおれに向けて彼女は言った。「忘れて。ホテルのメモリー・スタックを調べればすむことだから」

おっと。

「ハーランズ・ワールドでそういうことをしようとすると、令状が要るが」とおれはわざとだるそうに言った。

「それはここでも同じよ」オルテガは煙草の灰をカーペットに落とした。「でも、それは問題にはならない。ホテル・ヘンドリックスが有機体損壊容疑で調べられるのはこれが初めてじゃないみたいだから。ちょっとまえのことだけど、アーカイヴにちゃんと残ってる期間内にそういうことがあった」

「だったら、なんで営業停止になってないんだ?」

「〝容疑〟と言ったのよ。有罪になったわけじゃない。裁判所はその容疑を否定した。つまり、正当防衛が立証されたってことね」彼女は砲塔が設置されたほうを顎で示した。科学捜査班の班員がふたりで眠れる砲塔に電磁波を浴びせていた。「そのとき問題になったのは感電死に見せかけた殺人ではないかということで、今回のとはまったくちがうけど」

「ああ。おれのほうからも訊きたいんだが、ホテルにこんなものを装備するなんて、いったい誰の考えだったんだ?」

「あなたはわたしのことをなんだと思ってるの、建物調査官？」オルテガは敵意を込めた眼でおれを観察していた。向けられて、あまり嬉しくなるような視線ではなかったが、彼女はそこで急に態度を変えると、肩をすくめて言った。「ここに来る途中、アーカイヴをざっと見たんだけど、このホテルがそういう設備を整えたのは二世紀ほどまえのことよ。企業戦争がひどくなった頃ね。それで説明がつく。そういう状況下で多くの建物がそれに対処するのに設備を新しくしたわけよ。でも、企業の多くが相場の総崩れのあと左前になってしまって、どこもわざわざ経費を使ってまで、ああいうご大層なものを取りはずそうとはしなかった。そんな中、ヘンドリックスは人工知能経営に移行して、苦境を乗り切った」

「賢い選択だ」

「ええ。聞いた話だけれど、市場で起きたことにあの頃ほんとうに対処できたのは人工知能だけなんだそうよ。で、多くの企業がホテル経営から手を引いてしまい、この通りのホテルも大半は人工知能が経営するようになって――」彼女は煙草の煙越しににやっと笑った。

「――誰も泊まらなくなった。人工知能には可哀そうな話だけど。何かで読んだんだけれど、ここの人工知能は人間がセックスをしたがるみたいに客を求めてるんだそうよ。それってさぞフラストレーションがたまるでしょうね」

「だろうな」

モヒカンのひとりがやってきて、おれたちを上から見下ろした。オルテガはそいつをちらっと見上げ、今は邪魔をされたくないという顔をしてみせた。

「ＤＮＡサンプルができました」とモヒカンは遠慮がちに言って、オルテガにビデオファックス板を手渡した。オルテガはそれをざっと見ると、驚いたような顔をした。

「これはこれは。束の間のあいだにしろ、あなたはなんとも高貴な方と一緒にいたみたい、コヴァッチ」彼女は男の死体を示して腕を伸ばした。「あのスリーヴで最後に登録されてる名前はディミトリ・カドミン。またの名を〝双子のディミ〟。ウランバートル出身のプロの殺し屋」

「女のほうは？」

オルテガはモヒカンと眼を合わせて言った。「ウランバートル記録保管所？」

「そう、まとめて捕まえられたってわけです、ボス」

「やったわね」オルテガは新たなエネルギーを注入されたかのように勢いよく立ち上がった。

「今すぐ彼らのスタックを署に持っていって、今日じゅうにカドミンを拘置所にダウンロードしましょう」彼女はおれを振り返って見た。「コヴァッチ、あなたって案外役に立つ人だったのかも」

モヒカンはダブルのスーツの内側に手を入れると、まるで煙草を取り出すみたいに慣れた手つきで重厚な刃の殺人ナイフを出した。そして、オルテガと一緒に死体のところまで行くと、その脇に膝をついた。ふたりの動きに気づいた制服警官が何人か集まってきた。軟骨が切られるときの湿っていながら、何かがばりっと裂けたような音がした。おれも立ち上がって、野次馬の中にまぎれ込んだ。誰からも文句は言われなかった。

洗練されたバイオテクの外科手術とはかけ離れていた。モヒカンは頭蓋骨の基部にたどり着くために死体の背骨を切断しており、今はナイフの切っ先で肉を掘り返していた。皮質メモリー・スタックを探して。死体の頭はオルテガがしっかりと両手で押さえていた。

「以前より深く埋めてあるみたいね」と彼女は言っていた。「椎骨の残りを全部取り出してみて。あるのはきっとそこよ」

「やってますよ」とモヒカンはうなるように言った。「何かがここにインプラントされてるんです、たぶん。このまえノグチが言ってた緩衝装置とか……くそ！　もう少しなのに」

「待って、待って。角度が悪いのよ。わたしにやらせて」と言って、オルテガはナイフを受け取ると、膝頭を死体の頭にのせて押しつけた。

「くそ、ほんとにもう少しだったのに」

「ええ、ええ。でも、あなたが死体を掻きまわすのを一晩見てるわけにはいかないでしょ？」彼女は顔を上げると、おれが見ているのを確認して黙ってうなずき、ナイフのギザギザ刃のほうを死体にあてた。そして、ナイフの柄に力を込めて、何かを切り裂いた。何かがゆるんだような音がした。彼女はモヒカンを見て、笑った。

「聞こえた？」

彼女は血だまりの中に指を入れ、親指と人差し指で皮質スタックをつまみ上げた。どういうことのない代物だ。血まみれになった緩衝ケースに入れられていた。大きさは煙草の吸殻ぐらい、一方の端からねじれたマイクロジャック用フィラメントがぴんと飛び出ていた。

こんなものが魂の容器だなどとはカトリック信徒は信じたがらないそうだが、それもわからないではない。

「捕まえたわよ、カドミン」オルテガはスタックを光にかざしてから、ナイフと一緒にモヒカンに手渡した。そして、死体の服で指を拭いた。「女のほうからも取り出して」

見ていると、モヒカンは二番目の死体に対しても同じことを始めた。おれはオルテガに頭を寄せて小声で尋ねた。

「ということは、こっちも何者かわかってるのか？」

彼女はびくっとして振り返っておれを見た。ただ驚いたのか、おれが顔を近づけたことを不快に思ったのか、それはどちらとも判断がつかなかったが。「こっちも双子のディミ（ディミ・ザ・トゥイン・ツー）なのよ。洒落を言えば、ナンバー・ツー。スリーヴはウランバートルのもの。後学のために言っておいてあげると、ウランバートルというのは、アジアのダウンロード闇市場のメッカ。もうひとつ言っておいてあげると、カドミンというのは人を信じやすい男じゃない。いつも自分を援護できる人間を連れている。そして、カドミンのような人間が住んでいる世界で心底信用できる人間と言えば、それは自分しかいない」

「まあ、それはカドミンが住んでる世界ならずとも同じような気がするが。地球じゃ自分のコピーをつくるのはさほどむずかしいことでもないのか?」

オルテガは顔をしかめて言った。「どんどん簡単になってる。それがテクノロジーの常にしろ、最先端技術のスリーヴィング・プロセッサーはもうバスルームでも使用可能なものになってる。それがすぐにエレヴェーターの中でも使えるものになって、さらにはスーツケースに収められるようになるのももう時間の問題ね」彼女は肩をすくめた。「まさに進歩の代償というやつよ」

「ハーランズ・ワールドじゃ、星間ニードルキャストを申請して、ニードルキャスト・ダウンロードされてるあいだの予備として、まず保険コピーを手に入れてから、ダウンロードをぎりぎりのところでキャンセルする以外、そういうことは不可能だ。移送証明書を偽造して、コピーからの一時的ダウンロードがどうしても必要だというふうに見せかける以外。この人物はもうオフワールドに行ってしまい、このままだとこの人物の会社がつぶれてしまうとか、まあ、そんなことを言って、まず移送ステーションでオリジナルからダウンロードしてコピー1をつくり、そのあとどこか別の保険会社を通じて同じことをする。しかるのち、コピー1は合法的にステーションから姿を消す。急にダウンロードする気がしなくなったというわけだ。よくあることさ。コピー2のスリーヴィングに関しては最初の保険会社には報告しない。ただ、こんなことをやろうとしたら、やたらと金がかかる。多くの人間を抱き込まなきゃならないし、最後までやり遂げるには機械使用時間が何時間もかかる」

女のスタックを取り出そうとしていたモヒカンが手をすべらせ、誤ってナイフで自分の親指を切った。オルテガはあきれたように眼をまわし、ひかえめにため息をついた。それから、おれのほうを見て、あっさりと言った。

「地球のほうがうんと簡単ね」

「ほう？　どんなふうにやるんだ？」

「まず――」そこで彼女はためらった。どうしてこんなことをこんな男と話しているのか、自分で自分がわからなくなったかのように。「どうして知りたいの？」

おれは彼女に笑みを向けて言った。「ただの好奇心だ、たぶん」


「いいわ、コヴァッチ」彼女は両手でコーヒーマグを包んで言った。「ここ地球じゃ、こんなふうにやられてる。ある日、ミスター・ディミトリ・カドミンは代償スリーヴィングを扱ってる保険会社の大手に出向く。そう、確実に信用できる会社、〈ロイズ〉とか、〈カートライト・ソーラー〉とかに」

「〈カートライト・ソーラー〉は地球にもあるのか？」おれはホテルの自分の部屋の窓の外に見える橋の明かりを示して言った。「〈ベイ・シティ〉にも？」

モヒカンは、警察の職員が全員ヘンドリックスを引き上げてもオルテガがあとに残ったことに対して、妙な顔をした。が、オルテガはカドミンを迅速にダウンロードすることについて新たな指示をモヒカンに与えただけで、おれと階上（うえ）にあがってしまったのだ。警察のクルーザーがホテルを出るのを見送りもしなかった。

「ベイ・シティにもイースト・コーストにも、たぶんヨーロッパにもあるはずよ」そう言ってコーヒーをひとくち飲んで、顔をしかめた。コーヒーに垂らすようにヘンドリックスに頼んだウィスキーが多すぎたようだった。「気にしないで。コーヒーには問題ないから。問題があるのは会社よ。誰かが創設して、ダウンロードなるものができるようになって以来、ずっと保険契約を引き受けているこの世の会社。ミスター・カドミンはそういう会社と保険金の掛け金交渉を長々とやった挙句、救出蘇生条項は要らないと告げる。別にそれは不自然なことでもなんでもない。昔ながらの詐欺よ。目的がお金以上のものというところだけがただひとつちがってるけど」

おれは窓枠の一方に背をもたれさせた。ウォッチタワー・スイートという命名に嘘はなかった。三つの部屋すべてから北と西、市(まち)とその向こうの海が見渡せた。窓棚(ウインドウ・シェルフ)が、利用可能な空間の五分の一ほどを占め、それぞれにサイケデリック調のクッションが置かれていた。オルテガとおれはクリーンな一メートルをへだて、そんな窓棚に互いに向かい合って坐っていた。

「いずれにしろ、それでコピーをひとつつくる。で、そのあとは?」

オルテガは肩をすくめた。「致命的な事故にあう」

「ウランバートルで?」

「ええ。送電線の鉄柱にクルーザーごと突っ込むか、ホテルの窓から飛び降りるか。なんでもいいけれど。ウランバートルの係官が事故にあったカドミンのスタックを回収し、おそらくはかなりの賄賂をもらって、コピーをつくる。そこに〈カートライト・ソーラー〉にしろ、〈ロイズ〉にしろ、大手の保険会社がからんで、契約の回収条項に基づいて、デジタル人間のカドミンを彼らのクローン・バンクに移送し、用意してあるスリーヴにダウンロードする。ありがとうございました、お客さま、おかげさまでよい仕事をさせていただけました、ってわけ」

「一方……」

「一方、係官は闇市場でスリーヴ――おそらく病院から時々出まわる緊張病患者のものか、あまり肉体的損傷のない麻薬中毒の犠牲者のもの——を手に入れる。実際、ウランバートルの警察というのはDOA患者（病院到着時にはすでに死亡している患者）の取引を派手にやってるところなのよ。係官はスリーヴの心をきれいに洗い流して、そこにカドミンのコピーをダウンロードする。新しいスリーヴは大手を振って移送センターを出る。そうして軌道に乗らない飛行（サブオービタル）で地球の反対側までやってきて、ベイ・シティで仕事をする」

「そういう連中はなかなか捕まらない」

「ほとんどまったくと言ってもいいわね。それはコピーをふたつとも捕まえなくちゃならないからよ。今回みたいにもうすでに死んでしまっているにしろ、生きてる相手を国連法違反で挙げるにしろ。国連発行の逮捕状がないかぎり、生きてる体からダウンロードする権限は警察にも与えられてない。だから、もう逃げられないとなったら、コピーはわれわれに逮捕されるまえに首すじに損傷を与えて、皮質スタックをわざと破壊してしまう。わたしはそういう現場をこれまでに実際に見たことがある」

「それはなんともすさまじい。こういったことすべてに対する刑罰は？」

「消去」

「消去？　地球にはまだ消去刑があるのか？」

オルテガはうなずいた。ひややかで、あいまいな笑みを口元にかすかに浮かべていた。

「ええ、地球にはまだ消去刑がある。驚いた？」

おれは思った。エンヴォイにも消去刑はある。脱走や戦闘命令に対する拒否といった重罪の場合、この極刑が適用される。が、実際に執行されたのを見たことは一度もない。あくまで条件付けのための道具のようなものだ。ハーランズ・ワールドでは消去刑はおれが生まれる十年前に禁止されている。

「なんだか旧式なんだな、ええ？」

「カドミンがそういう処罰を受けるのかと思うと、胸が痛む？」

おれは舌で口の中の傷を撫で、首すじにあてられた金属の感触を思い出して首を振った。

「いや。しかし、ああいう連中に対しても、消去刑には刑罰としての犯罪抑止力があるんだろうか？」

「消去刑に値する罪はほかにもあるけれど、たいてい二、三世紀の保管刑に換算される」オルテガの表情は、彼女がそのことをすばらしい考えだとは思っていないことを如実に語っていた。

おれはコーヒーカップを置いて、煙草に手を伸ばした。その動作はほとんど条件反射的なもので、それを途中でやめるにはおれは疲れすぎていた。オルテガは手を振って要らないと言った。おれはパックの点火パッチに煙草を押しつけ、眼をすがめるようにして言った。

「あんたはいくつなんだ、オルテガ？」

彼女のほうも眼をすがめるようにしておれを見返した。「三十四だけど。どうして？」

「デジタル人間移送を経験したことはまだない？」

「ええ。何年かまえに精神外科手術をしたときに何日かタンクにはいったことはあるけど。それ以外はないわ。だいたいわたしは犯罪者じゃないし、その手の旅行ができるほどお金持ちでもないし」

おれは最初の煙を吐き出した。「そういうことについては神経質なほうなんだ、ええ？」

「言ったでしょ、わたしは犯罪者じゃないって」

「ああ」おれは最後にヴァージニア・ヴィダウラと会ったときのことを思い出した。「しかし、もし犯罪者なら、二百年間の社会との断絶を楽な刑罰だなどとは思わないだろう」

「楽だなんて誰も言ってない」

「言わなくてもわかる」オルテガは法の執行者だ。何がおれにそのことを忘れさせようとしているのかわからなかった。が、何かがおれに働きかけているのは事実だった。何かがおれたちふたりの空間にわだかまりつつあった。何か静電気のようなものが。新しいスリーヴのせいでエンヴォイで培われた直観が鈍磨されていなければ、なんなのかきっとわかったにちがいないものが。なんであれ、それは今部屋を出ていった。おれは肩をそびやかし、煙草をことさら強く吸った。おれに必要なのは寝ることだった。

「カドミンはそう安く雇える殺し屋じゃない、だろ？　仕事の危険度によってもちがってくるだろうが、諸経費も半端じゃないだろう。雇ったやつはあいつに大金を払ってるはずだ」

「一件につきだいたい二万国連ドルね」

「だったら、やっぱりバンクロフトは自殺じゃなかった」

オルテガは眉を吊り上げた。「あなたってずいぶん仕事が早いのね。まだ地球に来たばかりだというのに」

「おいおい、とぼけるなよ」おれは肺一杯の煙をオルテガに吹きかけた。「自殺だったら、おれを殺すのにいったい誰が二万も出す？」

「それはあなたがそれだけ好かれてるってことにはならない？」

おれは身を乗り出して言った。「いや。おれはあちこちで人に嫌われてる。だけど、殺し屋にしろ、二万などという大金にしろ、そんなものと縁のある相手には嫌われちゃいない。要するに、おれはそんなレヴェルの敵がいるほどのタマじゃないということだ。誰がカドミンを差し向けたにしろ、そいつはおれがバンクロフトのために働いてることを知ってるやつだ」

オルテガはにやっと笑った。「カドミンはあなたを名前では呼ばなかった。それって確かあなたの台詞だったと記憶してるけど」

——〝疲れてるのよ、タケシ〟。ヴァージニア・ヴィダウラが指を一本立てて、おれに向けて振っているところがほとんど見えそうだった。エンヴォイの隊員が地元警察のお巡りに一本取られてどうする？

おれはできるかぎり取りつくろった。

「やつらはおれを知っていた。カドミンみたいなやつが旅行客を狙ってホテルにひそんでたりするわけがないだろうが。そうだろうが、ええ、オルテガ」

彼女はおれの苛立ちの余韻が消えるの待ってから、おもむろに言った。「だから、バンクロフトも殺された？　かもしれない。でも、だから？」

「あんたは捜査を再開すべきだ」

「あなたってほんとに人の話を聞かない人ね、コヴァッチ」彼女はおれに笑みを向けた。武装した男に思いとどまらせる笑みを。「事件はもう解決ずみなのよ」

おれは壁にもたれ、煙草の煙越しにしばらく彼女を眺めた。そして、最後に言った。「あんたのクリーンな部隊が今夜到着したとき、そのうちのひとりがちゃんと見られるよう充分長くバッジを示してくれた。なかなか洒落てるよ、よく見ると。鷲と盾。そのまわりになにやらレタリングがしてあった」

彼女は、言いたいことはもうわかった、と言わんばかりの仕種をした。おれはおもむろに煙草を一服し、あえて最後まで言った。

「〝保護し、奉仕するために〟？　しかし、警部補になる頃にはそんな文句はもうとても信じられなくなるというわけだ」

眼が合った。彼女の片眼の下の筋肉が引き攣り、何か苦いものを口にしたときのように頬がゆがんだ。彼女にじっと見つめられ、おれは一瞬ちょっとやりすぎたかと思った。が、そこで彼女は肩を落とし、ため息をついた。

「いいわ、言いたいことがあるなら言ってくれても。でも、あなたは何を知ってるって言うの？　バンクロフトはあなたやわたしのような人間とはちがう。あの男はくそメトなのよ」

「メト？」

「ええ、メト。知ってるでしょ、メトシェラ（九百六十九歳まで生きたという、ノアの洪水か起こるまえのユダヤの族長）の齢は都合九百六十九歳なりき。要するに彼は歳を取ってるということよ。それもすごく」

「歳を取るのは犯罪なのか、警部補？」

「犯罪であるべきよ」とオルテガはむっつりと言った。「あそこまで長く生きると、いろんなことが身に起こるようになる。自分自身に感心しすぎるようになる。そして、最後は自分は神だと思うようになる。突然、小さき民――三十歳とか四十歳ぐらいの人のことなんてどうでもよくなる。社会の興亡を何度も見るうち、自分はその外にいて、社会のどんなこともどうでもよくなる。そして、小さき民が足元に寄ってきたら、そのにおいを嗅いで、ヒナギクみたいに摘むようになる」

　おれはまじまじと彼女を見つめた。「バンクロフトがそういう真似をしたところを取り押さえたことがあるのか？　これまでに一度でも？」

「バンクロフトただひとりの話をしてるんじゃない」彼女は苛立たしげに手を振って、おれの反論を払いのけた。「彼みたいな人間たちのことを話してるのよ。彼らはまさに人工知能と変わらない。彼らはわたしたちとはちがう種よ。人間じゃない。彼らはわたしやあなたが昆虫を扱うみたいに人間を扱う。まあ、ベイ・シティ警察を相手にするときには、あなたも彼みたいな態度を取るといいかもしれないけど」

　おれは一瞬、レイリーン・カワハラの残忍行為を思い出して、オルテガはカワハラの標的からどれほど離れているだろう、と思った。ハーランズ・ワールドでは、少なくとも一度ぐらいスリーヴィングする経済的余裕はたいていのやつが持っている。問題は、よほどの金持ちでないかぎり、ひとつのスリーヴの寿命を目一杯生きなければならず、歳を取るというのは、いくら反老化処置を施そうと、それは疲れる仕事だということだ。だから、二度目のスリーヴィングは最初のスリーヴィングよりつらくなる。このさきどういうことが待っているか、予測できるからだ。だから、三回以上試みるだけの根性を持っているやつはそう多くはない。たいていのやつが二度目のあとは自発的に保管を選び、家族の行事などのために一時的スリーヴィングを繰り返す。そういった一時的スリーヴィングでさえ時間が経つにつれ、いずれ間遠になる。若い世代は古い世代との絆がなければ人生を愉しめないというものでもないからだ。

だから、命から命へ、スリーヴからスリーヴへいつまでも生きつづけるというのは、生きつづけたいというのは、ハーランズ・ワールドではむしろ特殊な人間の欲求だ。毎回異なるスタートを切り、何世紀という時間が過ぎる中、自分がどんなふうになろうと気にかけないというのは。

「メトだからということで、バンクロフトは損をしてることになるのかもしれない。〝悪いけど、ローレンス、あなたって傲慢で長生きしすぎてるくそったれよ。ベイ・シティ警察にはあなたのことを真面目に考えるより、もっとほかにしなくちゃならないことがある〟――まあ、そういうことね」

しかし、オルテガはもう腹を立ててはいなかった。コーヒーをひとくち飲むと、むしろ侮蔑するように言った。「いい、コヴァッチ。バンクロフトは生きてる。事件の真実がなんであれ、今のまま生きていくのに充分な警備が彼にはなされてる。正義がなされなかったからといって、嘆き悲しむ人間はうちにはいない。警察というところは常に予算が足りなくて、人手も足りなくて、みんなが慢性的なオーヴァーワークに陥ってるところよ。それはつまり、バンクロフトの妄想をいつまでも追う余裕はわたしたちにはないってことよ」

「妄想じゃなかったら？」

オルテガはため息をついた。「コヴァッチ、わたしは科学捜査班と一緒に三回あの家を調べた。どこにも争った形跡はなく、地所全体のセキュリティ・システムが破られた形跡も、何者かが侵入した跡もセキュリティ・ネット・レコードに残ってなかった。ミリアム・バンクロフトはあらゆる最先端の嘘発見テストを自ら進んで受けたけど、一点の疑いなくどれもパスした。彼女は夫殺しの犯人ではなかった。彼を殺すのにあの屋敷に侵入した者は誰もいなかった。だから、ローレンス・バンクロフトは自殺なのよ。彼にしかよくわからない理由から自ら命を断とうした。それがこの事件のすべて。そうではないことを証明しなければならないあなたにはつくづく同情するけれど、望んだからといって何もかもが実現するとはかぎらない。彼が自殺したのは明々白々たる事実よ」

「だったら、事件当夜誰かが犯行現場から電話をかけているという事実は？　自分のスタックを遠隔保存していることを本人が忘れてしまうなど、およそ考えられないという事実は？　何者かがカドミンを雇ってまでおれを殺そうとした事実は？」

「すんだことをここであなたと蒸し返そうとは思わない。カドミンを取り調べれば、彼が何を知ってるかわかるでしょう。でも、そのほかの点についてはもうすべてすんだことよ。同じことをまた繰り返すなんてもううんざり。わたしたちのことをバンクロフトより必要としてる人はほかにもっといるのよ、コヴァッチ。スタックの遠隔保存なんてしゃれたことは望むべくもない不運な人がね。たとえば、そう、カトリック信徒は殺されまくってる。なぜなら、カトリック信徒には再生し、裁判で証言し、犯人を刑務所送りにすることができないから。それが犯人にはわかってるから」あれこれ並べ立てれば立てるほど、オルテガの眼に疲労の色が濃くなった。「州が何者かの犯行であることを立証してあげないかぎり、スリーヴィングする余裕のない犠牲者というのはいくらもいるのよ。そういう事件の捜査のためにわたしは日に十時間働いてる。あるいはそれ以上。だから、悪いんだけど、冷凍保存されてるクローンがいて、影響力という魔法の壁を持っていて、自分の家族やスタッフが何かヤバいことになったとき、警察がそれを見逃さないと、逆にこっちを責め立てる優秀な弁護士を何人も抱えたミスター・ローレンス・

バンクロフトに同情する余裕なんて、わたしにはないのよ」

「今あんたが言ったようなことはよくあるのか?」

「ありすぎるくらいある。でも、驚くことはないわ」彼女は寒々とした笑みをおれに向けた。

「彼はくそメトなんだから。やつらはみんな同じなのよ」

おれとしては、あまり好きになれそうにない彼女の一面を見せられ、あまりしたくない議論をさせられ、あまり必要とも思えないバンクロフトに関する意見を聞かせられた思いだった。それより何より、おれの神経はただただ寝ることを求めて悲鳴をあげていた。

おれは煙草の火を揉み消した。

「そろそろ行ってくれ、警部補。あんたの偏見のすさまじさに頭痛がしてきた」

何かが彼女の眼の中で光った。なんだったのか、読み取ることはできなかったが。それは一瞬表れただけで、すぐにまた消えた。彼女は肩をすくめると、コーヒーマグを置いて、窓棚にのせていた足を床におろした。そして、伸びをして背骨が鳴るのが聞こえるまで背をそらし、振り向くこともなく、ドアに向かった。おれはその場を動かず、窓に映った彼女の像が街の灯の中を移ろうのを見つめた。

ドアまで来て、彼女が立ち止まり、振り向いたのがわかった。

「コヴァッチ」

おれは彼女を見た。「何か忘れものか?」

彼女は口をへの字に曲げてうなずいた。おれたちがそれまで興じていたゲームの趣旨をひとつ認めるかのように。

「ひとつヒントをあげましょうか? 調査のとっかかりみたいなものは欲しくない? あなたはカドミンをわたしにくれた。だから、わたしにはあなたに借りがある」

「あんたにはおれに借りなんてないよ、オルテガ。あるとすれば、おれにじゃなくてヘンドリックスにだろう」

「レイラ・ビギン」と彼女は言った。「この名前をバンクロフトの極上の弁護士に言ってみることね。それで何か進展があるかもしれない」

ドアが閉まり、窓には街の灯だけが残った。しばらくそれを眺め、新しい煙草に火をつけ、フィルターのところまで吸った。

バンクロフトは自殺などしていない。それだけは確かだ。事件に関わってまだ一日も経っていないのに、すでにふたつの異なる相手の歓迎を背中から受けた。まず最初は保管施設でオルテガの行儀のいい手下たちの歓迎。次にウランバートルの殺し屋とそのスペアのスリーヴの歓迎。あまつさえミリアム・バンクロフトの妙な態度。この事件を見てくれどおりの事件とするには妙なことが多すぎる。オルテガは何かを望んでいる。ディミトリ・カドミンを雇ったやつも何かを望んでいる。ふたりの望みは？　とりあえず事件をこのままにしておくことのように思われる。ふたりともそのことを望んでいるように。

しかし、そういう選択肢はおれには与えられていない。

「あなたのお客さまは今、当ホテルを出られました」というヘンドリックスの声がして、おれはぼんやりとした想念から現実に引き戻された。

「ありがとう」とおれはただ反射的に答え、煙草の火を灰皿で消した。「ドアを閉めてくれないか。それから、この階にエレヴェーターが来ないようにもしてくれないか？」

「かしこまりました。どなたかが当ホテルに見えましたら、その都度お知らせしましょうか？」

「いや、いい」おれは卵を食おうとしている蛇みたいなあくびをした。「誰も階上にあげないでくれ。それから、このあと七時間半は電話もつながないでくれ」

もうあとは服を脱ぐのがやっとだった。眠気に圧倒された。バンクロフトのサマースーツを手近な椅子に掛け、えんじ色のシーツの巨大なベッドにもぐり込んだ。おれの体重と身長に合わせるあいだ、ベッドの表面がいっとき波打ち、その波はすぐにおれを呑み込んだ。シーツはかすかに香のにおいがした。大した熱意もないのに、心をわざと掻き立て、ミリアム・バンクロフトの官能的なカーヴを思い描いて、マスターベーションを試みた。が、結局、カラシニコフの銃火を浴びて、無残な塊と化したサラの青白い体しか眼に浮かばなかった。

そんなおれを眠りが闇の中に引きずり込んだ。

第七章

――廃墟が影に浸(つか)っている。血のように赤い太陽が騒ぎながら遠い丘の向こうに沈んでいく。頭上では柔らかい腹をした雲が銛(もり)を眼のまえにした鯨のように慌てふためき、地平線のほうへ走っている。通りの並木を吹き抜ける風が中毒患者の指にからまる。

イネニネニネニン……

おれはこの場所を知っている。

廃墟の崩れた壁のあいだを抜ける。壁に体が触れないように。なぜなら、触れると壁は無音の銃声と叫び声を上げるからだ。どんな戦争がこの市(まち)を廃墟にしたにしろ、その戦争が残された石造物にしみついている。同時に、おれはすばやく動いている。何かに追われている。廃墟に触れることを少しも恐れていない何かに。おれはその何かの動きを正確に把握している。背後の砲火と苦悶の波を頼りに。徐々に近づいてきている。おれはスピードを上げようとする。が、こわばった咽喉(のど)と胸が協力してくれない。

くずおれて切り株のようになった塔の陰から、ジミー・デ・ソトが姿を現す。ここで彼に会うことは意外でもなんでもないが、破壊された彼の顔にはやはりぞくりとさせられる。ジミーは顔の残骸に笑みを浮かべておれの肩に手を置く。おれは努めて身をすくませないようにする。

「レイラ・ビギン」と彼は言い、おれがやってきたほうを顎で示す。「この名前をバンクロフトの極上の弁護士に言ってみるんだ」

「そのつもりだ」とおれは言って、彼の脇をすり抜ける。しかし、彼の腕はまだおれの肩にある。ということは、溶けた蠟のように彼の腕がおれの背後で伸びているということだ。おれは彼の痛みを察して立ち止まる。しかし、彼はまだおれの脇にいる。おれはまた歩きだす。

「行って戦うのか？」と彼はこれといった労力を使うでもなく、歩くでもなく、ただおれの横を漂って、世間話をする口調で訊いてくる。

「何を使って？」とおれは何も持たない手を広げる。

「武装するべきだったな、戦友。これはでかい件（ヤマ）だ」

「ヴァージニアはおれたちに武器の弱点に陥るなって言ってたじゃないか」

ジミー・デ・ソトは小馬鹿にしたように鼻を鳴らす。「ああ、そうとも。だけど、結局、あのトチ女（アマ）はどうなった？　八十年から百年の刑だ。しかも刑期短縮のない刑だ」

「おまえがそれを知ってるはずはないんだがな」とおれはほとんど無意識に言う。ジミー・デ・ソトのことより、背後から聞こえる追っ手の気配に注意が向かっている。「だっておまえはあんなことになる何年もまえに死んでるんだから」

「おいおい、きょうび誰がほんとに死んだりする？」

「今の台詞はカトリック信徒に言ってみるんだな。ともかくおまえは死んだんだ、ジミー。おれが覚えてるかぎり、再生できない形で」

「カトリックというのは？」

「あとで話すよ。煙草、あるか？」

「煙草？　腕をどうした？」

おれは新しい話題の螺旋をめぐり、自分の腕を見下ろす。ジミーの言うとおり、前腕の傷痕が新しい傷に変わって、そこから血があふれ、手のほうに流れている。だから、もちろん……

おれは左眼に手をやる。眼の下が濡れている。指を見ると、血に濡れている。

「ついてる野郎だ」とジミー・デ・ソトがもっともらしく言う。「やつら、おまえの眼を撃ちそこなった」

ジミーにはわかっているのだろうか。自分の左の眼窩が血のプールと化していることが。それがイネニンでジミーが得たものだった。それは誰にもわからない。自分の指で自分の眼球を抉り出したのだ。そのとき彼はどんな幻覚を見ていたのか、それは誰にもわからない。精神外科手術を受けさせるために、救援部隊がジミーとそのほかイネニンの橋頭堡部隊の隊員のもとにたどり着いたときには、敵のウィルスが彼らの心を修復不可能なまでに破壊してしまっていたのだ。そのプログラムの毒性は強烈で、クリニックはあのとき、スタックに残されていたものを後学のために取っておこうとさえしなかった。だから、ジミー・デ・ソトの亡骸は〝汚染データ〟という赤いラベルが貼られて、封をされたディスクに収められ、エンヴォイ本部の地下のどこかに今も保管されている。

「手当てをしなければ」とおれはいくらか焦って言う。追跡者が壁に触れ、呼び起こされる音が危険なまでに近づいている。太陽の最後のかけらが丘の向こうに沈んでいく。腕と顔からは血がなおも噴き出している。

「におうか？」とジミーが起こした顔をまわりの冷気にさらして言う。「やつら、変えてきた」

「何を？」と訊き返したときにはもうおれにもにおっている。心が鼓舞されるさわやかなにおい。ヘンドリックスの香のにおいと似ていなくもない。が、微妙にちがう。人を酔わせるようなデカダンスの趣がない。おれが眠りに落ちたときに嗅いだのは……

「行かなきゃ」とジミーは言う。どこへ行くんだ、と尋ねかけ、行かなきゃと彼が言ったのは、彼のことではなく、おれのことだったことがわかり、そこでおれは

眼が覚めた。

眼がいきなり開いて、おれはホテルの部屋のサイケデリックな壁面装飾を見ていた。カフタンを着た、痩せた浮浪児のような人影が緑の草と黄色と白の花の原っぱに点在していた。おれは眉をひそめ、すでに硬くなっている前腕の古傷をつかんだ。血は出ていない。ようやくすっかり眼が覚め、大きなえんじ色のベッドの上で上体を起こした。そもそもおれを意識の浅瀬に引き上げたにおいは、コーヒーと焼きたてのパンのにおいであることがわかった。ヘンドリックスの嗅覚系モーニングコール。偏光ガラスの隙間から日光が射し込んでいた。

「ご来客です」というヘンドリックスのきびきびとした声がした。

「今何時だ?」とおれはしゃがれ声で尋ねた。咽喉の奥に過冷却接着剤をたっぷり塗られたような感覚があった。

「現地時間で十時十六分です。あなたは七時間四十二分睡眠を取られました」

「来客というのは?」

「ウームー・プレスコット。ご朝食はどうなさいますか?」

おれはベッドを出て、バスルームに向かった。「ああ、頼む。コーヒー。ミルクだけ入れてくれ。それにチキン。よく焼いてくれ。それにフルーツジュース。プレスコットは階上にあげてくれ」

ドアチャイムが鳴ったときにはもうシャワー室を出て、金の刺繍をした、光沢のあるブルーのバスローブをまとっていた。サーヴィス・ハッチから朝食を取り出し、トレーを片手で持ってドアを開けた。

ウームー・プレスコットは堂々とした背の高いアフリカ系の女だった。背はおれのスリーヴより数センチ高く、七、八色――どれもおれの好きな色――の十個ばかりの楕円形のガラス玉を使って、編んだ髪をうしろに持っていき、頬には抽象的な模様のタトゥーをしていた。淡いグレーのスーツに、襟を立てた黒のロングコートといったいでたちで戸口に立って、疑わしげにおれを見た。

「ミスター・コヴァッチ？」

「そうだ、はいってくれ。朝食は？」おれは寝て起きたままのベッドにトレーを置いた。

「いや、けっこうです、ミスター・コヴァッチ。わたしは〈プレスコット・フォーブズ・エルナンデス〉法律事務所の者で、ローレンス・バンクロフトの筆頭法的代理人です。ミスター・バンクロフトからお聞きしたところ――」

「ああ、わかってる」おれはグリルしたチキンをトレーから取り上げた。

「急(せ)かすようで大変申しわけないのだけれど、ミスター・コヴァッチ、〈サイカセック〉のデニス・ナイマン所長との約束の時間まで……」彼女は一瞬上目づかいになって網膜時計を見た。「あと三十分しかありません」

「わかった」とおれはゆっくりと咀嚼しながら言った。「だけど、そんなこととは知らなかった」

「今朝は八時からずっと電話してたんだけれど、ホテルに取り次いでもらえなかったんです。こんなに遅くまで寝ていらっしゃるとは思わなかったので」

おれはチキンを口いっぱいにほおばったまま彼女に笑みを向けた。「だったら、調査ミスだな。おれはつい昨日出所して、新しいスリーヴを着せられたばかりなんだからね」

〝出所〟ということばに彼女はかすかに顔をこわばらせたが、職業柄、すぐにまたもとの表情に戻り、部屋を横切ると、窓棚(ウインドウ・シエルフ)に腰をおろして言った。

「そういうことなら遅れてもしかたありませんね。あなたには朝食をゆっくり食べる権利がおありだわ」

湾上は寒かった。

おれはオート・タクシーを降りて、海面の強い照り返しと強い風の中に出た。夜のうちに雨が降っていて、灰色の積雲が内陸のほうにまだ居残って、海風に吹き飛ばされまいと、陰気な顔で抵抗していた。おれはサマースーツの襟を立て、コートを買うことを忘れないようにしようと思った。本格的なやつではなくて、膝が半分隠れて、襟があって、手を突っ込めるだけの大きさのあるポケットがついていればいい。

コートを着たプレスコットは、そんなおれの横で憎たらしいほど暖かそうにしていた。彼女が親指をタクシーの読み取り機に押し当てて料金を払い、おれたちはうしろに下がって、上昇するタクシーを見送った。タクシーのタービンが起こした風が手と顔に吹きあたり、その暖かさがむしろ心地よかった。砂埃に眼をしばたたいて、ふとプレスコットを見ると、彼女もそのすらりと長い手を眼にやって同じことをしていた。タクシーは海上の空を去ると、ミツバチの巣箱のように慌しい陸地側の空中交通の中に姿を消した。プレスコットは背後の建物のほうを向くと、親指でぶっきらぼうに示した。

「こっちです」

おれは、突っ込んでもさほど温かくならないサマースーツのポケットにそれでも手を入れ、彼女に従った。向かい風にいくらか前傾姿勢になって、〈サイカセック・アルカトラズ〉の長く曲がりくねった階段をのぼった。

厳重なセキュリティ・システムが施されていることは容易に察しがついたが、実際その点では失望させられることはなかった。〈サイカセック〉は、軍司令部の防護室によく見られる深く奥まった窓のある、二階建ての長い低層建築がいくつも連なったところだった。ただ一棟だけほかと異なる建物が西の端にあり、それはドーム型をしていた。たぶんアップリンク（地上から宇宙船、衛星などへの通信）施設だろう。建物全体の色は花崗岩のような淡いグレーで、窓には日光を反射してオレンジ色に見えるスモークガラスが使われていた。ホロディスプレーもなければ、ブロードキャスト広告もなく、おれたちがちゃんと目的の場所に着いたことを示すものは何ひとつ見あたらなかった。玄関棟の石塀にレーザー彫刻で彫られた地味な銘板を除くと。

〈サイカセック　S・A〉
デジタル人間移送・安全保管
クローンおよびスリーヴィング

その銘板の上に、格子のかかったスピーカーにはさまれて、小さな黒い監視眼が設置されていた。プレスコットは腕を上げると、その眼に向けて振ってみせた。

「〈サイカセック・アルカトラズ〉へようこそ」合成された音声のきびきびとした声がした。

「十五秒セキュリティ・タイム以内に身分証明をしてください」

「ウームー・プレスコットとタケシ・コヴァッチ。ナイマン所長に会いにきました。予約は取ってあります」

　薄いグリーンのレーザーに頭から爪先までスキャンされたあと、壁のつなぎ目がなめらかに奥に引き込み、眼のまえに道ができた。おれは少しでも早く寒風から逃れたくて、プレスコットよりさきにすばやくその隙間にはいり、短い通路に沿って灯されたオレンジ色の通路ランプに従い、受付エリアに向かった。通路を抜けて受付エリアにはいると、どっしりとしたドアが大きな音をたてて開いた。と思ったら、またすぐ閉まった。なんとも厳重だ。

受付エリアは温かい照明のある円形のエリアで、羅針盤の基本方位に椅子と低いテーブルが並べられており、北と東に数人の人間が集まり、小声でなにやら話していた。中央にまるいデスクがあり、秘書の仕事に必要な一連のツールの向こうに受付係が坐っていた。人造ではなかった。ほんものの人間だった。すらりと痩せた、まだ十代を過ぎたか過ぎないかといった若い男で、おれたちが近づくと、賢そうな眼を上げた。

「どうぞ中へ、ミズ・プレスコット。所長のオフィスは階上です。通路の右手、三つ目のドアです」

「ありがとう」プレスコットがまたさきに立って歩いた。そして、受付係の耳に届かないところまで来るとすばやく振り向き、小声で言った。「ここができてから、ナイマン所長はいささか自信家になっていますが、根は悪い人じゃありません。でも、よけいなことはあまりしゃべらせないほうが苛々しないですむかもしれないわね」

「わかった」

おれたちは受付係の指示どおりに進み、言われたドアのまえまで来た。おれは思わず笑みを押し殺した。地球ではおそらく最高の趣味なのだろうが、ナイマンのオフィスのドアは上から下まで混じり気なしのミラーウッド製だった。きわだったセキュリティ・システムと生身の受付係を見せられたあとでは、マダム・ミーの淫売宿〈ウォーフホア・ウェアハウス〉に置かれている、女陰の形をした痰壷ほどにも繊細な趣味に思えた。笑みは押し殺したつもりだったが、いくらか顔に出てしまったのだろう。ドアをノックしながら、プレスコットが怪訝な顔をした。

「どうぞ」

睡眠がおれの心と新しいスリーヴとのインターフェースのためにすばらしい仕事をしてくれていた。借りものの顔の表情をつくろい、おれはプレスコットに続いて中にはいった。

ナイマンは机について坐っていた。見るかぎり、グレーとグリーンのホロディスプレーを相手に仕事をしていた。真面目な顔つきの痩せた男で、仕立てのいい高価そうな黒いスーツと、短く刈ってこざっぱりと整えたヘアスタイルに合わせてあるのか、メタルフレームの外付けアイレンズをこれ見よがしにつけていた。レンズ越しの表情はどことなく怒っているように見えた。約束の時間に遅れることについては、プレスコットがタクシーの中から電話していたが、それが原因なのかもしれない。しかし、明らかにバンクロフトからあれこれ言われているのだろう。こわばった黙認ながら、よく躾けられた子供の素直さでおれたちの求めに応じたところを見ると。

「私たちの施設をご覧になりたいということでしたね、ミスター・コヴァッチ。それじゃさっそく始めましょうか。二時間ばかりどうにか都合をつけはしましたが、顧客をすでにもう待たせているものでね」

ナイマンの接客態度はどこかウォーデン・サリヴァンを思い出させた。が、サリヴァンよりは洗練されていて、あからさまな敵意も感じられなかった。おれはナイマンのスーツと顔を見て、サリヴァンも、犯罪者ではなく金持ち相手のスリーヴィング・クローン施設で仕事をしていたら、このナイマンのようになっていただろうかと思った。

「いいとも」

そのあとはダレた。たいていのデジタル人間移送ステーション同様、〈サイカセック〉もエアコン付き倉庫の棚の巨大な寄せ集めだった。それでも、変身コピー（オルタード・カーボン）のメーカーが勧める摂氏七度から十一度に低く調節された地下の部屋から部屋へ移動しては、壁沿いに敷かれたワイドゲージ・レールを走る修繕ロボットなんかを見て誉めた。「重複方式を取っていましてね」とナイマンは誇らしげに言った。「顧客データはすべてふたつのディスクにして、別々のところに保管してあります。ランダム・コード配分をして、中央プロセッサーだけがその両方がどこにあるか見つけることができ、また、もちろん両方のコピーへの同時アクセスを防ぐための安全装置も備えてあります。つまり、コピーに損傷を加えようとする者が現れても、そいつはセキュリティ・システムを二度通過しなければならないということです」

　おれは礼儀正しく感心してみせた。

「また、アップリンクは、ランダムな順序で、十八もの安全クリアリング軌道プラットフォームを経ておこないます」ナイマンは自分の宣伝文句に酔っていた。プレスコットもおれも市場の人間でもなければ、〈サイカセック〉に仕事を頼みにきた人間でもないことを忘れてしまったかのようだった。「軌道プラットフォームも継続して二十秒を超えて借りることはありません。遠隔保存のアップデートはニードルキャスト経由で、そのルートをまえもって知ることは誰にもできません」

　厳密に言えば、それは嘘だ。ある程度のサイズと癖のある人工知能があれば、遅かれ早かれ突き止められる。しかし、その線はあまり見込みがありそうに思えなかった。人工知能が使えるようなら、そいつはわざわざ分子破砕銃で人の頭を吹き飛ばしたりしないだろう。どうやらおれは見当ちがいのところに来てしまったようだ。

「バンクロフトのクローンに会えるかな？」とおれはプレスコットに尋ねた。

「それは調査に必要なことなんですか？」プレスコットはそう訊き返したものの、肩をすくめて言った。

「わかりました。あなたはミスター・バンクロフトから白紙委任状（カルト・バランシュ）を与えられてるわけだから」

　カルト・バランシュ？　今朝会ってからプレスコットには驚かされっぱなしだ。カルト・バランシュなどというのは、入植時代を描いたエクスペリアの中でアラン・マリオット演じる人物がいかにも言いそうなことばだった。

そう、ここは地球なのだ。おれはナイマンのほうを向いた。ナイマンはむっつりとうなずいて言った。

おれたちは地上階に戻った。あまりにちがいすぎることから、逆にどうしても〈ベイ・シティ・セントラル〉のスリーヴィング施設が思い出された。ここには車輪付きベッドのゴムのタイヤ跡がなく――

「少しばかり手続きをしていただくことになりますが」

ここではスリーヴはエアクッション輸送装置で運ぶのだろう――壁の色はパステル・カラーだった。窓は――外から軍司令部の防護室ののぞき窓のように見えたが――中から見ると、ガウディ様式の波形を描きながら、どれも見晴らしのいいところに向けて開かれていた。通路を歩いていると、その窓をなんと手で磨いている女に出くわした。ここの贅沢さにはきりがない。

ナイマンがおれの心中を察したように言った。「ロボットではきちんとできない仕事というのもあるものです」

「ああ、もちろん」

クローン・バンクが左手に現れた。面取りをして彫刻が施された重そうなスティール製のそのバンクのドアは、装飾を施された窓にいかにもマッチしていた。手前にスムーズに開き、厚さが優に一メートルはあるタングステン鋼製であることがわかった。中にはいると、その外のドアが重々しく閉まり、その拍子に気圧がいくらか高くなったのが耳に感じられた。

「ここは気密室になっています」とナイマンはわざわざ説明した。「汚染物質をクローン・バンクに持ち込まないようにここで全員音波洗浄を受けます。まあ、当然のことですが」

天井に取り付けられた紫色のランプがしばらく点滅して、洗浄中であることを示し、そのあと最初のドアと同じような音をたてて、二番目のドアが開いた。おれたちはバンクロフト一族の〝貴重品保管室〟に足を踏み入れた。

こういう保管室はまえにも見たことがある。これより規模は小さいが、レイリーン・カワハラも自分の旅行用クローンを保管するのに同様のものをニュー・ペキンに持っていた。エンヴォイももちろんふんだんに持っていた。それでも、ここのような保管室を見るのは初めてだった。

部屋は楕円形で、天井はドーム型、吹き抜けになっており、一階と二階の両方のスペースを占めていた。巨大だった。おれの故郷の寺ぐらいの大きさがあった。照明は低くしてあり、眠くなるようなオレンジ色で、室温は血温に設定されていた。照明と同じオレンジ色の蛍光を放って、葉脈のようなすじを何本も走らせているクローン嚢がいたるところにあった。ケーブルと滋養チューブで天井から吊り下げられていた。中のクローンそのものを見分けることはできなかったが、充分成長した大人が胎児の恰好で腕と脚を曲げていることだけはわかった。少なくとも、大半はそういう恰好をしていた。ドームの上のほうにより小さなクローン嚢が吊るされていて、新たなクローンが培養されていた。それらのクローン嚢は子宮の内面組織を強化した有機体でできており、それ自体、保管室の下半分のクローン嚢——一メートル半ほどの菱形——と同じ大きさになるまで胎児とともに成長する。それらはまた、風が吹いて動かされるのを待っている異様なモビールのようにも見えた。

ナイマンが空咳をして、中にはいったところでまわりに見惚れていたおれとプレスコットを現実に引き戻した。

「でたらめに吊るされているように見えるかもしれませんが、位置はすべてコンピューターによって計算されています」

「だろうね」とおれは言って、下のほうにあるクローン嚢のひとつに近づいた。「フラクタル・パターンだろ？」

「そう、そうです」とナイマンは言った。おれにそんな知識のあることがいささか残念そうに。

クローンを近くで見てみた。ミリアム・バンクロフトのクローンが羊水の中で眠っているのが膜組織越しに見えた。身を守るように腕を胸のまえで交差させ、軽く握った両手を顎の下にやっていた。髪は頭頂部にまとめられ、何かでできた網をかぶせられて、蛇のようにとぐろを巻いていた。

「ご家族全員がここにおそろいです」とおれの肩のあたりでプレスコットが言った。「ご夫妻とお子さま六十一人全員。お子さんがお持ちになっているのは一体か二体ですが、ご夫妻はそれぞれ六体お持ちです。すごくありません？」

「ああ」思わず手が出て、おれはミリアム・バンクロフトの顔の上の膜組織に触れていた。温かくて、かすかにたわんだ。栄養分の注入部と排泄部は傷口が開いた腫れもののように見えた。組織のサンプルを採ったり、点滴をする部分はにきびのように見えた。が、それはそのような刺激に膜組織が示す正常な反応で、やがて自然に癒える。

おれは夢見る女からナイマンのほうに向き直って言った。

「すばらしいもんだ。でも、バンクロフトが来るたびにこいつを取り出してるわけじゃないんだろ？タンクもあると思うんだが」

「こちらです」ナイマンはついてくるように手で示し、入口にあったのと同じような圧力ドアが設置されている部屋の奥に向かった。おれたちが通ったうしろでは、一番低いところに吊るされているクローン嚢が不気味に揺れていた。ぶつかりそうになるやつはよけなければならなかった。ナイマンの指が圧力ドアのキーパッドの上でタランチュラのように動き、天井の低い細長い部屋にはいった。それまでの子宮の中のような薄暗さと比べると、そこの照明の臨床的な明るさはほとんど眼がくらむほどだった。

昨日おれが目覚めたのと似ていなくもない金属製のシリンダーが八つばかり、壁に沿って並べられていた。が、おれの出生チューブには何も塗られておらず、何度も使われ、百万ばかりの疵ができていたが、ここのユニットにはクリーム色の塗料が分厚く塗られ、観察プレートのまわりは黄色に縁取られ、さまざまな附加物の突起があちこちから出ていた。

「フル・ライフ・サポート・サスペンション室です」とナイマンは言った。「基本的にはクローン嚢と同じ環境になっていて、すべてのスリーヴィングをここでおこないます。新しいクローンを嚢に入れたまま持ってきて、ダウンロードします。タンクの中の栄養物にはクローン嚢の内壁を分解する酵素がはいっているので、トラウマをまったく生じさせない転移ができます。また、どんな医療行為もスタッフは人造スリーヴをまとっておこないますので、汚染の心配もありません」

プレスコットが苛立たしげに眼を大げさにぐるっとまわしたのが、眼の端に見えた。思わず口元に笑みが浮かんだ。

「この部屋にはいれるのは？」

「私とその日によって決められているスタッフだけです。それに、もちろんオーナーと」

おれはシリンダーが並べられている脇を歩き、シリンダーの下に表示されているデータ・ディスプレーをひとつひとつ身を屈めて見た。六番目のシリンダーの中にミリアムのクローンがあり、七番目と八番目にナオミのクローンがふたつあった。

「娘さんはふたつ保管してあるんだね」

「ええ」とナイマンは最初訝しげに答え、そのあと得意顔になった。フラクタル・パターンで失った主導権を取り戻すいいチャンスだと思ったのだろう。「彼女の現在の状況についてはお聞きになってないんですね？」

「精神外科手術をしたというのは知ってる」とおれは言った。「だけど、だからといって、それは彼女のクローンがここにふたつある説明にはならない」

「それは……」ナイマンはちらっと。プレスコットを見やった。それを説明することは何か法的に問題にならないかどうか確かめるように。プレスコットが咳払いをして、かわって答えた。

「〈サイカセック〉はミスター・バンクロフトから、彼と彼の近い親族については常にスペア・クローンを用意しておくようにという指示を受けてるんです。だから、ミズ・バンクロフトのスタックがバンクーヴァーで精神外科手術を受けているあいだは、どちらのスリーヴもここに保管されることになるんです」

「バンクロフト一家はスリーヴを替えるのがみなさんお好きでしてね」とナイマンがわけ知りに言った。「うちの顧客はだいたいみなさんそうですが。まあ、それで磨耗も防げるわけです。きちんと保管してさえやれば、人間の体というのは実にすぐれた再生能力を発揮するものです。もちろん、私どもはもっと大きな損壊の完璧な補修手術もいたしておりますが。手頃なお値段で」

「だろうね」おれは一番奥のシリンダーのところから戻り、ナイマンに笑みを向けて言った。

「それでも、消滅してしまった頭についてはなにもできることはなかった。そういうわけだ、ええ?」

ちょっとした間ができた。プレスコットは天井の隅をじっと見つめ、ナイマンは唇をケツの穴ぐらいにすぼめた。

「なんとも心貧しいおっしゃりようですな」とナイマンがケツの穴を開いて言った。「ほかにもまだ何か重要なご質問はおありかな、ミスター・コヴァッチ?」

おれはミリアム・バンクロフトのシリンダーのまえで立ち止まり、その中を見た。観察プレートとタンク内のゲルのせいでぼやけて見えたが、それでも彼女の持つ官能がびんびん感じられた。

「ひとつだけ。スリーヴをいつ交換するか、それは誰が決める？」

ナイマンは、自分のことばに法的支援を求めるようにプレスコットをまた見やってから言った。「私がミスター・バンクロフトから直接指示を受けて、ご本人がデジタル化されるときには必ず交換しないように言われないかぎり。今回もしないようにとは言われませんでした」

ここには何かある。エンヴォイの触手が何かに触れている。何かがどこかにぴたりと収まるような感覚がある。それを特定するところまではいかないが。おれは部屋を見まわして言った。

「この部屋の出入りはもちろんモニターされてるんだろうね？」

「もちろん」ナイマンの口調はまだひややかなままだった。

「バンクロフトがオオサカに行った日に何か変わった動きはなかったかい？」

「通常以外のことは何も。ミスター・コヴァッチ、そういう記録については警察がもう調べました。だから、またそんなことを繰り返すことにどんな意味が――」

「おれのわがままだ」おれは彼のほうを見もしないでそう言った。いかにもエンヴォイを思わせる声音が回路遮断器のようにナイマンを黙らせた。


二時間後、おれはアルカトラズの離着陸埠頭を離れ、湾の上空を飛ぶオート・タクシーの窓から外を眺めていた。

「探していたものは何か見つかった、コヴァッチ？」

おれはプレスコットを見やり、彼女にはおれが感じている苛立ちを気配から察することができるのだろうかと思った。自分としては内面が新しいスリーヴの外に現れることを極力抑えていたつもりだったが、弁護士の中には、証人席についた証人の潜在意識が発する信号をキャッチするための感情捕捉装置をインストールしている者もいるという話を聞いたことがある。ここは地球だ。プレスコットがその美しい黒い頭の中の赤外線超音波スキャナーを今フル稼働させていたとしても、少しも驚くにはあたらない。

八月十六日のバンクロフト家貴重品保管室の入室データは、火曜日の午後のミシマ・ショッピング・モールの往来と同じくらい疑わしさとは無縁のものだった。午前八時、バンクロフトがふたりのアシスタントと入室。服を脱ぎ、待機していたタンクにはいる。アシスタントは服を持って退室。十四時間後、彼の代替クローンが隣りのタンクから出て、別のアシスタントからタオルをもらい、シャワー室へ。挨拶以外に交わされたことばはなし。何もない。

おれは肩をすくめた。「さあ。そもそも何を探してるのか、自分でもわかってないんだからな」

プレスコットはあくび混じりに言った。「総体吸収(トータル・アブソーブ)ってやつ？」

「ああ、まあね」おれは彼女をじっと見つめて言った。「あんたはエンヴォイのことをよく知ってるんだね？」

「少しはね。国連訴訟の訴状を書いたりもしていたから。少しは専門用語も覚えるものよ。それで、何か吸収できた？」

「燃えていないと警察が言ってるものから煙がもうもうと立ってる。わかったのはそれだけだ。この事件を担当してる警部補に会ったことは？」

「クリスティン・オルテガ。もちろん。彼女のことを忘れることはまずないでしょうね。ほとんどまるまる一週間、机をはさんでお互い怒鳴り合ってたんだから」

「印象は？」

「オルテガの？」プレスコットは思いがけない質問を受けたような顔をした。「見るかぎりいい刑事というのがわたしの印象ね。手強いことで評判らしいけれど。有機体損壊課というのは警察の中でも手強い刑事だらけのところよ。そんな中でそういう評判を得るというのは半端じゃない。実際、事件の捜査もとても能率的で――」

「バンクロフトに満足してもらえるほどではないにしろ」

間ができた。プレスコットは慎重におれを見て言った。「わたしは〝能率的〟と言ったのよ。〝根気よく〟とは言ってない。オルテガはちゃんと自分の仕事はした。でも――」

「でも、彼女はメトが嫌いなタイプだ、だろ？」

また間ができた。「ミスター・コヴァッチ、あなたは市井のことばにとても敏感なのね」

「こういう仕事をしてたら、少しは専門用語も覚えるものさ」とおれは皮肉を交えず言った。

「バンクロフトがメトじゃなかったら、オルテガはまだこの事件を捜査してた。そう思うのかい？」

プレスコットはしばらく考えてからおもむろに言った。「彼女の偏見はよくある偏見だけれど、そのためにオルテガが捜査を打ち切ったとは思わない。いわば投資の見返りを考えたんだと思う。警察の昇進制度というのは解決した事件数に基づいている、少なくとも部分的には。で、彼女は、この事件は早期解決がむずかしいと思った。それにそもそもミスター・バンクロフトは生きてるわけだし……」

「ほかにもっとやるべきことがあるってわけだ」

「まあ、そういうことね」

おれはまた窓の外を見た。タクシーはすらっとした高層ビルの狭間にぎゅう詰めになっている地上交通の上空を飛んでいた。自分が今解決しなければならない問題とまったく関係のない大昔の怒りがなんの脈絡もなく込み上げてきた。エンヴォイ時代に溜まった何か。それと、魂の表面に泥のようにこびりつき、もはや見ることにも慣れた感情の瓦礫。ヴァージニア・ヴィダウラ、イネニンでおれの腕の中で死んでいったジミー・デ・ソト。サラ……どこから見ようと正真正銘の負け犬のカタログ。

　おれはそれらに封をした。

　眼の古い傷痕が痒くなった。ニコチンを求めて指先が震えていた。その指先で傷痕をこすった。ポケットの中の煙草は取り出さなかった。今朝どこかの時点でやめることにしたのだ。さまざまな想念が勝手気ままに押し寄せてくる。

「プレスコット、あんたがこのスリーヴを選んでくれたと聞いたが」

「ごめんなさい」彼女は網膜プロジェクターで何かをスキャンしていて、すぐにはおれの言ったことがわからなかった。「なんて言ったの？」

「このおれのスリーヴだ。あんたが選んだんだろ？」

　彼女は怪訝な顔をした。「いいえ。わたしが知るかぎり、ミスター・バンクロフトが自分で選んだんだと思うけれど。わたしたちは仕様に基づいていくつか候補を示しただけよ」

「いや、彼は弁護士に任せたって言ってた。まちがいない」

「ああ」と彼女は眉を開いて言い、かすかに笑みを浮かべた。「ミスター・バンクロフトには何人もの弁護士がいる。だから、その件はほかの弁護士事務所に任せたんでしょう。でも、どうして？」

　おれは鼻を鳴らして言った。「別に。この体が以前誰のものだったにしろ、そいつは喫煙者だった。おれはちがう。だから、それに耐えるのは苦痛以外の何物でもなくてね」

　プレスコットは笑みを広げて言った。「取り替える？」

「時間があれば。バンクロフトとの契約じゃ、事件を解決できたら、新しいスリーヴを無料で提供してくれることになってる。だから、どっちみち長いこと我慢しなきゃならないわけでもないんだが、毎朝、咽喉にクソが詰まってるみたいな感じで眼が覚めるというのはあんまり愉快なことじゃないからね」

「できると思う?」

「禁煙が?」

「いいえ、事件を解決すること」

おれは無感動に彼女を見た。「おれにはほかに選択はないのさ、弁護士さん。おれの契約書を読んでないのか?」

「もちろん読んだわ。わたしが書いたんだから」そう言って、プレスコットはおれを見返した。おれ同様、無感動に。しかし、その仮面の下には何かが埋まっていた。おれとしては、手を伸ばし、ただの一発のパンチで、彼女の鼻の骨を頭の中に叩き込まずにはいられなくなるような何か不快なものが。

「それはそれは」とおれは言って窓の外に眼を戻した。


――てめえが見てるまえで、おれの拳をてめえの女房のプッシーにぶっ込んでやる。メトのクソ野郎、てめえなんかにゃできねえだろうが

おれはヘッドセットをずらして、眼をしばたたいた。そのテキストは粗っぽくとも効果的なヴィジュアル・グラフィックで、頭の中が超低周波音のせいでまだプーンと鳴っていた。プレスコットが机越しに同情するような眼でおれを見ていた。

「みんなこんな感じなのか?」とおれは尋ねた。

「そう、どんどん支離滅裂になってる」彼女は机の上に浮かんでいるホログラフ・ディスプレーを手で示した。机の上ではおれがアクセスしたファイルが再現され、ブルーとグリーンの光の中で景気よく跳ねていた。「この手のものはR&Rスタックと呼ばれてる。過激でたらめ（ラピッド&ランブリング）ってことね。実際にはこういった輩が真の脅威になることはまずなくても、それでも、こういうことをする輩がいるということ自体、あまり気持ちのいいものじゃない」

「オルテガはこういうやつらをひとりでもしょっぴいたんだろうか?」

「それは彼女の部署の仕事じゃないから。わたしたちが大声で騒いだときだけ、通信犯罪課が時々何人か捕まえたりはしてるけれど、配信テクノロジーの現状を思えば、煙に網をかけるようなものね。それに検挙できても、違反者に課せられるのはせいぜい数ヵ月の保管刑だし。まさに時間の無駄といったところよ。だから、わたしたちとしては、ミスター・バンクロフトにもう消去してもいいと言われるまで、その上にただじっと坐っているしかないのよ」

「それで、この半年、特に変わった脅迫はなかった?」

プレスコットは肩をすくめた。「強いて変わったものと言えば、宗教フリークからの脅迫ということになるかしら。第六五三号判決に関連して、カトリックからのものが増えてるのよ。ミスター・バンクロフトは国連法廷に影響力を持っているから。もちろんそれは公的なものじゃないけれど、周知の事実ね。それから、そうそう、火星考古学のある学派が、彼が持っているソングスパイアについてあれこれうるさく言ってきてたわね。先月は彼らの学派の創始者が圧力服の気圧洩れで事故死した記念月とやらで。でも、彼らは、サンタッチ・ハウスのセキュリティ・システムを突破できるような技術や資金を持っている人たちとはとても言えない」

おれは坐っている椅子を傾けて天井を見上げた。灰色の鳥の群れが山形を描いて南に向かって頭上を飛んでいた。互いに鳴き合っている声がかすかに聞こえた。プレスコットのオフィスは自然環境仕様で、四つの壁面と天井と床の六面すべてにヴァーチャル・イメージが映し出され、彼女のグレーの机は太陽が沈みかけている丘の斜面に危なっかしく置かれていた。丘には遠くに牛の群れもいて、時々小鳥の鳴き声が聞こえた。映像の解像度はおれが今までに見た中でも最高部類に属していた。

「プレスコット、レイラ・ビギンについて、あんたは何か知らないか？」

沈黙ができ、おれはまた地上レヴェルに視線を戻した。プレスコットは原っぱの隅をじっと見つめていた。

「クリスティン・オルテガから聞いたのね？」と彼女はぼそっと言った。

「そうだ」おれは椅子の上で上体を起こした。「この名前からバンクロフトのことがもっとよくわかるかもしれない、と言われた。正確にはこの名前をあんたに言ってみて、あんたが動揺するかどうか見るといい。そう言われた」

プレスコットは回転椅子をまわしておれのほうを向いた。「その名前が今回の事件とどういう関係があるのか、わたしにはまったく理解できないけれど」

「おれにはできるかもしれない。試してくれ」

「いいわ」そう言った彼女の声には棘があり、どこか挑むような顔にもなっていた。「レイラ・ビギンは娼婦だった。たぶん今もまだそうなんでしょう。五十年前、バンクロフトは彼女のお客のひとりだった。そして、度重なる不注意な言動から、それはミリアム・バンクロフトの知るところとなった。で、レイラとミリアムはサンディエゴで開かれたパーティか何かで顔を合わせ、そう、バスルームに一緒に行ったのはたぶんふたりとも合意の上だったのでしょう。でも、そこでミリアム・バンクロフトはレイラ・ビギンをとことん叩きのめした」

おれは怪訝な顔で机越しにプレスコットを見やった。「それで終わり？」

「いいえ、終わってはいないわ、コヴァッチ」と彼女は疲れたように言った。「そのときビギンは妊娠八ヵ月だったのだけれど、その暴行のせいで流産してしまった。胎児に脊椎スタックを埋め込むことは物理的に不可能だから、これはほんとうの死よ。だから、ミリアムが犯した犯罪は三十年から五十年の刑ということになる」

「バンクロフトの子供だったのか？」

プレスコットは肩をすくめた。「そこのところは大いに疑問が残るわね。ビギンは胎児の遺伝子検査をさせなかったのよ。誰が父親であろうと関係のないことだと言って。たぶんそうやってあいまいにしておいたほうがはっきりノーと言うより、報道の観点から言ってより効果的だと思ったのでしょう」

「あるいは、それほど取り乱していたか？」

「やめてよ、コヴァッチ」プレスコットは苛立たしげに片手を上げた。「わたしたちはオークランドの淫売の話をしてるのよ」

「で、ミリアム・バンクロフトは保管刑を受けたのか？」

「いいえ。オルテガが爪を突き立てたがってるところはそこよ。バンクロフトは関係者全員を買収した。証人も、マスコミも、ビギンでさえ最後には買収されて、事件は裁判所の外で片づいた。ビギンは〈ロイズ〉とクローン契約をして、商売から足が洗えるのに充分なお金を手にして、最後に聞いた話ではブラジルで二番目のスリーヴに収まってるそうよ。でも、いい？　コヴァッチ、これは五十年もまえの話なのよ」

「その件にはあんたも関わったのか？」

「いいえ」プレスコットはそこで机の上に身を乗り出した。「そういうことを言えば、クリスティン・オルテガも関わってなんかいない。だから、彼女にこの事件のことで泣き叫ばれると、よけいに胸くそが悪くなる。先月彼らが捜査を打ち切ったときに彼女からさんざん聞かされたのよ。彼女自身ビギンに会ってもいないのに」

「まあ、主義・信条の問題なんだろうよ」とおれはとりあえず行儀よく言った。「バンクロフトは今でもよく娼婦を買ったりしてるのか?」

「それはわたしにはなんの関係もないことよ」

おれはホログラフィック・ディスプレーの中に指を突っ込み、そこだけカラーファイルがゆがむのを眺めた。「だったら、あんたにも関係のあることにするべきだ、弁護士さん。なんだかんだ言っても、セックスがからむ嫉妬というのは根強い殺人の動機だからな」

「そういうことを言えば、ミリアム・バンクロフトは嘘発見器をちゃんとパスしてる。そのことを思い出したら?」とプレスコットは棘々しく言った。

「おれは何もミセス・バンクロフトだけのことを言ってるんじゃない」おれはディスプレーを弄ぶのをやめて、眼のまえの弁護士を机越しに見すえた。「利用可能な百万のヴァギナ全体のことを言ってるのさ。それと、どこかのメトがそういうヴァギナとやってるところを見ても愉しんだりできない、大勢の配偶者や血縁者のことを言ってるのさ。彼らの中には、ひそかな侵入――駄洒落じゃないぜ――の専門家も、気色の悪いサイコパスも含まれる。要するに、バンクロフトの屋敷に忍び込んで、彼の頭を吹き飛ばす能力を持ったやつも含まれると言ってるんだ」

遠くから悲しげな牛の鳴き声が聞こえた。

「たとえばこれはなんだ、プレスコット?」おれはホログラフの中に手を入れて言った。

「こんな文句で始まるのはいったいなんだ?　――〝おまえがおれの女、娘、妹、母にしたことは万死に値する〟。これはなんなんだ?」

彼女の答えは聞くまでもなかった。顔に表れていた。

太陽が机の上に斜めの縞模様を描き、丘に生えた木々にとまって鳥がさえずる中、プレスコットはデータベースのキーボードの上に前屈みになり、ディスプレーに新しい長楕円形の紫色のホログラフを呼び出した。おれはそれがキュービストの描く蘭のようにふくらみ、開くのを見守った。背後で、別な牛が不承不承何かをあきらめたような鳴き声をあげた。

おれはヘッドセットをまた頭につけた。

第八章

その町はエンバーといった。地図で見ると、ベイ・シティの北約二百キロ、湾岸道路沿いにあった。その町のそばの海上には左右非対称の黄色い記号が描かれていた。

「フリー・トレード・エンフォーサー号」とプレスコットがおれの肩越しに地図をのぞき込んで言った。

「空母よ。人間がつくった最後の巨大な戦艦。どこかの馬鹿が入植時代の初期にそこに座礁させてしまったんだけれど、町はそれを見にくる観光客相手の事業で発展した」

「観光客？」

彼女はおれを見た。「とにかく大きな船なのよ」

おれはプレスコットのオフィスから二ブロック離れたところにあった、どことなく胡散臭いディーラーから旧式の地上車を借りて、さび色の吊り橋を渡って北に向かった。考える時間が欲しかったのだ。沿岸ハイウェイはメンテナンスが悪かったが、走っている車もまばらで、おれは黄色いセンターラインに沿って、安全速度百五十キロで走った。ラジオ局はふんだんにあったが、文化のちがいでどれもおれの理解を超えたものばかりだった。それでも最後に、新毛沢東主義者のＤＪが記憶接続されている、誰もわざわざ廃止することさえ考えないような局をひとつ見つけた。放送されているのはみなプロパガンダ番組で、雄々しい政治的な感傷と、甘ったるいカラオケ・ナンバーのドッキングには抗しがたいものがあった。開けた窓から車内に漂ってくる海の香りを嗅ぎながら、眼のまえの道路が間断なくスムーズに解(ほど)けるさまを見ていると、しばらくエンヴォイのこともイネニンのことも、過去に起きたすべてを忘れることができた。

エンバーにはいる長いカーヴに差しかかった頃には、太陽はすでにフリー・トレード・エンフォーサー号の斜めになったデッキの向こうに沈みかけていた。その最後の残光が、難破船の両側の波上にほとんど見えないほどかすかなピンクの影を落としていた。プレスコットの言ったとおり、なんとも巨大な船だった。

まわりに建物が増えてきて、そのことに敬意を表してスピードを落とした。これほど大きな船を岸にこれほど近づけるとは、いったいどれほどの馬鹿が操縦していたのだろう? バンクロフトなら知っているかもしれない。彼は当時もうすでに生まれていただろうから。

エンバーのメインストリートは町の端から端まで海沿いを走っており、その浜辺側には堂々たるヤシの木が植えられ、ネオ・ヴィクトリア朝風の錬鉄のガードレールが続いていた。ヤシの木の幹にはホログラフィック・ブロードキャスターが設(しつら)えられていて、どのブロードキャスターも同じ女の顔のイメージを映し出していた。〈スリップスライド・ショー〉――〈アンチャーナ・サロマオ&ザ・リオ・トータル・ボディ・シアター〉ということばとともに。

ギアをローに入れ、建ち並ぶ店に眼をやりながら、地上車を走らせ、町並みの三分の二ばかり走ったところで、めあてのものが見つかった。そこからさらに五十メートルほど進んだところで静かに停車し、何か動きがあるかどうか五分ばかり様子を見て、何も起きそうにないのを確認してから車を降り、通りを歩いて戻った。

エリオットの店——〈エリオッツ・データ・リンケージ〉は薬のアウトレット店と空き地とのあいだにひっそりと建っていた。ハードウェアの残骸が散らばる空き地では、カモメが残飯を求めて争い、鳴き合っていた。エリオットの店のドアは、廃棄されたフラットスクリーン・モニターがドア・ストッパーがわりに地面に置かれ、開けられたままになっていて、そこから中がすぐオペレーション・ルームになっていた。おれは店内にはいって、まわりを見まわした。出来合いの長いプラスティックのカウンターの中に、ふたつずつ背中合わせにして、四つのコンソール・セットが置かれていた。さらにその奥にオフィスのガラス・ドアがあった。奥の壁には七つのモニターが埋め込まれ、おれにはなにやら見当もつかない何かのデータがスクロールしていた。データはところどころぎざぎざに切れて見えなくなっていて、遅かれ早かれそれらのスクリーン・モニターもドア・ストッパーに身を落とすことを予告していた。背後の塗装面に疵ができていた。たぶん引き抜かれたブラケットが抵抗した跡だろう。スクリーンにはぎざぎざのほかにちらつきも出ているところを見ると、最初のモニターがドア・ストッパーになった原因はどうやら感染性のもののようだった。

「いらっしゃい」

斜めになったコンソール・バンクの一方の端から男の細長い顔が現れた。歳の見当のつきにくい顔だった。火のついていない煙草をくわえ、右の耳のうしろに取り付けたインターフェースからケーブルが何本か出ていた。見るからに不健康そうな青白い顔色をしていた。

「ヴィクター・エリオットを探してるんだが」

「外にいる」と男はおれがやってきたほうを示した。「ガードレールに坐ってる爺さんが見える？　難破船を眺めてる？　あれがエリオット」

おれは戸口から外を振り返って見た。ガードレールに男がひとりぽつねんと腰かけていた。

「ここは彼の店だね?」

「ああ、彼の罪のためのね」データ・ネズミはいたずらっぽく笑って、店内を手で示した。

「ヴィクターが店にいる必要はあんまりないんだよ。そういう商売だから」

おれは礼を言って、通りに戻った。太陽の光が徐々に消えかけていて、アンチャーナ・サロマオのホログラフがさきほどよりきわだって見えた。男はおれに気づくと、黙ってただうなずいた。そして、また水平線に視線を戻した。海と空の溶接部のどこかにひび割れでも探すかのように。

「なんともすさまじい停め方をしたもんだ」とおれは難破船を示して言った。

男はまずおれに好奇の眼を向けてから言った。「テロリストの仕業だという話だがな」男の声には、その昔、声を使うのに力を入れすぎて何かが壊れてしまったような、空疎で無頓着な響きがあった。

「もうひとつ、嵐でソナーが故障したという説もある。その両方だったのかもしれん」

「あるいは保険めあてとか」

エリオットはおれを見た。今度は視線を鋭くして。「あんた、ここの人間じゃないね?」今度の声にはおれに対する関心というものがいくらか含まれていた。

「ああ、通りがかりの者だ」

「リオの人かね?」彼はそう訊きながらアンチャーナ・サロマオのホログラフのほうを手で示した。

「アーティストなのかい?」

「いや」

「ああ」しばらく考える顔つきになった。まるで会話という術(すべ)を忘れてしまった人のように。

「でも、あんたの体の動きはアーティストみたいだ」

「あたらずとも遠からずだ。この動きはミリタリー・ニューラケムのせいだ」

それで合点がいったらしかった。が、眼が一瞬光った以外、驚いたことを示す気配は一切なかった。

おれを頭から爪先までとくと眺めてから、また海に眼を戻した。

「おれを探しにやってきた？　バンクロフトのところから？」

「まあ、そうだ」

彼は唇を舐めてから言った。「おれを殺しにきたのか？」

おれはポケットからハードコピーを取り出して、彼に渡した。「いくつか訊きたいことがあって来た。これを送信したのはあんたか？」

彼は声には出さず、唇だけ動かしてそのハードコピーを読んだ。彼が読んでいることばが頭の中に甦った――〝……おれの娘を奪ったことに対して……おれはおまえの頭を焼き切るだろう……その日時はわからない……安全なところなど人生にはどこにもない……〟。独創性がすこぶる豊かとは言えないまでも、ことばに嘘がなく、歯ぎれがよく、R&Rスタックの中から見せられたどの脅迫文より迫力があった。少なくとも、バンクロフトがこうむった死を的確に言いあてていた。破砕銃の弾丸（たま）は、バンクロフトの頭を貫通するまえに、まずまちがいなくバンクロフトの頭皮をカリカリに焼いていただろうから。

「ああ、これはおれのだ」とエリオットはおだやかに言った。

「何者かが先月ローレンス・バンクロフトを殺した。そのことはもちろん知ってるよね？」

彼はおれにコピーを返した。「そうなのか？　あのくそったれは自分で自分の頭を吹き飛ばしたんじゃないのか。おれはそう聞いてるが」

「そう、その可能性もないわけじゃない」おれは認めて、コピーをまるめ、下の浜辺のゴミ入れを狙って放った。「しかし、それはおれが調査するように言われてる死に方じゃない。あんたにはなんとも都合の悪い話だが、彼はあんたが脅迫文に書いてる殺し方にきわめて近い形で死んだ」

「おれはやってない」とエリオットはぶっきらぼうに言った。

「まあ、そう言うだろうとは思ったよ。で、あんたのそのことばを信じてたかもしれない。誰がバンクロフト邸の高度なセキュリティ・システムを打ち破ったにしろ、戦術海兵隊の軍曹だったという過去があんたになければ。ハーランズ・ワールドでも戦術海兵隊員が秘密の殺人指令に関与するというのはよくあることだ。実際、そういう計画に関わった連中をおれは何人か知ってる」

エリオットは急に興味を覚えたかのような眼でおれを見た。「あんた、バッタなのか?」

「ええ?」

「バッタだ。オフワールドの人間なのか?」

「ああ、そうだ」エリオットはおれを警戒していたのかもしれない。もしそうだとしても、その警戒心が薄れていくのがわかった。おれはエンヴォイのカードを切ることになるかもしれないと思って来たのだが、どうやらその必要はなさそうだった。エリオットは問わず語りにしゃべりはじめた。

「バンクロフトはわざわざオフワールドからごろつきを呼んだということか。よけいなことを。あんたの狙いはなんだ?」

「おれとバンクロフトとの契約はあくまで個人レヴェルのものだ。おれはただ犯人を見つけたいだけだ」

エリオットは小馬鹿にしたように鼻を鳴らした。「で、おれがその犯人だと思ったわけだ」

別にそう思ったわけではなかった。が、そのまま聞き流した。その誤解が彼には会話を続ける原動力になっているようだったから。ほとんどきらめきに近いようなものが彼の眼に表れていた。

「おれならバンクロフトの家に忍び込めると思ったわけだ、ええ? そんなことはできやしないよ。それは誰よりおれが一番よくわかってる。あそこのセキュリティ・システムはおれがつくったんだから。あのシステムにもしどこかしら穴があるようなら、一年前にそこから侵入してるよ。でもって、あいつを粉々にして、芝生にばら撒いてる」

「娘さんのために？」

「ああ、娘のために」怒りの炎に油が注がれたかのようだった。「おれの娘と、娘と同じような娘のためにだ。まだほんの子供だったのに」

彼はそこでいきなり顔をそらして、海を見つめた。そして、フリー・トレード・エンフォーサー号のほうを手で示した。傾いだデッキの上にセットされているらしいステージのまわりに、小さな明かりがいくつもともり、それがちろちろと光っていた。「あれがあの子の望みだった。あの子が望んだすべてだった。トータル・ボディ・シアターだ。アンチャーナ・サロマオとリアン・リー。あの子がベイ・シティに行ったのは、ベイ・シティに行けばなんとかなると聞いたからだ。あれこれ手配できる人間がいると――」

彼はことばを切って、おれを見た。店にいたデータ・ネズミは彼を〝爺さん〟と呼んだ。そのわけがそのとき初めてわかった。元軍曹はがっしりとした逞しい体軀をして、腹にも贅肉はほとんどついていないにもかかわらず、顔はやけに老けていた。長い苦悩による深い皺が何本も刻まれていた。今にも泣きそうな顔をしていた。

「あの子なら成功していたかもしれないのに。ほんとうに可愛い子だった」

彼は何かを探してポケットをまさぐった。おれは煙草を取り出して一本勧めた。彼は反射的に受け取り、パックのおまけについている点火パッチで火をつけた。それでもまだポケットをまさぐっており、最後に小さなコダックリスタルを取り出した。おれはほんとうは見たくなかった。が、彼はおれが何か言うまえにそれを作動させた。おれたちのあいだの空間に立体イメージが現れた。

彼が言ったとおり、エリザベス・エリオットは可愛い女の子だった。ブロンドでアスリートのような体型で、ミリアム・バンクロフトより何歳かまだ若かった。トータル・ボディ・シアターの出演者に求められる強い意志と馬並みのスタミナが彼女にあったのかどうか、そこまではイメージからだけではわからなかったが、それでも、彼女が出演者になることを夢見たとしても、少しもおかしくはなかった。それだけはわかった。

そのホロショットの中で、彼女はエリオットと、彼女のほぼ完璧な年長版とも言うべき女のあいだにはさまれていた。明るい陽射しに満ちた芝生の上で撮られており、そこには映っていないところに生えている木の影が一本の棒のようになって、その女の顔に射していた。それが映像の構図を乱していることにあたかも気づいているかのように、女は眉をひそめていた。といっても、あるかなきかの皺が眉間にうっすらと走っているだけのことで、文字どおり幸せに光り輝くショットであることに変わりなかった。幸せそうな三人の様子がそんな瑕疵など吹き飛ばしていた。

「いってしまった」おれの関心の行き先を察したかのようにエリオットは言った。「女房は四年前にいってしまった。あんたは〝ディッピング〟を知ってるか?」

おれは首を振った。〝土地の色〟というヴァージニア・ヴィダウラの声が聞こえた──〝それを吸収するの〟。

エリオットがいきなり顔を上げた。一瞬、おれはアンチャーナ・サロマオのホログラフを見たのかと思った。が、そうではなかった。彼はそのはるか向こうの空を見ていた。そして、「あそこに」とだけ言って、さきほど娘の若さのことを言ったときと同じように急にことばを切った。

おれは待った。

「あそこに通信衛星がある。あそこにあふれるほどのデータが寄せられる。それはヴァーチャル・マップでも見ることができる。まるで誰かが世界にマフラーを編んでやってるみたいなもんだ」彼はまたおれに視線を戻した。眼が潤んでいた。「女房のアイリーンはよくそんなふうに言ってた。世界にマフラーを編む。そのマフラーの一部は人だ。ひとつの体からもうひとつの体へ向かうデジタル化された金持ちたちだ。デジタルというパッケージで梱包された記憶と感情と思考の群れだ」

彼が何を言おうとしているのか、ようやくおれにもわかった気がした。が、何も言わずにただ耳を傾けた。

「腕がよくて――おれの女房のように――ツールさえあれば、それらの信号をサンプリングすることができる。要するに〝心をひとかじり(マインドバイト)〟することがな。それがディッピングだ。それがファッションハウスのプリンセスの頭の中身であれ、分子理論家の仮説であれ、王様の子供の頃の思い出であれ、なんでも体験することができる。そういったもののための闇市場さえある。そう、社交雑誌はそういった有名人の〝頭脳散歩(スカルウォーク)〟を載せて、それを売りものにしてる。だけど、社交雑誌はどれも公に認められて、無菌化されたものだ。大衆の消費に合わせたものだ。無防備な一瞬をとらえたものじゃない。誰かを恥ずかしがらせたりもしなければ、通俗性が損なわれたりもしないようにつくられたものだ。どれもみな大きなつくりものの笑顔みたいなものだ。それは人々がほんとに望んでるものじゃない」

そうだろうか。スカルウォーク・マガジンはハーランズ・ワールドでもよく売れている。が、その購読者が出版社に抗議をするのは、むしろ自分たちが演じる名士の人間的な弱さが暴露されたときにかぎられ、名士が不倫をしたり、差別語を使ったりといったことがたいてい最も大きな抗議の対象となる。もっともなことだ。自分の頭の中から外に出て、何時間も過ごしたいなどと思っているような哀れな連中が、自分たちがあこがれる人々の金ぴかの頭脳に自分たちと同じ現実が反映されることなど望むわけがない。

「マインドバイトで人はなんでも手に入れられる」とエリオットは言った。そのことばには妙な熱意が込められていた。女房の受け売りにしろ。「不倫もくそみたいなことも崇高な人間性も。そういうもののために人は大金を払う」

「でも、それは違法行為だ、だろ？」

エリオットは自分の名前が書かれた店を示した。「データ市場は低迷してる。おれみたいなブローカーが多すぎるんだよ。もう飽和状態と言っていい。それでも、家族三人のクローン・スリーヴィング保険の掛け金は払わなきゃならない。海兵隊の年金じゃとても充分とは言えない。おれたちにほかに何ができた？」

「奥さんは何年食らったんだね？」とおれは遠慮がちに尋ねた。

エリオットは海を眺めて言った。「三十年だ」

眼はまだ水平線に向けたまま、ややあって彼は続けた。「おれも半年まではがんばれた。だけど、そこでどこかの企業のネゴシエーターがアイリーンの体をまとってるのを見てしまったんだ」彼はおれのほうに体を半分向けて、笑い声とも取れなくはない声をあげた。「企業がベイ・シティの保管施設から直接買い取ったのさ。おれに出せる五倍の額で。しかも聞いた話じゃ、そのくそネゴシエーターは隔月にしかアイリーンの体をまとっていないということだった」

「そのことはエリザベスも知ってた？」

彼はまるで斧を振りおろすようにただ一度強くうなずいた。「ある晩のことだ。あの子におれはほとほとまいらされた。商売を探して、朝から一日じゅうスタック・クルージングをしたあとで、こっちはとことん滅入ってた。何をすればいいのか、自分がどこにいるのかさえわからなくなってた。そんなときにあの子がおれになんて言ったかわかるかい？　それを知りたいかい？」

「いや」とおれはぼそっと答えた。

彼は聞いていなかった。鉄製の手すりを握りしめた手の関節が白くなっていた。「あの子はおれにこう言ったんだ、心配しないで、パパ、わたしがお金持ちになって、きっとママを買い戻してみせる……」

こういうのは手に余った。

「いいかい、エリオット、娘さんのことは気の毒に思うよ。だけど、おれが聞いてるかぎり、娘さんはバンクロフトが行くようなところで働いてたわけじゃない。娘さんが働いてた〈ジェリーズ・クローズド・クウォーター〉は高級娼館というわけじゃなかった、だろ？」

元海兵隊員は脅しも何もなくいきなり殴りかかってきた。眼にありありと殺意をみなぎらせ、腕に角度をつけて。彼を責めようとは思わなかった。彼の眼のまえにいるのはなんと言っても、バンクロフトに飼われている男なのだから。

しかし、エンヴォイに襲いかかることはできない。おれたちはそういう訓練を受けている。彼が自分ではっきりと思うまえからおれには彼の攻撃が予測できた。予測した数分の一秒後には借りもののスリーヴのニューラケムも反応していた。彼はおれがとっさにガードするにちがいないと思ったのだろう。そのガードの下を狙ってきた。肋骨の一本や二本折れそうなボディブローを放ってきた。が、おれはガードなどそもそもしなかった。彼が思ったところにもいなかった。彼に逆に近づいてパンチをよけ、体あたりで彼のバランスを崩して、腹に蹴りを入れた。彼はうしろによろけ、ガードレールにぶつかった。おれは容赦のない肘打ちを彼のみぞおちに叩き込んだ。ショックで彼の顔が文字どおり灰色になった。おれはさらに上体をまえに押し出し、咽喉(のど)をつかんでガードレールに押しつけた。

「これでもう終わりにしようぜ」とおれは言った。ほんの少し声が震えていた。新しいスリーヴのニューラケムはおれがエンヴォイ時代に使ったことのあるものよりタフなやつで、刺激を受けると、まるで皮膚の下に金網が張りめぐらされるような感覚が湧いた。

おれはエリオットを見た。

彼の眼はおれの眼と片手ひとつぶんぐらいしか離れていなかった。咽喉（のど）をつかまれていながら、彼はまだ怒りに燃えていた。おれの手に爪を立て、おれにダメージを与えようと力を込め、歯の隙間から息を洩らした。

おれは彼をガードレールから引き起こし、用心深く腕を伸ばして言った。

「いいか、おれはあんたを裁きにきたわけじゃない。ただ知りたいだけだ。なんで娘さんの死とバンクロフトとは関係があるなんて思うんだ？」

「娘がそう言ったからだ、このくそ野郎」彼は歯の隙間から声を押し出すようにして言った。

「やつがしたことを娘から聞いたからだ」

「彼は何をしたんだ？」

彼は激しくまばたきをした。解き放たれた怒りが涙に凝縮された。「汚いことだ。あいつにはそういうことが必要なんだと娘は言ってた。何度も繰り返さなきゃならないほど。大金を払ってもいいほど」

金づる――〝心配しないで、パパ。わたしがお金持ちになって、きっとママを買い戻してみせる〟。若い人間が犯しがちな過ちだ。どんなものもそんなに簡単には手にはいらない。

「そのために娘さんは死んだ。そう思ってるのか？」

彼はおれのほうに顔を向けた。特別毒性の強いクモがキッチンの床を這っているのを見つけたような眼で。

「娘は死んだんじゃない。殺されたんだ。何者かに剃刀でずたずたに切り裂かれたんだ」

「記録を見るかぎり、それは客じゃなかった。バンクロフトでもなかった」

「そんなこと、どうしてわかる?」と彼はうんざりしたような顔で言った。「体だけはわかっても、中に誰がはいってるか誰にわかる? 誰が金を出してるのか誰にわかる?」

「犯人はもう捕まったのか?」

「バイオキャビンの淫売殺しの犯人なんだぞ。あんたはどう思う? ああ、確かに。娘が働いてたところは高級娼館じゃなかったよ。ああ、そうとも」

「おれはそういう意味で言ったんじゃない、エリオット。娘さんはバンクロフトを〈ジェリーズ・クローズド・クウォーター〉に引っぱり込んだ。もしかしたら、それはそのとおりだったのかもしれない。でも、それはあまりバンクロフトらしくないことだ。それはあんたも認めるだろうが。おれは本人に会ってるんだよ。彼がスラム見学をするか?」おれは首を振った。「おれにはそんなタイプには見えなかった」

エリオットは顔をそむけて言った。

「それは肉体だけの話だ。メトの肉体を見ただけで何がわかる?」

もうあたりはすっかり暗くなっていた。傾いだ船のデッキではすでにパフォーマンスが始まっていた。ふたりともしばらくその火影を眺め、明るい音楽を聞いた。その明るさが、おれたちには永遠にはいれない世界から届けられたその世界の一齣のように思えた。

「娘さんの皮質スタックは無傷だった」とおれは低い声で言った。

「だから? スリーヴィング保険契約は四年前に切れたままだ。アイリーンを無罪にできると言ってたどこかの弁護士先生に、おれは有り金を全部注ぎ込んじまったのさ」彼はぼんやりと明かりのともった自分の店のほうを示した。「おれが近々大金を手にしそうな男に見えるか、ええ？」

そのあとは何も話すことがなくなった。おれは難破船が放つ光を眺める彼をその場に残して、車のところまで歩いて戻った。その小さな町を出るのに彼の背後を車で通ったときにも、彼はまだそこに立っていた。うしろを振り返ろうともしなかった。

第二部

反応

（侵入による衝突）

第九章

車からプレスコットに電話をかけた。ダッシュボードに組み込まれた埃っぽい小さなスクリーンに現れた彼女は、どことなく苛立っているように見えた。

「コヴァッチ、探してるものは見つかった？」

「今なお何を探してるのか自分でもわからない」とおれはむしろ陽気に答えた。「バンクロフトはバイオキャビンにも行ったりするんだろうか。どう思う？」

彼女は顔をうしろに引いた。「もう、いい加減にしてよ！」

「わかった。だったら、これは？　レイラ・ビギンはバイオキャビンで働いてたこともあったんだろうか？」

「わたしはそういうことはほんとうに知らないのよ」

「だったら、調べてくれ。待ってるから」おれは無表情に言った。プレスコットの苛立ちはヴィクター・エリオットの苦悩の横に並べるには育ちがよすぎた。

スクリーンから弁護士の姿がいったん消えた。おれはハンドルを指で叩きながら待った。気づくと、ミルズポートの漁師の歌をぼそぼそと口ずさんでいた。窓の外には海岸の夜景がずっと続いていたが、なんだか急に海の音も香りもどこかちがって見えはじめた。あまりに抑制されすぎていた。海草のベラウィードのにおいさえしない。

「わかったわよ」プレスコットがフォン・スキャナーのスキャン範囲内に現れた。いささか居心地の悪そうな顔をしていた。「サンディエゴの娼館に職を得るまで、ビギンはオークランドのバイオキャビンでしばらく働いていたようね。でも、きっとパトロンがいたんでしょう。タレント・スカウトが彼女に眼をつけたのでないかぎり」

バンクロフトならどこへ行っても豪気なパトロンになれるだろう。おれはそのことをプレスコットに言ってみたい衝動を抑えて言った。

「その当時のイメージはないかな？」

「ビギンの？」プレスコットは肩をすくめた。「二次元のならあるけど。それを送る？」

「頼む」

はいってくるシグナルを変更するのに、旧式のカーフォンがチリチリという音を立てた。空電の中にレイラ・ビギンの顔が現れた。おれはその像に顔を近づけ、真実を探した。見つけるのに少し時間がかかった。が、真実はそこにあった。

「よし。それじゃ、エリザベス・エリオットが働いていたところの住所を教えてくれ。〈ジェリーズ・クローズド・クウォーターズ〉だ。通りの名はマリポーサ」

「マリポーサ通りとサン・ブルーノ通りの角」レイラ・ビギンの商売用のすねた顔の向こうからプレスコットの声だけが聞こえてきた。「何、これ。古いハイウェイの真下にあるのね。どう考えても危険防止法に違反している」

「地図を送ってくれないか。橋からのルートで」

「そこに行くの？　これから？」

「プレスコット、こういう店は昼はあまり商売をしてないんだよ」とおれは根気よく言った。

「もちろん今から行くのさ」

なにやらためらう気配がラインの向こうから伝わってきた。

「コヴァッチ、そのあたりはあまり人には行くことを勧められない地域よ。相当気をつけないと」

今回は面白がってわざわざ鼻を鳴らそうとも思わなかった。彼女は、これから手術に向かう外科医に、気をつけて、手が血まみれにならないように、と言ったも同然だった。おれのそんな心の声が彼女にも聞こえたようだった。

「地図を送るわ」声がこわばっていた。

レイラ・ビギンのイメージが消え、彼女がかつていた市の道路地図の網目模様が現れた。レイラのイメージはもう要らなかった。彼女の髪は虹色に光る深紅色で、スティール・カラーを首につけ、眼には人を驚かせる類いのアイラインが描かれていたが、おれの心に強く残ったのは顔の皺だった。同じ皺がヴィクター・エリオットの娘の顔にもほのかに表れていた。はるかにひかえめながら、それでも同じ皺であることはごまかせなかった。

ミリアム・バンクロフト同様。


市に戻ったときには雨が降りだしていた。篩にかけられたような細かい雨粒が暗い空から落ちていた。〈ジェリーズ・クローズド・クウォーターズ〉の向かい側に車を停め、フロントガラスに付着したビーズのような雨粒越しにクラブのネオンの瞬きを眺めた。ハイウェイのコンクリートの骨の下の暗がりにカクテルグラスの中で踊る女のホログラフが浮かんでいた。ブロードキャスターの具合がどこか悪いらしく、像が消えたり現れたりしていた。

　地上車だとめだってしまいそうな懸念があったが、実際にはその地域にむしろ適(かな)った乗りもののようだった。ジェリーの店のまわりに停まっているのは大半が地上専用車両だった。唯一の例外はオート・タクシーで、時々舞い降りてきては客を吐き出したり拾ったりして、超人的な正確さと速さでまた空中交通の流れの中に戻っていた。

　おれは一時間様子を見た。けっこう流行っているようだった。客種はさまざまだったが、大半は男だった。全員、正面入口で、ドアの上に取り付けられた蛇腹のタコみたいなセキュリティ・ロボットのチェックを受けており、隠し持った所持品を没収されている者もいた。たぶん凶器だろう。ひとりふたり追い返されている者もいた。が、それに抗議する者はいなかった。ロボット相手に文句を言ってもしょうがない。店の外では、車を停めて乗り降りし、なにやら小さなもののやりとりをしている者もいたが、距離があって、何を売り買いしているのかまではわからなかった。ナイフを持ったふたりの男が一度ハイウェイの支柱のあいだの暗がりで喧嘩を始めたが、大した騒ぎにはならなかった。ひとりが切られた腕をつかんで戦意を喪失し、もうひとりはまるで用足しに外に出てきたかのように、また店の中に戻っていった。

　おれは車を降り、車の警報装置がちゃんと作動していることを確かめてから、通りを渡った。ディーラーがふたり、静電気反発ユニットを足元に置いて雨をよけ、脚を組んで車のボンネットに坐っていた。近づくと、ひとりがちらっとおれを見やって言った。

「ディスクは要らないかい、旦那？　ウランバートル製のヤバいデータ・ディスクだ。品質はハウス並みだぜ」おれはおもむろに彼らに眼を向け、ゆっくりと首を振った。

「スティッフは？」

もう一度首を振った。ロボットに近づいて何本もの腕で所持品検査を受け、安っぽい電子合成音の「どうぞ」という声を聞いて、中にはいりかけた。すると、腕の一本に軽く肩甲骨のあたりを叩かれた。

「キャビンですか、カウンターですか?」

おれはどっちにするか決めかねる振りをした。実際、迷ったのだが。「カウンターだと何ができる?」

「ははは」誰かがご苦労なことに笑い声までロボットにプログラムしていた。でぶがシロップの中で溺れているような笑い声だ。「カウンターは見るだけ。さわれません。金を出さなきゃ、手も出さない。店の決まりです。お客さんみなさんにそうしてもらってます」

「キャビンだ」とおれは答えた。機械的なおしゃべりソフトから早く離れたかった。比較で言えば、ストリート・ディーラーのほうがまだぬくもりがある。

「階段を降りて、左に曲がって、タオルを取ってください」

おれは鉄の手すりのある短い階段を降りると、左に曲がり、通路を歩いた。通路には、オート・タクシーのライトのような回転式の赤い照明が天井に取り付けられていた。ジャンク・リズムの音楽がたえまなく聞こえていて、テトラメチルを投与された巨大な心臓の心室みたいに空気が振動していた。ロボットが言っていたとおり、アルコーヴに清潔そうな白いタオルが何枚もたたんで重ねてあり、そのさきにキャビンのドアが見えた。おれは最初の四つをやり過ごし――そのうちのふたつには先客がいた――五番目のキャビンにはいった。

二メートル×三メートルアゼリアンハイツばかりの広さの部屋で、床にはサテンのような光沢のあるパッドが敷き詰められていた。汚れているのかもしれないが、見ただけではわからなかった。その部屋の照明器具はただひとつ、通路と同じ回転するさくらんぼだったので。部屋の中はむっとするほど暖かかった。回転照明のせいでたえず物の影が揺れ動いていた。それでも、部屋の一隅に傷んだクレジット・コンソールが置いてあるのがわかった。真っ黒に塗られた操作レヴァー、赤い発光ダイオード・デジタル・ディスプレー。カードか現金を入れるスロット。DNAクレジット用パッドはなかった。奥は壁一面に曇りガラスが張られていた。

ここまではおよそ想像がついたので、来る途中、街中でオートバンクを見つけ、現金を引き出しておいた。そのプラスティック紙幣の中から高額紙幣を一枚選んで、スロットの中に挿し込み、開始ボタンを押した。発光ダイオード・ディスプレーに数字が現れ、赤く輝き、背後でドアがなめらかに閉まった。通路に流れている音楽の音がくぐもり、前方の曇りガラスの向こうで人体が曇りガラスにいきなり押しつけられた。その勢いのよさにおれは思わず身構えた。ディスプレーの中の数字が動き出した。まだ最小額だった。おれは曇りガラスにへばりついている体を吟味した。べたっと押しつけられた乳房、女の横顔、ヒップと太腿のあいまいなライン。どこかに隠されているスピーカーからうめくような囁き声が聞こえてきた。その声は言っていた。

「あたしを見たい、見たい、見たい、見たい、見たい……?」

その電子音声には安っぽいエコーがかかっていた。

おれはボタンをもう一度押した。ガラスの曇りが解け、その向こうに女の体が現れた。女は体の向きを変えた。右、左と横を向き、自分をさらし、体を動かし、胸を大きくして見せ、前屈みになって舌の先でガラスを舐めた。胸が押しつけられたところだけまたガラスが曇った。その間、女はずっとおれの眼を見ていた。

「あたしに触りたい、触りたい、触りたい、触りたい、触りたい……?」

キャビンには超低周波装置が設置されているのかどうか、それはわからなかったが、おれの体は早くもはっきりと反応していた。ペニスがぞわぞわとうごめき、硬くなっていた。おれはその脈動を抑え、戦闘召集がかかったときのように血を筋肉に無理やり戻した。ここで妙な気分になっているわけにはいかない。ボタンに手を伸ばした。ガラススクリーンが横に開き、女がこっちにやってきた。シャワー室から出てくるみたいに。女はおれに近づくと、伸ばした手をお椀の形にしておれの股間に置いた。

「何が欲しいか言って、ハニー」咽喉の奥から出しているような声だった。が、くぐもりもエコーも解け、素の女の声になっていた。

おれは空咳をしてから言った。「きみの名前は?」

「アネノメ。どうしてそんなふうに呼ばれてるか知りたい?」

女は手を動かしていた。そんな彼女のうしろで料金メーターが柔らかな音を刻んでいた。

「以前ここで働いてた女の子がいるんだが。きみは覚えてないかな?」とおれは尋ねた。

女はおれのベルトに取りかかっていた。「ハニー、ここでどんな女の子が働いてたにしろ、今はもう働いてないのなら、その子にはあたしみたいにあなたのためになることはなんにもできない。ねえ、こういうのは好き――」

「エリザベスという女の子だ。本名だ。エリザベス・エリオット」

女の手がすっと離れた。女の顔から情欲のほてりが消えた。まるで冷水でも浴びせられたかのように。

「なんなの?　あんた、シアなの?」

「シア?」

「シア。お巡りなの?」声が大きくなっていた。女はおれから離れて言った。「うちはちゃんとした――」

「ちがうよ」おれは女に近づいた。女はすばやく手なれた防御態勢を取った。おれは一歩うしろに下がり、声を低くして言った。「おれはお巡りじゃない。彼女の母親だ。男になってしまってるけど」

張りつめた沈黙ができた。女はおれを睨んでいた。

「嘘よ。エリザベスのママは保管刑を食らってるのよ」

「ちがう」おれは彼女の手を取っておれの股間にあてさせた。「見てくれ。なんともなってないだろ？こんなスリーヴに入れられてしまったけれど、おれは女なんだ。だから、立たない。できない……」

彼女は少しだけ防御態勢を解いて、渋々両手とも脇に下ろした。「あたしには上等のタンクから取り出したばかりの体に見えるけど」と疑わしげに言った。「仮釈放になって保管施設から出てきたばかりなんだったら、どうして安っぽいジャンキーのスリーヴをまとってないの？」

「それは仮釈放じゃないからだ」エンヴォイで訓練を受けて身につけた秘匿術が自然と発揮できていた。低性能の攻撃ジェットぐらいの速さで心に甦っていた。おれは半可通の知識を駆使して、できたてほやほやの嘘をもっともらしく並べ立てた。おれの心はどこかでそれを愉しんでいた。エンヴォイで任務にあたっていたときのことを思い出していた。「どうしておれが保管刑になったのかは知ってる？」

「エリザベスはマインドバイトとか言ってたけど――」

「そうだ。ディッピングだ。おれが誰をディッピングしたかわかるかい？」

「いいえ。エリザベスもそう詳しく話してくれたわけじゃ――」

「エリザベスは知らなかった。報道もされなかった」

大きな胸をした女は両手を唇にやった。「だったら、誰を――」

おれは彼女に笑みを向けた。「きみは知らないほうがいい。権力者だとだけ言っておくよ。おれをまえの体から抜き取り、この新しいのに入れ替えられるだけの力がある権力者だとね」

「でも、あんたをプッシーのあるスリーヴに戻すだけの力はなかった」彼女の声はまだ疑わしげだった。それでも、信じるほうに傾きかけているのが顔から透けて見えた。浅瀬を泳ぐボトルバックサメの群れのように。明らかに彼女は、いなくなった娘を探して母親が売春宿までやってきたというおとぎ話を信じたがっていた。「どうしてスリーヴが女から男に入れ替わっちゃったの？」

「取引をしたのさ」とおれは真実の近くを滑空して話に信憑性を持たせた。「ある……人物がおれを施設から出してくれたけれど、そのお返しにおれはあることをしなきゃならなくなった。そして、そのあることをするには男の体が必要だった。でも、それができたら、おれにもエリザベスにも新しいスリーヴがもらえることになってるんだ」

「ふうん。だったら、何しに来たの？」彼女の声には棘があった。その棘は、あたしの両親はそんなことは絶対にしてくれない、あたしを探しにこんなところに来るなんてありえない、という彼女の苦い思いを語っていた。さらに、おれの話を信じたということも。おれは嘘の最後のピースを話のジグソー・ボードにはめ込んだ。

「でも、エリザベスをスリーヴィングするのに問題が起きた。誰かが彼女のスリーヴィングを邪魔してるんだ。誰がそんなことをしてるのか知りたい。その理由も。きみは彼女を切り刻んだ犯人を知ってるんじゃないのか？」

彼女は首を振って、うつむいた。そして、低い声で言った。

「女の子は何人もそういう目にあってる。でも、ジェリーは保険にはいってる。そういうことに関しては、彼はとてもいい人なのよ。治るのに時間がかかるときには治療施設にも入れてくれる。でも、エリザベスをやったのが誰にしてもそれは常連客じゃないわ」

「彼女にも常連さんはいたのかい？　その中に重要人物とか、ちょっと変わってるやつとかもいたんだろうか？」

彼女はおれを見た。心からおれに同情するように。今はもう完璧におれをアイリーン・エリオットと思っているようだった。「ミセス・エリオット、ここに来る人はみんな変わってる人よ。変わってなけりゃ、誰もこんなところに来たりなんかしない」

おれは顔をしかめた。「だったら誰でもいい、偉いやつは？」

「わからない。いい？　ミセス・エリオット。あたしはエリザベスが好きだった。あたしが落ち込んだとき、彼女は何度かあたしにすごく親切にしてくれたから。でも、そんなに親しかったわけじゃないのよ。彼女が親しかったのはクロエと……」彼女はそこでことばを切って、慌ててつけ加えた。「といっても、変な関係じゃないわよ、わかるよね？　エリザベスが親しかったのはクロエとマック。あの三人はいろんなものを一緒に使ったり、それになんでも話し合ってた、わかるでしょ？」

「そのふたりと話せるかな？」

彼女の視線がキャビンの隅に走った。何か正体のわからない物音でも聞きつけたかのように。急に何かに囚われたような顔になった。

「それは、そう、しないほうがいい。ジェリーは、わかるでしょ、あたしたちが内輪のことをよそでぺらぺらしゃべるのをいやがるのよ。あたしたちがそんなことをしてるのが、そう、ジェリーに知れたら……」

おれはエンヴォイで学んだ説得術を総動員して、態度と声音に注ぎ込んだ。「でも、きみならおれのかわりにあれこれ訊いてまわることも……」

何かに囚われたような表情がさらに深まった。が、声はまたしっかりとした声に戻っていた。

「わかった。訊いてみるわ。でも、今は駄目。今はもう帰ったほうがいい。明日、またおんなじ時間に来て。同じこのキャビンに。この時間、あたしは空いてるから。あたしと約束したって言ってはいってきて」

おれは彼女の手を両手で握った。「ありがとう。アネノメ」

「あたしの名前はほんとはアネノメじゃない」と彼女はだしぬけに言った。「みんなにはルイーズって呼ばれてる。だからあんたもそう呼んで」

「ありがとう、ルイーズ」おれは彼女の手をまだ握っていた。「協力してくれてほんとうに感謝——」

「いい？　わかってるよね、あたしは何も約束してない」彼女はわざと蓮っ葉に言った。

「訊いてみるって言っただけよ。それだけ。だからもう今は帰って。お願い」彼女は、クレジット・コンソールに入れた前払い分をキャンセルする方法を教えてくれた。ただちにドアが開いた。釣りは出てこなかった。おれは何も言わなかった。彼女に触れようともしなかった。開いたドアを抜けた。彼女は大きな胸を抱えるように腕組みをして、頭を垂れ、まるでそのとき初めて見るかのようにサテンパッドの床をじっと見つめていた。

バイオキャビンの照明に赤く照らされながら。


店の外に変化はなかった。ふたりのディーラーはまだ同じところにいて、モンゴル人の大男と商談を取りまとめようと熱心に商売にいそしんでいた。モンゴル人の大男は身を屈め、ボンネットについた両手のあいだにある何かにこれまた熱心に見入っていた。タコがその手を曲げて、戸口からこぬか雨の中におれを送り出した。おれが通りかかると、モンゴル人が顔を起こした。一瞬、おれのことを知っているような顔つきになった。

おれは出しかけた足を止めて振り向いた。が、モンゴル人はそのときにはもう眼を落として、ディーラーになにやら話しかけていた。ニューラケムが反応し、冷水を浴びせられたような戦慄が体内に走った。おれは彼らの車のところまで歩いた。三人のまばらな会話がぴたっとやみ、三人ともポーチかポケットに手を入れた。おれは何かに突き動かされていた。さきほどモンゴル人が示した表情とはほとんど関係のない何かに。キャビンで覚えたささやかな悲しみに、すでに目一杯翼を広げてしまっている暗い何かに。ヴァージニア・ヴィダウラにはきっと怒鳴られそうな、自分でもどうにもならない何かに。ジミー・デ・ソトの囁きが耳の奥で聞こえた。

「おれを待ってたんじゃないのか？」とおれはモンゴル人の背中に声をかけた。モンゴル人の背中の筋肉がこわばったのがわかった。ディーラーのひとりが勘よく察して、ポケットに入れていない手を上げ、弱気な声をあげておれをなだめた。「なあ、旦那――」

　おれは眼の端でそいつを睨んだ。ディーラーはそれだけで口をつぐんだ。

「訊いてるんだがな、おれを待って――」

　そこですべての箍がはずれた。モンゴル人が吠え、弾かれたようにボンネットから身を離し、振り向きざまハムのような手をまるめたパンチを繰り出してきた。その一撃は空振りに終わったが、よけるだけでおれはうしろによろけた。ディーラーふたりは武器を取り出し、黒とグレーの小さな金属棒が弾丸を吐いた。雨の中、その武器の乾いた音が響くと同時に、おれは身をよじって弾丸の網目模様から離れ、モンゴル人を盾にしてモンゴル人のゆがんだ顔に手のひらの付け根を叩き込んだ。骨の折れる音がした。さらにモンゴル人の脇をすり抜け、車の上に飛び乗った。ディーラーはまだおれの居場所を探していた。ニューラケムのせいで彼らの動きが蜂蜜を垂らしているように遅く見えた。それでも、ようやくおれのほうに銃を握った手がひとつ向けられた。その機を逃さず、おれはサイドキックでその金属棒を握っている指を叩き折った。ディーラーの叫び声がした。同時におれはもうひとりのディーラーのこめかみに手の側面をぶち込んだ。ふたりともよろよろと車からあとずさった。ひとりはまだうめいていた。もうひとりは感覚をなくしてしまっているのか、もう死んでしまったのか。

おれは腰を落として身構えた。

モンゴル人も逃げようとしていた。

おれは地上車の屋根の上を跳び越し、何も考えずにモンゴル人を追った。コンクリートの地面を蹴ると、衝撃が伝わり、膝が痛んだ。が、その瞬間にはもうニューラケムが痛みを和らげてくれ、モンゴル人との差はほんの十メートルもなくなった。おれは自分の肺を無視して、ダッシュをかけた。

視野の中、モンゴル人はまるで攻撃ジェットが追撃ミサイルをよけるような動きで逃げていた。大男にしては恐ろしくすばしこく、ハイウェイの支柱を縫うように走り抜け、気づくと、差が二十メートルにもなっていた。おれは肺の鋭い痛みに顔をしかめてスピードを上げた。雨が顔を叩いた。

煙草のクソ野郎。

やがてハイウェイの支柱の列のあいだから、信号機が酔っぱらったように傾いでいる、閑散とした交差点に出た。モンゴル人がその脇を走り過ぎると、信号機が色を変えながら、弱々しく震えた。老いぼれロボットのしゃがれ声が聞こえた――〝今渡りなさい、今渡りなさい、今渡りなさい〟。もう渡っていた。通りを渡っているあいだずっとその声はおれのあとをついてきた。

もう何年も舗道脇に放置されたままになっているのではないかと思われる、何台もの大きな地上車の脇を走り過ぎた。昼間になっても開くかどうかわからない鉄格子のシャッターが下ろされた店、そうした鉄格子の脇から立ち昇っている湯気。その湯気がまるで生きもののように見える。舗装路の路面は、捨てられて腐ったゴミと雨のせいですべりやすくなっていた。バンクロフトのサマースーツと一緒にあてがわれた靴は底が薄く、路面をつかむ力が弱かった。頼りになるのはニューラケムだけだ。

見捨てられた二台の車の横に並んだところで、モンゴル人は肩越しにうしろを振り返り、おれがまだ追ってきているのを確かめた。そして、二台目の廃車の脇を走り過ぎると、いきなり左に方向転換して、通りを渡った。おれは角度を計算し、見捨てられた車二台の手前から斜めに走ってモンゴル人を出し抜こうと思った。が、モンゴル人はそのあたりのタイミングを実によく心得ていた。そういう策を考えたときには、おれはもうすでに一台目のところまで来てしまっており、すんでのところで足は止めたものの、錆びついたその車のボンネットにぶつかってしまい、店のシャッターのところまで撥ね返された。その拍子に金属音と何かが焦げるような音がした。シャッターに流れている犯罪防止の低圧電流がおれの手を刺した。モンゴル人はすでに通りの反対側を走っており、おれとモンゴル人との距離はさらに十メートルを加えた差になっていた。

頭上では空中交通の光が気ままに行き来していた。

おれは道路の反対側を逃げる人影を認めると同時に、歩道を離れた。銃を持つことをバンクロフトに勧められながら、つい断ってしまった自分を呪いながら。この程度の距離なら、光線銃で容易にモンゴル人の脚を切断することができるのに。かわりにおれはモンゴル人の背後につき、どこまで距離を縮めることができるか、新しいスリーヴの心肺機能を極限まで試してみることにした。うまくすれば、モンゴル人を慌てさせ、誤って転倒させることもできるかもしれない。

実際にはそうはならなかった。が、それに近いことが起きた。左手の建物の列に切れ目ができ、いい加減なフェンスで仕切られた空き地が見えたところで、モンゴル人はうしろを振り返ってまず最初のミスを犯した。立ち止まり、フェンスを飛び越え、転がり、立ち上がると、空き地の闇の中に駆け込んだのだ。おれはにやりとして、そのあとを追った。やっとこれで優位に立てた。

モンゴル人としては闇の中に姿を消して、でこぼこの地面でおれが足でもくじくことを期待したのだろうが、エンヴォイは暗い中ですばやく瞳孔を開くという特殊技能も持っている。ニューラケムにそれ相当の脚力を与えられ、足首のスナップを利かせて、荒れた地面を飛ぶように走った。地面が音もなく過ぎ去り、夢の中でジミー・デ・ソトが動くのと同じようにおれも動いた。これで百メートルも走れば、モンゴル人のわが友に追いつけるはずだった。彼もおれと同じ特技を持っていなければ。

実際には空き地にはそれだけの奥行きがなかった。それでも奥のフェンスにたどり着いたときには、最初の十メートルばかりの差に戻っていた。モンゴル人はフェンスをよじ登り、その向こう側に飛び降り、また通りを走りはじめた。が、おれがまだフェンスを越えようとしているところで、どうやら転んだらしい。おれは難なくフェンスを越え、軽やかに地面に降り立った。その音が聞こえたのだろう、モンゴル人は立ち上がると、すばやく振り向いた。が、手にしたものの準備はまだ完全に終わっていなかった。銃口が向けられるや、おれは通りに身を投げ出した。

そのとき手をすり剝きはしたが、一連の動作ですばやく地面を転がった。何分の一秒かまえにいたところが光って焦げ、何かが裂けたような音が耳の中で炸裂し、オゾンの刺激臭が鼻をついた。おれは地面を転がりつづけた。分子破砕銃がまた光り、おれの肩のすぐ近くの地面を焦がした。湿った通りから湯気が立った。おれは盾になるものを探した。見つからなかった。

「武器を捨てろ！」

脈動する光が頭上から垂直に落ちてきて、ロボット神のようなスピーカーの声が夜の闇を震わせた。サーチライトが通りを舐め、その白い洪水がおれとモンゴル人を呑み込んだ。おれは横たわったまま眼を上げた。警察のクルーザーであることがどうにかわかった。地上の群集に対応する際の地上五メートルの高さにとどまり、ライトを点滅させていた。タービンが巻き起こす風に紙くずやプラスティックくずが舞い上がり、近くの建物の壁面に張りつき、はたはたとはためいていた。死にかけている蛾のように。

「そこを動くな」スピーカーの声がまた響いた。「武器を捨てろ！」

モンゴル人は宙を焦がしながら分子破砕銃をクルーザーに振り向けた。クルーザーはそのビームを避けようとすばやく位置を変えたが、ビームは的をはずさず、タービンから少し離れたところで火花が散った。機体をひどく横すべりさせながらも、クルーザーも応戦し、機首の下からマシーン・ライフルが火を噴いた。が、そのときにはモンゴル人はもう通りを走って渡り、どこかのドアを破砕銃で焼き、煙が立った中に姿を消していた。

建物のどこかから叫び声が聞こえた。

おれはゆっくりと立ち上がり、クルーザーが地上一メートルの高さで停止するのを見守った。消火ボンベが作動し、くすぶっているエンジン・カヴァーに吹きつけられ、白い泡が地面に垂れた。パイロット・ウィンドウのすぐうしろでハッチが音を立てて開いた。クリスティン・オルテガがピットに立つのが見えた。

第十章

そのクルーザーは、サンタッチ・ハウスまで乗せられたクルーザーからよけいなものを剝ぎ取ったタイプで、キャビンの中はかなりうるさく、オルテガはエンジン音に逆らって声を張り上げた。

「追跡班の出動を要請してはみるけど、犯罪組織とつながってるようなら、さっきの男は夜明けまでに体のケミカル・サインを変えてしまってるでしょう。そうなったら、あとは目撃者に頼るしかない。つまり石器時代の捜査法しかなくなる。でも、市のこのあたりの目撃者などというのは……」

クルーザーの機体が大きく傾き、オルテガは眼下を漫然と手で示した。「見て。ここはリックタウンと呼ばれてる一帯よ。以前はポットレロと呼ばれる、なかなかいいところだったということだけど」

「それがどうしてこんな場所になったんだ？」

オルテガはスティールの格子づくりのシートの上で肩をすくめた。「経済危機。それがどういうものかはわかるでしょ？　持ち家も手に入れ、スリーヴ保険の掛け金もちゃんと払ってる。でも、次に気づいたときには路頭に迷い、自分にはただ一度の人生しか与えられなかったことを思い知らされてるってわけ」

「それはつらいだろうな」

「ええ、そうよ」とオルテガはそっけなく言った。「でも、コヴァッチ、あなたはジェリーの店なんかでいったい何をしてたの？」

「そりゃもちろん痒いところを掻こうとしてたのさ」とおれは言った。「それは法に触れることなのかい？」

彼女はおれを見て言った。「あなたはあの店では何もしなかった。あなたはあの店に十分もいなかった」

おれは肩をすくめ、わざと弁解がましい顔をつくって言った。「あんたもタンクから男の体にダウンロードされてみるといい。どういうものかわかるから。ホルモンだよ、ホルモン。何にしろどっと出る。ジェリーの店みたいなところじゃ、別に最高のセックスでなくてもいいのさ」

オルテガの唇の両端が吊り上がった。笑みに見えなくもなかった。おれとのあいだのスペースに身を乗り出すようにして彼女は言った。

「いい加減なことを言うのはやめなさい、コヴァッチ、たわごとを言うのは。ミルズポートに残ってるあなたの記録にアクセスしてみた。心理プロフィールも読んだ。いわゆるケメリッヒ傾斜度というやつも。あなたの傾斜度はピストンとロープを使って持ち上げなきゃならないくらい急だった。それはつまりあなたはどんなことをやるにしろ、完璧をめざすということよ」

「まあ」とおれは煙草をくわえ、火をつけて言った。「十分でも相手によっちゃ、やれることはいくらでもある」

オルテガはあきれたように眼をぐるっとまわしてみせ、顔にたかるハエを追い払うような仕種でおれのことばを拒絶した。

「そうでしょうとも。でも、あなたはバンクロフトに預金までしてもらってるんじゃないの？　なのに、ジェリーの店のようなところへしか行けないわけ？」

「金の問題じゃない」とおれは言って、実際、バンクロフトのような人間がリックタウンのようなところに行くのは、まさにそのとおりなのだろうと思った。

オルテガは窓に頭を押しつけるようにして外を見ながら、おれのほうには眼を向けずに言った。「あなたは手がかりを探してるのよ、コヴァッチ。あなたはバンクロフトがあそこでしたことを調べにジェリーの店に行ったのよ。いったい何を調べにいったのか、そんなことは時間さえあれば簡単に突き止められる。でも、あなたの口から言ってもらったほうが事はうんと簡単だと思うんだけど」

「どうして？　バンクロフトの事件はもう解決したんじゃないのか。そっちのほうこそ狙いはなんだ？」

そのことばに彼女はおれのほうを向いた。眼が光っていた。「わたしの狙いは世の中の平和よ。気づいてないみたいだから言っておいてあげると、わたしたちがお互いこうして顔を合わせるのは、必ずそこで大口径の銃が撃たれているからよ」

おれは手を広げて言った。「おれは武装してない。おれはただ訊いてまわってるだけだ。だからと言うんじゃないが、あんたにもひとつ訊きたいことがある。騒ぎが起きたら、いつもあんたがすぐに現れるというのはどうしてだ？」

「それだけあなたについてことじゃないかしら？」

おれはそのことばは聞き流した。オルテガはおれを尾けているのだ。それはもうまちがいなかった。ということは取りも直さず、バンクロフト事件について彼女は何かを隠しているということだ。

「おれの車はどうなる？」とおれは尋ねた。

「誰かに取りにいかせて、レンタル会社に連絡する。それで、誰かが違反車収容施設に取りにくるでしょう。もう必要ないということなら」

おれは首を振った。

「ひとつ教えて、コヴァッチ。どうして地上専用車両にしたの？　どうせバンクロフトが払うんだから、こういうやつだって借りられたでしょうに」そう言って、オルテガは彼女の側の隔壁を叩いた。

「地上を移動するのが好きなんだ」とおれは言った。「そのほうが距離感というものを失わずにいられる。実際、ハーランズ・ワールドじゃ、あんまり宙には上がらない」

「ほんとうに？」

「ああ、ほんとうに。それより、あんたたちを空中でバーベキューにしようとしたさっきの男のことだが――」

「なんですって？」彼女は片方の眉を吊り上げた。どうやらそれが彼女の表情のトレードマークみたいだった。「もしまちがってたら、訂正してちょうだい。さっきはわたしたちがあなたを助けたんだと思うけど。銃の誤った側をのぞき込んでいたのは、どう見てもあなたのほうだったと思うけど」

おれは身振りを交えて言った。「なんでもいい。そんなことよりあの男はおれを待ってた」

「あなたを待ってた？」本心まではわからなかった。が、信じられない、と彼女の顔は言っていた。

「護送車にぶち込んだあのスティッフ・ディーラーの話じゃ、彼は彼らから、ブツを買おうとしてただけで、昔からの客だということだけど」

おれは首を振った。「あいつはおれを待ってた。で、おれが話しかけたら、いきなり逃げ出したのさ」

「もしかたら、あなたの顔が気に入らなかったのかも。ディーラーのひとり――あなたが頭蓋骨を割ったほう――によれば、あなたは人を殺したくてうずうずしてるみたいだったそうよ」彼女はまた肩をすくめた。「で、あなたのほうから始めたとも言ってる。実際そうだったみたいにわたしには思える」

「だったら、どうしておれをしょっぴかない？」

事にかかるにはわたしはくたびれすぎてる」

「なんの容疑で？」彼女は煙草の煙を吐く振りをした。「ふたりのスティッフ・ディーラーに対する有機物損壊（手術可能）で？　警察の所有物を危険にあわせた罪で？　リックタウンの平和紊乱罪で？　勘弁してよ、コヴァッチ。こんなことはジェリーの店のまわりじゃ毎晩起きてる。そして、今から書類仕事にかかるにはわたしはくたびれすぎてる」

機体が傾き、窓越しにホテル・ヘンドリックスの塔がぼんやりとした影になって見えてきた。ホテルまで送るというオルテガの申し出を受け入れたのは、サンタッチ・ハウスまで送るというのを受け入れたのと同じ理由だ——どこに連れていかれるか確かめる。エンヴォイの知恵。流れに身を任せ、流れの行き着くところを見きわめる。行き先に関してオルテガがおれに嘘を言う理由は何ひとつ考えられなかったが、それでもヘンドリックスの塔が見えたことをほんの少し意外に思っている自分がいた。人を信用するというのはエンヴォイの特殊技能には含まれない。

パイロットがホテル側の着陸許可を得るのに少しばかり騒がしいやりとりをして、塔の離着陸パッドにクルーザーを降ろした。風がクルーザーの軽い機体を揺らすのが感じられ、ハッチが開くと、寒風が機内にはいり込んできた。おれは立ち上がった。オルテガは坐ったまま、今なお意図も感情も読み取れない例の眼でおれがクルーザーを降りるのを見ていた。前夜覚えた昂ぶりが甦ってきた。出かかったくしゃみのように、何かひとこと言わずにはいられなくなった。

「そうそう、カドミンのほうはどうなった？」

彼女は体の向きを変え、おれが空けたばかりのシートにブーツを履いた足をのせた。そして、薄い笑みを浮かべて言った。

「機械にかければ、おのずと何か得られるものよ」

「なるほど」おれは風と雨の中に降り、声を張り上げて言った。「送ってくれてありがとう」

彼女はしかつめらしくうなずき、頭をのけぞらせてうしろのパイロットになにやら言った。タービンの音が高まり、おれは閉まりかけたハッチから慌てて離れ、うしろに下がった。クルーザーは離着陸パッドから身を剝がし、ライトを点滅させて上昇した。雨がすじを引くキャビンの窓越しに、オルテガの顔が最後にちらっと見えた。クルーザーはその小さな機体を秋の木の葉のように風に任せ、いったん舞い上がり、すぐに下降したかと思うと、ほんの数秒でほかの何千という飛行体の光の点滅の中にまぎれて夜空に姿を消した。おれは振り向き、風に逆らって、屋内にはいる通路を歩いた。スーツはすでに雨にそぼ濡れていた。夏用としてバンクロフトがおれのために考えてくれた服は、これまでのところ、ベイ・シティの酔っぱらったような気候システムに適しているとはまったく言えず、いったいバンクロフトは何を考えていたのか、おれは理解に苦しんだ。ハーランズ・ワールドの冬は、人が着るものについてちゃんと決断できるほどには長く、ちゃんと冬でいてくれる。

ヘンドリックスの上階は、死にかけたイリュミニウム・タイルが時々輝くだけの照明しかなく暗かった。通り道にだけネオンチューブが点灯し、歩いたあとはすぐまた消えた。なんとも薄気味の悪い設備で、なんだかろうそくか松明でも持たされているような気分だった。

「お客さまが見えています」エレヴェーターに乗って、ドアが閉まると、打ち解けた口調でヘンドリックスが教えてくれた。

おれは緊急停止ボタンを叩いた。叩いた手のひらが痛くなるほど強く。「なんだって？」

「お客さまが――」

「それはわかった」そう言って、今のおれの語気で人工知能にも気分を害したりすることはあるのだろうかとふと思った。「誰だ？　そいつは今どこにいる？」

「ミリアム・バンクロフトと名乗っておられ、すぐに市に照会しましたところ、スリーヴ証明が得られましたので、あなたのお部屋にお通ししました。ミリアム・バンクロフトは武器はお持ちではありませんでしたし、あなたはお部屋に貴重品を置いて外出されませんでしたので。実際、お飲みもの以外、彼女は何にも手を触れてはおられません」

　感情が昂ぶるのが自分でもわかった。おれはエレヴェーターのメタル・ドアのへこみを凝視し、努めて感情を抑えた。

「とても興味深い。このホテルじゃ、どんな来客にもおまえさんが勝手な判断をくだすのか？」

「ミリアム・バンクロフトはローレンス・バンクロフトの奥さまです」とホテルは逆におれをたしなめるように言った。「すなわち、あなたの宿泊料を払っている方の奥さまです。そういうご関係であることから、ここで無用の摩擦を生じさせるのは得策ではないと考えた次第です」

　おれはエレヴェーターの天井を見上げた。

「それはつまり、おまえさんはおれの身元調査をしたってことか？」

「それはホテル経営の契約事項ですから。もちろん、取得した情報はすべて秘匿されますが。国連条例第二三一条第四項に基づく召喚状が発行されないかぎり」

「ほう？　じゃあ、おれについてはどんなことがわかった？」

「タケシ・レヴ・コヴァッチ中尉」とホテルは言った。「またはコブラ・レヴ、片手もぎ（ワン・ハンド・レンディング）、アイスピックとも呼ばれ、出生地はハーランズ・ワールド、ニューペスト。生年月日は一八七年五月三十五日。二〇四年九月十一日、国連保護国軍に入隊。二一一年六月三十一日、定期選抜によってエンヴォイ隊員に抜擢——」

「わかった」とおれは人工知能がそこまで詳しく調べていることに内心驚きながら言った。オフワールドまで追跡しなければならないとなると、人の記録はそう正確にはわからなくなるものだ。星間ニードルキャストは安くはないからだ。ウォーデン・サリヴァンが持っているデータに侵入したということも考えられるが、それは違法行為だ。このホテルには前科があるとオルテガが言っていたのが思い出された。しかし、人工知能が犯す罪というのはいったいどんなものなのだろう？

「ミセス・バンクロフトは、あなたが調べておられる彼女のご主人の死のことで見えたのかもしれないと、そうも思ったのです。ですから、あなたもできることなら彼女とお話をなさりたいのではないかと。それに、そもそもロビーで待つようにと申し上げてもお聞き入れ願えなかったのです」

おれはため息をつき、停止ボタンから手を離した。

「ああ、そうだろうな」

彼女は窓棚に坐っていた。氷を入れた背の高いグラスを手に、下の往来の光を眺めていた。部屋は暗かった。明かりはサーヴィス・ハッチの柔らかな照明と、ドリンク・キャビネットの三色のネオンだけだった。それでも、彼女がワークパンツと体にぴたりとしたレオタードの上にショールのようなものを羽織っているのはわかった。おれが部屋にはいっても振り返ろうともしなかった。おれは部屋を横切り、彼女の視野にはいって言った。

「あんたが来てることはホテルから聞いたよ。なんでこの男はびっくらこいて腰を抜かさないのか。そう思ってたら悪いんで、言っておくと」

彼女はおれのほうを見て、顔にかかっていた髪をうしろに払った。

「潤いのかけらもない物言いがお好きなのね、ミスター・コヴァッチ。わたしは拍手すべきなのかしら？」

彼女はグラスのふちにしばらく眼を落とし、またおれを見て言った。

「飲みものをいただいてるわ」

「どうぞ」おれはドリンク・キャビネットのところまで行き、用意されているボトルを調べた。シングルモルトの十五年物が自己主張していた。おれはそのコルクの栓を抜き、香りを嗅ぎ、タンブラーを選んだ。そして、ウィスキーを注ぐ手元を見ながら言った。「長く待った？」

「一時間ぐらい。あなたがリックタウンに行ったことはウームー・プレスコットから聞いていたので、遅くなるのはわかっていたけど。何かトラブルでも？」

最初のひとくちを口にふくんだ。カドミンに蹴られてできた口の中の傷がしみた。おれは慌てて呑み込み、顔をしかめた。

「どうしてそう思うんだね、ミセス・バンクロフト？」彼女は片手を優雅に振って言った。「別に。そのことは話したくないの？」

「そう、特には」おれは深紅色のベッドの裾に置かれた馬鹿でかいラウンジ・チェア・ボックスに体を沈め、離れたところから彼女を見た。沈黙ができた。おれのところからだと逆光になって、彼女の顔は黒い影にしか見えなかったが、彼女の左眼と思われるかすかなきらめきを見つづけた。ややあって彼女が窓棚の上で身じろぎをした。グラスの中の氷が澄んだ音をたてた。

「だったら」そう言って彼女は空咳をした。「どういうことなら話したい？」

おれはグラスを彼女のほうに向けて言った。「それじゃ、まずどうしてあんたがここにいるのかということから始めようか」

「調査の進展具合が知りたいから」

「明日の朝には報告書が読めると思うけど。外に出るまえにプレスコットに手伝ってもらってファイルする。ミセス・バンクロフト、無駄話はやめないか、ええ？　もう遅いことだし。あんたにだってほかにやることがあるんじゃないのか」

彼女は体の向きを変えた。その様子から、一瞬、おれは出ていくつもりなのかと思った。が、そこでグラスを両手で持つと、まるで何かインスピレーションでも得るかのように、かなり長いことグラスの中をのぞき込んだ。そして、また顔を上げると言った。

「やめてほしいの」

その彼女のことばは部屋の闇にゆっくりと沈み込んだ。

「どうして?」

薄い笑みに彼女の唇が開いた。その音がした。

「どうしてやめられないの?」

「それは」おれは飲みものを口にふくみ、アルコールにわざと口の中の傷口を洗わせてホルモンの分泌を抑えた。「まず、あんたの旦那のことがある。契約不履行の場合、おれは体にかなりのダメージを負うことになる。そのことは旦那にはっきりと言われた。それから旦那の十万国連ドルのこともある。そういうことに加えて、人間同士の約束にしろ、一度口にしたことばにしろ、そういった優雅な世界の問題もある。いや、正直に言おう。おれはこの事件に今は大いに興味をそそられてるんだよ」

「十万ドルは大金とは言えない」と彼女は慎重に言った。「それに保護国は広いわ。お金ならわたしもあげられる。ローレンスには見つけられない場所にあなたを逃がしてあげることもできる」

「ああ。それでもおれが一度口にしたことばの重みと好奇心が残る」

彼女は飲みものをまえに身を乗り出して言った。「お芝居をするのはお互いもうやめましょう、ミスター・コヴァッチ。ローレンスはあなたと契約なんかしたんじゃない。あなたを強引に地球に呼びつけて、あなたとしては受け入れるしかない取引をしたのよ。そういうことを名誉なことと呼ぶ人は誰もいないと思うけど」

「だったら、好奇心ということにするよ」

「それなら満たしてあげることができるかもしれない」と彼女はおだやかに言った。

おれはさらにウィスキーを飲んだ。「ほう？　ということは、あんたが亭主を殺したのかい、ミセス・バンクロフト？」

彼女はいかにもじれったそうな身振りを交えて言った。「わたしはあなたの探偵ごっこのことを言ったんじゃなくてよ。あなたは……そう、ほかのことにも関心があるでしょ？」

「というと？」おれはグラスのふち越しに彼女を見た。

ミリアム・バンクロフトは造り付けの窓棚から尻をいったん持ち上げてから、今度は窓棚に尻を押しつけるようにした。そして、大げさなまでに注意深くグラスを置くと、両手をうしろにやって両腕で上体を支えるような姿勢を取った。両肩が持ち上がり、薄いレオタードの下で乳房の形が変わった。

「マージ・ナインを知ってる？」と彼女は言った。声音がいくらかふらついていた。

「共感薬の？」名前だけは知っていた。ヴァージニア・ヴィダウラの仲間で、ハーランズ・ワールドの完全武装強盗団、リトル・ブルー・バッグズ。彼らは仕事をするときには必ずマージ・ナインを服用していた。それでチームワークが格段によくなるのだと言っていた。あのくそサイコ集団は。

「そう、共感薬よ。サティロンやゲディンといった向上薬と同じ効果のある共感誘発薬。このスリーヴは……」彼女は広げた指で自分の体の曲線をなぞった。「これは最新の生化学技術を駆使した〈ナカムラ・ラボ〉製で、わたしはマージ・ナインを分泌することができるの……興奮すると。汗と一緒に、唾液と一緒に、愛液と一緒に」

彼女は窓棚から離れた。ショールが肩から床に落ちた。彼女はその足元のシルクの水たまりをまたいで、おれのほうにやってきた。

アラン・マリオットはエクスペリアで無数の人物を演じて誇り高く、逞しい。一方、現実というものがある。その現実には、あとでいかなる代償を払わされようと、どうしても拒否できないものがある。

気づくと、おれは部屋の中央で彼女と向かい合っていた。マージ・ナインはすでに部屋に充満していた。彼女の体臭となって。彼女の呼気の中の水蒸気となって。おれはそれを深く吸い込んだ。みぞおちの腱が弾け、化学の引き金が引かれたのがわかった。飲みものはもうなくなり、どこか脇に置かれていた。それまでグラスを握っていたおれの手は、突き出たミリアム・バンクロフトの片方の乳房をつかんでいた。彼女はおれの頭を両手で包み、自分の胸に押しつけた。おれはそこでさらに強く突き動かされた。産毛にからんだ汗が彼女の胸の谷間を伝い、マージ・ナインを大量に放出していた。おれはレオタードの縫い目を指で探り、引き剝がし、レオタードにとらえられていた乳房を解放し、唇を這わせて乳首を探した。

彼女が口を開いているのが頭の上に感じられた。マージ・ナインがおれの新しいスリーヴの脳に作用しはじめているのがわかった。おれの脳はそれに応え、眠っているテレパシー能力を呼び覚まし、この女が発している激しい興奮のオーラに向けて触角を伸ばしていた。おれが味わっている彼女の乳房を彼女もまた味わっているのがわかった。いったん引き金が引かれると、マージ・ナインの作用はテニスのヴォレー合戦に似ている。相手の赤く腫れた感覚中枢に撥ね返るたびに強さを増し、それはどちらかが耐えられなくなる寸前まで続く。

ふたりとも床に沈み、おれが胸の谷間で頭を繰り返し前後させると、ミリアム・バンクロフトはうめき声を洩らしはじめた。おれは彼女の乳房に何度も繰り返し顔を撫でさせた。彼女の飢えた指の爪がおれの脇腹に柔らかく埋め込まれ、おれの股間ははちきれんばかりになった。満たされることを願う唇を震わせ、互いに狂ったように相手の服を引き剝がし、着ていたものがすべて取り去られると、絨毯がおのずと熱を帯びた繊維の塊のように肌に感じられた。おれは彼女の上になると、すべらかで弾力のある彼女の下腹部に無精ひげを這わせた。濡れたO字型の唇の跡を残しながら、下へ、下へと。彼女の陰部の割れ目まで達すると、強い塩気を舌先に覚え、愛液とともにマージ・ナインを思いきり吸い込んだ。それから、少し戻って彼女のクリトリスの小さなつぼみを舌で押し、叩いた。おれのペニスはどこか、世界のもう一方の果てで脈打っていた。彼女の手の中で。亀頭はすでに彼女の口にふくまれ、やさしく吸われていた。

　互いに混ざり合ったクライマックスは過(あやま)たずすぐに同時にやってきた。マージ・ナイン結合の跡すらもうわからなくなるほど、ふたりは溶け合っていた。彼女の指の中で痛いほど硬くなっているペニスの膨張感と、届くかぎり彼女のヴァギナの奥に押し込んでいる舌に感じる圧迫感のちがいがわからなくなるほど。気づくと、彼女の太腿が頭に巻きついていた。うめき声が聞こえていたが、それが誰の咽喉(のど)から発せられているのかももう判然としなかった。互いの独立性が融解して、共通する感覚の負荷となり、緊張が層に次ぐ層をなし、ピークに次ぐピークを重ね、突然、彼女は笑いだした。塩気を帯びた温かい奔出を顔と指に浴びて。おれはおれで同時に訪れた絶頂が彼女を押し流すあいだ、螺旋のような彼女の尻を締めつづけた。

　痙攣と解放のいっときが長く続き、そのあいだふたりともほとんど動かなかった。互いに肌を触れ合わせ、かすかにこすり合わせただけで、互いの痙攣が誘発された。そのあとすぐ、長いあいだタンクに保管されていたことの当然の結果ながら、バイオキャビンのガラスに押しつけられたアネノメの汗ばんだイメージが頭に浮かんだだけで、おれのペニスはぶるっと震えて、また硬くなりはじめた。ミリアム・バンクロフトはそれに鼻を押しあて、舌先でさきっぽを舐めてから舌全体をからませ、口の中に包み込んで、粘り気をすべて取り除いた。そのときにはもうおれのペニスはかちんかちんになっていて、彼女の頬をつついていた。彼女は起き上がると、おれにまたがった。うしろに手をついて上体を支え、体を沈め、長く温かいうめき声とともに自らをシャフトに刺した。そして、乳房を揺らせておれの上におおいかぶさった。おれは首を曲げ、つかまえにくい半球を飢えたように吸い、おれの両脇に置かれた彼女の太腿を両手でがっしりと抱え込んだ。

あとはアクションあるのみ。

二回目は一回目より時間がかかり、マージ・ナインがおれの内部で性的という以上に審美的なムードをより高めてくれた。そんなおれの感覚中枢のシグナルを正確に受け取ったミリアム・バンクロフトの体の動きが、ゆったりとしたリズムに変わった。おれは引きしまった彼女の下腹部と突き出た乳房を情欲から離れたところでとくと観賞した。ヘンドリックスが部屋の四隅からレゲエのビートを流し、天井の照明を赤と紫の斑（まだら）の渦巻きに変えているのがちゃんとわかった。その光が傾いで、渦巻く星がおれたちの体に渦巻き模様を描くと、おれの心もそれと一緒に傾いで、感覚の焦点がぼやけ、おれの上で臼のようにまわりつづけるミリアム・バンクロフトの尻と、色のついた光に包まれた彼女の体と顔の断片だけになった。さらに、オーガズムに達してもそれはどこか遠くの炸裂で、自分のスリーヴというより、おれにまたがって震えながら動きを止めた女のほうにより関係の深いことのように思われた。

しばらくのち、おれたちはいつ果てるともない山と谷の連なりを求めて、なおも互いを手でまさぐりながら、並んで横たわっていた。彼女が言った。「わたしをどう思う?」

おれは自分の体に眼をやり、彼女の手がおれに何をしているのか確かめ、空咳をしてから言った。

「それって何かい、相手を引っかける類いの謎々かい?」

彼女は笑った。サンタッチ・ハウスの地図室でぞくっとさせられた、咽喉（のど）の奥からの咳とも笑い声ともつかないあの声をあげた。

「いいえ、ほんとうに知りたいの」

「そんなことが気になるのか？」非難がましい口調にはなっていなかった。そう聞こえてもおかしくない台詞のトーンをマージ・ナインが和らげていた。

「あなたはこれこそメトであることの意味だと思う？」彼女のほうは奇妙な声音になっていた。自分のことをまるで他人事のように話していた。「わたしたちは若さのことなんか少しも気にしていないと思う？」

「さあ」とおれは正直に答えた。「観点の問題というのは聞いたことがあるが。三百年も生きたら、もののの見方だってそりゃ変わるだろうよ」

「ええ、そのとおりよ」おれが彼女の中に指を入れると、彼女は短く息を呑んだ。「ええ、そういうことね。でも、若さは常に気になる。若さというのは見えるものだから。若さというのは自分の脇をすり抜けていくのがわかるものだから。だから、どうしても捕まえたくなる。何かにしがみついてもそれを止めたくなる。それが流れ去るのを」

「なるほど」

「ええ。で、わたしをどう思う？」

おれは彼女の上から彼女が棲んでいる若い女の体と、年老いた、とても年老いた眼を見た。まだマージ・ナインに酔っているおれには、彼女のどこにも瑕疵を見いだすことはできなかった。彼女はおれがこれまでに見た中で最も美しい〝もの〟だった。客観性を持とうとするむなしい努力を放棄しておれは頭を下げ、彼女の胸にキスをした。

「ミリアム・バンクロフト、あんたは奇跡のような人だ。あんたを所有できるなら、おれは喜んで魂を売るね」

彼女はさも可笑しそうに笑った。「真面目に言って。わたしが好き?」

「それはどういう類いの質――」

「真面目に訊いてるの」その彼女のことばがおれの心の深いところにまで届いたのは、マージ・ナインのせいだけではなかった。おれは浮ついた気持ちを払いのけ、彼女の眼を見て簡潔に言った。

「ああ。好きだ」

彼女の声が咽喉に奥にくぐもるように低くなった。「わたしたちが今したことも好き?」

「ああ、おれたちが今したことも好きだ」

「もっと欲しい?」

「ああ、もっと欲しい」

彼女は起き上がり、おれと向かい合った。彼女の手がよりせっかちに、より命令的になった。声音もまたそれにマッチして厳しくなった。「もう一度言って」

「もっと欲しい。あんたをもっと」

彼女はおれの胸に手のひらをあてておれを寝かせ、おれの上に体を重ねた。おれのペニスはまた百パーセントの勃起に近づいていた。彼女はそれに合わせて手の動きを遅くもし、速くもして囁いた。

「西へ、クルーザーで五時間ほど行ったところに島がある。わたしの島よ。そこには誰も行けない。五十キロの立入防止傘があるから。衛星警備もしてるし。でも、とても美しいところよ。わたしはそこに合同ビルを建てた。クローン・バンクとスリーヴィング施設も」彼女の声がまたざらついた。「わたしは時々クローンを転移して、自分のスリーヴのコピーをつくる。遊ぶために。わたしがあなたにどんな申し出をしているのかもうわかった?」

おれはただ声だけの返事をした。彼女に言われたままを想像しただけで――眼のまえにあるのと同じ体、同じ心を持つ絶世の美人の群れが互いに協力し合う中心に自分がいると思っただけで、おれはさらに硬くなった。彼女の手はまるで機械のように正確におれの長さにきっちり合わせて動いていた。

「どう？」彼女はおれにまた体を合わせ、乳首でおれの胸を撫でた。

「期間は？」マージ・ナインの肉と靄の中、おれは腹筋を伸縮させながらどうにか尋ねた。

「今の遊園地への招待でおれには何ができるんだい？」

彼女はにやっと笑った。純然たる肉欲に衝かれた笑みだった。

「どんな乗りものにも乗れる」

「しかし、もちろん有効期限というものがある、だろ？」

彼女は首を振った。「あなたはわたしを理解してない。その島はわたしの島なのよ。すべて。島まるごと。まわりの海も。島にあるものもすべて。わたしのものなのよ。だから、あなたがいたいと思えばいつまでだっていてくれてかまわない。あなたが飽きるまで」

「飽きるには相当時間がかかりそうだ」

「いいえ」そう言って彼女は首を振った。どこかかすかに悲しげだった。眼をいくらか落として彼女は繰り返した。「いいえ。そう長くはかからない」

彼女の手のピストン運動が幾分弱まった。おれはうめき声をあげ、彼女の手をつかみ、動きに勢いを与えた。それがまた彼女に火をつけたようだった。また一心に手を動かしはじめた。速く、遅く。時々、おれの上に上体を近づけ、乳房をおれに与えた。また、時々、手の動きに口を加え、吸っては舐めた。時間の感覚が螺旋を描いて遠のき、果てしなく徐々に上昇する感覚だけが残った。拷問的なまでに遅々とした上昇に、ピークを求めて懇願する自分の叫び声がどこか遠くから聞こえてきた。

オーガズムがほのかに見えてくると、マージ・ナインを通して、彼女が自分の中に指を入れ、おれを操っている冷静さとはまるでちぐはぐな、自分でも抑えが利かない激しい欲望に駆られて自分をこすっているのがわかった。それでも、最後にはマージ・ナインに気持ちよく酔い痴れ、おれが発射する数秒前に自分をピークに持っていき、おれの顔とのたうつおれの体に景気よく愛液をぶちまけた。

ホワイトアウト。

気がついたときには、かなり時間が経っていた。マージ・ナインが効いたあとの虚脱感がおれの全身を覆っていた。彼女はもういなかった。熱にうなされて見た夢のようにもはや影も形もなかった。

第十一章

誰ひとり友達もおらず、ゆうべ寝た女は何も言わずに出ていき、ただ頭痛だけがするような朝、選択肢はあまりない。もっと若い時分には、つまらない喧嘩を自分から求めてニューペストの街をほっつき歩いたりもしたものだが。その結果、何人かが刺されたりもするのだが、それが自分であったためしは一度もなく、その体験はハーランズ・ワールドのギャングになるための修行になった（タケシ・コヴァッチ、ニューペストの巻）。そのあとは軍隊にはいってさらに修行を積んだ。軍隊では目的を持って喧嘩し、使う凶器もより強力なものになったが、その浅ましさにおいては何も変わらなかった。思えば、しかし、それは不思議なことでもなんでもないのだろう、実際の話、海兵隊の新兵募集官がなにより知りたがったのは、それまでおれがどれだけ喧嘩に勝ってきたかということだったのだから。

そういった一般的な不定愁訴に対して、最近はおれもあまり破壊的ではない反応を示すようになっている。今度もヘンドリックスの地下のプールで四十分泳ぐことにした。しかし、それだけではミリアム・バンクロフトを求める熱い思いも、マージ・ナインの二日酔いもとても振り払えるものではなかったので、効果が期待できるただひとつのことをした。ルームサーヴィスで鎮痛剤を頼んで、買いものに出かけた。

　通りに出たときには、ベイ・シティはもうすでに一日の活動をフルに始めていて、商業地区の中心部は歩行者で窒息しそうになっていた。おれは人混みのへりで数分立ち止まってから、中に飛び込み、ショーウィンドウを眺めはじめた。

　ハーランズ・ワールドでは、セレニティ・カーライルという珍しい名前のブロンドの軍曹に買いものを教わった。彼女に教わるまでおれの買いものは、最大限よく言って〝正確な購入〟というやり方だった。買うものを特定して店にはいり、それを得たらすぐに出てくる。欲しいものがなかったら、よけいなものは買わず、はいったのと同じくらいすばやく店を出る。つきあっていた頃、セレニティはおれのその買いもの感覚を嘆いては、消費者心理に関する彼女の哲学をおれに伝授しようとした。

「いい？」ある日ミルズポートのコーヒーショップで彼女は言った。「買いもの――物理的な買いものなんて何世紀もまえになくなっていたかもしれない。彼らがあんなふうに欲しがらなければ」

「彼らって誰？」

「人々よ。社会よ」彼女はじれったそうに手でまわりを示した。「誰でもいい。昔にもキャパはあった。通信販売、ヴァーチャル・スーパーマーケット、自動デビット・システムなどなど。だから、実際に物理的に買いものをするなんてやり方は、とっくの昔になくなっていてもおかしくなかった。でも、そういうことにはならなかった。そのことからあなたには何がわかる？」

　おれは当時二十二歳、ニューペストのストリート・ギャングあがりの海兵隊員。何もわからなかった。セレニティはぽかんとしたおれの顔を見て、ため息をついた。

「人は好きなのよ、買いものすること自体が。買いものは遺伝子的なレヴェルで人間の基本的な所有欲を満足させてくれるのよ。わたしたちが狩猟採取時代から受け継いでいる何かをね。もちろん、日常の家庭用品は自動コンビニエンス・ストアで買えばいいし、社会の周辺貧困層には食料分配メカニカル・

システムがある。それでも、一般的な商業地区も、実際に人が出かけなければ買えない食べものや工芸品の市場も、いまだに増殖している。それはどうして？　どうして人はそんなことをするの、買いもの自体を愉しんでないとしたら？」

おれはそのときたぶん肩をすくめたことだろう。そうやって若者特有のクールさを示そうとしたことだろう。

「買いものは物理的相互作用なのよ。決断力を培う訓練にもなり、所有欲を満足させることにもなる。あくなき所有欲がもたらす衝動でもあり、好奇心がもたらす自然な行為でもある。つまり考えてみれば、とても人間的な行為ということね。だから、あなたも好きにならなくちゃ、タケシ。空中を移動すれば、水に濡れずに群島を次から次へ渡ることができる。でも、それだと泳ぐという基本的な愉しみは得られない、でしょ？　うまく買いものをする術を学ぶべきよ、タケシ。柔軟になるの。不確実さを愉しむの」

今おれが感じているものは必ずしも愉しさとは言えなかったが、かといって愉しくないわけでもなく、柔軟に構え、セレニティ・カーライルの信条に従った。まずなんとなく特別頑丈な防水ジャケットを探してウィンドウを見はじめたのだが、実際に店にはいったのは全地形対応型ウォーキング・ブーツに惹かれたからだった。

そのブーツのあとは、ゆったりとした黒いズボンと、裾から細いクルーネックまですべて断熱用酵素補塡材でできている上着を買った。同じような服はベイ・シティの通りでそれまですでに百回ほど見かけており、いわば表面的な同化を狙ったのだが、その服でどうにかその目的は達せそうだった。それから、マージ・ナインの二日酔いの頭で少し考えてから、挑戦的な真っ赤なシルクのバンダナを頭に巻いた。ニューペストのギャング・スタイル。挑戦的というのは必ずしもあたっていないかもしれないが、昨日からおれの内部にわだかまりつつある、反抗的であいまいな苛立ちには見合うアイテムだった。バンクロフトのサマースーツは通りのゴミ容器に放り込み、靴はその脇にそろえて置いた。

捨てるまえに、二枚の名刺は忘れずにジャケットのポケットから抜き取っておいた。〈ベイ・シティ・セントラル〉の女医の名刺と、バンクロフト家御用達の銃砲製造業者のカードだ。

そのカードに印刷されていたラーキン&グリーンは、鉄砲鍛冶の名前ではなく、実は緑の多い丘陵地ロシアン・ヒルにある、互いに交差している二本の通りの名前であることがわかった。オート・タクシーには、その地域を訪れる者向けの宣伝ブロードキャストがついていたが、それはパスした。二二〇三年創業の〈ラーキン&グリーン武器製造〉のひっそりとした入口は通りの角にあり、二本の通りにそれぞれ六メートルたらずの間口があった。次の建物との境目はよくわからなかったが、そこも建て増しされた〈ラーキン&グリーン〉のようだった。おれはよく手入れされた木のドアを押して、油のにおいのするひんやりとした店内にはいった。

中はサンタッチ・ハウスの地図室を思わせた。がらんとして広く、二階分の高さがあり、縦に細長い窓から陽光が燦々と射し込んでいた。二階はなく、二階の高さに広い回廊が設えられ、そこから一階を見下ろせるようになっていた。壁には陳列ケースが取り付けられていて、回廊の出っ張りの下にはガラストップの移動式陳列戸棚が置かれていた。かすかに環境調節剤のにおいと、ガンオイルに混じって古い木のにおいがした。真新しいおれのブーツの下の床には絨毯が敷き詰められていた。

黒いスティール製の顔が回廊の手すり越しに下をのぞき、眼の部分にある緑の光受容体が光った。

「いらっしゃいませ。何をお探しでしょう?」

「タケシ・コヴァッチだ。ローレンス・バンクロフトに紹介されて来た」とおれは顔を上げ、マンドロイドと眼を合わせて言った。「武器を探してる」

「承知いたしております、ミスター・コヴァッチ」なめらかな男の声で、セールス・サブソニックが組み込まれているような感じはしなかった。「ミスター・バンクロフトからお聞きしておりました。今、ほかのお客さまのお相手をしておりますが、すぐにまいります。おくつろぎになってお待ちください。あなたの左手に椅子とウェルカム・キャビネットがございます。どうぞご自由に」

顔が引っ込み、店内にはいったときに聞こえていた、くぐもったやりとりがまた聞こえはじめた。おれはウェルカム・キャビネットのところまで行き、その中にアルコールと葉巻が用意されているのを見て、慌てて扉を閉めた。鎮痛剤がマージ・ナインの二日酔いを緩和してくれていたが、今はまだ中毒性を持つ嗜好品を摂取してもいい状態とは言えない。そこでふと今日はまだ煙草を一本も吸わずに過ごしていることに気づいた。いささか意外だった。一番近い陳列ケースまで歩き、サムライの刀の一級品を見た。どれも鞘に製造年月日を記したカードが貼られていて、そんな中にはおれが生まれるまえにつくられたものもあった。

その横のケースには、機械化されたというより成長したといったほうがよさそうな、茶色とグレーの発射器が収められていた。じょうご状に開いて銃床につながっている、湾曲した有機体の覆いから銃身の芽が出ており、それらには前世紀の日付が記されていた。銃身に彫られたひげ文字を解読しようとしていると、背後の階段を降りてくる金属音がした。

「ご希望に適う(かな)ものがございましたでしょうか?」

おれは振り向き、近づいてくるマンドロイドと相対した。全身も顔同様、よく磨かれたガンメタルで、人間の男が原型になっていた。ただ、生殖器はなかったが。顔は細長く、動きはなくとも、人の注意を惹いておかしくない、整ったいい形をしていた。頭部に細いすじが彫られ、うしろに撫でつけられた髪を表していた。ほとんど消えかかっているものの、胸に火星エキスポ2076という銘が刻されていた。

「ただ見てただけだ」とおれはうしろの銃器を示して言った。「これは木でできてるのか?」

マンドロイドは緑の光受容体でおれをじっと見つめてから答えた。「そうです。銃床はブナの雑種を使用しております。そこにあるのはすべて手づくりのものです。カラシニコフもバーディもベレッタもヨーロッパのものはすべて揃えております。どれにご興味がおありですか?」

おれは振り返った。そこに陳列されているものには形にどこか詩的なところがあった。機能的なぶっきらぼうさと有機的な優雅さのあいだで、宙吊りになっているような、銃架に置いてくれと叫んでいるような、早く使ってくれと訴えているような風情があった。

「おれにはちょっと装飾的すぎるな。もう少し実用的なものを考えてるんだが」

「わかりました。ということは、お客さまは銃砲に関して初心者ではないと拝察させていただいてもよろしゅうございましょうか?」

おれはマシーンに笑みを向けて言った。「ああ、そう拝察してくれてかまわない」

「それでは、これまでにお使いになったもので、お気に入りのものがございましたら、お教えいただけますでしょうか?」

「スミス&ウェッスン・11ミリ・マグナム。イングラム・40・フレシェット銃。サンジェット破砕銃。もっとも、今のこのスリーヴでそういう銃を使ってたわけじゃないが」

緑の光受容体が光った。が、コメントはなかった。相手がエンヴォイであることを想定したやりとりはプログラムされていないのだろう。

「正確なところ、〝今のこのスリーヴ〟に何を装着しようとお考えなのでしょう?」

おれは肩をすくめた。「まずあまりめだたないやつ。それとめだってもいいやつ。どっちも発射器だ。それにナイフ。スミスみたいな重いのがいい」

マンドロイドは急に静かになった。データを検索している音がほとんど聞こえてきそうだった。しかし、こんな機械がどうしてこんなところで仕事をしているのか。この仕事用につくられたマンドロイドでないのは明らかだった。ハーランズ・ワールドにマンドロイドはそう多くはいない。人造スリーヴ、いや、クローンと比べてさえ、つくるのに金がかかるのと、人間の恰好が求められる仕事はそれらの有機的代替製品のほうがうまくこなすからだ。実際、ロボット人間をつくるというのは、異なるふたつの機能を無意味に衝突させるようなものだ。大型コンピューターの分野ではなんといっても人工知能がすばらしい働きをするし、身近な仕事に関してはそれぞれの用途に応じて、サイバー・エンジニアリング会社が、耐久性があってめったに壊れないボディフレームをつくっている。事実、おれがハーランズ・ワールドで最後に見たロボットはガーデニング・ヤドカリだ。

マンドロイドに動きが戻り、光受容体がかすかに光った。「こちらに来ていただければ、きっとお気に入りのものをご提供できると思います」

おれはマシーンのあとについてドアを抜けた。そのドアは壁の内装に実に巧みに溶け込んでいて、それまでそこにあったことにさえ気づかなかった。さらに短い通路を歩いた。その通路のさきに天井の低い細長い部屋があり、塗装されていない漆喰の壁のそばに、昔ながらのファイバーグラスを詰めたケースが並べられていた。その部屋では何人もの人間があちこちで静かに各々の仕事にいそしんでおり、部屋全体に手慣れた人間が銃器を扱っているビジネスライクな雰囲気が漂っていた。マンドロイドは、グリースのしみだらけのオーヴァーオールを着た白髪頭の小男のまえまでおれを案内した。白髪の男は電子マガジン式電光発射器を分解していた。まるでそれがローストチキンででもあるかのように。おれたちが近づくと、顔を上げた。

「やあ、チップ」マンドロイドにうなずいてみせ、おれのほうは見なかった。

「クライヴ、こちらはミスター・タケシ・コヴァッチ。ミスター・バンクロフトのご友人で、武器を探しておられる。ネメックスとフィリップスの銃をお見せしてくれないか。そのあとは、ナイフもお求めなんで、シーラにお引き合わせしてほしい」

クライヴはうなずき、電光発射器を脇に置いて言った。

「こちらへ」

マンドロイドがおれの腕に軽く手を置いて言った。「ほかにもまだご入り用のものがございましたら、私はショールームのほうにおりますので」

マンドロイドはわずかにお辞儀をして立ち去った。おれはクライヴについていくつかの陳列ケースのまえを歩き、プラスティックの小片の上にさまざまな拳銃を並べたケースのところまで行った。クライヴはその中からひとつを選び、手に取って振り向くと、銃を差し出して言った。

「セカンド・シリーズのネメシスX。ネメックスです。マンリヒャー・シュナウアーのライセンスを得て製造されたもので、弾丸(たま)は被覆弾で、火薬はドラック31と呼ばれる特注品を使用します。千鳥配列クリップに十八発入りマガジンを装填しますが、とても強力で、とても正確な銃です。ちょっとかさばりますが、使用されますと、それだけのことはあると思われるはずです。重さをみてください」

おれは銃を受け取り、手の中で何度か持ち直してみた。大きくて銃身が重いピストルだった。スミス&ウェッスンより少し長い。が、バランスは悪くなかった。おれは片手から片手に持ち替え、手になじませ、照準器をのぞいた。クライヴはそんなおれのそばで辛抱強く待っていた。

「いいね」とおれは言って銃を返した。「めだたないほうは?」

「フィリップスのスクウィーズガンです」クライヴは開けられたケースの中に手を伸ばし、緩衝材のプラスティックの小片に埋まっていた、グレーのスリムなピストルを取り出した。大きさはネメックスの半分もなかった。「弾丸はソリッド・スティール弾。火薬のかわりに電磁石触媒を使います。音はほとんどしませんが、それでも精度は二十メートルあります。もちろん無反動銃です。また、お好みによってジェネレーターにリヴァース・フィールド機能をつけることもできます。それで標的から弾丸をあとで回収することができます。込められる弾丸は十発です」

「電池は？」

「一度の充電で四十発から五十発使用可能です。そのあとは一発撃つごとに初速が落ちていきます。お値段には二個のスペア電池の料金も含まれていますが、充電は一般家庭のコンセントでもできます」

「射撃練習場はあるかな？　試し撃ちをしたいんだが」

「この建物の裏手にありますが、このふたつともヴァーチャルでコンバット体験ができるディスク付きです。ヴァーチャル体験でも現実の射撃とまったく変わりません。そのことは保証書にも書かれています」

「わかった。それならそれでいい」そういう保証書を信用するというのは、殺されたあとでスリーヴィングできるかどうかもわからないまま、どこかのカウボーイに頭を撃たれて初めて不具合がわかる、などという可能性を容認することでもあるわけだが。

いずれにしろ、鎮痛剤の効果が薄れ、少し頭痛がぶり返してきており、射撃練習をするのに最適なときとは言えなかった。おれは値段も訊かなかった。払うのはどうせおれではない。

「弾丸は？」

「両方とも五発ついてきますが、ネメックスは無料でお客さまに提供しています。新しいシリーズの宣伝プロモーションとして。それで足りますか？」

「いや、両方とも五パックをふたつずつ欲しい」

「それぞれに十パックですね？」クライヴのその声音にはあいまいながらおれに対する敬意の念がうかがわれた。拳銃に弾丸を十パックも用意するやつはあまりいないだろう。しかし、実際に何かを撃つ以上にただ部屋を弾丸で満たすほうがより効果的なときがあることをおれは経験から学んでいた。「それに、ナイフをお求めでしたね？」

「ああ」

「シーラ！」とクライヴは細長い部屋に向けて——グレーのヴァーチャル・マスクを顔につけ、木枠に脚を組んで坐っている、クルーカットの背の高いブロンドに向けて——呼ばわった。その女は顔を起こしてまわりを見まわし、そこでマスクをつけていることを思い出して取りはずすと、まばたきをした。そして、クライヴが手招きをすると、組んだ脚を解いて、現実に戻る心の準備をするかのように軽く体を揺すり、木枠から立ち上がった。

「シーラ、こちらのお客さまがスティールを探しておられる。お相手をしてくれないか？」

「喜んで」と彼女は言って、細い腕を差し出した。「シーラ・ソレンスンです。どのようなスティールをお探しでしょう？」

おれは彼女の手を握って言った。「タケシ・コヴァッチ。すばやく投げられるもの。小さなものだな。前腕にストラップで留められるような」

「わかりました」とシーラは愛想よく言った。「では、どうぞ、こちらへ。ここはもう終わったんでしょう、クライヴ？」

クライヴはおれに会釈して言った。「このふたつはチップに渡します。包装は彼がしてくれると思いますが、お送りしたほうがいいでしょうか、それともお持ち帰りになります？」

「持ち帰るよ」

「そうおっしゃると思いました」

シーラの担当部署には小さな長方形の部屋が用意されていた。ひとつの壁一面がコルクでできていて、そこにいくつかターゲットのシルエットが描かれ、残りの三つの壁面には短剣から斧までスティール製品の数々が掛けられ、陳列されていた。シーラはその中からグレーの刃で、黒くて平たい柄のナイフを選んで、壁から取りはずすと、何か取るに足りないことをわざわざ口にするかのような調子で言った。

「テビット・ナイフ。どこまでもいやらしい武器です」

そう言って、振り向くと、いかにも手慣れたさまで、その凶器を左側のターゲットに向けて解き放った。そのナイフはまるで生命を得たかのように宙を飛び、ターゲットの頭に刃を埋めた。「刃はタンタル合金で、柄は炭素系繊維を網状に編んだものでできています。重心を保つのに、柄の先端に燧石(すいせき)が埋め込まれています。ですから、刃のほうを使いたくない場合には、柄のほうで敵を殴打することもできます」

おれはコルクの壁のほうへ歩いて、ナイフを抜き取った。刃は細く、両刃とも剃刀ほどにも薄くなっていた。中央に浅い溝が一本通っていて、赤い線が描かれ、実に複雑な記号らしいものが彫られていた。それを読もうとナイフを斜めにしてみたが、どうやらおれにはわからないコードのようだった。グレーのメタルは鈍い光を放っていた。

「これは?」

「これというと?」シーラはおれのそばまでやってきた。「ああ、これはバイオウェポン・コードです。この細い溝はC－381でコーティングされていて、ヘモグロビンと混ざり合うと、シアン化合物を生成するんです。両側の刃から離れた中央にコーティングされているのはそのためです、本人が誤ってちょっと手を切ってしまっても危険はないように。でも、血液に浸けたりすると……」

「すばらしい」

「どこまでもいやらしい武器だって、わたし、さっき言いませんでした?」その声音には彼女のプライドがにじんでいた。

「もらおう」

　通りに出て、買った品物の重さを確かめ、新しく手に入れた武器をただ隠すだけならジャケットは要らないことに気づいた。オート・タクシーを探して空を見上げ、空にはまだ歩くことを充分正当化できる明るさがあることに気づいた。また、やっとマージ・ナインの二日酔いの呪縛からほぼ逃れられたことにも……

　さらに、丘陵地を三ブロックほどくだって、尾けられていることにも……

　そのことがわかったのは、マージ・ナインの余韻からまだ百パーセント自由になってはいないものの、ようやく息を吹き返してくれたエンヴォイの特殊技能の賜物だった。高揚した近接感。視野の隅に姿を見せすぎる人影のかすかな波動が感じられたのだ。尾行者はなかなか巧みなやつだった。これで歩行者がもっと多ければ、気づかなかったかもしれない。が、その界隈の地上の往来はカムフラージュに利用するにはまばらすぎた。

　テビット・ナイフは、神経を侵す化合物がしみ出る状態にして、神経スプリング付きの柔らかい革のケースに入れ、すでに前腕に取り付けてあったが、尾行者が特定できないかぎり、そう簡単には取り出せない。ふと尾行者をまこうかとも思ったが、思ったときにはもうその考えを捨てていた。ここはおれの街ではない。また、薬物の影響も完全に抜けきってはいない。それに、多くのものを持ちすぎている。そいつが誰であれ、おれと一緒にショッピングをさせてやることにした。歩くペースを少し速め、商業地区の中心に向かい、膝丈の高価なウールの赤いコート――イヌイットのトーテムポールを思わせる像が追いかけっこをしているような模様入り――を見つけた。それは初めから考えていたものとまったく一致するものではなかったが、暖かくて、いくつも隠しポケットがついていた。ガラス張りのその店のレジで支払いをするタイミングを利用して、尾行者の顔を拝んだ。黒い髪のまだ若い白人の男。見覚えはなかった。

おれたちはユニオン・スクウェアという広場を横切った。例の六五三号判決に反対する人々がデモをやっており、ちょうど広場の隅で散会したところのようだった。シュプレヒコールがまばらに聞こえ、三々五々、人々が散っていた。PAシステムから聞こえる金属的な音も心なしか哀調を帯びて聞こえた。その人々の中にまぎれ込むというのも悪くはなかったが、おれはもうそのときには尾行されていること自体、気にならなくなっていた。ただ尾けるだけではなく、おれに何かしかけてくるつもりが尾行者にあるなら、人のもっとまばらな丘陵地帯で、すでに行動に移していただろう。行動を起こすにはここには人がいすぎる。おれはデモの参加者のあいだを縫うようにして、差し出される冊子をよけ、ミッション・ストリートに――ホテル・ヘンドリックスに向かった。

ミッション・ストリートを歩きはじめ、うっかりディーラーのブロードキャスト半径の中にはいってしまった。途端に頭にイメージがあふれた。気づくと、裸以上に肉体がさらけ出されて見える衣装を身につけた女たちが立ち並ぶ路地を歩いていた。女の膝から上を消費者向けにスライスされた肉体に変えてしまうブーツ、あそこを示す矢印の形をして太腿に巻かれたガーターベルト、胸を持ち上げ、突き出すためにつくられた構造補強具、汗の浮き出た胸の谷間に掛けられた亀頭の恰好をしたまるくて重そうなペンダント。チェリーレッドや墓石のような黒に塗られた唇を舐める舌、どこまでも挑発するように剝き出された歯。

そこでいきなり潮のように血がひんやりと全身を流れ、汗ばんだ欲望を消し去り、ポーズを取る肉体を女そのものに変えた。女を抽象的に表現したものに。おれはブロードキャストの円周をたどっていた。機械のように。肉体と骨の幾何学的な構造を精緻に描いていた。あたかも女が植物の一種でもあるかのように。

ベタサナティン。〝死に神〟。

千年紀初期の臨死研究プロジェクトの決定的な成果と言える化学物質ベタサナティンは細胞に大きなダメージを与えることなく、人体を生体反応がほぼ皆無の状態にまで近づけることができる。この薬物の利点は、ベタサナティン微分子に含まれる支配刺激物質が知力の臨床的機能を誘導するので、データを損なうおそれのある圧倒的な感情や感覚を覚えることなく、研究者が人為的に臨死体験をすることを可能にした点だが、これを少量摂取すると、人は苦痛や興奮や喜びや悲しみに対してどこまでも無感覚になる。男は裸の女をまえにして何世紀も無関心をとりつくろってきたわけだが、それがただカプセルを手に取りさえすれば可能になったということで、男の青年層にはまさにお誂え向きの薬物だ。

さらに、このクスリは軍用薬物としてもその効力をいかんなく発揮する。〝死に神〟に乗れば、博愛主義を絵に描いたようなゴドウィン星（アナーキズムの父と言われる英国の哲学者ウィリアム・ゴドウィンに因んで名づけられた惑星）の修道士でも女と子供しかいない村を焼き払い、炎が肉と骨を溶かすのを見て恍惚となる以外、何も感じなくなる。

おれが最後にこのベタサナティンを使ったのは、エンヴォイがシャーヤで市街戦を繰り広げたときだ。そのときには目一杯服用して体温を室温に落とし、心拍数も極端に下げた。シャーヤのスパイダー・タンクの対人探知器を欺くためだった。赤外線に検知されなければ、タンクの脚をよじ登り、シロアリ手榴弾でハッチを爆破することができる。その衝撃波で脳震盪を起こしたクルーを殺すことなど、それこそ生まれたての子猫を始末するほどにも簡単だった。

「いいブツがありますぜ、旦那」言わずもがなのしゃがれ声が聞こえた。まばたきをしてブロードキャストを振り払うと、修道士のようなフードをかぶった青白い顔の男が眼のまえに立っていた。肩にブロードキャスト・ユニットをのせて。コウモリの眼のような、ユニットの小さな赤いアクティヴ・ランプが点滅していた。ハーランズ・ワールドには頭脳に直接作用するブロードキャストを規制する厳格な法がある。実際、誤って発信してしまったような場合でさえ、埠頭の酒場で誰かが誰かの飲みものをこぼしてしまったときのような乱闘シーンを惹き起こしかねない。おれは腕を突き出して、ディーラーの胸をどんと突いた。ディーラーはよろめき、店の戸口に体をぶつけた。

「おいおい……」

「おれの頭の中で妙なことをするな。不愉快だ」

男は腰につけたユニットに手を伸ばした。何が出てくるのかなど考えるまでもなかったので、おれは目標を変え、男の柔らかな両眼の窪みに——眼球と眉骨のあいだに指を突っ込んだ……

気づいたときにはもう、擦過音を出す、ほぼ二メートル近い高さの濡れた膜状の塊と向かい合っていた。おれのまえで触手がのたうった。おれは密生した黒い鹿に縁取られた粘液状の穴に手を押し込んだ。食べたものが込み上げてきて、咽喉(のど)がつまりそうになった。それでも嫌悪の念を振り払い、強引に腱の中にさらに手を突っ込むと、粘液状の肉体の塊の弱った感触が手に伝わってきた。

「まだこの世を眼で見たいのなら、そのろくでもないもののプラグを抜くことだ」とおれは硬い声で言った。

粘液状の塊が消え、おれとディーラーはまた現実世界に戻った。おれの指はまだそいつの眼球の上部を押さえていた。

「わかったよ、わかったって」ディーラーは手を上げた。手のひらをおれのほうに向けて。

「ブツが欲しくなきゃ、買わなきゃいい。こっちだって生きていかなきゃならないんだ」

おれはうしろに下がり、店の戸口からまえに出られるスペースを男に与えてやった。

「おれが生まれ育ったところじゃ、誰も通りで人の頭の中にはいり込んだりはしない」おれはとりあえず説明ぐらいしておいてやろうと思って言った。が、おれのその声音からもう攻撃されることはないと踏んだのだろう。男は親指でなにやら妙な仕種をしていた。たぶん猥褻な。

「おまえがどこで生まれ育とうが知ったことかよ。このくそバッタ。とっととうせやがれ」

おれはその場を立ち去り、通りを渡ってふと思った。この男のモラルと、ミリアム・バンクロフトのスリーヴにマージ・ナインを組み込んだ遺伝子デザイナーのモラルのあいだには、どの程度のちがいがあるのだろうか、と。

立ち止まり、うつむいて煙草に火をつけた。

午後半ば。今日最初の一本だ。

第十二章

その夜、鏡のまえで着替えをしていて、ひとつの強い確信に悩まされた。このスリーヴをまとっているのは誰かほかの人物で、自分自身は観覧車両の乗客のような、眼の奥のちっぽけな存在に変えられてしまった、という強い思いだ。

精神的完全拒否というやつ。要するに分裂だ。そういった思いに心が乱されるのは、スリーヴィングを何度も経験している者にとってもさほど珍しいことではないが、その夜の感覚はここ何年ものあいだで最悪の部類だった。鏡の中の男におれの存在に気づかれるのではないか。そう思うと怖くなり、何も考えられなくなった。文字どおり凍りついて、おれは鏡の中の男がテビット・ナイフを神経スプリング・ケースに収め、ネメックスとフィリップスをひとつずつ取り上げ、きちんと弾丸(たま)が装塡されているか確かめるのをただじっと見守った。そのふたつのスラッグ銃には、押しつければどこにでも付着する、安っぽいフィリップス製の酵素結合ホルスターがついていて、鏡の中の男はジャケットの下に隠れるよう、ネメックスを腋の下に、フィリップスを腰のくびれのところに装着すると、そこから何度かすばやく抜いて、銃口を鏡の中の自分に向けた。が、実際にはそんなことはするまでもなかった。ヴァーチャル練習ができるディスクはクライヴのことばどおり、実によくできていたから。人を殺す準備はもうすんでいた。

　おれは男の眼の奥で体の向きを変えた。

　男はどことなく面倒くさそうに銃とナイフをベッドにまた戻した。そのあと、鏡のまえにしばらく佇み、丸裸になったような感覚が消えるのを待った。

　武器の弱点、とヴァージニア・ヴィダウラは呼んでいた。おれたちは訓練初日から、その罠に陥るのは大罪だと教えられた。

　――「武器は――どんな武器も――ただの道具よ」と彼女は言ったものだ。サンジェットの分子破砕銃を腕に抱きながら。「だからどんな道具同様、ある特別な目的のためにつくられていて、その目的のためにだけ有益なものよ。エンジニアがただエンジニアであるという理由から、どこへ行くにも道具を持ち歩いていたら、そいつは馬鹿以外の何者でもない。エンジニアについてそう言えるなら、エンヴォイについてはきっちり二倍同じことが言える」

　新米隊員の中で、ジミー・デ・ソトがただひとり可笑しそうな笑い声を洩らした。が、それはおれたちの大半の気持ちでもあった。エンヴォイに採用された新兵の多くは保護国の伝統的軍隊の出身者で、そういった集団では、武器とはおもちゃと個人の崇拝物のあいだにあるものだった。たとえば国連海兵隊員などはどこへ行くにも武装する。休暇中でさえ。

　ヴァージニア・ヴィダウラはその笑い声を聞き逃さず、ジミーの眼をとらえて言った。

「ミスター・デ・ソト、あなたはわたしとは異なる意見をお持ちのようね」

　ジミーは体をもぞもぞさせた。いとも簡単に見つかってしまったことにいくらか顔を赤らめていた。

「はい。自分の経験では、より多くのパンチを持っていれば、より多くの自信が得られる。そう思います」

隊員のあいだに同意を示すさざ波が起きた。ヴァージニア・ヴィダウラはそれが収まるのを待って言った。

「確かに」そう言って、分子破砕銃を両手で持った。「この……器具にもいくらかパンチはあるわね。ここまで来て、ちょっと持ってくれる?」

ジミーは少しためらったが、意を決すると、まえに出て武器を受け取った。ヴァージニア・ヴィダウラは、集められた訓練生のまえのステージの中央から身を引いて、エンヴォイの上着を脱いだ。袖なしのオーヴァーオールにスペースデッキ・シューズという恰好になった彼女はすらりと痩せていて、いかにも無防備に見えた。

「確かめてくれる?」と彼女は大きな声で言った。「チャージ・セットがテストになってるのを。だから、それでわたしを撃っても、第一度の火傷を負わせるだけね。それ以上のダメージは与えられない。わたしとあなたの距離はほぼ五メートル。わたしは武装していない。ミスター・デ・ソト、それでわたしを狙って撃ってくれる? かけ声をかけてから」

ジミーは驚いたような顔をしたが、命じられたとおり、サンジェットを持ち上げて点検すると、また銃口を下に向け、彼女を見た。

「かけ声をかけて」と彼女は繰り返した。

「今だ!」と彼は即座に言った。

このあとの展開を正確に追うのは不可能に近い。ジミーはかけ声とともにサンジェットをすばやく持ち上げると、戦闘態勢にはいる通常の手順で、銃身が水平になるまえからすでに発砲していた。部屋は分子破砕銃独特のぱちぱちという派手な音に満たされ、銃口から飛び出した光線がめらめらと宙を舐めた。が、光線のさきにヴァージニア・ヴィダウラはいなかった。光線の角度を正確に計算し、身を屈めてよけ……いや、実際にはどうしたのかよくわからない。が、気づいたときには、彼女はもう五メートルの距離を半分に詰めていた。そして、脱いだ上着を振りまわし、サンジェットの銃身にまとわりつかせ、銃口をあらぬ方向に向けさせていた。さらに、何が起きているのかジミーにもわかったときには、もう彼の上に馬乗りになっていた。破砕銃を部屋の隅まで弾き飛ばし、ジミーを倒し、手のつけ根をジミーの鼻の下にそっと押しあてていた。

その瞬間は、おれの隣にいたやつが口をすぼめてそれまで止めていた息を吐き出し、長く低い口笛を吹くまで続いた。ヴァージニア・ヴィダウラはちらっとうしろを振り返って、口笛が聞こえたほうに眼をやると、すばやく立ち上がって手を伸ばし、ジミーを立たせた。

「武器はあくまで道具よ」と彼女は繰り返した。さすがに少し息を切らしていた。「人を殺し、破壊するための道具よ。エンヴォイである以上、わたしたちには人を殺したり破壊したりしなければならないときがある。だから、わたしたちは必要な道具を選んで、その道具を身につける。でも、武器の弱点を忘れないで。武器はあくまで拡張されたものだということを。あなたたちが人を殺し、破壊するのであって、武器がそうするわけではないことを。つまり、自分がすべてだということよ。武器を持っていようと持っていまいと」

イヌイットのコートを着て、男はもう一度鏡の中の自分と眼を合わせた。見返してきた顔は〈ラーキン&グリーン武器製造〉のマンドロイドに負けず劣らず無表情だった。男のほうも平然と鏡の中の顔をじっと見返し、手を上げて左眼の傷痕を指でなぞった。鏡に映った姿を最後にもう一度点検して、おれは部屋を出た。ひんやりとした冷気とともに、いきなり神経に制御機能が戻ったのがわかった。鏡から離れ、エレヴェーターで階下（した）に降りながら、おれはわざと笑みを浮かべた。

ヴァージニア、どうやらまた自分を取り戻せた。

「息を吸って」——彼女は言った——「動いて、自分をコントロールする」

おれはヴァージニア・ヴィダウラと通りに出た。正面玄関のドアを抜けると、ヘンドリックスが礼儀正しく、〝愉しい夜を〟と言ってきた。通りを渡ると、早速、例の尾行者がティーハウスから出てきて、おれと併行して通りの反対側を歩きはじめた。おれは二、三ブロック歩いて、夜の感触をつかみ、尾行者をまこうか、放っておこうか、また考えた。日中、太陽はあまり熱心に仕事をしていなかったが、だいたい照っていた。とりあえず晴れていた。それでもまだ寒かった。ヘンドリックスで地図を調べたところ、リックタウンは二十ブロック近くもヘンドリックスの南に位置していた。おれは交差点で立ち止まると、空中交通の流しレーンを走っているオート・タクシーを停めて、乗り込んだ。見ると、尾行者もおれと同じことをやっていた。

段々、気に障りはじめた。

タクシーは南西に向かった。おれは前屈みになって、乗客向け宣伝パネルに手を触れた。

「〈アーブライン・サーヴィス〉をご利用いただき、まことにありがとうございます」というなめらかな女の声がした。「このパネルは〈アーブライン〉のセントラル・データ・スタックとリンクしております。お知りになりたい情報がございましたら、どうぞお申しつけください」

「リックタウンにあまり治安のよくない地域はある？」

「リックタウンと呼ばれている地域は全般に治安のよくないところです」データ・スタックのぶっきらぼうな声がした。「それでも、〈アーブライン・サーヴィス〉はお客さまをご快適に目的地にお送りすることができます。ベイ・シティ市内であればどこへでも——」

「わかった。リックタウンの中でも暴力犯罪の発生率が最も高いのはどのあたりだ？」

普段あまり使われていないチャンネルにデータ・ヘッドが移行するのに、少し時間がかかった。

「十九丁目通りに面して、ミズーリ通りからウィスコンシン通りまでのあいだの数ブロックです。その一帯だけで、有機体損壊事件が去年だけで五十三件、禁制薬物に関する逮捕が百七十七件、有機体損傷事件が百二十二件起きています。さらに――」

「わかった。そこはマリポーサ通りとサン・ブルーノ通りの角にある〈ジェリーズ・クローズド・クウォーターズ〉からどれくらい離れてる?」

「直線距離で約一キロです」

「地図を出せるか?」

コンソールが明るくなって、格子状の道路地図が現れた。ジェリーの店に十字線がついていて、通りの名は緑で書かれていた。おれはしばらくその地図を眺めた。

「わかった。そこで降ろしてくれ。ミズーリ通りと十九丁目通りの角で」

「旅客契約に基づき、当方の義務として申し上げますが、そこはあまりお勧めできる目的地とは言えません」

おれはシートの背にもたれて、笑みを浮かべた。今のは自然な笑みだ。

「ありがとう」

タクシーはさらに抵抗することはなく、ミズーリ通りと十九丁目通りの角で降ろしてくれた。車から降り、まわりを見まわし、また思わず笑みがこぼれた。〝あまりお勧めできる目的地ではない〟というのは、典型的なマシーンの抑制表現だった。

前夜モンゴル人を追いかけた通りは閑散としていたが、リックタウンのそのあたりは見るからに熱気を帯びており、そこの住人に比べたら、ジェリーの店の客たちでさえ誰もが健全この上ない市民に思えてきた。オート・タクシーに金を払っただけで、十ばかりの頭がおれのほうを向いた。そして、そのどれもが完全な人間ではなかった。おれが選んだ札に眼の中の光増幅装置を調節して遠くから焦点を合わせ、札の緑の不気味な蛍光色をじっと見ているやつがいた。それがほとんど肌に感じられた。犬モードの嗅覚補強をした鼻孔で、おれがホテルのバスルームで使ったバスジェルのにおいを嗅いでいるやつもいた。まわりにいる全員が、ボトルバックサメの群れをレーダー画面に映し出すミルズポートの漁船さながら、富のパルスをとらえようとしていた。

おれのあとから二台目のタクシーも螺旋を描いて降りてきた。十メートルたらずのところで、明かりのともっていない路地がおれに手招きをしていた。その路地に向かいかけただけで、最初の地元民が声をかけてきた。

「あんた、旅行者だよな？　探しものはなんだ？」

三人組で、上半身裸のリード・ヴォーカルは身長二メートル半の巨人で、〈ナカムラ・ラボ〉が今年売り出した接ぎ筋肉らしきものを腕と胴体にくっつけていた。胸の皮下組織にはイリュミニウムの赤いタトゥーを入れており、胸全体が消えかけた石炭の塊のように見えた。さらに、頭が亀頭でできたコブラが腹から胸のほうへ鎌首をもたげていた。両脇にだらりと垂らした手の爪はよく砥がれた鉤爪で、顔には気まぐれな喧嘩を物語る縫い目のような傷痕、片方の眼には安っぽい拡大義眼を入れていた。声は驚くほど柔らかく、意外にも淋しげだった。

「貧民窟ツアーだよ、たぶん」と巨人の右隣にいたやつが憎々しげに言った。まだ若くて痩せて青白い顔をしていた。長くて細い髪が顔全体にかかり、全身をぴくぴく痙攣させていた。安っぽいニューラケムのせいだが、とりあえずこいつが一番はしっこいかもしれない。

三人目の歓迎委員は何も言わなかった。が、犬の鼻をして、移植した捕食動物の歯と不気味なほど長い舌が、めくれた唇のあいだからのぞいていた。補強手術をしたそんな顔の下は人間の男の形で、革で全身をきつく締めつけていた。

　のんびりしている暇はなかった。尾行者はすぐにタクシーの料金を払い、まわりの環境に順応するだろう。それだけの危険を冒すつもりがあれば。おれは咳払いをして言った。

「ただ通りかかっただけだ。あんたらも馬鹿じゃなけりゃ、おれの邪魔なんかしてないで、あとからやってきたあの市民を狙えよ。おれより扱いやすいはずだ」

　信じられない、といった顔で三人が黙った一瞬があり、すぐに巨人がおれに手を伸ばしてきた。おれはその手を払いのけ、一歩下がると、巨人たちと自分とのあいだにできたスペースを利用して、誰の眼にも致死攻撃とわかる武道の〝カタ〟を示した。三人は凍りついた。犬づらをしたやつが牙を剥いて吠えた。おれはひとつ息を吸って言った。

「言っただろ、あんたらも馬鹿じゃなきゃ、おれの邪魔をしないでくれ」

　巨人はおれのことばに従おうとしていた。つぶれたその顔を見れば、それは容易にわかった。戦闘訓練を受けた人間を見分けられるほどには長く、ストリート・ファイトをやってきたのだろう。バランスがどちらかに傾けば、そのことを瞬時に悟る能力——場数を踏んできた人間の勘のようなものが働いたのだろう。が、彼のふたりの連れはまだ若く、負けるということに関する知識が足りなかった。巨人が制する暇もなかった。まずニューラケム仕様の青白いほうが何か鋭利なものでおれに殴りかかり、犬づらのほうはおれの右腕に嚙みつこうとした。おれのニューラケムはもちろんとっくに目覚めていた。そして、青白いやつのニューラケムより品質もよければ、反応もより速かった。おれはそいつの腕を取ると、肘のところで折り曲げ、痛みを与えながら楽に引きまわし、連れのふたりのほうへ放り投げた。犬づらは身を低くしてそれをかわしたが、おれはその鼻と口のあいだに渾身の蹴りを入れた。キャンという鳴き声とともに犬づらはあっけなく倒れた。青白いほうは両膝をつき、砕けた肘を抱えていた。巨人も黙っておられず、まえにのっしりと出てきた。が、突き出したおれの指にぶつかる一歩手前で立ち止まった。こわばらせたおれの指と巨人の眼とのあいだは一センチもなかった。

「やめろ」とおれはおだやかに言った。

足元では青白い若造がうなっていた。そのうしろでは蹴られて飛ばされたところで犬づらが弱々しく震えていた。巨人はそのふたりのあいだにしゃがみ込み、慰めるようにその大きな手をふたりに伸ばした。それからおれを見上げた。その眼には何かに対する無言の非難が宿っていた。

おれはうしろ向きに路地を歩いて、彼らから十メートルばかり離れると、振り向き、一目散に駆け出した。尾行者がさらについてくるようなら、それはそれでかまわなかった。

路地は右曲がりになって、次の通りに通じていた。路地のそのカーヴが過ぎたあたりでスピードをゆるめ、速足になって、歩行者で混み合う次の通りに出た。そして、その通りを左に曲がると、人混みの中、肩で道を切り拓きながら道路標示を探した。

ジェリーの店の外では、女が今日もまたカクテルグラスに囚われて踊っていた。ネオンサインも明々と輝いていて、前夜より商売は繁盛しているように見えた。客がドア・ロボットの柔軟性のある腕の下を頻繁に出入りしていた。前夜のモンゴル人とのファイトのとばっちりを受けたディーラーは、すでにほかの何人かのディーラーに取って代わられていた。

おれは通りを渡り、ロボットのまえに立って身体検査を受けた。合成音の声が言った。

「どうぞ。キャビンですか、カウンターですか?」

「カウンターなんかで何ができる?」

「ははは」とロボットは儀礼的に笑った。「カウンターは見るだけ。さわれません。金を出さなきゃ、手も出さない。店の決まりです。お客さんみなさんにそうしてもらってます」

「キャビンだ」

「階段を降りて、左に曲がって、タオルを取ってください」

階段を降りて、回転する赤い照明に照らされた廊下を歩き、タオルを置いたアルコーヴと、最初の四つの閉じられたドアのまえを通り過ぎた。廊下には血の中に沈み込むような低い響きのジャンク・リズムが轟いていた。五番目のドアをうしろ手に閉め、クレジット・コンソールに何枚か紙幣を挿し込んで基本料金を払い、曇りガラスのスクリーンのそばに寄って声をかけた。

「ルイーズ？」

彼女の体がガラスに押しつけられてその曲線が現れ、ひらたくなった胸が見えた。さくらんぼ色のキャビンの照明が彼女の体に縞模様を描いていた。

「ルイーズ、おれだ。アイリーンだ。エリザベスの母親だ」

胸と胸のあいだに何か黒っぽいしみができているのが見えた。その途端、ニューラケムがおれの内部で反応した。ガラスドアが横に開き、彼女の体がおれの腕の中に倒れ込んできた。彼女の肩越しに大口径の銃口が見えた。おれの頭を狙っていた。

「動くんじゃないぜ、このクソ」硬い声だった。「ただの脅しじゃない。ちょっとでも妙な動きをしてみろ。頭を吹き飛ばして、データ・スタックもどろどろに溶かしてやる」

おれはその場に凍りついた。その声にはせっぱつまった響きがあった。パニック寸前と言ってもよかった。

「よし」うしろのドアが開き、通路の音楽のパルスが疾風のようにキャビンにはいり込んできた。ふたつ目の銃が背中に押しつけられたのがわかった。「女を下におろせ。ゆっくりとな。そしたら、うしろに下がれ」

　おれは腕の中の彼女の体をそっとサテン敷きの床におろして、また立ち上がった。回転するさくらんぼ色の照明が二度まばたきをして消え、明るい白色光がキャビンに満ちた。うしろのドアが勢いよく閉まり、音楽がまた聞こえなくなった。ぴっちりとした黒い服を身にまとった、背の高いブロンドの男がガラスドアの向こうからキャビンの中にはいってきた。分子破砕銃の引き金にかけた指の関節が白くなっていた。唇は硬く結ばれ、黒目は興奮に酔い、白目は血走っていた。おれはうしろの銃に押されてまえに出た。ブロンドの男もさらにまえに出てきた。破砕銃の銃口がおれの下唇、さらに歯に押しつけられた。

「いったいおまえは何者なんだ?」と男は歯の隙間からことばを押し出すようにして言った。

　おれは口が開けられるよう頭だけうしろに引いて言った。「アイリーン・エリオット。娘がここで以前働いてた」

　ブロンドの男は銃口をおれの頬から顎へとずらしながら、さらにまえに出てきて低い声で言った。

「いい加減なことを言うな。おれにはベイ・シティの法務関係者に知り合いがいてな。そいつは、アイリーン・エリオットはまだ保管中だと言ってた。なあ、おまえがこのくそアマに吹き込んだのは全部だぼらだってことはもうわかってるんだよ」

　そう言って、男は床に横たわっているルイーズの死体を蹴った。おれは眼の隅で下を見た。ざらざらとした白色光が彼女の体に残っている青黒い拷問の痕を情け容赦なく照らしていた。

「だから、次の質問には慎重に答えたほうがいい、おまえが誰であれ。なんでエリザベス・エリオットのことを調べてる?」

　おれは破砕銃の銃身越しに男のゆがんだ顔を見た。こういった荒っぽいことに慣れている者の顔には見えなかった。怯えきっていた。

「エリザベス・エリオットはおれの娘だ、このくそつぼ野郎。ほんとうに記録を調べたのなら、おれがなんでまだ保管中ということになってるのか、そのわけも法務関係のおまえの友達とやらにはわかったはずだがな」

背中の銃がさらに強く押しつけられたのがわかった。が、意外にもブロンドの男はどこかほっとしたような、あきらめたような顔をしていた。口元がゆるんでいた。男は銃を下ろして言った。

「よかろう。ディーク、オクタイを連れてこい」

うしろの誰かがキャビンを出ていく気配があった。ブロンドの男は銃口をまたおれに向けて言った。

「おまえはその隅に坐ってろ」声の調子が変わっていた。何かほかのことに気を取られているような、ぞんざいな声音になっていた。

腰から銃が抜き取られたのがわかった。おれは言われたとおり従った。そして、サテン敷きの床に坐り、確率を計算した。ディークが出ていっても、キャビンにはまだ三人残っていた。ブロンドの男。合成らしいアジア系スリーヴを身につけた女。その女も破砕銃を持っており、おれの背中にはその銃口の感覚がまだ残っていた。それに黒人の大男。見るかぎり、そいつの武器は鉄パイプだけだったが、こっちに勝ち目はなさそうだった。こいつらはさっき十九丁目通りで相手にしたチンピラとはわけがちがう。こいつらには熱気ではなく、はっきりとした目的を持った者が漂わせる冷気があった。ヘンドリックスでカドミンが漂わせていたものの廉価版のような……

おれはちらっと人造スリーヴの女を見た。いや、ありえない。オルテガが話していた容疑からうまく逃れて、スリーヴィングし直したとしても、カドミンにはもっと内情がわかっているはずだ。自分は誰に雇われているのか、おれは何者なのか、少なくともそれぐらいわかっているはずだ。今、バイオキャビンでおれを睨めまわしているこいつらは何も知らない。それはこいつらの顔に書いてある。

そう考えてまちがいないだろう。

おれはルイーズの傷めつけられた体を見た。太腿の傷はまず切り傷をつくってから、傷口が裂けるまで目一杯押し開いた傷のように見えた。単純で、露骨で、効果的な拷問だ。さらに、こいつらはそのさまをルイーズにわざと見させたはずだ。そうやって痛みと恐怖を混ぜ合わせたはずだ。自分自身の肉体にそんなことが起きているのを見るというのは、気絶してもおかしくないような体験だ。シャーヤでは宗教警察がこのやり方をよく使っていた。トラウマを克服するには、ルイーズにはたぶん精神外科手術が必要になるだろう。

おれの視線を追って、ブロンドの男がまるでおれも拷問の共犯者であるかのように不敵な笑みを浮かべて言った。

「彼女の頭がまだ胴体にくっついてるのはどういうわけか知りたいか?」

おれは無表情に男を見返して言った。「いや、それには及ばない。見たところ、おまえにはほかにやることがあるみたいだし。だけど、どっちみちおまえは話すんだろうな」

「おまえに話してやる必要なんかないんだが」と男は気楽な調子で言った。この状況を今や面白がっていた。「アネノメはカトリックなんだよ。第三世代か第四世代のな。本人がそう言ってた。宣誓書がディスクに保存されてて、再生の拒否宣言書もちゃんとヴァチカンに保管されてるそうだ。うちにはそういうやつがけっこういてな。そういうやつのほうがうちとしても便利なことがあるのさ」

「ジェリー、しゃべりすぎだよ」と女が言った。

ジェリーは白い眼を女に向けた。が、彼がどんなことを言い返そうとしていたにしろ、そのことばがねじ曲げられた唇から発せられることはなかった。ちょうどそのときふたりの男——たぶんディークとオクタイだろう――が通路のジャンク・リズムと一緒に部屋にはいってきたのだ。おれはディークを見て、鉄パイプ使いと同じカテゴリーに分類した――筋肉要員に。それから、おれのほうをじっと見ているもうひとりの男に眼を移した。心臓がぴくっと痙攣した。オクタイというのはゆうべのモンゴル人のことだった。

ジェリーがおれを顎で示して言った。

「こいつか？」

オクタイはおもむろにうなずき、勝ち誇ったような残忍な笑みをその幅広の顔に浮かべた。脇に垂らしたハムのような手を握ったり、開いたりしていた。咽喉（のど）がつまりそうなほど怒りと憎しみを煮えたぎらせていた。おれが殴って折れた鼻は誰かが不器用に組織溶接で補修していたが、それだけがおれに対する怒りと憎しみではなさそうだった。

「よし、ライカー」ジェリーが少しまえに出てきて言った。「これでおまえも少しはほんとうのことをしゃべる気になっただろ、ええ？　なんでおまえはおれのタマをつぶすような真似をしてるんだ？」

ライカーと呼びかけながら、彼はおれに話しかけていた。

ディークが部屋の隅に唾を吐いた。

「なんの話をされてるのか」とおれはきっぱりと言った。「おれにはさっぱりわからない。おまえはおれの娘を娼婦にした挙句、殺した。だから、おれはおまえを殺そうと思ってる。それだけのことだ」

「そんなチャンスはおまえには万にひとつもない」ジェリーはおれと向かい合ってしゃがみ、床を見た。「おまえの娘はスターを夢見るトロい女のくせして、おれを操ろうだなんてなんて馬鹿なことを――」

ジェリーはそこでことばを切り、いかにも信じられないといった顔で首を振った。

「なんでおれはこんなことをおまえにぺらぺらしゃべってるんだ？　おまえはエリザベスの母親なんか

じゃないのに。それがわかりながら、おまえのだぼらを買ってるとはな。なかなかのもんだ、ライカー、それだけは認めてやるよ」彼は鼻を鳴らした。「あとひとつだけ訊こう。もしかしたら、お互いわかり合えるかもしれないからな。もっと上品なおれの友達のところへおまえを遣るのはそのあとからでも遅くない。おれが何を言ってるのか、もちろんわかってるよな、ええ？」

おれは一度だけゆっくりとうなずいた。

「よし。訊きたいのはこれだけだ、ライカー。いったいおまえはリックタウンで何をしてるんだ？」

おれは彼の顔をのぞき込んだ。けちなごろつきにして、勘ちがい野郎の顔を。

「誰だ、ライカーというのは？」

ジェリーはうつむいて、おれの足のあいだの床に眼を落とした。このあとどうなるか、彼にはよくわかっており、そのことを思うとても愉快にはなれない。そんな顔をしていた。最後に唇を舐め、自分自身にうなずき、膝についた埃を払うような仕種をして立ち上がった。

「わかったよ、ミスター・タフ・ガイ。でも、これだけは覚えておいてくれ。おれはおまえに選択の余地を与えた。それだけはな」ジェリーは人造スリーヴの女のほうを向いて言った。

「連れ出してくれ。あと腐れなく。彼らにはこう言っといてくれ、こいつは目一杯ニューラケムを詰め込んでるみたいだから、このスリーヴのままじゃ何も訊き出せないって」

女はうなずくと、おれに立つよう破砕銃で示し、爪先でルイーズの死体をつついて言った。

「こっちは？」

「始末してくれ。ミロ、ディーク、おまえらも彼女と一緒に行ってくれ」

鉄パイプ男が武器をベルトに差して、ルイーズの死体を肩に担いだ。まるで薪の束か何かのように。すぐうしろにいたディークが、痣ができた彼女の尻をいとおしそうに平手で叩いた。

モンゴル人が咽喉を鳴らした。かすかに嫌悪の念を顔に浮かべて、ジェリーが言った。

「駄目だ、おまえは行くな。彼らが行くところはおまえにはあまり見せたくないところだ。でも、心配するな。ディスクはちゃんと残るから」

「ああ、そうとも」とディークが肩越しに言った。「ちゃんとあっち側から持って帰ってきてやるよ」

「さあ、もういいだろ？」と女がぶっきらぼうに言い、それからおれと向かい合った。「お互い理解しておいたほうがいいことがある、ライカー。あんたにはニューラケムが仕込まれてる。あたしにもね。で、あたしのスリーヴは耐衝撃性になってる。〈ロッキード・ミトマ〉のテスト・パイロット仕様なんだよ。だから、あたしを破壊することはできない。少しでもあんたが考えちがいをしたら、あたしは容赦なくあんたの腸を焼き尽くすからね。あたしたちがこれから行くところは、あんたがどんな状態になっても誰も何も気にしやしないところなんだよ。わかったかい、ライカー？」

「おれの名前はライカーじゃない」とおれは苛立って言った。

「ああ、そうだろうとも」

おれたちは曇りガラスのドアを抜け、化粧テーブルとシャワー室のある小さなスペースにはいり、さらにキャビンをへだてて通路と併行して走っている裏の通路に出た。そこの照明は薄暗く、音楽もなく、やがて部分的にカーテンで仕切られた楽屋のようなスペースに出た。そこでは若い男女がだらしのない恰好で煙草を吸ったり、主のいない人造スリーヴみたいにただ虚空を眺めたりしていた。おれたちがそばを通り過ぎたことに気づいた者もいたかもしれないが、そのことがわかるような素振りを見せた者はひとりもいなかった。死体を担いだミロが先頭に立ち、ディークがおれのすぐうしろ、人造スリーヴの女は一番うしろで、手慣れた感じで破砕銃を脇に垂らして持っていた。振り向くと、ジェリーがいかにもオーナーらしい態度で手を腰にあてて立っていた。そこでディークに側頭部を殴られ、おれはまたまえを向かされた。そして、痛めつけられたルイーズの脚がぶらぶら揺れるのを見ながら、薄暗いパーキング・エリアに出た。真っ黒な菱形のエアカーが停まっていた。

人造スリーヴの女がそのエアカーのトランクを開け、破砕銃をおれのほうに振り向けて言った。

「スペースは充分あるから、乗り心地は悪くないと思うよ」

トランクにはいり、彼女のことばは正しかったことがわかった。ミロがルイーズの死体もトランクに放り込んで蓋を閉めた。おれとルイーズは闇の中に閉ざされた。エアカーのほかのドアが開けられ、閉められた音がして、エンジンが囁き、かすかな揺れがあり、エアカーが地面から離れたのがわかった。

飛行は地上を走るより速く、はるかにスムーズで、誰の運転にしろ、慎重そのものだった。トランクに人を乗せているようなときには、シグナルを出さずにレーン変更などして、退屈しきったお巡りの関心をわざわざ惹こうとは誰も思わないものだ。トランクの中は子宮の中にいるようで、ほとんど快適と言ってもよかった、死体が発している大便のかすかなにおいを除くと。ルイーズは拷問中に大腸の中身をほとんど外に出していた。

おれはそんな彼女に申しわけない気持ちでいっぱいだった。骨にかじりつく犬のように、カトリックの狂気のことが頭から離れなかった。ルイーズのスタックはまったく損傷を受けていない。だから、費用の問題はあるとしても、ディスクをまわしさえすれば、彼女はまた生き返ることができる。これがハーランズ・ワールドなら、裁判のために一時的にスリーヴィングされる。たぶん人造スリーヴにはなるだろうが。で、評決が出れば、国から被害者支援金が支給される。彼女の家族がどんな保険にはいっていようと関係なく。その額はそこそこのスリーヴを手に入れるのにだいたい充分な額だ。死よ、なんぢの刺(はり)は何処にかある（新約聖書のコリント人への前の書、十五章五十五節）だ。

地球にも被害者支援制度があるのかどうかはわからなかったが、ふた晩まえのオルテガの怒りのモノローグを聞くかぎり、そういうものはどうやらなさそうだった。それでも、この女を生き返らせることは少なくとも不可能ではない。なのに、このいかれた惑星ではどこかの教祖が生き返ってはならないなどのたまい、アネノメことルイーズはほかの多くのいかれ頭とともに狂気を批准する列に並んでしまったのだ。

人間。この生きものを理解することは永遠にできないだろう。

エアカーが傾き、螺旋下降を始め、死体があまりありがたくない恰好でおれにかぶさってきた。ズボンの生地越しに濡れた感触が脚に伝わってきた。恐怖の汗が出ているのが自分でもわかった。やつらはおれを別のスリーヴに転移させるつもりなのだろう。苦痛抑制剤などいっさい使わず。そうやっておれを閉じ込め、物理的な殺しも含めて、そのスリーヴになんでもやりたいことをする。

そして、それを何度も繰り返す。

あるいは、さっきジェリーが言った〝上品な友達〟とやらが実際洗練されたやつらなら、おれの意識を精神外科手術で使われるヴァーチャル・マトリックスに接続して、すべてを電子的に処理するかもしれない。こっちが自覚する上では何も変わらないが、そうすることで現実世界でやれば何日もかかるところを数分ですますことができる。

おれは固い唾を呑み込んだ。そして、ニューラケムを使って恐怖を抑制し、できるだけやさしくルイーズの抱擁を解き、彼女が死んだ理由については努めて考えないようにした。

エアカーは着陸してから少し地上を走って停まった。トランクの蓋が開けられた。見えたのはイリュミニウムの灯柱が立つ屋内駐車場の天井だけだった。

彼らは慎重におれを引き出した。プロの手並みだった。女はひとりだけ充分おれから離れ、ディークとミロのふたりは車の両脇に立っていた。いざとなれば女には銃がすぐに撃てるよう、充分スペースを空けて。おれは無理な体勢のままルイーズをまたぎ、駐車場の黒いコンクリートの上に立った。そして、薄闇の中、こっそりとあたりを見まわした。ほかに十台ばかり車が停まっていたが、これといった特徴のないものばかりで、遠すぎて登録バーコードを読み取ることはできなかった。離着陸エリアに通じているらしい傾斜路があるのが奥に見えた。なんの変哲もない、ほかの百万の同じ施設と区別のつかない駐車場だった。おれはひとつため息をついてから、背すじを伸ばしてまっすぐに立った。濡れている感触をまた脚に覚え、ズボンを見た。太腿のところに黒っぽいしみができていた。

「ここはどこだ？」

「おまえの人生のどんづまりだ」とミロがルイーズを引っぱり出しながら言い、次に女を見て言った。「このアマはいつものところ行きか？」

女は黙ってうなずいた。ミロはルイーズを担いで両開きのドアのほうへ歩きはじめた。おれもそのあとに続こうとした。すると、女に銃で止められた。

「あんたはちがう。あそこはシュートさ——楽な出口。いずれあんたにもシュートに行ってもらうことになると思うけど、そのまえにあんたと話がしたいという人がいてさ。こっちへ来な」

ディークがにやっと笑い、ズボンの尻のポケットから小さな武器を取り出して言った。

「そうとも、ミスター・タフ・コップ、おまえはこっちだ」

おれたちはまた別の両開きのドアに向かい、業務用の大きなエレヴェーターに乗って、発光ダイオードのディスプレーを見るかぎり、二十階ばかり降りた。エレヴェーターの中では、女とディークが銃をかまえ、向かい合って隅に立っていたが、おれはそんなふたりを無視してディスプレーだけ見つづけた。

エレヴェーターのドアが開くと、医療チームがストレッチャーを用意して待っていた。なんとかして逃げろ、とおれの本能は叫んでいた。が、実際には淡いブルーに身を固めたふたりの男に腕を取られ、女医がおれの首に皮下スプレーをかけるあいだ、ただじっとしていた。氷の針に刺されたような感触とともに、全身に悪寒が走り、視野の隅にグレーのクモの巣がかかり、やがて視野そのものがなくなった。最後に見えたのは、おれが意識を失うのをさもつまらなさそうに見ている女医の顔だった。

第十三章

アッザーン（イスラム教礼拝の呼び声）――モスクのいくつものスピーカーからきんきん響いている泣きごとばかりの詩――が近くから聞こえ、眼が覚めた。アッザーンを最後に聞いたのはシャーヤのジヒッチェで、そのあとすぐ空気をこする襲撃爆弾の甲高い音が聞こえたのだった。格子のはいった装飾窓から光が射し込んでいた。下腹部が張って鈍い痛みがあり、おれの体は生理が始まっていることを告げていた。

おれは床の上で上体を起こして自分を見た。やつらはおれを女のスリーヴに詰め込んでいた。まだ若い女だ。二十（はたち）になったかならないか。肌は銅色に輝き、黒い陰毛がベルの形に豊かに生えており、手をやると、生理のせいで濡れて汚れていた。体がいくらかべとついていて、しばらく風呂にはいっていないことが記憶の片隅に残っていた。着ているものは、数サイズ大きいごわごわしたカーキ色の生地のシャツ。それ以外、何も身につけていなかった。シャツの下で胸が柔らかにふくらんでいた。足も裸足だった。

立ち上がって、窓のところまで歩いた。ガラスははいっていなかったが、おれの今の背の高さでは届かないところにあり、格子をつかんで体を持ち上げ、外をのぞいてみた。燦々と降り注ぐ陽光の中、見渡すかぎり、安っぽいタイル屋根の家屋が連なり、どの家にもプログラム受容アンテナと昔ながらのパラボラアンテナが立っていた。左の彼方にイスラム教寺院の尖塔がいくつか並び、それがスカイラインを描き、さらにその向こうの上空に飛行体が描く白い蒸気の跡が見えた。窓から吹き込む風は熱く、湿気を多く含んでいた。

腕が痛くなったので、床に降り立ち、窓の反対側にあるドアのところまで歩いた。当然のことながら、鍵がかかっていた。

アッザーンがやんだ。

ヴァーチャル・フォーラム。やつらはおれの記憶に侵入して、この眼のまえのものをつくり出したのだろう。あらゆる苦痛を何度も長く経験しているおれにしても、シャーヤでの体験は最悪のものだった。尋問ソフトウェアの分野で、シャーヤの宗教警察はパイロット・ポルノにおけるアンジン・チャンドラと同じくらいよく知られている。で、やつらはこの殺伐としたヴァーチャル・シャーヤと女のスリーヴをおれに与えたのだ。

ある夜、酔っぱらってサラは言ったものだ――〝女とは人種そのものなのよ、タケシ。それはもう絶対的なことね。男はただの突然変異、より多くの筋肉と女の半分の神経を持った、戦って、ファックするマシーン〟。このサラの説はおれ自身の性転換スリーヴィングからも立証できる。実際、女になるというのは男をはるかに超える感覚的存在になることだ。触感も質感もより深くなる。女の肉体には、男の肉体が本能的に遮断する環境とのインターフェースがある。男にとって皮膚はバリアーであり、内部を保護するものだが、女にとっては接触器官なのだ。

そして、これには弱点がある。

たとえば、女は苦痛に対する忍耐の限度が本質的に男より高いはずなのに、それが月に一度の生理のせいで通常かなり低いところまで押し下げられてしまう。

ニューラケムはなかった。それはチェックできた。

戦闘訓練も受けていない。攻撃反射もない。

何もない。

この若い女の肉体には手に皮膚肥厚もなかった。

ドアがいきなり開き、おれは飛び上がった。汗がどっと出た。眼をぎらつかせた男がふたり中にはいってきた。ふたりともゆったりとしたリンネルを着ていた。ひとりは粘着テープを、もうひとりは小型のブローランプを持っていた。おれはふたりに飛びかかった。動けなくなってしまうような情けないパニックから逃れ、この無力なスリーヴがどれほど無力なものか確かめるために。

粘着テープを持った男はおれのか細い腕から身をかわすと、手の甲でおれの頰を殴った。それだけでおれは床に倒れた。顔には感覚がなく、ただ血の味がした。もうひとりのほうがおれの腕をつかんで立たせた。粘着テープを持ったほう、おれを殴ったほうの顔が遠くに見えた。おれはその男に眼の焦点を合わせた。

「さて」とそいつは言った。「始めようか」

おれはつかまれていないほうの手を伸ばし、爪でそいつの眼を狙った。エンヴォイの訓練の賜物で、そこまで手を届かせるスピードだけはあったが、精度に欠けていた。眼には届かず、男の頰に二本、傷をつけるのが精一杯だった。それでも、男はひるみ、あとずさった。

「このくそアマ」そう言って、手を傷にやり、指についた血を見た。

「頼む」おれはまだ感覚のない唇の端からどうにか声を出した。「シナリオどおりにやる必要がどこにある？　女のスリーヴをまとわせただけでもう――」

おれはそこで気づいてことばを切った。男の顔に笑みが浮かんだ。「ということはやっぱりアイリーン・エリオットではなかったわけだ」と男は言った。「これで少しは前進した」

男は、今度はおれの脇腹を殴った。息ができなくなり、肺が麻痺したようになった。おれはまるでコートみたいに男の腕にもたれかかり、そのまま床にまた倒れた。床の上でおれは悶えた。必死になって息をつこうとした。が、何かがかすかに軋るような音しか聞こえなかった。どこか上のほうで、落とした粘着テープを男がもうひとりの男から受け取り、二十五センチぐらい剝がしているのが見えた。まるで皮膚を剝がしているかのような、猥褻な音がした。男は歯でテープを嚙み切ると、しゃがんでおれの右の手首を頭の上の床にテープで固定した。おれは亜鉛めっき釘を打ち込まれたみたいにのた打ちまわった。そのため、もう一方の手も同じように固定されるのにはいくらか時間がかかった。叫びたいという衝動が湧き起こったが、なんとかこらえた。叫んでも意味がない。体力は少しでも温存しておくことだ。

床は硬く、おれの柔らかな肘にはおそらくもう傷ができていることだろう。何かが軋る耳ざわりな音がして、頭をめぐらせると、もうひとりの男が部屋の隅からストゥールをふたつ引きずっていた。おれを殴ったほうはおれの両脚を開いてテープで固定していた。もうひとりはそれを見ながら、ストゥールのひとつに腰かけ、パックから煙草を一本取り出した。そして、おれに満面の笑みを向け、床に置いたブローランプに手を伸ばした。もうひとりはすでに一歩うしろに下がり、自分の仕事ぶりを見て満足げな顔をしていた。ストゥールの男に煙草を勧められると、要らないと首を振った。ストゥールの男は肩をすくめ、ブローランプに点火し、体を屈め、その炎で煙草に火をつけた。

「全部しゃべることだ」と男は煙草を振りまわし、おれの顔に煙を吐きかけて言った。「ジェリーの店とエリザベス・エリオットに関して知ってることは何もかもな」

ブローランプの炎が燃えるシューという柔らかな音が静かな部屋を満たした。高い窓から陽光が射し込み、同時に、人に満ちた市のざわめきがかすかに聞こえた。

彼らはまずおれの足から始めた。


叫び声がどんどん大きく激しくなっている。人間の咽喉からこれほどまでの声が発せられること自体、おれには信じられない。視野に赤い網目模様が現れ……

イネニネニネニン……

ジミー・デ・ソトが視野に現れた。おれの血まみれの手が彼の顔に貼りついている。彼はよろめきながら叫び声をあげる。おれは一瞬、その叫び声は彼の汚染警報が鳴っているのだとほとんど信じかけ、反射的に自分の肩のメーターを確認する。苦痛とともに、理解しうることばが現れかけ、やはり彼にちがいないことがわかる。

彼はほとんど立ち上がってしまっている。砲撃のさなかにあってなお狙撃兵の恰好の標的になっている。おれは地面に身を投げ出すようにして彼に体あたりし、崩れた塀の陰に彼を引っぱり込む。そして、彼を仰向けにして、彼の顔をチェックする。彼はまだ叫んでいる。彼の手を顔から無理やりどけると、左の眼球がなく、黒い眼窩だけがおれを見上げている。彼の指を見ると、ねばねばした眼球の残骸が貼りついている。

「ジミー、ジミー、いったい……」

やすりを引いたような叫び声はまだ続いている。ジミーはダメージを受けていないもう一方の眼にも手を伸ばそうとしており、おれはそれを止めるのに渾身の力で彼の手を押さえていなければならない。

何があったのか、そこでようやくおれにもわかる。とたんに悪寒が背すじを走る。

ウィルス攻撃。

おれはジミーに呼びかけるのをやめ、戦線に向けて怒鳴る。

「医療班！　医療班！　スタック・ダウン！　ウィルス攻撃だ！」

そこで世界が陥没する。イネニンの海岸堡におれのその声がこだまする。


あとはしばらくひとりにされた。その間、こっちは傷を包み込んでじっと耐えるしかなかった。それが通常の手口だ。どれだけのことが自分になされたのか、そのことを考える時間をたっぷり被拷問者に与えるのだ。が、それより重要なのは、自分にはまだどういうことがなされていないか、そんなことも人は考える。このあとどんなことがなされるのか。熱病にうなされた人間の想像力はそれ自体、拷問者の潜在的な道具となる。熱された鉄棒や刃と同じ凶器となる。

彼らの足音が聞こえただけで、胃に残っているものはもうなんでも吐き出してしまいそうな恐怖が増幅される。


ある都市の連続衛星写真（モザイク）を想像するといい。一万分の一ぐらいの。通常の部屋の壁の大半を占めるぐらいの大きさになるだろうから、少し離れてそれを見る。それでも一見しただけでわかるものもある。ここはその時々異なる要求に応じて計画的に開発されたところだろうか、それとも有機的に成長したところだろうか。ここは防御工事がなされているだろうか。そもそもこれまでに防御工事が一度でもなされたことがあったのだろうか。ここには海岸線があるのだろうか。近づいて見ると、さらによくわかる。メイン・ストリートはどこにありそうか。インターネット・プロトコルのシャトル・ポートはあるだろうか。この市（まち）に公園はあるだろうか。熟練した地図製作者なら、居住者の動きについても少しは把握できるかもしれない。市（まち）の望ましいエリアはどこか、交通のトラブルが起こりそうな場所はどこか、この市は最近深刻な爆撃や暴動の被害にあっていないかどうか。

しかし、その写真からは決して見ることのできないものもある。どれほど細部を拡大しようと、どれほど引き寄せようと、市の犯罪は全体に増加傾向にあるのか、市民はだいたい何時頃ベッドにはいるのか、などといったことはわからない。市長は古い地区の建物の取り壊しを考えているか、警察は腐敗しているか、どんな奇妙なことが第五十一エンジェル埠頭で起きているかといったこと同様。考古学者がよくやるように、いったんモザイクをばらばらにして箱に入れ、別のところで新たに組み直してみても何も変わらない。実際に現地に行って現地の人間に訊かなければわからないことというのはあるものだ。

デジタル人間保存が尋問というものを過去の遺物にすることはなかった。むしろ原点に戻らせた。デジタル化された心というのはただのスナップショットにすぎず、衛星写真に個人の人生をとらえることができないのと同様、デジタル化された心からその心の主の個人的な思考にまでたどり着くことは誰にもできない。エリス・モデルを使って主要なトラウマを見つけ、治療法を考えるところまでは精神外科医にできても、実際に治療をするにはヴァーチャル環境をつくりだし、最後には自分もそこへ行って患者のカウンセリングをしなければならない。目的が医師よりずっと特殊な尋問者の場合、その作業は当然、医師よりもっと困難なものになる。

が、デジタル人間保存は、人を死ぬまで拷問してはまた最初から始めることをも可能にした。そして、そうした選択が可能になると、催眠と薬物による尋問は早々と捨て去られた。職業柄そういった尋問を受けそうな人物にあらかじめ必要な対抗薬物を与えたり、メンタル・トレーニングを施すのはいたって簡単なことだからだ。

しかし、自分の足が焼き切られることへの対処法はまだこの世に存在しない。あるいは爪を剝がされることへの対処法も。

乳房に火のついた煙草を押しつけられることへの対処法も。

熱された鉄棒をヴァギナに突っ込まれることへの対処法も。

苦痛。恥辱。

そしてダメージ。

精神力学――完全無欠トレーニング
〈入門篇〉
極限的なストレスにさらされると、人の心はいたって興味深いことをする。幻覚、置き換え、退避。エンヴォイではそれらすべてを利用することを学ぶ。逆境に対する盲目的な反応としてではなく、ゲームにおける一手として。

真っ赤に熱せられた金属が肉に沈み込む。皮膚がポリエチレンの袋のように裂かれる。その苦痛は耐えがたい。が、それより悪いのはそれを見ていることだ。最初は信じられなかった自分の叫び声が今では凄惨なほど耳になじんだものになっている。叫んでも終わらないのはわかっている。それでも叫ばずにはいられない。請わずにはいられない。請わずには――


――「ひでえゲームだな、ええ、戦友?」

死んだジミー・デ・ソトがおれに笑いかけている。おれたちはまだイネニンにいる。しかし、それはありえない。連れていかれたとき、ジミーはまだ叫んでいた。現実には――

彼の表情が突然変わる。真顔になる。

「これを現実とごっちゃにしないことだ。現実にはなんにも起きちゃいないんだから。離れてるんだ。やつらはもう生体構造上のダメージも与えてきたのか？」

おれは顔をしかめて言う。「足にな。だからもう歩けない」

「くそったれどもが」ジミーはむしろ事務的に悪態をつく。「だったらもうやつらが知りたがってることを教えてやるか？」

「やつらが何を知りたがってるのかもわからないのに？　やつらはライカーという男を追ってるのさ」

「ライカー？　誰だ、そいつは？」

「知らない」

彼は肩をすくめる。「だったら、バンクロフトのことをしゃべるか。おまえとしちゃそういうことは名誉にかけてしたくないってわけか？」

「おれはもうしゃべっちまってると思うんだがな。なのに、やつらは応じない。それはやつらの知りたいことじゃないんだろう。やつらはアマチュアだ。ただの筋肉野郎だ」

「同じことを何度も叫んでれば、遅かれ早かれやつらも信じるさ」

「そういうことが問題じゃないんだよ、ジミー。これが終わったら、やつらにとっておれはなんの意味もなくなる。即、おれのスタックにボルトを打ち込み、体はばらして部品屋(パーツ)に売る肚(はら)だろう」

「ああ」ジミーはそう言って、無意識に眼球の取れた眼窩に指をやり、こびりついた血の塊をつまみ出す。「なるほどな。そういうことなら——そういう状況に置かれてるなら、するべきはひとつ、次のスクリーンに移ることだ、だろ？」

よくあるブラック・ユーモアで、ハーランズ・ワールドの〝入植時代(セトゥルメント)〟ならぬ〝不安定時代(アンセトゥルメント)〟と呼ばれる時代、クウェリストの黒の部隊のゲリラたちは、五十平方メートル以内にあるものすべてを灰にする四分の一キロの酵素点火式爆弾を体内にインプラントしていた。しかし、それはまさにその疑わしげな成功率にいかにも見合った策略と言えた。彼らの酵素点火式爆弾は兵士の怒りと直結しており、そのような装置で武装するにはそれ相当の訓練が必要になる。それが杜撰だった。そのため何度も暴発事故が起きた。

しかし、黒の部隊の兵士を進んで尋問しようとする者はひとりも現れなかった。少なくとも、最初のひとりが尋問されたあとは。彼女の名前は――

これ以上ひどいことはもうできやしないと思ったのだが。今、彼らは鉄の棒をおれの中に入れて、それをゆっくりとゆっくりと熱している。そうやっておれにそのことを考える時間をたっぷりと与えている。おれの哀訴はもうことばになっておらず――

さっきの続きだが――

彼女の名前はイフィゲニア・ディーム。保護国軍に殺されるまで、彼女は友達のあいだではイフィーで通っていた。シマズ通りの第十八ビルの地下室で、尋問台に縛りつけられた彼女の最期のことばは次のようなものとしてよく知られている――〝もうクソたくさんだ!〟。

それで爆発が起こり、ビル全体が倒壊した。

もうクソたくさんだ!

いきなり目覚めた。自分の悲鳴がまだ自分の内部で聞こえていた。記憶にある傷を探して、気づくと両手で自分の体をまさぐっていた。が、見つかったのは、傷ではなく、ぱりっとしたシーツの下の無傷の若い肉体だった。かすかに揺れていて、ひたひたと何かを舐めているような小さな波の音がした。頭上には斜めになった木の天井があり、舷窓から傾いた太陽の光が射し込んで、部屋にあふれていた。狭い簡易ベッドの上で上体を起こすと、シーツが胸からはらりと落ちた。銅色の肌はすべらかで、傷痕などどこにもなく、乳首も手つかずだった。

また最初に戻ったのだ。

ベッドの脇に質素な木の椅子があり、白いTシャツの上に白いキャンヴァス地のスラックスがきれいにたたんで置かれていた。床にはひもを編んだサンダル。狭いそのキャビンにはもうひとつ簡易ベッド——おれが横になっているベッドの双子のような代物で、ベッドカヴァーがいい加減に掛けられていた——があるだけで、これといって眼を惹くものはほかに何もなかった。それにドア。いささかぞんざいながら、メッセージは明らかだった。おれは服を身につけ、陽に照らされた小さな漁船のデッキに出た。

「これはこれは、夢見人さん」おれが出ていくと、船首に坐っていた女が手を叩いて言った。おれがまとっているスリーヴより十歳は年上で、おれが穿いているスラックスと同じリンネルでつくったスーツを着ていた。肌は浅黒く、いかにもハンサム・ウーマンといった風情で、素足に布製のサンダルを履き、大きなレンズのサングラスをかけていた。膝の上には都市の景観が描かれたスケッチブック。おれが突っ立っていると、女はスケッチブックを脇に置いて立ち上がり、おれのまえまでやってきた。その所作は優雅で、自信に満ちていた。おれは自分がなぜかやけにみすぼらしく思えた。

で、眼をそらして青い海を眺めた。

「今度はなんだ?」おれは無理に気楽さを装って言った。「サメの餌にするのか?」

女は完璧な歯並びの歯を見せて笑った。「もうこの段階じゃその必要はないわ。わたしが今したいのはただ話すことよ」

おれはいくらか肩の力を抜き、彼女を見て言った。「だったら話したら?」

「いいわ」女はそれまで坐っていた船首にまた戻ると、優雅に坐った。「あなたは明らかに自分とは無関係の問題に関わり、その結果、面倒に巻き込まれた。でも、わたしの関心もあなたのそれと変わらないと思う。つまり、これ以上不愉快はことは避けたいという点では利害は一致していると思う」

「今のおれに何か関心があるとすれば、それはおまえが死ぬところを見ることだ」

薄い笑みが返ってきた。「ええ、そうでしょうとも。ヴァーチャルな死でもあなたはたぶん充分満足できるでしょう。でも、とりあえず言っておいてあげる。わたしのこのスリーヴの仕様は空手五段よ」

女は片手を伸ばし、拳にできている空手だこをおれに見せた。おれは黙って肩をすくめた。

「それに、わたしはいつでもまたもとに戻すことができる」彼女は海のほうを指差した。彼女が指差した彼方に彼女がスケッチをしている都市があった。逆光に眼を細めると、イスラム教寺院の尖塔が見えた。おれはこれらすべての安っぽい心理学にほとんど笑いたくなった。船。海。逃避。出来合いのプログラム。

「あそこにはもう戻りたくない」とおれは正直に言った。

「ええ。だったら、言って。あなたは何者なの?」

おれは驚きが自分の顔に表れるのをどうにかこらえた。エンヴォイで訓練を受けた詐術が眼を覚ました——嘘。「それはもう話したと思うが」

「あなたがしゃべったことはどこか矛盾してるのよ。それに、あなたは自分の心臓を止めることで尋問時間を短縮してしまった。あなたがアイリーン・エリオットでないことはわかった。また、イライアス・ライカーでもない。徹底的な再訓練を受けたりしてないかぎり。あなたはローレンス・バンクロフトとの関係を主張した。また、地球の人間ではないこともしゃべった。エンヴォイであることも。でも、それらはみんなわたしたちが予測したこととはちがっていた」

「ああ、ちがうだろうとも」とおれはぼそっと言った。

「自分たちに関係のないことにはわたしも関わろうとは思わない」

「おまえらはもう関わってる。エンヴォイを誘拐して、拷問したんだから。おまえらにだってわかってるだろうが。そんなことをしたら、エンヴォイはおまえらをどうするか。おまえらはどこまでも追いかけられ、おまえらのスタックは電磁パルス(EMP)で消されるのがおちだ。ひとり残らず。次に、おまえらの家族、仕事の同僚、さらにその仕事の同僚の家族もな。邪魔をする人間は誰も彼もだ。だから、彼らがその仕事を終えたときには、おまえらはもうメモリーですらなくなってる。エンヴォイをコケにして、それを吹聴しようと思ってるなら、それは考えちがいというものだ。彼らはおまえらを根絶するまで仕事をやめないだろう」

　おれが言ったのはもちろんただのはったりだった。エンヴォイとおれとはおれの主観的時間で少なくとも十年、客観的時間では一世紀近く仲たがいしたままだ。それでも、保護国のどこに行こうと、エンヴォイを恐れないやつはいない。惑星の大統領もその例外ではない。誰に対してもニューペストの子供たちがパッチワーク・マンを恐れるのと同じ効果が期待できる。

「わたしはこう理解してるけど」と女は落ち着いた声で言った。「国連の委任がないかぎり、エンヴォイは地球では活動できない。だから、あなたがエンヴォイなら、そのことがわかってしまって、誰より失うものが多いのはあなたじゃないの？」

――〝ミスター・バンクロフトは国連法廷に影響力を持っているから。もちろんそれは公的なものじゃないけれど、周知の事実ね……〟。プレスコットのことばが耳に甦った。おれはそれに飛びついた。

「だったら、今の話をローレンス・バンクロフトのところと国連法廷に持っていけばいい」おれはそう言って、腕を組んだ。

女はしばらくおれを黙って見つめた。風がおれの髪をなぶった。その風に運ばれ、市のざわめきがかすかに聞こえたような気がした。女はようやく口を開いた。「わかってると思うけれど、わたしたちにはあなたのメモリー・スタックを消して、あとに何も残らないところまであなたのスリーヴを粉々にすることもできるのよ。何もかも消滅させることがね」

「それでも彼らはおまえらを見つけるだろう」とおれは嘘に含まれるわずかな真実に勢いを得て言った。「エンヴォイから逃げることはできない。おまえらがどんなことをしようと、彼らはおまえらを見つける。要するに、今のおまえらに唯一残された選択肢は取引ということだ」

「取引?」と女は無表情に訊き返した。

ことばが口を離れる寸前、おれは選んだ音節ひとつひとつの勢いと力を吟味した。脱出口があるとすれば、ここだ。これを逃すと、もう二度とチャンスはめぐってこない。

「盗んだ軍の生物兵器をウェスト・コースト全域にばら撒こうとしてるバイオ海賊がいる」おれは慎重に言った。「そういうやつらはジェリーの店みたいなところを隠れ蓑に使ってる」

「それでエンヴォイが地球に呼ばれたというの?」と女はいかにも馬鹿にしたように言った。

「バイオ海賊を捕まえるために?　冗談も休み休み言って、ライカー。そんなことしかあなたには言えないの?」

「おれはライカーじゃない」とおれはぴしゃりと言った。「おれがまとってたスリーヴは見せかけだ。しかし、確かにおまえが今言ったとおりだ。普通ならこんなことでおれたちが呼ばれることはまず考えられない。エンヴォイはバイオ海賊が犯すような犯罪に対処するための組織じゃない。だけど、こいつらは触れちゃいけないものに触れちまったのさ。高速対応外交バイオウェアに。見ることさえしちゃならないものに。で、誰かが怒り狂い――国連最高会議レヴェルの誰かだ――おれたちにお声がかかったというわけだ」

女は眉をひそめて言った。「それで取引というのは？」

「まず自由にしてくれ。それから、このことはお互い誰にも話さない。起きたことはプロ同士の誤解によるものだった。そういうことにしよう。それから、チャンネルをいくつか開いてもらいたい。名前をいくつか言ってくれ。ブラック・クリニックの名前とか。情報はめぐるものだ。それだけでもおれとしちゃ溜飲を少しは下げられる」

「言ったでしょ、わたしたちは自分たちに関係のないことに関わるつもりは――」

おれは手すりから離れ、怒りの血をたぎらせて言った。「たわごとを言うのもたいがいにしろ！　おまえらはもうすっかり関わっちまってるだろうが。好むと好まざるとにかかわらず。おまえらは自分たちになんの関係もないものにもうがぶりと食いついちまってるんだよ。あとは嚙んで呑み込むか、吐き出すか。もうどっちかしかないんだよ」

返ってきたのは沈黙だった。海風がおれたちのあいだを吹き抜けた。船は相変わらずかすかに揺れていた。

「考えてみないと」と女は言った。

きらきらと光っていた海面に何かが起こった。波の輝きが自ら解け、それがどんどん広がるのが女の肩越しに見えた。海と空の区別がなくなった。核ミサイルの閃光のような光を放って都市が消えた。海霧に溶け込むように船がへりから消えていった。女も同じようにして消えた。どこまでも静かになった。

おれは手を上げて、世界の果てに漂っている霧に触れた。その動きがまるでスローモーションのように思えた。静寂の中、雨が形成されるときのような空電音が聞こえた。おれの指先が透明になり、閃光の中に佇む都市の尖塔のように白くなった。体を動かすだけのパワーがなくなった。見ると腕まで白くなっていた。咽喉（のど）の途中で息が止まった。拍動の途中で心臓が止まった。おれも。

いや、おれは止まらなかった。

第十四章

また眼が覚めた。が、今度は皮膚に麻痺したような感覚があった。手を洗浄液か、ペンキの溶剤につけたあとのような。それが全身に及んでいた。男のスリーヴにまた戻っていた。心が新しい神経組織に慣れるにつれて麻痺感覚は急速に薄れ、剝き出しになった肌にかすかなエアコンの冷気が感じられた。何も身につけていなかった。左手を持ち上げ、眼の下の傷痕に触れた。

現実にまた戻されたのだ。

天井は白く、強力なスポットライトがあてられていた。上体を起こして肘をつき、あたりを見まわした。そこでまた冷気を覚えた。が、今度のは内なる冷気だ。おれがいるところは手術室だった。横になっているところの向かい側に、よく磨かれたスティール製の手術台があった。血を流す小さな溝が刻まれ、台の上にはクモのような自動手術装置の腕が吊るされていた。どの腕もたたまれ、どの装置も動いてはいなかったが、壁に掛けられた小さなスクリーンにも、ベッド脇に置かれたモニター画面にも〝準備完了〟の文字が点滅していた。モニター画面に顔を近づけて見ると、チェックリストが繰り返しスクロールされていた。おれをばらばらにする自動手術装置のプログラミング。すでにそこまで用意されていたということだ。

足をベッドから床におろそうとしたところでドアが開き、人造スリーヴをまとった女が医者をふたり従えて、はいってきた。女は破砕銃を腰のホルスターに収め、見覚えのあるものを両手に抱えていた。

「あんたの服だ」そう言って、顔をしかめて服をおれに放った。「着な」

医者のひとりが女の腕に手を置いて言った。「手続きとしては——」

「わかってるよ」女はひややかに笑った。「たぶんこの男はあたしたちを訴えるだろうね。ここがごく普通の病院だなんて誰も思わないもの。誰かほかのやつを通じて商売を移すようレイに話さないと」

「しかし、レイはスリーヴィングのことなんか話したがらないんじゃないかな」とおれはズボンを穿きながら、あてずっぽうを言った。「彼は尋問トラウマのほうをまずチェックしたがるんじゃないかな」

「誰があんたに意見を訊いた?」

おれは肩をすくめた。「失礼。これからどこへ行く?」

「誰かと話をしに」と彼女はぶっきらぼうに言って、医者たちのほうを振り返った。「この男がほんとうに自分で言ってるとおりの男なら、トラウマなんてなんの問題でもなくなる。一方、この男が自分で言ってるとおりの男でなかったら、どっちみちまたここへ戻ってくることになる」

おれはできるだけすばやく服を着た。どうやらまだ火から逃れられたわけではなさそうだった。チュニックもジャケットももとのままだったが、バンダナがなくなっていた。妙にそのことが気になった。バンダナを買ったのはつい数時間前のことだ。時計もなくなっていた。が、とやかく言わないことにして、ブーツのプレス・シールをとめて立ち上がった。

「で、どこへ行くんだ?」

彼女はさも不快げにおれを見た。「あんたのたわごとをチェックできる人のところ。そのあとは、まあ、あたしの予測としてはまたここに戻ってきて、プログラムどおりあんたを分解することになるんじゃないかな」

「今度のことがすべて終わったら」とおれは抑揚のない口調で言った。「おれはエンヴォイの仲間におまえを訪ねるように言うつもりだ。ほんとのスリーヴをまとってるおまえをな。おまえがおれにしてくれたことについては、おれの仲間もきっとおまえに礼をしたがるだろうから」

柔らかい革ひもつきのホルスターから破砕銃が抜かれ、銃口がおれの咽喉(のど)に押しつけられた。が、おれには彼女の動きがほとんど見えなかった。おれのスリーヴもそれに反応しようとしたが、はるかに遅かった。

「あたしを脅そうなんて思わないことだね。人造スリーヴの女はおれの側頭部に顔を近づけておだやかな声音で言った。

彼らは錨でひとつところに固定されてて、あんたにだってここにいる道化たちは脅せるかもしれない。でも、あたしには通用しない。あんたには彼らを沈めるだけの重さはありそうだから。でも、
おれは咽喉(のど)に銃口を押しつけられた状態で動かせるだけ顔を動かして、眼の隅で女を見て言った。

「わかった」

「よろしい」と女は言って銃をしまった。「万にひとつ、あんたがレイのチェックに合格するなんてことがあったら、あたしもほかのみんなと一緒に列に並んでやるよ、あんたに謝る列に。でも、今のあんたは、スタックだけは助けてくれって泣きわめいてるクズのひとりだ。そのこと、忘れないように」

かなりの早足で通路を歩かされた。おれはできるだけ道順を覚えるようにした。クリニックに連れてこられたのと同じエレヴェーターに乗せられた。階数を数えた。屋内駐車場に出ると、ルイーズが連れていかれたドアのほうに自然と眼がいった。拷問を受けていたあいだの時間に関する記憶はきわめてあいまいだった――トラウマにならないよう、そうした体験の記憶は自然と薄められる。これまたエンヴォイから授けられた特殊技能のひとつだ――しかし、たとえそれが数日のあいだのことであったとして

も、実際の時間では十分程度のものだろう。たぶんクリニックにいたのは一時間、長くて二時間といったところで、ということは、ルイーズはまだあのドアの向こうで、切り刻まれるのを待っているのかもしれないということだ。心をまだスタックにとどめて。

「乗りな」と女がぶっきらぼうに言った。

今度の車はより大きく、より優雅な乗りもので、バンクロフトのリムジンを思わせた。ショーファーがすでに前部キャビンに乗っていた。頭を剃ってお仕着せを着た男で、左耳の上に雇い主のバーコードがプリントされていた。ベイ・シティに来て、こういうバーコードをよく見かけるが、どうして誰もみなおとなしくこんなことに従っているのか、おれにはわけがわからない。ハーランズ・ワールドでは、こんな官憲ストライプなど軍人以外につけているやつを見たことがない。入植時代の農奴を思わせるからだ。

男がもうひとり後部キャビンのドアのそばに立って、醜い面構えの拳銃を無造作に手に持っていた。そいつも頭を剃って、バーコードをプリントしていた。そいつの脇を通り過ぎるときにそのバーコードをとくと見てから、後部キャビンに乗り込んだ。人造スリーヴの女が前屈みになって、ショーファーに何か言った。おれはそのことばを聞き取ろうと、ニューラケムを駆り立てた。

「……夢見心地(ヘッド・イン・ザ・クラウズ)で。今日じゅうに着きたいんだけど」

「大丈夫です。今夜の湾岸はすいてるし、それに……」

医者のひとりがドアを閉めた。ニューラケムを利用して聞き耳を立てていたので、鼓膜が破れそうなほどその音が耳に響いた。おれはじっと坐って、聴覚が回復するのを待った。女と醜い銃を持った男が反対側のドアを開け、おれの隣りに乗り込んできた。

「眼を閉じな」と女が言い、おれのバンダナを取り出した。「ちょっとのあいだ目隠しをするから。あんたを解放することになった場合、今からどこに行くのか、あんたは知らないほうがいいから」

おれは窓の外を見まわした。「どのみちここの景色はおれの眼に焼きついてる」

「そう、だけど、あんたのニューラケムがどれほどのものか、それはあんたにもわからない、ちがう？いいからじっとしてな」

女は慣れた手並みで赤い布をたたみ、少し広げておれの視野を覆った。おれはシートの背にもたれた。車のタービン音が大きくなり、車体を叩く雨の音で外に出たことがわかった。かすかに内装の革のにおいがした。

「いくらもかからない。じっと坐って、のぞいたりしないことだね。着いたら言うから」

トランクに閉じ込められて、大便のにおいを嗅ぎながらの旅よりよほどいい。シートも体を心地よく包んでくれていた。どうやらおれもだいぶ昇格したらしい。

――〝一時的なものだ〟。ジミーの声が耳の奥に響いて、おれは思わず笑みを洩らした。そう、彼の言うとおり。これから誰に会うにしろ、そいつに関して明らかなことがいくつかあった。まずそいつはクリニックに来たがっていない。クリニックの近くにいるところを人に見られたがってもいない。それはそいつの社会的地位というものを物語っている。もうひとつ、そいつは権力者でもある。地球以外の世界のデータを手に入れることができるのだから。だから、おれの脅しがはったりであることがばれるのはもはや時間の問題だということだ。ばれたら、まずまちがいなく殺される。ほんとうの死だ。

――〝それはつまりなんらかの行動を取れということだ、戦友〟。

――〝これはどうも、ジミー〟。

数分後、女が目隠しを取るように言った。おれは眼の上にバンダナを押し上げ、普通のスタイルで頭に巻き直した。おれの横でマシーン・ピストルを持った筋肉野郎がにやっと笑ったのがわかった。おれは好奇の眼を向けた。

「何が可笑しい？」

「そう」と女が窓越しに街の灯を眺めたまま言った。「その恰好、くそ可笑しい」

「おれが生まれ育ったところじゃそうでもないが」

女はおれを憐れむように見て言った。「あんたは今あんたが生まれ育ったところにいるわけじゃない。地球にいるんだよ。地球に入らば、地球に従え。学校で習わなかったのかい？」

おれはふたりをひとりずつ見た。筋肉野郎はまだにやついていた。人造スリーヴ女のほうはいわば礼儀をわきまえた侮蔑を顔に浮かべていた。おれは肩をすくめ、バンダナをはずそうと手を上げた。女はまた眼下の街の灯に眼を戻した。雨はいつのまにかやんだようだった。

おれは高さを変えず、上げた手をすばやく左から右に振った。渾身の力を込めて。左手の側面がさきに筋肉野郎のこめかみをとらえ、骨の折れた音と短いうめき声が聞こえ、男は横ざまに倒れた。そいつにはパンチが飛んでくるところも見えなかったことだろう。おれの右手はまだ仕事を果たしていなかった。

女のほうは、おれのパンチが命中するよりたぶんすばやく反応していたにちがいない。が、パンチの行く先を読み誤った。おれは女が頭をかばって上げたガードの下に手を伸ばし、ベルトホルスターに収められている破砕銃をつかみ取ると、安全装置をはずして撃った。光線が命を得たように下に伸び、銃の反動遮断装置が働いたときにはもう女の左脚の大半を切り裂いていた。女は痛みというより怒りの叫び声をあげた。おれはすかさず銃口を上に向けて撃った。光線が女の体を下から上へ斜めに貫通し、女の体に手のひらほどの幅のトンネルを掘り、うしろのシートにめり込んだ。後部キャビンのあちこちに血しぶきが吹き飛んだ。

銃弾はもう一発撃たれ、銃火がとだえると、キャビンの中が急に暗くなったように思えた。女はおれの横で泡まじりの最期の息を吐いた。女の頭がくっついている胴体の左半身から徐々にへこんでいった。それまで外を見ていた窓に額が押しあてられた。雨粒が伝う窓にもたれて、頭を冷やしでもするかのように。首から下は硬直していた。光線による傷がメスで切ったようにきれいに口を開けていた。キャビンには、肉が焼けたにおいと人造スリーヴの成分が焦げたにおいが混ざり合い、充満していた。

「トレップ、トレップ?」インターコムからショーファーの声がした。おれは眼から血を拭い、まえの隔壁に埋め込まれたスクリーンを見た。

「彼女は死んだ」そう言うと、ショーファーは見るからにショックを受けたような顔をした。おれは破砕銃を見せて続けた。「ふたりとも死んだ。今すぐこの車を地上に降ろさないと、お次はおまえということになる」

ショーファーはどうにか気を静めて言った。「おれたちは今、湾の上空五百メートルを飛んでて、飛ばしてるのはおれだ。おまえに何ができる?」

おれは前後のキャビンを隔てている隔壁の真ん中あたりに狙いをつけ、銃の反動遮断装置を倒して、片手で顔を覆った。

「おい、何を――」

おれは狙いを絞って前部キャビンに銃を撃ち込んだ。光線が隔壁を溶かして一センチほどの窪みができ、そのあとプラスティックの下の防弾材が反発するあいだ、しばらくキャビンにスパークの雨が降った。そのスパークの雨がやんで光線が貫通すると、何か電気系統がショートしたような音が前部キャビンから聞こえてきた。おれは撃つのをやめて言った。

「次の一発は確実におまえが坐ってるシートを貫通するだろう。おれたちを海から回収したら、まちがいなくスリーヴィングし直してくれる友達がおれにはいるが、おまえのほうはそのときには隔壁にめり込んだ肉片になってるだろう。たとえおれがおまえのスタックを撃ち損じたとしても、おまえのどの部分がそもそも体内にあったものか、回収したやつらにはその判断さえできないだろう。さあ、早く降ろせと言ってるんだ！」

リムジンが一方に傾き、高度がいくらか下がった。ちょっとした修羅場と化した後部キャビンのシートにもたれ、おれは袖で顔の血を拭きながらおだやかに言った。

「これでいい。それじゃ、ミッション・ストリートで降ろせ。遭難信号を出そうなんて思ってるなら、よく考えることだ。撃ち合いになったら、真っ先に自分が死ぬことを。わかったか？　おまえが最初に死ぬ。ほんとうの死だ。おれは取り押さえられるまえになんとしてもおまえを殺すからな」

スクリーンの中からショーファーはおれを見返した。真っ青な顔で。まちがいなく怯えている。が、充分怯えきってはいない。それとも、誰かほかのやつのことを恐れているのか。使用人にバーコードをプリントするようなやつが寛大な雇用者であるわけがない。ヒエラルキーの中で服従することに慣れきっているやつが戦闘における死を恐れなくなるというのはよくあることだ。服従が条件反射のようになっているのだ。戦争がいい例だ。兵士は戦場で死ぬことより、決められた線を踏みはずすことを恐れる。

その昔、おれ自身がそうだった。

「こういうのはどうだ？」とおれはたたみかけて言った。「おまえはわざと交通プロトコルに違反して着陸する。当然シアがやってくる。おまえは逮捕され、勾留される。よけいなことは何も言わなくていい。ただ、そのあいだにおれは逃げる。おまえにしたってただの交通違反に問われるだけだ。おまえはただの運転手で、うしろに乗ってたやつらが急に言い争いを始め、おれが車をハイジャックした。おまえとしては違反を承知で車を降下させざるをえなかった。おまえの雇い主が誰であれ、すぐに引き取りにくるだろう。勾留中、口を貝にしてたら、ボーナスなんかも出るかもしれない」

おれはスクリーンを見た。ショーファーの表情が揺れていた。ごくりと固い唾を呑んだのがわかった。ニンジンをたっぷり与えたあとは鞭だ。おれは反動阻止装置をまたオンにして、銃を持ち上げ、トレップのうなじに銃口を押しつけた。

「悪くない取引だと思うがな」

至近距離から撃たれた光線がトレップの脊椎とスタック、そのまわりにあるものすべてを蒸気に変えた。おれはスクリーンに眼を戻して言った。

「さあ、早く決めろ」

ショーファーの表情は今や揺れているというより振動していた。車がぎこちなく降下しはじめたのがわかった。おれは外の交通量を見てから、前屈みになってスクリーンを指で叩いた。

「交通違反をするのを忘れるなよ」

ショーファーはまたごくりとやって、黙ってうなずいた。車は混み合ったレーンを抜けて垂直に降下し、たどたどしく着地した。まわりの乗りものからの衝突警報の洪水が起きた。おれは窓の外を見た。前夜カーティスの運転で走った通りで、見覚えがあった。車のスピードがいくらか遅くなった。

「こっちのドアを少し開けろ」とおれは銃をジャケットの下に収めながら言った。ショーファーは痙攣したようにうなずき、おれが指示したドアが音をたてて開き、小さな隙間ができた。おれは体の向きを変えて、そのドアを足で蹴った。ちょうどそこで上空から警察のサイレンが聞こえてきた。一瞬、スクリーン上のショーファーと眼が合った。おれはにやっと笑った。

「おまえは賢い男だ」そう言って、速度を落とした車から飛び降りた。

肩と背中から歩道に着地した。そして、驚いた歩行者が叫び声をあげる中、二度回転して、どこかの店の壁に思いきりぶつかって止まると、注意深く立ち上がった。通りかかったカップルがおれを見ていた。おれはにっと歯を見せてふたりに笑いかけた。カップルは慌てて自分たちの関心の向けどころをほかの店の商品に変え、そそくさと立ち去った。

交通違反を犯したリムジンを追っている交通警察のクルーザーが降りてきて、あたりにむっとする風が起こった。おれは、風変わりな着地をしたことに対する数人の通行人の好奇の視線を平然と受け止め、立ち上がったところにとどまった。その好奇の視線もひとつまたひとつとおれから離れ、静止しているリムジンのすぐうしろで威嚇するようにホヴァーリングしている警察のクルーザーに向けられた。

「エンジンを切って、そこを動かないように」とクルーザーのスピーカーからひび割れた声が聞こえた。

人々が次々におれのまえを通り過ぎていった。何があったのか確かめようという人だかりが歩道の一個所にできた。おれのほうは店の壁にもたれ、さきほどの軽業（かるわざ）でどこか怪我でもしていないか確かめた。肩と背中がしびれていたのが徐々にもとに戻り、今回はうまくやれたことがわかった。

「両手を頭のうしろにやりなさい。車から離れないように」交通警官のメタリックな声がまた響いた。

飛び跳ねている野次馬の頭越しに、こういう場合に最適と言われるポーズでショーファーが車を降りてくるのが見えた。おれに殺されなくてほっとした顔をしていた。気がつくと、こんなことをふと思っていた。命あっての物種という態度がこの世界ではどうしてあまり人気がないのだろう？

それはすなわち、地球では自殺願望が多すぎるということか。

数メートルあとずさり、おれは人混みに足を踏み入れた。そして、まばゆいばかりの光と喧騒のベイ・シティの夜に自分をまぎれ込ませた。

第十五章

〝誰もが好む物言いながら、個人的であるということはすなわち政治的であるということだ。だから、どこかの馬鹿な政治家や権力者が、あなたを、あなたの愛する人たちを、傷つける行動を取ろうとしたときには、個人的に受け取ることだ。怒り狂うことだ。『正義の構造』はここではあなたに味方しない。ハードウェアにしろソフトウェアにしろ、『正義の構造』などというものはそもそも彼らのものであり、遅々として冷たいものだ。小さき者ども——庶民だけが正義の手に苦しみ、力を持った生きものはその下をかいくぐる。片目をつぶり、笑みを浮かべて。正義が欲しくば爪を立て、彼らから奪い取ることだ。個人的なこととして。そして、相手にはできるかぎりのダメージを与える。相手に伝わってこそのメッセージではないか。それができれば、次からは一目置かれ、危ないやつと目(もく)される間合いが一気に増える。ここでどうかまちがいなきよう。一目置かれ、危ないやつと目(もく)されること、それこそが重要なのだ。大物と小さき者。彼らの眼にはその二種類しか映らない。大物は一目置かれ、小さき者は取り除かれる。実際、彼らはやすやすとあなたたちを取り除き、取り替え、拷問し、徹底した侮辱と野蛮な処刑を繰り返す。これぞビジネス、これぞ政治、これぞ世界のあり方、これぞ人生の厳しい現実、個人的な恨みなど一切ないと言いながら。ああ、なんたるたわごと、なんたるだぼら。すべては個人的なことではないか〟。

クウェルクリスト・フォークナー
『わたしにも今頃はもうわかってもよさそうなことども』
第二巻

リックタウンに舞い戻ったときにはもう、青く冷たい夜明けが市（まち）を覆い、夜中に降った雨のせいで、いろんなものが砲金（ほうきん）色に光って見えた。おれはハイウェイの支柱の陰に佇み、腸（はらわた）を抜かれた通りを眺め、なんらかの動きを探した。ある感覚を持ちたかった。が、夜明けの冷たい光の中ではなかなかその感覚は得られなかった。せっせとデータを吸収している脳髄が頭の中でぶうんとうなっていた。ジミー・デ・ソトが何度も心の隅に現れた。せっかちで懐かしい幽霊のように。

——これからどうする、タケシ？

——ちょっとばかりダメージを与える。

おれが連れていかれたクリニックに関する情報は、ヘンドリックスからは何ひとつ得られなかった。ただ、ディークはモンゴル人にこんな約束をしていた。おれを拷問したディスクはちゃんとあっち側から持って帰ってきてやる、と。ということは、場所はどうやら湾の反対側、たぶんオークランドではないだろうか。しかし、それだけではなんの役にも立たない。たぶん人工知能にさえ。違法のバイオテク施設などベイ・エリアにはそれこそ腐るほどあるだろう。自分が歩かされた道を一歩ずつ戻るしかない。

まずは〈ジェリーズ・クローズド・クウォーターズ〉から。

そう思って、リックタウンにまた戻ってきたのだ。ジェリーの店に関してはヘンドリックスは大いに役に立ってくれていた。低レヴェルの抗侵入システムを相手にちょっとした小競り合いをしてから、ジェリーの店の〝中身〟をおれの部屋のスクリーンに映し出してくれたのだ。各階の見取り図、セキュリティ・スタッフ、交替勤務の時間割り。拷問がおれの閾下に埋め込んだ激しい怒りに突き動かされ、おれは数秒でそれらの情報をしっかり頭に叩き込んだ。そして、空の色が窓の中で薄くなりはじめた頃、ネメックスとフィリップスをホルスターに収め、テビット・ナイフを腕に巻き、今度はこっちから尋問するためにホテルを出たのだった。

ヘンドリックスに戻ったときにも、ヘンドリックスをまた出たときにも、尾行者はいなかった。まあ、そのほうが尾行者にとっては幸運だったと言うべきだろう。

夜明けの光の中のジェリーの店。

夜のうち店にまとわりついていた、なんとも言えない安っぽいエロティシズムも今はすっかり失せていた。ネオンもホロサインも漂白されたように色褪せ、着古されたガウンにつけられたけばけばしいブローチのように建物にへばりついていた。ダンサーが相変わらずカクテルグラスの中に囚われて踊っていた。すさんだ気持ちでそれを見て、ルイーズ、あるいはアネノメのことを思い出した。死ぬまで拷問された彼女のことを。信仰のために死から戻ってこられない彼女のことを。

これはおれの個人的な恨みだ。

おれはその決心の証しのように右手でネメックスをしっかりと握り直し、ジェリーの店のほうへ歩きながら、スライドを引いた。静かな朝の通りに乾いた金属音が響いた。冷たい怒りが徐々におれの中でたぎりはじめた。

近づくと、ドア・ロボットがうごめき、制止するように腕を伸ばしてきた。

「閉店です、お客さん」と合成音の声がした。

おれはネメックスを水平にし、さらにドアの上を狙ってロボットの頭脳ドームを撃った。もっと小さな口径の弾丸なら保護ケースでも阻止できたかもしれない。が、ネメックスの弾丸はそのユニットを粉々に砕いた。火花が飛び散り、合成音が悲鳴をあげた。アコーディオンみたいに伸び縮みする腕が痙攣したように勢いよくまえに突き出され、すぐにだらりと垂れた。ドアの上の横木から煙が螺旋を描いて立ち昇った。

だらりと垂れたタコの足をネメックスで慎重によけ、中にはいった。物音を聞きつけて地下からあがってきたミロと出くわした。おれを見て、ミロは眼を見張った。

「おまえ、ここで何を――」

おれはミロの咽喉を撃った。ミロは階段を転げ落ち、なんとか立とうと床の上でもがいた。おれは二発目をそんなミロの顔にぶち込んだ。階段を降りると、ふたり目の筋肉野郎が現れ、動転しまくった眼でミロを見るなり、ベルトに差した醜い銃に手を伸ばした。おれはそいつの指が銃に触れるまえに二発そいつの胸にぶち込んだ。

そして、階段を降りたところで立ち止まった。左手でフィリップスをホルスターから抜いて、静寂の中、耳の中でまだこだましている銃声が消えるのを待った。重い大砲のようなビートが聞こえてくるだろうことはわかっていたが、ネメックスはことさら大声の持ち主だ。左側――キャビンに通じる通路――では赤い光が例によって脈打っており、右側ではクモの巣のようなホロスコープがさまざまのパイプと酒壜を映し出し、そのさきの黒くひらたいドアの上で〝ＢＡＲ〟という文字が輝いていた。頭に叩き込んだデータがキャビンの警備員のわずかな人数を告げていた――多くて三人、この朝の時間帯だとたぶんふたり。ということは、ミロともうひとりを倒したわけだから、三人いるとすれば、あとひとりということになる。バーのほうは防音装置付きで、セパレートサウンド・システムになっており、武装した警備員はふたりから四人。そいつらはバーのスタッフも兼ねている。

ジェリーのしみったれ。

おれはニューラケムを駆り立てて耳をすました。キャビンのドアがそっと開き、誰かが足をすべらせるようにして歩きはじめた音が左手の通路から聞こえてきた。そんなふうに歩いたほうが普通に歩くより音がしないと思い込んでいるのだ。右手のバーのドアから眼を離さず、フィリップスの銃身だけ左手の通路の角から突き出し、見もせず、赤く照らされた通路に向けて文字を書きなぐるように音なしの弾丸(たま)を乱射した。フィリップスの銃声は風が小枝をなぶるような、かすかな吐息のような音だ。うめき声がして、そのあとすぐ床に人が倒れるどさっという重たい音と、武器が転がる乾いた金属音が続いた。

バーのドアはまだ開かない。

おれは通路の角から少しだけ頭を出した。ストライプを描く赤い回転灯に照らされて、戦闘服を着た肥った女が片手で脇腹を押さえながら、もう一方の手で床を掻き、落ちている銃をつかもうとしていた。おれはすばやくその銃のところまで行くと、女の手の届かないところまで蹴飛ばし、女の脇に膝をついた。何発も命中したにちがいない。女の脚は血まみれで、シャツも血でぐっしょりと濡れていた。そんな女の額に銃口を押しつけておれは言った。

「ジェリーのボディガードか？」

女は黙ってうなずいた。怒りの炎が眼で躍っていた。

「チャンスは一度だ。ジェリーはどこにいる？」

「バー」と女は痛みをこらえ、歯の隙間からことばを押し出すようにして言った。「テーブルについてる。奥の隅の」

おれはうなずき、立ち上がり、慎重に女の眉間を狙った。

「待って。約束がちが――」

フィリップスがまたため息をついた。

ダメージ。

クモの巣のようなホロスコープの中にはいり、バーのドアに手を伸ばした。その途端いきなりドアが開き、気づくとディークと向かい合っていた。眼のまえに突然出現した幽霊に対応するのに彼に与えられた時間は、ミロよりずっと短かった。おれはほとんど頭を揺らすこともなく、挨拶がわりのきわめて軽いパンチを一発浴びせてから、内なる怒りを解き放った。ネメックスとフィリップスを腰だめにして両方とも何発も続けて撃った。ディークはよろよろとバーのほうにあとずさった。おれも彼に続いた。なおも引き金を引きながら。

中はかなり広かった。薄暗いスポットライトの光が斜めに射していた。ステージの花道には誘導灯が並んでいたが、それは消えていた。ひとつの壁沿いにカウンターが延び、その中にひんやりとした青い光が浮かんでいた。天国へ降りる階段の前飾りのように。うしろの棚にはパイプやジャックや酒壜が並んでいた。それら天使の秘蔵品の番人は、粉砕された腸を両手で抱え込むようにしてあとずさってきたディークを見るなり、カウンターの下に隠してあるものに手を伸ばした。半ば神がかったすばやさで。

グラスが割れる音がしたのと、おれがネメックスを連射したのが同時だった。そいつは酒壜を並べたうしろの棚に、まにあわせの十字架のように磔になった。そして、不思議なほど優雅にそのままましばらく立っていて、そのあと棚のほうを向くと、酒壜とパイプを何本か派手な音を立てて落としながら自分も床に倒れた。ディークもすでに倒れていた。まだ動いてはいたが。花道の端からずんぐりとした人影が腰だめにした銃をぶっ放しながら突進してきた。おれはネメックスをカウンターのほうに向けたまま――振り向いて狙いをつける余裕はなかった――フィリップスの銃口を少しだけもたげて一発撃った。

ずんぐりした人影はうめき、よろけ、銃を落とし、花道にもたれるようにしてくずおれた。おれは今度は頭を狙ってもう一発撃った。その勢いでそいつの体が花道の上に乗り上がった。

大声のネメックスの残響が部屋の四隅に散らばった。

そのときにはもうジェリーを見つけていた。十メートルばかり離れたところに――ちゃちなテーブルの向こう側に――よろよろと立っていて、ネメックスを向けると、その場に凍りついた。

「賢いやつだ」ニューラケムが張りつめたロープのようにびんびんうなっていた。おれの顔には狂気じみたアドレナリン・スマイルが貼りついているはずだった。おれは狂った心で計算した。フィリップスの残りの弾丸は一発、ネメックスは六発。「手はそのまま。そのまま坐れ。指一本でも動かしてみろ。手首から全部吹っ飛ぶと思え」

ジェリーは椅子に坐った。なんとも言えない顔をしていた。周辺視野に人が動く気配はなかった。ディークのところまで注意深く歩いた。ディークは横向きになり、腹に受けた傷を抱いて胎児のように体をまるめ、苦痛に満ちたうめき声を派手にあげていた。おれはネメックスをテーブルに――ジェリーのちょうど股間に向けたまま、弾丸が垂直にあたるところまで、フィリップスを持った手を下に伸ばして撃った。それでディークの哀れなうめき声はやんだ。

ジェリーはここでようやく声を発した。

「トチ狂ったか、ライカー？　やめろ！　おまえには――」

おれはネメックスを改めて彼に向けた。ネメックスか、おれの顔に浮かんでいる何か、そのどちらかがジェリーを黙らせた。花道の奥にあるカーテンの向こうに動きはなかった。カウンターの中にももう何もなかった。ドアも閉じられたままになっていた。ジェリーのテーブルまでの距離をつめ、椅子のひとつを蹴って手前を向かせ、その椅子にまたがって彼と向かい合った。

「ジェリー」おれは抑揚のない口調で言った。「人の話も時々は聞かなきゃな。言っただろ、おれはライカーじゃないって」

「おまえが誰であれ、いいか、おれは一匹狼ってわけじゃないんだぜ」おれの眼のまえの顔には悪意という悪意がにじみ出ていた。それでよく本人が窒息しないのが不思議なほど。

「大物とも大親分ともつながってるんだぜ。わかったかい？　なのに、こんなことをしやがって。おまえは途方もない代償を払わなきゃならない。あとで後悔してももう遅いんだぜ、ジェリーさまなんかとは――」

「――会わなきゃよかったなんて思っても」とおれはジェリーの台詞をかわりに言ってやった。そして、空（から）になったフィリップスをファイバー・グリップのホルスターにしまった。

「おれはもうとっくに後悔してるよ、おまえなんかには会わなきゃよかったってな。実際、おまえの上品な友達は自分たちの得意分野じゃ充分上品で如才なかったよ。そんなやつらが、おれがまた舞い戻ったことをおまえにまだ知らせてなかったとはな。レイとはこのところあんまり連絡が密じゃないってことか、ええ?」

　おれはジェリーの顔を観察した。が、その名前に対する反応は何も見て取れなかった。こいつには怒り狂っているときにもクールを装うことができるのか、それともただ単に上級船ではまだ釣りをさせてもらっていないのか。おれはもうひとつ試してみた。

「トレップは死んだ」さりげなくそう言ってみた。眼が動いた。ほんの少し。「トレップのほかにも数人。おまえだけどうしてまだ生きてるのか知りたいか?」

　ジェリーは口元をこわばらせた。が、何も言わなかった。おれはテーブルの上に身を乗り出してネメックスの銃口をジェリーの左眼に押しあてた。

「訊いてるんだがな」

「くたばりやがれ」

おれはうなずき、椅子の背にもたれた。「なかなか根性があるんだな、ジェリー。じゃあ、こうしよう。おれは答えが知りたいんだ。エリザベス・エリオットに何があったのか、そこから話してくれないか。それなら話しやすいはずだ、だろ？　だっておまえが自分で彼女を切り刻んだんだから。それから、イライアス・ライカーというのは何者なのか、トレップは誰の下で働いてるのか、おまえがおれを送り込んだクリニックはどこにあるのか、それも教えてくれ」

「くたばりやがれ」

「おれは本気なんだがな。そうは思えないってか？　それとも、今にもお巡りがやってきて、おまえのスタックを守ってくれるとでも思ってるのか？」おれはトレップから頂戴した破砕銃をポケットから左手で取り出し、花道に横たわって死んでいる警備員に狙いをつけた。至近距離で放たれた光線は一発で警備員の頭を胴体から焼き切った。肉の焦げたにおいがおれたちのいるところまで漂ってきた。おれは片眼をジェリーに向けたまま、警備員の肩から上のものはすべて破砕できたと確信できるまで、もう少し光線を弄んだ。それから、引き金を戻し、銃口を下に向けた。ジェリーはテーブル越しにおれを凝視していた。

「このクソ野郎、あいつはただのおれのボディガードじゃないか！」

「そういう職業は今禁止になった。おれの意見で。ディークもほかのやつらもあいつと同じことになる。おまえもな。おれの知りたいことをおまえが話さないかぎり」おれは破砕銃を持ち上げて言った。「チャンスは一度だ」

「わかった、わかったよ、わかったって」声がしゃがれていた。「エリザベス・エリオットはある客をカモろうとしてた。スラム見学がお好きで、ここにもよくお出ましになるメトの大物だ。まあ、そいつの弱味をつかんだとでも思ったんだろう。で、それを利用すれば、そいつから相当搾り取れると。でもって、あの馬鹿なアマはこのおれに一枚嚙まないかと持ちかけてきた。そのメトを脅すのに。あいつがどんなネタを握ってたのか、それは知らないが」

「ああ」おれはテーブル越しに無表情にジェリーを見つめた。「そうだろうとも」

ジェリーはそのおれの視線に気づいて言った。「なあ、あんたが何を思ってるのかはわかるよ。だけど、そうじゃない。おれはやめとけって言ったんだ。なのに、あの女は自分ひとりでやろうとした。そのくそメトに直接交渉したんだ。なあ、おれがこの店をつぶして、その下敷きになりたがってると思うか？　おれとしちゃなんらかの手を打たなきゃならなかった。そうせざるをえなかったんだ」

「で、殺した？」

彼は首を振り、低い声で言った。「電話をしただけだ。それがこのあたりのやり方だ」

「ライカーというのは？」

「ライカーというのは——」彼はひとつ大きな息をついた。「——お巡りだ。もともとはスリーヴ窃盗課にいたんだが、出世して有機体損壊課に移った刑事で、あの女の刑事とできてた。あんたがオクタイを痛めつけた夜やってきた女刑事と」

「オルテガと？」

「そうだ、オルテガと。それは誰もが知ってた。そのおかげで昇進できたってもっぱらの噂だった。それで、おれたちはあんたを見て思ったわけさ——またライカーが戻ってきたって。ディークがあんたとオルテガが話してるのを見てた。で、おれたちは思った、彼女が誰かを巻き込んで、取引をしたんだろうって」

「戻ってきたと言ったな？　どこから戻ってきたんだ？」

「ライカーは汚れたお巡りだった」ジェリーはもう自分のほうからしゃべっていた。「シアトルで、スリーヴ・ディーラーをふたりR・Dしたんだ」

「R・D？」

「ああ、R・Dしちまったのさ」ジェリーは一瞬戸惑ったような顔をした。まるでおれが空の色は青かと尋ねでもしたかのように。

「おれはここの人間じゃないんでね」とおれは辛抱強く言った。

「R・D。真の死（リアル・デス）だ。ライカーはふたりのスリーヴ・ディーラーをパルプ状態にした。ただ、ライカーに殺されてもスタックは無事なやつがほかにふたりいた。それで、ライカーはディッパーに金を払ってディッピングさせ、そいつらをカトリックに見せかけようとした。そうすれば、そいつらが蘇生して証言する心配がなくなるからな。だけど、そのディッパーがディッピングをヘマってカトリックに見せかけるインプットに失敗したのか、それとも有機体損壊課の誰かが感づいたのか。いずれにしろ、ライカーは樽をダブルで食らった。すなわち減刑なしの二百年。噂じゃ、オルテガがライカーを挙げる捜査班を指揮したそうだ」

　なんとなんと。おれはネメックスを振って、さきを続けるよう促した。

「それで終わりだ。おれが知ってることはそれだけだ。まあ、どれも噂だが、誰もが知ってることだ。だけど、ライカーがうちに眼をつけたことは一度もなかった。スリーヴ窃盗課にいたときから。うちはクリーンな商売をしてるんだ。そもそもおれはライカーになんか会ったことさえないんだよ」

「オクタイは？」

　ジェリーは激しく何度もうなずいた。「それだよ、それ。オクタイは以前臓器移植の商売をオークランドでやってた。で、あんた――いや、ライカーは始終オクタイを痛めつけてた。二、三年前になるが、オクタイを半殺しの目にあわせたようなこともあった」

「なるほど。それでオクタイはおまえにご注進したわけだ」

「そうだ。あいつはすっ飛んできて、ライカーがおれの店を嗅ぎまわってるって言った。そりゃもう狂ったみたいになってた。で、キャビンのテープを調べたら、わかったわけだ。あんたがルイーズと話をしてるのが――」

ジェリーはそこで話がどういう方向に行きかけているか気づいたようで、ことばを切った。おれはまた銃で促した。

「これで終わりだって」その声から自棄(やけ)になっているのがよくわかった。

「わかった」おれは坐り直し、煙草を探してポケットを叩き、そこで持ってこなかったことを思い出した。「おまえは、煙草は?」

「煙草? おれがそんな馬鹿に見えるか?」

おれはため息をついた。「わかった。トレップというのは何者だったんだ? おまえの市場に出まわるにはひとクラス上のようにも見えたが。どこから調達した?」

「トレップはひとりで商売をしてる。誰であれ、契約さえすれば雇える女だ。だから、時々手伝ってもらってる」

「もうそれも今では叶わなくなったがな。彼女のほんとうのスリーヴを見たことは?」

「ない。噂じゃ、ニューヨークに保管してあるってことだが」

「ニューヨークはここから遠いのか?」

「軌道に乗らない(サブオービタル)飛行でだいたい一時間だな」

カドミンと同じリーグの筋肉女。たぶんそうなのだろう。グローバルな殺し屋。あるいは星間高級刺客。上級艦隊。

「それじゃ、噂じゃ彼女は今誰の下で働いてることになってる?」

「そんなこと知るかよ」

おれは破砕銃の銃身を調べた。まるでそれが火星の遺物でもあるかのように。「いや、おまえは知ってる」おれは顔を上げ、寒々とした笑みをジェリーに向けた。「トレップは死んだ。スタックごと。ほんとうの死だ。だから、彼女を売ったからといっておまえは何も心配しなくていいんだよ。心配ならおれの心配をしたほうがいいんじゃないか?」

ジェリーはしばらく挑むようにおれを見てから、眼を落として言った。

「ハウスの仕事をしてるって聞いたことはあるが」

「よろしい。それじゃ、次はクリニックだ、おまえの洗練された友達がやってる」

エンヴォイではこういうときには声の調子を一定に保つことを教えられる。が、おれもだいぶ錆びついてしまったのだろう。ジェリーはおれの声音に何かを聞き取ったようだった。唇を舌で湿すと言った。

「いいか、あいつらは危険だ。ジェリーはあいつらには近づかないことだ。クリニックのことは忘れるんだ。やつらがどれほどの連中かあんたには――」

「よくわかってる。わかりすぎるくらいわからせてもらった」おれは破砕銃をジェリーの顔に向けた。

「話せ」

「ただの知り合いだ。わかるだろ、商売上つきあいがあるだけのことだ。やつらにはたまに臓器が要ることがある。そういうときにたまにこっちもその便宜をはかったりすることが――」そこでおれの表情に気づいたらしく、彼は話の向かうさきをいきなり変えた。「ああ、こっちからやつらに頼むこともそりゃあるさ。だけど、それはあくまで商売としてだ」

ルイーズ、またの名をアネノメのことが思い出された。トランクに押し込まれてふたりで一緒に旅したこととともに。眼の下の筋肉が震えた。その場で引き金を引きたくなった。その衝動をなんとかこらえ、声を使うというより声を掘り起こして言った。ドア・ロボット以上に機械的な声になった。

「それじゃ、ジェリー、これからおまえのその商売仲間のところへ行こう。妙な真似はするなよ。湾の反対側にあることはもうわかってる。それに、地理というのはおれの昔からの得意科目だ。もしちょっとでも進路をはずれたら、即、R・Dされると思え。わかったか？」

顔を見るかぎり、どうやらあきらめたようだった。

それでも、店を出るときにおれはそれぞれの死体のそばで立ち止まると、念のためにどれも頭を胴体から切断した。肉の焦げた不快なにおいは、おれたちが暗がりから早朝の通りに出てもついてきた。まるで怒れる亡霊のように。

ミルズポート島の北の入り江の近くに位置するある村の話だ。船で遭難しながらも水死を免れた漁師がいたとする。その村ではその漁師はそのあと浅瀬を半キロメートルばかり沖まで泳ぎ、また帰ってくることが求められるそうだ。サラはその村の出で、物理的にもまた比喩的にも〝熱気〟から逃れ、沼地の安ホテルにしけ込んだとき、そのことの意義を説明しようとしたことがある。おれにはただのマッチョのたわごとにしか聞こえなかった。

が、フィリップスの銃口をうなじに押しつけられ、またこうして殺菌されたクリニックの白い廊下を歩いてみて、再度水にはいるにはどれほどの勇気を要するか、おれにも少しはわかったような気がした。実のところ、うしろからジェリーに銃を突きつけられながらエレヴェーターに乗ってからというもの、悪寒が止まらなくなった。イネニン以降、どうやらおれはほんとうの恐怖とはどういうものなのか、忘れてしまっていたようだ。ヴァーチャルのそれとは比べものにならないということを。ほんとうの恐怖を覚えるというのは、コントロールがまったく利かなくなることであり、そこではなんでも起こりうる。しかも何度も何度も。

クリニックのやつらは動揺していた。トレップのバーベキュー・トリップのニュースがすでに届いていたからだろう。わかっていなければ見落としてしまいそうな、めだたない玄関に備えられている応対スクリーン越しにジェリーが話した相手など、おれを見て、顔面蒼白になった。

「われわれはてっきり――」

「気にしないでくれ」とジェリーが相手のことばをさえぎって言った。「それより早くドアを開けてくれ。このクソ野郎をいつまでも外に出しておくわけにはいかないだろうが」

クリニック自体は、千年紀の変わり目にできたブロックを誰かが新産業様式に修復した一帯にあり、ドアには黒と黄で山形模様が描かれ、玄関には足場が組まれ、見せかけだけの偽のケーブルとクレーンでバルコニーが吊るされていた。ドアは山形がてっぺんのところで分かれており、音もなく上に開いた。早朝の通りを最後に一瞥して、ジェリーはおれを中へ押し込んだ。

玄関ホールも新産業様式で、壁に沿って外より多くの足場が組まれ、ところどころに見える剝き出しのレンガがアクセントになっていた。警備員がふたり奥に立っていた。おれたちが近づくと、ひとりが手を差し出した。その手を振り払って、ジェリーが吠えた。

「手伝いは要らねえよ！　そもそもおまえらがドジるからこんなことになったんじゃないのか」

ふたりの警備員は互いに顔を見合わせてから、ジェリーをなだめるような身振りをして、エレヴェーターのところまでおれたちを連れていった。ゆうべ屋上から乗ったのと同じ業務用の大きなエレヴェーターだった。地下に降りると、やはり同じ医療チームが鎮静器具を持って待っていた。みな疲れた顔で、それでいてぴりぴりしているようなところもあった。そろそろ夜勤があける時間なのだろう。同じ女医がおれに皮下スプレーを施しにまえに出てきた。ジェリーがまた吠えた。完璧に演じていた。

「そんな必要はねえよ」そう言ってフィリップスをことさらおれのうなじに押しつけた。

「こいつはどこへも行かない。ミラーに会いたい」

「手術中です」

「手術中?」ジェリーは大きな笑い声をあげた。「機械がつまんだり、くっつけたりするのをただ見てるだけだろ? わかった、だったら、チャンだ」

医療チームはためらった。

「どうした? ここの医長はみんな生活のために一生懸命仕事をしてるなんて言わないでくれよな」

「そうじゃなくて……」とおれの一番近くにいた男がおれを指して言った。「手続き上、彼を覚醒させたまま中に入れるのには問題があります」

「おれにくそ手続きの話なんかしないでくれ」ジェリーは今にも怒りを爆発させかねない男をうまく演じていた。「おれがこのクソ野郎をこっちへ送り込んだら、逃がしちまって、こいつにおれのところを滅茶苦茶にさせるのがここの手続きとやらなのか、ええ? なあ、それがここの手続きだったのか? なあ?」

誰も何も言わなかった。おれはジェリーのベルトに差した破砕銃とネメックスを見て、可能性を計算した。ジェリーはつかんでいたおれの襟を持ち替え、今度はおれの顎の下にフィリップスの銃口を持ってきた。そして、医療チーム全員を見まわし、穏やかさを乱暴につくろって言った。

「こいつはどこへも行かない。わかったかい? なあ、よけいなことをつべこべ言ってる暇はないんだよ。チャンに会いたい。さあ、案内してくれ」

彼らはジェリーのことばに従った。まあ、無理もない。プレッシャーをかければ、たいていのやつは反射的にそれに棹差す。人とはより高い権威と銃を持った相手に弱い生きものだ。医療チームは疲れてもいれば、怯えてもいた。おれたちは早足になって廊下を進んだ。おれが眼を覚ました、あるいはそれと同じような手術室のまえを通った。何人かが手術台のまわりに集まり、その上でクモみたいな恰好をした自動手術機が手足を動かしているのがちらっと見えた。そこから十数歩、歩いたところで誰かが背後からおれたちに声をかけてきた。

「ちょっと待った」教養を感じさせる悠長な声だった。それでも、医療チームもジェリーも足を止めた。振り返ると、ブルーのスモックを着た、背の高い男が立っていた。血に汚れたスプレー式の手術手袋をつけた手の親指と人差し指で、慎重にマスクのピンをはずしていた。マスクの下から陽焼けした顔が現れた。青い眼に、角ばった顎。いかにも温和な整った顔。高級化粧品会社提供〝今年の有能男NO1〟とでもいった風情だった。

「ミラー」とジェリーが言った。

「いったい何をしてるんだね、クラウルト？」背の高い男は女医に尋ねた。「麻酔をしない患者をここに連れてくるなんて」

「ええ。でも、ミスター・セダカが危険はないとおっしゃるものですから。急いでもおられるようで。チャン医長にお会いになりたいそうです」

「ミスター・セダカがどれほど急いでおられようと、そんなことは私にはなんの関係もないことだ」ミラーはジェリーのほうを向いた。その眼が疑わしげに細められた。「頭がどうかしてしまったのか、ジェリー・セダカ？　ここをなんだと思ってる？　ここは天井桟敷なのか、ええ？　ここには顧客がいるんだよ。顔のよく知られた人たちも少なくない。クラウルト、早くその男に鎮静剤を与えなさい」

そう、誰も永遠に幸運ではいられない。

おれはもう動いていた。クラウルトが腰につけたサックから皮下スプレーを取り出したときには、もうジェリーのベルトからネメックスと破砕銃を抜いて振り向き、ぶっ放していた。クラウルトとあとふたりがそれぞれ何発か食らって床に倒れた。消毒されたうしろの白い壁に血しぶきが吹き飛んだ。ミラーには怒り狂った叫び声をひと声あげるだけの余裕があった。おれは開いたその口にネメックスを撃ち込んだ。ジェリーはおれから離れようと、あとずさっていた。だらりと垂らした手で、弾丸(たま)のはいっていないフィリップスをまだ握っていた。おれは破砕銃の銃口を向けた。

「なあ、おれはよくやっただろ？　なあ……」

光線が解き放たれ、ジェリーの頭が炸裂した。

そのあと訪れた突然の静寂の中、おれは廊下を戻り、手術室のドアを押し開けた。男女とも完璧に同じお仕着せを着て、若い女が横たわっている手術台についていた数人は、すでに手術台から離れていた。みな手術用マスクを取るのも忘れて、驚き顔でおれを見た。ただ自動手術機だけが動揺することもなく仕事を続けていた。なめらかに切開してはかすかにジューという音をたてて傷口を焼灼していた。まだ血のついている塊をのせた小さな金属のトレーが、患者の頭のそばにいくつか並べられていた。まるでこれから不気味な秘密の宴(うたげ)が始まるかのように。

手術台の上に横たわっていたのはルイーズだった。

手術室には五人の男と女がいたが、おれは彼らが呆気に取られておれを見ているあいだに五人とも殺した。それから、破砕銃で自動手術機を粉々にして、さらに手術室に置かれたほかの機材にもやみくもに光線を向けた。四つの壁すべてから警報が鳴りだした。そのサイレンのコーラスの中、おれはわざわざ全員に真(リアル・デス)の死を与えてまわった。

いた。手術室の外に出ると、警報はもっとけたたましく鳴っており、医療チームの中のふたりがまだ生きていた。クラウルトは自分の血の痕を航跡のように引きずりながら、十メートルほど廊下を這うのに成功していた。彼女の男の同僚にはもう逃げるだけの力はなく、なんとか壁にもたれようとしていた。ただ、そいつがへたばり込んでいるあたりの床はすべりやすく、何度もずるずるとすべっていた。おれは男を無視して、女を追った。クラウルトはおれの足音に動きを止め、首をひねって振り返り、すぐまた這いはじめた。狂ったように。おれは彼女の肩甲骨のあいだを踏みつけて止まらせ、腹を蹴って仰向けにさせた。

そして、彼女としばらく見つめ合った。前夜、おれに皮下スプレーをしたときの無感動な彼女の顔が思い出された。おれは破砕銃を持ち上げ、彼女に見せた。

「R・Dだ」そう言って引き金を引いた。

それから残しておいた男の医者のほうに向かった。そいつはおれがクラウルトにしたことを見ていたようで、今はあとずさりしていた。必死になっておれから逃げようとしていた。おれはそいつのまえに出てしゃがんだ。けたたましさを増した警報装置の叫び声がおれたちの頭の上を通り過ぎていった。失われた魂のように。

「冗談じゃない」おれが破砕銃をそいつの顔に向けるとそいつは言った。「冗談じゃない。おれはここで働いてるだけだ！」

「それで充分だ」

警報装置のサイレンに比べたら、破砕銃の銃声などものの数にはいらなかった。

すばやく三人目の医者にも同じ施しをした。ミラーには少し時間をかけ、頭のもげたジェリーの死体からジャケットを脱がせて、そのジャケットを脇に抱えた。それからフィリップスを拾い、ベルトに差した。サイレンがけたたましく鳴り響く廊下を歩いて戻り、出くわすやつはみんな殺した。スタックも片っ端から溶かしてスラグにした。

これはおれの個人的な恨みだ。

警察のクルーザーが屋上に降りたのと、おれがクリニックの建物を出たのが同時だった。ことさら慌てることもなく、通りを歩いた。脇に抱えたミラーの首から流れる血がジェリーのジャケットからしみ出しはじめた。

第三部

同盟

（アプリケーション・アップグレード）

第十六章

サンタッチ・ハウスの庭。晴れており、静かで、刈った芝のにおいがした。テニスコートのほうからゲームが進行中であることを示すボールの音がかすかに聞こえ、一度、ミリアム・バンクロフトのはしゃいだ声がした。白いフレアスカートの下の陽焼けした彼女の脚と、相手コートに奥深く打ち込まれた彼女のボールが立ち昇らせる薄いピンクの土埃が一瞬、脳裏に浮かんだ。坐ってゲームを見ている人々の礼儀正しい拍手のさざ波。重武装した無表情な警備員ふたりにはさまれ、おれはそのテニスコートのほうに向かった。

着くと、ちょうどゲームが終わったところで、プレーヤーはふたりとも椅子に坐り、脚を開いて頭を垂れ、休憩を取っていた。おれの靴がコートのまわりの砂利を軋らせると、ミリアム・バンクロフトが顔を起こして、ほつれたブロンドの髪越しにおれと眼を合わせた。何も言わなかった。が、ラケットの柄を意味ありげに握り直し、口元に薄い笑みを浮かべた。彼女の対戦相手も顔を起こしていた。すらりとした若い男で、見かけだけでなく、中身も実際に若いのかもしれない。おぼろげながら見覚えがあった。

バンクロフトは並べたデッキチェアの真ん中に坐り、その右手にウームー・プレスコット、左手に初めて見る男女。バンクロフトはおれが近づいても立ち上がらなかった。実際、見向きもしなかった。ただ、プレスコットの隣りに坐るよう片手で示した。

「坐ってくれ、コヴァッチ。これが最後のゲームだ」

おれはかろうじて笑みを浮かべて、言われたとおりデッキチェアに坐った。バンクロフトの顔を今この場で蹴りつけ、折った歯を呑み込ませてやりたいという衝動と戦いながら。プレスコットがおれのほうに上体を寄せ、片手を添えておれに耳打ちした。

「警察がミスター・バンクロフトに関心を向けてきた。それはミスター・バンクロフトが望んでおられることじゃない。あなたはわたしたちが期待したほどには繊細ではなかった」

「ほんのウォーミングアップだ」とおれは囁き返した。

互いに合意した休憩時間が過ぎたようで、ミリアム・バンクロフトと若者はそれぞれタオルを置いてコートに立った。おれも腰を落ち着けてゲームを観戦することにした。もっとも、おれの眼は、白いコットンの中でうねって揺れるミリアム・バンクロフトの体ばかり追っていたが。コットンを剝ぎ取るとそれはどんなふうに見えるのか、おれの体に押しつけられるとそれはどんなふうに悶えるのか、思い出しながら。一度、サーヴのまえ、彼女はおれの眼をとらえ、何か面白がるように唇を曲げた。おれの返事を待っていて、その返事が今得られたと思ったのだろう。白熱のラリーが何度も続き、タフなゲームになったが、最後には明らかに力の差が出た恰好でミリアム・バンクロフトが勝ち、意気揚々と引き上げてきた。

おれの知らない男女と話をしている彼女のところへ、おれはおめでとうを言いにいった。彼女はおれに気づくと、その小さな仲間に入れてくれた。

「ミスター・コヴァッチ」彼女の眼が少しだけ大きくなった。「見ていて面白い試合だった？」

「ああ、とても」とおれは正直に答えた。「あんたはとことん容赦のない人だ」

彼女は首を一方に傾げ、汗に濡れた髪をタオルで乾かしながら言った。「そうなることが求められるときだけよ。ネイランともジョゼフとももちろん初めてよね？　ネイラン、ジョゼフ、こちらはタケシ・コヴァッチ。ローレンスが殺人事件の調査に雇った元エンヴォイの方。オフワールドから見えたの。ミスター・コヴァッチ、こちらはネイラン・アーテキン、国連最高裁の主席判事。こちらは人権委員会のジョゼフ・フィリ」

「お会いできて光栄です」おれはふたりに礼に適ったフォーマルなお辞儀をした。「おふたりは第六五三号判決に関する討議をするためにここにおられる。そう拝察しました」

ふたりの役人は互いに顔を見合わせ、フィリがしかつめらしく言った。「こちらの事情によく通じておられる。エンヴォイについてはあれこれ聞いて知っているつもりだが、それでも驚きに変わりはない。地球に来られてどれぐらいになるんです？」

「ほぼ一週間」選挙で選ばれた役人が持っているエンヴォイに対する偏執狂的な思い込みを是正したくて、おれはわざと多めに言った。

「一週間ですか。大したものだ、それはそれは」フィリはずんぐりとした黒人で、見たところ歳は五十代、髪には少しばかり白いものが混じり、いたって注意深い茶色の眼をしていた。〈サイカセック〉の所長、デニス・ナイマンと同じようなアイ・ウェアをつけていたが、ナイマンのレンズが鋼鉄を思わせ、顔の面をきわだたせるためのものであるのに対して、フィリは人の注意をそらすためにつけていた。重厚なフレームはいかにも忘れっぽい聖職者を思い出させたが、レンズの奥の眼はどんなことも見逃しそうになかった。

「それで調査は進展しました？」これはアーテキンからで、このアラブ系のハンサム・ウーマンはフィりより二十歳は若そうだった。たぶん少なくとも二度目のスリーヴなのだろう。おれは彼女に笑みを向けて言った。

「判事、進展というのは定義のむずかしいことばで、クウェルクリストはこんなことを言っている――〝みんな進展レポートなるものを持ってやってくるのだが、私の見るかぎり、それは変化レポートにすぎない。ただ殺された死体の数だけが増えている〟とね」

「ということは、あなたはハーランズ・ワールドの方なのね」とアーテキンは礼儀正しく言った。「あなた自身もクウェリストなの、ミスター・コヴァッチ？」

おれは自分の顔に浮かんだ笑みが自然と広がるのに任せた。「まあ、部分的には。彼女もなかなかいいことを言ってるから」

「ミスター・コヴァッチはとても忙しくしておられるの」とミリアム・バンクロフトが慌てて割り込んで言った。「ローレンスと話し合わなくちゃならないことがたくさんあるんじゃないかしら。事件のことはふたりに任せましょう」

「ええ、もちろん」とアーテキンはうなずいて言った。「では、またあとで」

三人は、むっつりとしてラケットとタオルをバッグにしまっているミリアムの対戦相手を慰めに、ぞろぞろと歩きだした。ミリアムの外交的な誘導には従ったものの、ネイラン・アーテキンは自分から姑息に逃げようとはしなかった。おれは彼女を少なからず賞賛したくなった。国連のお偉方、保護国の高級役人に自分はクウェリストだなどと言うのは、ヴェジタリアンのディナーの席で、おれは魔術儀式の殺し屋だと告白するようなものだ。まあ、普通にすまされることではない。

振り向くと、すぐそばにプレスコットが立っていた。

「いいかしら？」と彼女はにこりともせずに言い、家のほうを指差した。バンクロフトはもうすでに歩きはじめていた。おれたちはそのあとを追った。おれの感覚では不必要に急ぎ足になって。

「ひとつ訊いてもいいかな」とおれは息を切らせながら言った。「あの若造は？　ミセス・バンクロフトにめためたにやられてたやつ」

プレスコットは苛立たしげな視線を返してきただけだった。

「大いなる秘密ってわけか？」

「いいえ、ミスター・コヴァッチ、秘密でもなんでもないわ。大きな秘密でも小さな秘密でもない。わたしとしては、バンクロフト家のゲストのことなんかより、あなたにはもっとほかに心配しなくちゃならないことがあるんじゃないかと思うけど。でも、知っておかなければならないというなら、彼はマルコ・カワハラよ」

「ほんとうかい。それはそれは」思わずフィリのような口調になっていた。それだけ印象的な男だったというわけだ。「それでまえに見たことがあるような気がしたんだ。彼は母親似だ。だろ？」

「そんなことはわたしにわかるわけがない」とプレスコットはむしろ高慢な口調で言った。

「わたしはミズ・カワハラには会ったことがないんだから」

「あんたがうらやましい」

バンクロフトは、邸宅の海に面した棟に建て増しされたガラス張りの温室の中で待っていた。そこは見たこともないような色と形であふれ返っていた。そんな中、ミラーウッドの若木といくつのも受難者草の群れだけは見分けられた。受難者草についてては、バンクロフトは後者のひとつのそばに立って、白いメタルの粉末をスプレーで吹きかけていた。保安装置に使うというよく知られた用途以外何も知らないので、その粉末がなんなのか、おれには見当もつかなかった。

おれたちが近づくと、彼は振り返った。「声を低くしてくれたまえ」音が吸収される環境の中、彼の声が奇妙なほど平板に聞こえた。「この時期の受難者草というのはとても繊細なんだ。きみもよく知っていると思うが」

「ああ」おれはどことなく人間の形に似ていなくもない杯状の葉を見た。葉は真ん中だけ赤く染まり、それがこの草の名の由来になっている。「これはもう成長したやつかい？」

「ああ、充分成長している。アドラシオンに行けば、もっと大きなものが見られるだろうが、〈ナカムラ・ラボ〉に頼んでわざとインドア用にしてもらったんだ。さて、ここは無振動キャビンと同じくらい安全だ」そう言って、彼は受難者草のそばに置かれたスティール製の三脚の椅子を示した。「それに、はるかに居心地がいい」

「おれに話があるということだが」とおれはせっかちに言った。「何か？」

黒い鉄のような視線が返ってきた。三世紀半というバンクロフトの生涯のすべてが込められた一瞥、まさに魔人のひと睨みだった。炎に呑まれる蛾のような無数の普通の人々の死を見てきたメト。そんな人間の魂を宿した眼だった。一瞬にしろ、おれにはそれがはっきりと見て取れた。こういう眼に睨まれた経験はおれとしてもこれまでに一度しかない。レイリーン・カワハラに異議を唱えたときに彼女から返ってきたのがこの眼だ。自分の腕が自然と熱くなったのがわかった。

そうした一瞬が過ぎると、またそれまでのバンクロフトに戻った。椅子のところまでやってくると、腰をおろし、そばにあるテーブルの上にパウダー・スプレーを置いて、おれも坐るかどうか確かめるかのように顔を上げた。が、おれが坐ろうとしないのを見て取ると、テーブルの上に置いた手の指を山形に合わせて、怪訝な顔をした。プレスコットがひとりおれたちのあいだで戸惑っていた。

「ミスター・コヴァッチ、確かにわれわれの契約では調査にかかる費用はすべてこちらでもつことになっている。しかし、その説明をしたときには、ベイ・シティのあちこちできみが勝手気ままに殺す人たちの保障までは、少なくとも私は考えていなかった。ウェスト・コーストの三合会（中国の秘密犯罪組織）とベイ・シティ警察を買収するのに、今朝はほとんどそれだけでつぶれてしまったよ。きみがこんな大虐殺をしてくれるまえから、そもそも彼らは私に対してあまりいい感情を持っていなかった。きみの生命を守り、しかも保管施設に入れられないようにするのに、いったいいくらかかったか、きみはわかってるんだろうか？」

　おれは温室を見まわし、肩をすくめて言った。

「まあ、それぐらいあんたならなんとかなるんじゃないのかい？」

　プレスコットはそのおれのことばにちぢみ上がった。バンクロフトは口元に苦笑を浮かべた。

「ミスター・コヴァッチ、もしかしたら、この私にもどうにもならなくなるかもしれない」

「だったら、プラグを抜くんだな」おれの声の調子が突然変わったことに反応して、受難者草が眼に見えるほどはっきりと震えた。おれはもうどうでもよくなってきた。バンクロフトの優雅なゲームにつきあう気が急に失せてきた。おれは疲れていた。クリニックで意識をなくした短いあいだを除くと、すでに三十時間以上起きていた。ニューラケム・システムを間断なく反応させてきたために、神経が剝き出しにされてしまったような感覚があった。おれは銃撃戦に耐えた。飛んでいるエアカーから脱出もした。たいていの人間なら生涯のトラウマになりそうな拷問も受けた。さらに何人も人を殺した。そして、やっとヘンドリックスのベッドにもぐり込もうとしたら、バンクロフトのそっけない呼び出しにあったのだ。ホテルに頼んでおいたコール・ブロックなどなんの役にも立たなかった。ヘンドリックスはこんなことまで言った――〝お客さまとの良好な関係を保つために、今後も当ホテルのお客さまでいらしていただくために〟取り次いだのだと。このホテルの古臭い個人言語サーヴィス・システムはいつか誰かがオーヴァーホールしたほうがいい。電話を切るなり、おれはネメックスを使ってその仕事を自分でやろうかとも思ったが、すぐにバンクロフトに対する腹立ちが、客に対するホテルの奴隷的な対応に対する苛立ちに取って代わった。実際、呼び出しなど無視してベッドに戻らなかったのも、前日から着たままのしわくちゃの服のままサンタッチ・ハウスにこうしてやってきたのも、その腹立ちのせいだった。

「今、なんて言ったの、ミスター・コヴァッチ？」とプレスコットがおれをじっと見つめて言った。

「つまりあなたはこう言ってるの――？」

「いや、プレスコット、言ってるんじゃない、脅してるんだ」おれは眼をバンクロフトに戻して言った。「このくそダンスの仲間入りがしたいなんておれはあんたに頼まなかった。あんたが勝手におれをここに連れてきたんだろうが、なあ、バンクロフト。あんたはおれをハーランズ・ワールドの保管施設から引っぱり出して、ただ単にオルテガをこけにするためにおれにイライアス・ライカーのスリーヴをあてがった。さらに、大した情報も与えず、おれを現場に送り出し、おれが暗がりであんたの不品行に向こう脛をぶつけて、すっ転ぶのをただ見ていた。なあ、もう遊ぶ気がなくなったのなら、ちょうど流れもちょっとばかり速くなってきたことだし、おれはここでやめてもそれで全然かまわない。あんたみたいなクソ野郎のために自分のスタックを危険にさらすのはもうごめんだ。またタンクに戻してくれていいぜ。あと百十七年に賭けるよ。で、おれにつきがあれば、出てくる頃には誰かがあんたをこの惑星から消し去ってくれてるかもしれない。そっちに賭けることにするよ」

正面ゲートを抜けるときに武器は警備員に預けていた。が、危険きわまりないエンヴォイのコンバット・モードにはいり込んでしまっているのが自分でもよくわかった。またメトの魔人が戻ってきて、どうにもならなくなったら、おれはこの場ですぐバンクロフトから命を奪い取ってやろうと思った。それがただの自己満足だけのためであれ。

奇妙なことに、バンクロフトはそのおれのことばにただ考え込んだだけだった。ほとんど相槌を打つかのようにうなずき、おれの話を最後まで聞いてから、プレスコットのほうを向いて言った。「ウー、ちょっと席をはずしてくれないか。ミスター・コヴァッチとふたりだけで話し合わなければならないことが二、三ありそうだ」

プレスコットは怪訝な顔をして、おれのほうを見ながら言った。「誰かを部屋の外に待機させましょうか?」バンクロフトは首を振った。

「その必要はない」

プレスコットは怪訝な顔のまま温室を出ていった。おれは努めてバンクロフトの冷静さに感心したりしないようにした。喜んで施設に戻ってやると言うおれのことばを聞き、あまつさえ今朝はおれが殺したやつらの後始末でずっと忙しかったというのに、それでも、おれが危険か危険でないか、判断できるつもりでいるとは。おれに関する情報をそれだけ多く仕入れているとは。

おれは椅子に坐った。もしかしたら、こいつのほうがおれよりおれのことをよく知っているのかもしれない。

「まず説明してもらおう」とおれは抑揚のない口調で言った。「ライカーのスリーヴのことから話してもらおうか。そこから進めてくれ。なんでそんなことをしたのか、それをなんで隠したのか」

「隠した?」とバンクロフトは眉を吊り上げて言った。「われわれはこの問題をまだほとんど話し合っていないはずだが」

「あんたはおれにスリーヴの選択は弁護士に任せたと言った。そのことをわざと強調していた。なのに、プレスコットはあんたが選んだとはっきり言ってる。嘘を言うなら、手下にはもう少し熱心にブリーフィングすることだ」

「そう」バンクロフトは、その点は認めようとでも言わんばかりの仕種をした。「おそらく反射的な用心だったのだろう。真実をごく少数の人間にしか話さないでいると、それは早晩習慣のようになってしまうものだ。しかし、そんなことがきみにとってそれほど重要な問題だとも思わなかったのだよ。きみのエンヴォイでのキャリアや、施設に保管されていた時間を考えるとなおさら。実際、きみは自分がまとうスリーヴに今までもそんなにこだわってきたのかね？」

「いや、こだわらない。だけど、ここに来てからというもの、まるで抗菌ビニールみたいにオルテガにつきまとわれた。おれとしちゃ彼女は何かを隠してると思わざるをえなかった。が、結局のところ、それは彼女の愛情だったわけだ。要するに、彼女は自分の恋人のスリーヴを守ろうとしてるわけだ。ついでながら、あんたはライカーがなんで施設に入れられてるのか知ってるのか？」

バンクロフトの鷹揚な態度がそのときだけ消えた。「汚職。不当有機体損壊。個人情報の偽造。そのときが初犯ではなかったとも聞いている」

「ああ、そのとおりだ。むしろ彼はその手のことでよく知られていた。よく知られていて、誰からもよく思われていなかった。リックタウンのようなところ——おれがあんたの不良ムスコの不始末をたどって、ここ何日か足を運んだようなところでは特に。でも、その話はあとにしよう。それよりさきになんでそんなことをしたのか知りたい。なんでおれにライカーのスリーヴをまとわせた？」

バンクロフトの眼がおれの侮辱に一瞬光った。が、感情をあからさまにするには彼は名優すぎた。かわりに上着の右の袖口を手首のほうに引っぱった。基礎外交部の連中がよくやっていた気取った仕種だ。薄い笑みを浮かべて、彼は言った。

「不都合なことになるとは夢にも思わなかったのだよ。私はとにもかくにもきみに合ったスリーヴを探してた。そんなところへ——」

「どうしてライカーなんだ？」

沈黙ができた。メトというのは自分のことばが人にさえぎられることに不慣れな人種だ。敬意のかけらも示されないことに慣れるのに、バンクロフトもいささか苦労しているようだった。おれはテニスコートの向こうに生えている木のことを思い出した。オルテガが今ここにいたら、たぶんにんまりとほくそ笑んだことだろう。

「ひとつの手だてだ、ミスター・コヴァッチ。ただそれだけのことだ」

「手だて？　オルテガに対する？」

「そうだ」バンクロフトは椅子の背にもたれた。「オルテガ警部はこの家の敷居をまたぐなり、あからさまに偏見を示した。だから、私の役にはまったく立ってくれなかった。私に対する敬意というものが彼女には端から欠けていた。そういった態度はいずれ是正されなければならない。私はそう思った。そんな折り、プレスコットが示した短いリストの中にイライアス・ライカーのスリーヴが含まれていた。そのリストには、オルテガがライカーのスリーヴ保管料を払っているということも記載されていた。これはもうカルマとしか言いようがないと私は思った。なるべくしてなったとね」

「あんたの歳の人間が考えるにしてはちょっと幼稚すぎないか？」

バンクロフトは小首を傾げた。「かもしれない。しかし、きみはハーランズ・ワールドの軍人で、エンヴォイにもいたマッキンタイア将軍を覚えていないか？　イネニン大虐殺の一年後に、プライヴェート・ジェット機内で腸をえぐられ、斬首されているのを発見された人物だ」

「おぼろげながら」おれはじっと坐ったままひややかに答えた。はっきりと思い出しながらも。バンクロフトに自制心ゲームができるのなら、それはこっちも同様だ。

「おぼろげながら？」バンクロフトは片眉をあげた。「イネニンで戦った兵士があの大失態を指揮した司令官の死を忘れるなどということがあろうとは、思いもよらなかったよ。あの全員の真の死を無視したという点において、多くの人が今でも彼は有罪だったと考えている」

「マッキンタイアに対する容疑は保護国軍事裁判ですべて晴らされた」とおれはおだやかに言った。

「このことに関してあんたには何か言いたいことでもあるのか?」

バンクロフトは肩をすくめた。「私が言いたかったのは、裁判の判決はどうであれ、彼の死は復讐殺人のように見えるということだ。実際には、それは無意味な行為だ。死んだ人間は帰ってはこないのだから。しかし、大人になっても稚心が去らないというのは、なんともありふれた人間の罪だよ。いや、慌てて罪だと判断をくださなければならないことでもない」

「ああ、そうだろうとも」おれは立ち上がって温室の戸口に立ち、外を眺めた。「それじゃ訊こう。おれは裁判官席になんか坐っちゃいない。だから、そんなふうには思わないでほしいんだが、でも、どうしてだ? 淫売宿によくかよっていながら、どうしてその話をしなかった?」

「ああ、あのエリオットという女のことだね。そう、その話はウームーから聞いたよ。きみは彼女の父親が私の死になんらかの形で関わっているなどと本気で思っているのかね?」

おれは振り向いて答えた。「今は思っていない。むしろ、あんたの死にはなんの関係もないと本気で思ってる。しかし、それを突き止めるだけでもけっこう時間がかかった」

バンクロフトはおだやかにおれと眼を合わせた。「私のブリーフィングは適切なものではなかった。その点についてはすまなかったと思っている、ミスター・コヴァッチ。暇なときに私が性的解放を金で買ったりしているのは事実だ。現実の解放もヴァーチャルな解放も両方とも。きみがつかった優雅なことばに従えば、確かに私は淫売宿に出入りしている。ただ、それがことさら重要なこととは思わなかったのだよ。同様に私は少額のギャンブルなどもしている。たまに無重力エリアでナイフを使ったファイトもする。これらのことからでも敵はできるだろう、商売上の利害関係がある相手同様。しかし、私としては新しいスリーヴで新しい世界にやってきたきみにまずするべきことが、私の人生をひとつひとつ説明することだとは思わなかった。畢竟、そういうことだ。だいたいその手の話はどこから始めればいいんだね？　かわりに私は事件の説明をして、あとはウームーと話し合うようにきみに勧めた。さらに、熱線追尾ミサイルさながらきみが最初の手がかりをすぐに追いかけるとも思わなかった。その際邪魔になるものはすべて抹消するなど言うに及ばず。エンヴォイのよさはその繊細さにあると聞いていたもんでね」

うまいもんだ。今のひとことでバンクロフトはだいぶ点数を稼いだ。ヴァージニア・ヴィダウラがここにいたら怒り狂っているだろう。バンクロフトのすぐうしろに立って、おれをぶん殴ろうと手ぐすねを引いていることだろう。彼女の声が聞こえてきそうだ——〝こんなやつに一本取られるなんて〟。しかし、ヴァージニア・ヴィダウラもバンクロフトも、ヴィクター・エリオットが自分の家族についておれに話した、あの夜の彼の顔を見ていない。おれは反論を呑み込み、これまでにわかったことを整理して、どこまで話したものか考えた。

「ローレンス？」

ミリアム・バンクロフトがタオルを首に巻き、ラケットを脇に抱えて温室のすぐ外に立っていた。

「ミリアム」バンクロフトの声音は明らかに服従者のそれだった。なぜなのか、それはおれにもわからなかったが。

「ネイランとジョゼフを〈ハドスンズ・ラフト〉に連れていって、スキューバ・ランチを食べようと思うんだけど。ジョゼフは初体験なの。そんな彼を今やっと説得したところなの」彼女はバンクロフトからおれにちらっと眼を移し、またバンクロフトに戻した。「あなたも来ない？」

「今すぐは無理だ」とバンクロフトは言った。「〈ハドスンズ・ラフト〉のどこにいる？」

ミリアムは肩をすくめた。「まだきちんと考えてないんだけれど、右舷のデッキかな。ベントンの店とか」

「わかった。そこで合流するよ。あったら、キングフィッシュを取っておいてくれ」

「アイ、アイ、サー」彼女はそう言って片手を側頭部にあてておどけた敬礼をした。それを見て、バンクロフトは微笑んだ。おれの顔にも意に反する笑みが勝手に浮かんでいた。ミリアムの視線が震えておれに落ち着いた。「ミスター・コヴァッチ、シーフードはお好き？」

「たぶん。ただ、まだ地球の料理をあれこれ試す暇がなくてね、ミセス・バンクロフト。まだホテルが出す料理しか食べてない」

「まあ、地球の味を一度でも味わったら――」と彼女は意味ありげに言って、そこでことばを切った。「あなたもいらっしゃる？」

「ありがとう。でも、どうかな」

「それじゃ」と彼女は言った。「あまり遅くならないでね、ローレンス。マルコがネイランに矛先を向けるのをやめさせるには手助けが要るから。ついでながら、マルコはかなりかっかしてる」

バンクロフトは鼻を鳴らした。「今日の彼のプレーを見たあとじゃ、別に驚かない。ただ、彼はわざとあんなプレーをしてるんじゃないかとも思ったが」

「少なくとも最後のゲームはちがった」とおれはどちらにともなく言った。

ふたりに見られた。バンクロフトの表情は読み取りにくかった。ミリアムのほうは小首を傾げてから、いきなり特大の笑みを浮かべた。その途端思いがけないほど子供っぽい顔になった。おれはしばらく彼女と眼を合わせた。彼女の片手が上がり、頼りなげに髪に触れた。

「カーティスがもうリムジンを玄関にまわしてくれてる頃だわ」とミリアムは言った。「行かなくちゃ。

またお会いできてよかったわ、ミスター・コヴァッチ」

おれたちは彼女がテニスのスカートの裾を振りながら、芝生を歩いていくのを見送った。バンクロフトは妻を性的対象とは見ていないように表面上は見える。それでも、おれの好みからすると、さきほどの彼女のことば遊びはきわどすぎた。おれは遠ざかるミリアムのうしろ姿をなおも眼で追いながら、沈黙を埋めるために言った。

「ひとつ教えてくれないか、バンクロフト。あんたを侮辱するつもりはまったくないが、彼女のような女性と結婚し、結婚生活を続けることを選んだ人間が、あんたが言うところの〝性的解放〟を金で買ったりしようなんてどうして思うんだね？」

そう言って、おれはさりげなく振り返った。バンクロフトは無表情におれを見ていた。しばらく何も言わなかった。が、ようやく口を開くと、いかにもおだやかな口調で言った。

「きみは女の口の中でイッたことがあるかね、コヴァッチ？」

カルチャー・ショックに関して、エンヴォイではかなり早い時期にその対処法を教わる。が、何かに鎧を突き破られ、まわりの現実がピースの合わないジグソーパズルのように思われることがたまにある。おれは驚き顔でまじまじとバンクロフトを見ないわけにはいかなかった。おれの惑星の人類の歴史より歳を取っている男にそんな質問をされるとは。水鉄砲で遊んだことはあるかと訊かれたようなものだった。

「ああ、あるよ。たまには――」

「相手は商売女か？」

「ああ、ときには。でも、別に商売女とはかぎらない。まあ――」彼の女房の口の中で果てたときの彼女の売女のような笑い声と、ボトルの口からあふれて垂れるシャンペンの泡のように、精液が彼女の拳を伝うさまが脳裏に甦った。「――特に覚えてはいないが。そういうのがことさら好きというわけでもないんでね」

「私もだ」とバンクロフトはわけもなくやけに強調して言った。「あくまで喩えとして言ったのだよ。しかし、われわれはみな抑制すべきこと、抑制すべき欲望というものを持っている。あるいはこう言ってもいい。文化的なコンテクストの中では表現できない欲望というものを」

「射精を文化に結びつけて考えたことはなかったな」

「きみはオフワールドの人間だ」とバンクロフトは陰気に言った。「がむしゃらでまだ若い入植文化の中で育った人間だ。だから、この地球では何世紀にもわたる伝統がわれわれをどのように形づくってきたか、きみには見当もつかないのだろう。活動的な若者や冒険心に富む者たちはみな大挙して船に乗って外に出てしまった。外に出ることが奨励されもしたからね。残ったのはみな覇気のない者、服従的な者、創意に欠ける者たちだ。私はそうした状況を見て、当時はそれを歓迎した。これで帝国の分け前を得ることが大いに簡単になったと思ったからだ。しかし今は、その結果払わされた代償はそれに見合うものだったかどうか、という思いがある。文化は停滞し、平均的人間が暮らしやすいだけのものになった。老人とありふれた人間のためだけのものになってしまった。モラルも法も硬直化して、国連声明もグローバルに一致できるものしか出されなくなった。いわば――」彼は身振りを交えた。「――文化の拘束衣を着せられたようなもので、入植星から何が生まれるかという根源的な不安によって、まだ宇宙船が宇宙を旅しているうちから保護国なるものが成立してしまい、最初の船が入植星に着陸したとき、宇宙船に積め込まれた人たちを待っていたのは圧政だった」

「あんたのことばを聞いてると、あんたはまるで部外者のように聞こえる。それだけの考えを持ちながら、それでもあんたには自由の道を切り拓くことができない。そういうことが言いたいのかい？」

バンクロフトはうっすらと笑みを浮かべた。「文化というのはスモッグのようなものだ。その中にいれば、そのいくらかは吸い込まなければならない。さらにそのスモッグに汚染もされなければならない。そもそも今の話の中で〝自由〟とはなんだね？　自分の妻の顔や胸に精液を浴びせることができる自由かね？　自分の眼のまえで妻にマスターベーションをさせる自由、ほかの男たち、女たちと妻の肉体を共有する自由かね？　二百五十年というのは長い時間だ、ミスター・コヴァッチ。それだけ長く一緒にいると、新しいスリーヴのホルモンを浮き立たせ、人間の品位を貶めるような、汚れた長いリストも心に寄生しようというものだ。それだけの時間があると、上品ぶった感覚も薄められる。それだけの時間があると、互いの感情的な絆にどんなことが起こるか、きみには想像がつくかね？」

おれが口を開きかけると、彼は手を上げてそれを制した。おれは彼に従った。何世紀も生きてきた人間の考えをじっくり聞く機会というのは、そう毎日訪れることではない。今や彼は完全に問わず語りモードにはいっていた。

「答えはノーだ」と彼は自分の質問に自分で答えて続けた。「どうしてきみに想像がつく？　地球に住むとはどういうことかを理解するには、きみが生まれ育った世界の文化は浅すぎ、同じ人間を二百五十年も愛しつづけるとはどういうことかを想像するには、きみ自身の人生経験も浅すぎる。結局のところ、結婚生活に耐えられたとしても、退屈と自己満足の罠にも打ち勝ったとしても、最後に残るものは愛でもなんでもない。最後に残るのはもうほとんど崇拝と言っていいものだ。そのような敬意をどのように表明したらいいか。その時々どんなスリーヴをまとっていようと、そのスリーヴが持つ下劣な欲望を崇拝する対象にどのようにぶつけたらいいか。ひとつ教えてあげよう。そんなことは誰にもできない」

「で、かわりに淫売相手にガス抜きをしてる。そう言いたいわけだ」

また薄い笑みが返ってきた。「ミスター・コヴァッチ、そのことを自慢しようとは思わない。しかし、それがどれほど不快なものであれ、自分のあらゆる面を受け入れなければ、誰もこんなには長く生きられない。彼女らは彼女らで市場の需要に応じて、それなりの報酬を得ているわけで、私としてはそんな彼女らのおかげで身を清めることができているということだ」

「そのことを奥さんは知ってるのか?」

「もちろん。それもかなりまえからね。ウームーから聞いたが、きみはもうレイラ・ビギンの件を知っているそうだね。あの頃から比べると、ミリアムもずいぶんと人間がまるくなった。それは彼女自身もアヴァンチュールを愉しんでいることと無縁ではないかもしれない」

「奥さんが知ってるように、あんたのほうもちゃんと知ってるというわけだ」

バンクロフトは少し苛立ったような仕種をした。「知っていようと知っていまいと、それがなんだね? 私は妻をモニターしたりなどしてないよ、そういうことを思ったのなら言っておくが。ただ、彼女のことはよくわかっている。私同様、彼女にも食欲のあることぐらいわざわざ言われなくてもわかる」

「でも、気にならない?」

「ミスター・コヴァッチ、私にはいろんな面があるが、偽善者という面だけは持ち合わせていない。それにそもそも肉体の話だ。ただそれだけのことだ。ミリアムも私もそのことはふたりともよくわかっている。しかし、こういう話はもうこれ以上どこに行き着くとも思えない。それより話を戻そう。エリオットはシロだということ以外にわかったことは何かないのかね?」

「でも、今後は――?」

おれは意識的にというよりむしろ本能的に決めると、首を振って言った。「いや、まだ何も」

「たぶん。オルテガがこのスリーヴにご執心であるわけはもうわかったが、まだカドミンがいる。カドミンはライカーを狙っていたわけじゃない。あいつはおれのことを知っていた。何かあるはずだ」

バンクロフトは満足げにうなずいた。「カドミンから情報を引き出す。そういうことだね？」

「オルテガが許してくれたら」

「今朝オークランドであったことについては、警察も手にはいる衛星写真ならなんでも見ようとするだろう。で、たぶんおれを特定するだろう。何かひとつぐらいあのときあの上を飛んでいても不思議はないからな。そういうことを考えると、彼らが進んでおれに協力してくれるとは思えない」

「というと？」

バンクロフトは笑みのかけらをまた見せた。「なかなか頭の回転が速いんだね、ミスター・コヴァッチ。しかし、その点については心配は要らない。犯人の容疑を固めるものであれ、なんであれ、ウェイ・クリニックの連中——といっても、今となってはそれほど人数は残っていないが——が内蔵ビデオを喜んで警察に提出するわけがないから。むしろ、警察の捜査がはいることをきみより恐れているのではないだろうか。また、彼らが報復を考えるかどうかというのも、そう、早急に答えを出さなければならない問題ではないだろう」

「ジェリーの店のほうは？」

バンクロフトは肩をすくめた。「事情は変わらない。オーナーが死んでしまった以上、あとに残された問題はあそこが今後も利益を生むかどうか、ただそれだけだろう」

「大したもんだ」

「お誉めにあずかって光栄だ」バンクロフトは立ち上がった。「さっきも言ったとおり、今朝はあれこれ忙しくていてね。交渉はまだ終わっていない。だから、今後の破壊行為はもう少しおだやかなものにしてもらいたい。すでにだいぶ経費をつかってしまってるんでね」

おれも立ち上がった。一瞬、イネニンの戦火が網目模様のようになって脳裏に浮かんだ。骨の髄にまで沁み込んでいる死の叫び声が耳の奥で聞こえた。途端、バンクロフトの優雅で落ち着いた物言いがいかにもグロテスクに響き、胸くそが悪くなった。マッキンタイア将軍の殺菌消毒された損害報告とはまた逆の意味で……〝彼らの犠牲はイネニンの海岸堡の安全を確保するためには、払う価値のあった犠牲であり〟……バンクロフト同様、マッキンタイアも世の有力者だった。そういうやつらが払う値打ちのある代償について語るとき、ひとつ確実に言えることがある。

それは誰かほかのやつが払っているということだ。

第十七章

フェル・ストリート本署は、火星バロックと思われる様式で造られた、ひかえめな建物だった。もともとそれを意識して建てられたのか、結果的にそういう様式を思わせる建物になったのか、そこのところは判断がつきかねたが。要塞たりうる造りで、正面はわざと腐食しているように見せかけたルビー・ストーン造り、ひさし付きの控え壁の自然な窪みが連なり、めだたない防御ジェネレーターに縁取られた、ステンドグラスが高いところに設えられていた。窓の下には赤い石細工のぎざぎざの障害物。それが朝の陽光を血の色に変えていた。入口にあがる階段がでこぼこなのは、わざとそうしたものなのか、それともただすり減っただけなのか、これまたどちらとも判断がつきかねた。

中にはステンドグラス越しの光が射し込んでいて、はいると同時に心がおだやかになった。たぶん超低周波音を流しているのだろう。あたりを見まわすと、ベンチに人間の浮浪者が何人かおとなしく坐って、何かを待っていた。彼らがもし逮捕された容疑者だとすれば、あまりにまわりが無関心すぎた。誰かが壁の装飾に頼んだ禅ポピュリストの立体壁画とも思えない。窓から射す色付きの光を横切り、勾留センターというより図書館にこそふさわしい低い声でぼそぼそと話し合っている人たちのあいだを通り抜け、受付カウンターのまえまで進んだ。おれを見て、内勤の巡査部長と思われる制服警官が眼をぱちくりさせた。が、いかにも親切そうな顔をしており、明らかにこの巡査も超低周波音の影響を受けていた。

「オルテガ警部補に会いたいんだが」とおれは言った。「有機体損壊課の」

「どなたが面会に来たと伝えればいいですか?」

「イライアス・ライカー。そう言ってくれ」

別の制服警官がその名前におれのほうを見たのが眼の隅にとらえられた。が、ことばは何も聞こえてこなかった。内勤の巡査部長は電話の送話口に向かってなにやら言ってから、おれを見て言った。

「警部補の部下が今すぐここに降りてきます。武器は持ってます?」

おれはうなずいて、ジャケットの下のネメックスに手を伸ばした。

「それをゆっくりここに置いてください。ゆっくり」と彼は愛想よく言った。「うちの警備ソフトはかなり敏感なやつでね。何かをすばやく引き抜こうとしてるように見えただけで、いきなりスタンガンの弾丸(たま)が飛んできますから注意してください」

おれは動きが容易に予測できるようそろそろとネメックスとフィリップスをデスクの上に置き、腕に取り付けたテビット・ナイフもはずした。それが終わると、巡査部長ははればれとした笑みを浮かべて言った。

「ありがとう。帰るときにお返しします」

彼がそう言いおえるかおえないうちに、奥の通路に通じるドアが開き、モヒカンがふたり現れ、きびきびとした足取りでまっすぐにおれのほうへやってきた。ふたりともいかにも不機嫌そうな顔をしていた。おれのところまで来るだけの短いあいだでは超低周波音もさほど効果がないのだろう。ふたりはそれぞれおれの腕を取ろうとした。

「そんな必要はないよ」とおれはふたりに言った。

「おいおい、彼は逮捕されたわけじゃないんだから」と平和主義者の巡査部長も言ってくれた。モヒカンのひとりが巡査部長を一瞥し、苛立たしげに鼻を鳴らした。その間、もうひとりはここしばらく牛肉を食べていないような眼をおれに向けていた。おれはその眼に笑みで応じた。バンクロフトと会ったあと、ヘンドリックスに戻って、二十時間近く寝ており、充分休息が取れたおかげで、ニューラケムも適正な反応をしていた。クウェルクリストが知ったらきっとおれを誇りに思ってくれそうな、官憲に対する掛け値なしの嫌悪感は変わらなかったが。

それが外に表れたのだろう。モヒカンはおれの腕を取るのをあきらめると、さきに立って歩きはじめた。おれたちは四階上までエレヴェーターでのぼった。その旧式のエレヴェーターの軋む音だけが聞こえた。

オルテガのオフィスの窓もステンドグラスになっていた。もう少し正確に言えば、彼女のオフィスの窓は天井で水平に二分されたステンドグラスの下の部分にあたった。残りの半分は、たぶん上の階にあるオフィスの窓になっていて、床からミサイルのように突き出ているはずだ。もともとの建物が現在の用途に適う(かな)よう改造された痕跡を探してみた。オフィスのほかの壁は環境フォーマット化されていて、南国の海と島影の彼方に沈む太陽が拝めた。ステンドグラスと夕陽の相互作用で、オフィスには柔らかなオレンジ色の光が満ち、宙に浮かぶ塵や埃さえ見えそうだった。

オルテガはまるでそこに囚われてでもいるかのように、重厚な木の机の向こうに坐っていた。お椀の形にした手に顎をのせ、向こう脛と膝頭を机のへりに押しつけていた。旧式のラップトップにおおいかぶさるようにして、画面をスクロールさせていた。そのパソコン以外に机に置かれているのは、疵だらけの大口径のスミス&ウェッスン、熱タブを挿し込んだままのプラスティックのコーヒーカップ。それだけだった。彼女はただうなずいてモヒカンを退室させる、と言った。

「坐って、コヴァッチ」

おれはまわりを見まわし、フレームチェアが窓辺に置かれているのを見て、それを机のそばまで引きずった。オフィスは夕暮れの陽射しに満ちていて、なんだか時間の感覚がおかしかった。

「あんたは夜勤なのか？」

彼女の眼が光った。「なんなの、今のは？」

「別に。なんでもない」おれはルックスを落とした照明を示した。「ただわざと壁の時間のサイクルをそうしてるのかと思っただけだ。わかってると思うけど、外は朝の十時だ」

「ああ、そのこと」オルテガは鼻を鳴らし、またロールトップのディスプレーに眼を戻した。南国の夕陽の中でははっきりとわからなかったが、海の大渦巻きのようなグレーと緑の混ざったロールトップだった。「全然調子が悪くて。警察はエル・パソ・ファアレスのどこかの店から安く仕入れてるのよ。時々、完全にバグっちゃう」

「そりゃ厄介だ」

「ええ。スウィッチを切っても、まだ画面が――」彼女はそこで突然ことばを切った。「わたしはなんでこんな話をしてるの――コヴァッチ、あなたにはわかってるの？　今自分がどれほど保管施設に近いところにいるか」

おれは人差し指と親指で幅を示し、そのあいだから彼女を見て言った。

「ウェイ・クリニックに関する宣誓証言書の厚さぶんだ。聞いた話じゃ、それだけ近いんだろうよ」

「あなたがあそこにいたことはわかってる。昨日の午前七時四十三分。あそこの正面玄関から実物より少しだけ大きくなって出てきた」

おれは肩をすくめた。

「あなたのメトが永遠にあなたを生かしておいてくれるなんて思わないことね。ハイジャックと真の死(リアル・デス)に関する、ウェイ・クリニックのリムジンの運転手の興味深い供述まである。その男をつっつけば、あなたに関する話はもっと聞けるかもしれない」

「そのリムジンはもう押収したのかい？」とおれはさりげなく訊いてみた。「それとも、あれこれ調べるまえにウェイ・クリニックが返してくれと言ってきたとか」

オルテガは唇を真一文字に結んだ。

おれはうなずいて言った。「だろうと思った。あの運転手にしたところがウェイ・クリニックの許可がないかぎり完璧に何もしゃべらないだろうよ」

「いい？　コヴァッチ、圧力をかけつづければ、いずれ何かわかるものよ。それはもう時間の問題と言ってもいい。それだけは請け合ってあげる」

「そのしつこさは賞賛するとしても」とおれは言った。「バンクロフトの件じゃ、あんたのそういうところはまったく見られなかった。それは返す返すも残念なことだ」

「それはバンクロフトの件なんてものはそもそも存在しないからよ」

オルテガは立ち上がっていた。手のひらを机について、眼に怒りと嫌悪をにじませていた。おれは待った。警察によってはたまたま捕まえてきた容疑者に危害を加えるところがある。このベイ・シティ警察はどうなのか、神経を棘のようにとがらせておれは様子をうかがった。最後に、警部補はひとつ大きな息をついて、おもむろに少しずつまた椅子に腰を落ち着けた。その顔から怒りは消えていた。が、嫌悪はありありと残っていた。細かい皺のある眼尻とふっくらとした唇のまわりに。自分の爪を見つめながら、彼女は言った。

「昨日、わたしたちはウェイ・クリニックで何を見つけたと思う?」

「闇市場向けの人体の部分、それに内臓? ヴァーチャル拷問プログラム? それとも、それほど長い時間は中にいさせてもらえなかったかな」

「皮質スタックを焼き尽くされた死体が十七体。それも武装してない死体よ。それが十七体。全員がR・Dだった」

「ふざけないで」

「まるで戦争だ」

そのあと彼女は口を閉ざした。おれは机の上に身を乗り出して言った。

「いいか、オルテガ、その十七体の死体のために怒り狂ってるなんてたわごとはおれには言わないでくれ」おれは自分の顔を指差した。「あんたが抱えてる問題はこれさ。あんたにしてみりゃ、誰かがこの顔を切り裂くなんてことは考えたくもないことだ。ちがうか?」

彼女はしばらく押し黙った。それから、机の引き出しに手を伸ばして煙草のパックを取り出し、反射的におれにも一本勧めた。おれは意志を強く持って首を振った。

「煙草はやめた」

「やめた?」彼女は偽らざる驚きを込めて訊き返してから、煙草を口にくわえ、火をつけた。

「それはそれは。感心、感心」

「ああ、ライカーも喜んでくれるだろう、保管施設から出られる日が来たら」

煙のヴェールに包まれて彼女はしばらく黙った。それから、煙草のパックを引き出しに落として、手の付け根で引き出しを勢いよく閉めると、抑揚のない口調で言った。

「何が望み?」

勾留ラックは五階下――二層構造の地下――にあった。そこのほうが室温を調節するのが楽なのだろう。が、〈サイカセック〉に比べたら、そこはトイレ同然だった。

「こんなことをしても何も変わらないと思うけど」とオルテガはあくびをしている技師について、鉄の櫓状の通路をスロット３０８９ｂまで歩きながら言った。「カドミンがわたしたちにしゃべらなかったことをあなたにしゃべるとも思えないけど」

「いいかい」とおれは振り向き、彼女に面と向かい合って腕を下にしたまま広げて言った。鉄骨を組んで造った通路は狭く、おれたちは不自然に体を近づけ合っていた。そのために何か化学変化が起きた。オルテガの姿勢が急に流動化して見え、危険なまでの触感をともなって感じられた。口の中が一気にからからになったのが自分でもわかった。

「わたしは――」とオルテガがなにやら言いかけた。

「３０８９ｂです」と技師がスロットから三十センチの大きなディスクを取り出して言った。

「これでいいんですよね、警部補？」

オルテガはおれを押しのけるようにしてまえに進んで言った。「そう、それよ、ミッキー。ヴァーチャル尋問のセットもしてくれる？」

「ええ、もちろん」技師は親指を立てて、鉄製櫓のところどころに取り付けられている螺旋階段のひとつを示した。「五番キャビンで電極パッチをつけてください。五分で用意できます」

「それでも」三人で鉄製の階段を降りながら、おれは言った。「あんたはシアだ、お巡りだ。カドミンはそれを知ってる。あの男はプロになってずっとあんたたちを相手にしてきた。それはもうあの男の仕事の一部にさえなってることだろう。おれはあいつに知られてない。太陽系の外に出たことがないとすると、あいつはこれまでにエンヴォイに会ったことが一度もないということも考えられる。一方、おれがこれまでに行ったところじゃ、たいていどこでもエンヴォイに関するろくでもない噂が囁かれてる」

オルテガは肩越しに疑わしげな眼を向けてきた。「それってつまり、あなたにはディミトリ・カドミンを脅して口を割らせることができるかもしれないって言ってるわけ？　わたしはそうは思わない」

「おれが尋問することで、少なくともやつの不意を突くことはできる。不意を突かれると、誰しも思いがけないことを口走ったりするものさ。それと忘れないでほしいのは、カドミンはおれを殺したがってる誰かに雇われたってことだ。おれを恐れてる誰かに。少なくともおれを恐れてるように見える誰かに。そういうことがカドミンの鎧をもろくするかもしれない」

「そうやって、あなたはバンクロフトが実は殺されたんだってことをわたしにわからせたいの？」

「オルテガ、あんたが信じようと信じまいと、そんなことはどうでもいいことだ。このことはもうお互い話がついてるはずだ。あんたはライカーのスリーヴをできるだけ早くタンクに戻したがってる。できればは無傷で。バンクロフトの死にはいったい何が隠されてるのか、それが早くわかればそれだけ早くあんたの望みが叶う。それから、暗がりの中を手探りで動きまわったりしてないほうが――あんたの助けが得られたほうが、おれが取り返しのつかない有機的損傷をこのスリーヴに受ける可能性も少なくなる。おれがまた銃撃戦に巻き込まれて、このスリーヴを台無しにしたりするなんてことはあんたには耐えがたいことだ。ちがうのかい、ええ？」

「また銃撃戦に巻き込まれる？」おれたちの新しい関係を彼女が納得するのに、おれたちはここに来るまでにすでに三十分白熱した議論をしていた。それでも、彼女の中の刑事はまだおれと寝てもいいと思うくらいには納得していないようだった。

「そうとも。ヘンドリックスで一度あっただろうが」とおれはとっさに言いつくろった。面と向かったときに妙な化学変化が起きたせいで、いささか注意力が散漫になっていたらしい。

「あれでひどい痣ができた。もしかしたら、もっとひどいことになってたかもしれないんだぜ」

彼女は肩越しにまたおれを睨んだ。今度はさきほどより長く。

ヴァーチャル尋問システムは、地下フロアの一方の側に並ぶ半球型の尋問キャビンひとつひとつにそれぞれ設えられていた。ミッキーはおれたちふたりを相当使い込んだ跡のある、反応の鈍い自動成形ベッドに寝させ、電極パッチと催眠用ヘッドフォンを取り付け、コンサート中のピアニストさながら、実用本位のコンソールの上に腕を伸ばして電源を入れた。そして、スクリーンに光がはいると、つまみを調節した。

「移送します」と技師は言ってから、そのあとさも不快げに咽喉の奥から妙な音を出してつけ加えた。

「くそ、警視総監が何かの会議にシステムの半分を占有しちまってる。誰かが降りるまで待たなきゃならない」彼はオルテガを見やった。「これってやっぱりメアリー・ルー・ヒンチリーの件ですかね？」

「でしょうね」オルテガはそう答えて、あなたも会話に参加させてあげると言わんばかりにおれのほうを見た。われらが新しい協力関係の証しというわけだ。「去年のことだけど、沿岸警備隊が、外洋から海岸のほうへ流されてきたと思われる若い女の死体を見つけた。その女の名前がメアリー・ルー・ヒンチリー。体はほとんど残ってなかったけど、メモリー・スタックは回収できた。で、それを復元した。何がわかったと思う？」

「その女はカトリックだった？」

「あたり。あなたって呑み込みが早いのね。例の総体吸収ってやつ？　いずれにしろ、最初のエントリー・スキャンでわかったのが〝信条・良心に基づく蘇生拒否〟だった。こういう事件の場合、だいたいそれで終わってしまう。でも、イライア――」彼女はそう言いかけ、途中でことばを切ると、言い直した。「担当刑事はそれでもあきらめなかった。ヒンチリーはその刑事の家の近所の女の子だったのよ。だから、もっと小さな頃から知っていた。よく知っていたわけでもないけれど、でも――」彼女は肩をすくめた。「とにかくその刑事はあきらめなかった」

「頑固なやつなんだ。イライアス・ライカーというのは」

彼女はうなずいた。

「彼はひと月科学捜査班の尻を叩きまくった。その結果、ヒンチリーの体がエアカーから落ちたことを示す証拠が見つかった。また、有機体損壊課が背景捜査をしたところ、十ヵ月たらずまえにごりごりのカトリックの彼女のボーイフレンドと彼女との会話が見つかった。そのやりとりから、そのボーイフレンドには情報テクの心得があり、そいつが彼女のカトリックの誓いを捏造した可能性のあることがわかった。彼女の家族はいわば境界線上にいる人たちで、クリスチャンではあるけれど、大半はカトリックじゃないのよ。また、裕福でもあって、先祖たちはみな大きな専用ドームにスタック保存されていて、子孫の誕生日や結婚式には仮スリーヴで呼び出されたりしてる。で、警察としても去年は何度か彼らからヴァーチャル証言を得たりもしたんだけど」

「なるほど。それで、国連のお偉方よ、第六五三号判決を早く認めろってことになるわけだ」

「そういうこと」

おれたちはまたふたりともベッドの上の天井を見た。キャビン自体はポリファイバー製で、子供の口から吹き出されたガム風船みたいな球体――バブルファブ――の廉価版だった。レーザーで切り抜かれたドアと窓にはあとからエポキシ樹脂の蝶番が取り付けられていた。弧を描くグレーの天井はなんの変哲もなかった。

「ひとつ教えてくれ、オルテガ」おれはしばらくして言った。「火曜の午後、おれが買いものに出たときにあんたがおれにつけた尾行者のことだ。どうしてあいつはほかのやつよりあれほどできが悪いんだ？　あれじゃ、眼の見えないやつにだって見つけられちまう」

「彼しかいなかったから。とりあえず間（ま）に合わせるには。わたしたちとしてはあなたの居場所を常に知っておきたかった。でも、あなたは服を捨ててしまった」

「服」おれは眼を閉じた。「おいおい、嘘だろ？　あのスーツには発信機が取り付けられてたのか？　ただそれだけのことだったのか？」

「そう」

おれはオルテガと最初に会ったときのことを頭に思い浮かべた。あの法務施設。サンタッチ・ハウスまでの飛行。すべての記憶のテープを早送りにして見た。陽がよくあたっている芝生の上で、ミリアム・バンクロフトと一緒に立っている自分たちの姿が見えた。オルテガが帰って……

「思い出した！」おれは指を鳴らした。「帰るとき、あんたはおれの背中を叩いた。まったく。自分がこれほど馬鹿だったとはな。信じられない」

「酵素ボンド・ブリーパー」とオルテガは実務的な口調で言った。「ハエの眼ほどの大きさね。いずれにしろ、秋も深まってきたし、ジャケットなしではそうあちこちに出かけたりしないだろうって踏んだわけ。だから、あなたがジャケットをゴミ箱に捨ててしまったときには、てっきり感づかれたと思った」

「そうじゃなかった。おれはそんなに賢くなかった」

「終わった」ミッキーが横から割り込んできた。「レイディーズ&ジェントルメン、脊柱スパイラルからどうかはずれたりなさいませんよう。パイプにはいりました」

政府の公的機関のインストールにしては思っていたよりラフな乗り心地だったが、それでもハーランズ・ワールドで何度も経験した間に合わせのヴァーチャル尋問装置よりはましだった。最初は催眠で、音響コードのパルスが流れ、鈍いグレーの天井が魅惑的な光の渦巻きに変わり、汚水がシンクから流されるように、宇宙から吐き出されたかと思ったときにはもう……

どこか別のところにいた。

まわりがどんどん広がっていく。あらゆる方向に猛スピードで。さきほど狭い通路から降りた螺旋階段のようなものがどんどん巨大化していく。鉄灰色で描かれた点が乳首のようにふくらみ、無限に遠ざかっていく。空の色がみるみる薄くなり、やはり同じような鉄灰色に変化する。その色がどことなく鉄格子と大昔の錠前を連想させる。うまい心理学の利用法だ。尋問されるのがどういった悪党であれ、実際の錠前とはどんなものか、それぐらい誰でも覚えているだろうから。

水銀のプールから立ち上がった彫像のように、床からグレーの家具が眼のまえに現れた。まず簡素なメタルのテーブル、次にテーブルのこちら側に椅子がふたつ、向こう側にひとつ。それらの突端が最後の数秒で液体のようになめらかになり、床から離れるときに幾何学的な形を結んで固体になった。

オルテガがおれの脇に現れた。最初は跳ねる線と陰影だけで、鉛筆で女をスケッチした程度だったが、見ていると、それにパステル・カラーがすばやく加わり、そのうち線もはっきりしてきた。彼女は片手をジャケットのポケットに伸ばしながら、おれのほうを向いてなにやら話しかけてきた。おれは彼女に最後の仕上げの色がはいるのを待った。彼女はポケットから煙草を取り出した。

「吸う？」

「いや、おれは――」ヴァーチャルな健康を気にしてもなんの意味もないことを思い出し、おれはパックを受け取って一本振り出した。オルテガはふたりの煙草に石油ライターで火をつけた。最初の一服を肺に送り込み、おれは陶然となった。

それから幾何学的な空を見上げて言った。「これが標準タイプ？」

「まあね」オルテガは遠くに眼を凝らしながら言った。「鮮明度は普段よりちょっといいわね。きっとミッキーがいいところを見せようとしたのよ」

誰かがなぐり書きをしたように、カドミンがテーブルの反対側に現れた。ヴァーチャル・プログラムがまだ最後の色を描き終わらないうちからおれたちに気づくと、彼は腕組みをした。おれも同席していることで、カドミンの不意を突くことができたかどうか。見るかぎり、なんとも言えなかった。

「またか、警部補？」プログラムが彼を完成させると、カドミンは言った。「一度の逮捕についてのヴァーチャル尋問の回数は国連法で制限されてるんじゃないのか」

「そのとおりよ。でも、制限されてる回数に至るにはまだだいぶ残されてる」とオルテガは言った。

「坐って、カドミン」

「いや、ご心配なく」

「坐れって言ってるんだよ、このクソ野郎」彼女の声がいきなり鋼鉄の響きをともなうお巡りの声になった。カドミンは魔法のように一瞬姿を消して、すぐまた椅子の上に現れた。その顔には瞬間移動させられたことに対する怒りがありありと表れていた。が、それもすぐに消え、組んだ腕を皮肉っぽく大仰に解いた。

「あんたの言うとおりだ。このほうがうんと楽だ。あんたらも坐っちゃどうだい？」

おれたちもテーブルについた。カドミンよりはるかに因習的なやり方で。その間、おれはカドミンから眼を離すことができなかった。こんなやつを見るのは初めてだった。

カドミンはパッチワーク・マンだったのだ。

たいていのヴァーチャル・システムは、個人の記憶に残るセルフ・イメージからヴァーチャル・イメージを再生する。それがあまり偏ったものにならないよう常識サブルーチン・チェックをかけて。でもって、たとえばおれの場合は、実際のおれよりいくらか背が高く、いくらか顔が細く再現されることが多い。しかし、カドミンに関するかぎり、プログラムはおそらく彼の記憶に無数に残る異なるスリーヴを寄せ集めて、再現せざるをえなかったのだろう。これまでにもこういう例を見たことがある。が、それはあくまでひとつの見本としてだ。人はその時々どんなスリーヴを身にまとっていようと、たいていそれに慣れるもので、それ以前のスリーヴの記憶は徐々に薄れるものだからだ。まあ、当然のことだろう。つまるところ、おれたちはみな物理的な世界との関係において進化してきたのだから。

ところが、この眼のまえの男はちがっていた。体つきは北欧系の白人で、身長はおれより優に三十センチは高かった。が、顔がなんともちぐはぐだった。額から眼の下にかけてはアフリカ系で、幅があり、色は真っ黒だった。が、その色はまるで仮面のようにそこで終わり、顔の下半分は鼻梁を境に左側は薄い銅色に輝き、右側は死人のように白かった。鼻は肉厚で鷲鼻で、顔の上半分と下半分とをそれなりにうまくつないでいたが、口はどう見ても不自然で、唇の両端が極端に曲がっていた。髪は長くて黒くてまっすぐで、たてがみのように額からうしろに撫でつけられ、片方だけところどころ真っ白なものが混じっていた。メタルのテーブルに置かれた手には、リックタウンの巨人の化けものと同じような鉤爪が生えていて、長くて鋭敏そうな指をしていた。恐ろしいほど筋肉質の上体にはおよそ考えられない大きな乳房。皮膚はジェット・スキン、はっとするほど薄いグリーンの眼。カドミンは常識的な肉体感覚から自らを解き放っていた。この男なら大昔のシャーマンにでもなれただろう。が、このテクノロジーの世紀は彼にそれ以上のものを与えていた。電子の悪魔——次々に変身コピー（オルタード・カーボン）を乗り換えて生き永らえ、肉体を得ては騒ぎを起こしている邪悪な精霊。それがカドミンだった。

なろうと思えば、優秀なエンヴォイにもなれただろうに。

「おれは今さら自己紹介をしなくてもいいと思うが」とおれはひかえめに言った。

カドミンはにやっと笑った。小さな歯ととがった繊細そうな舌がのぞいた。「警部補の友達なら、したくないことは何もしなくていいさ。まぬけな野郎だけが自分のヴァーチャリティを編集する」

「カドミン、あなたはこの男を知ってる?」とオルテガは言った。

「おれがゲロすると思うのかい、警部補?」カドミンはのけぞるようにして笑った。笑い声が歌声のように響いた。「まだまだ未熟だねえ、あんた。この男? もしかしたら、この女かもしれない、だろ? あるいは、そう、犬かもしれない。犬でも訓練すれば、今彼が言ったことぐらい言えるようになる、適切なトランキライザーさえ与えれば。与えないで、スリーヴを入れ替えると、それはもう哀れなほどトチ狂っちまうがな。それでも、そう、犬でさえ今彼が言ったようなことは言える。それぞれ異なる嵐の電子みぞれからわざわざシルエットをつくって、おれたちはこうやって三人坐ってるというのに、あんたはまるで安っぽい時代劇みたいなことしか言わない。そういうのを創意に欠ける思考というのさ、警部補。創意に欠ける思考とな。変身コピー（オルタード・カーボン）はおれたちの肉体の細胞からおれたちを解放するって言っていた声はどこへ行った? おれたちは天使になれるって言ってた考えはどこに行ったんだ、ええ?」

「あんたが言えば、カドミン? あんたのほうがより高尚なプロなんだから」とオルテガは言った。が、心ここにあらずといった感じで、魔法のように取り出した長いプリントアウトを片手でスクロールしながら、漫然とそれを見ていた。「ポン引き、三合会の用心棒、企業戦争におけるヴァーチャル尋問者。どれもみななんとも高尚なお仕事ね。こっちは光を見ることもできないトロいお巡り。そんな人間にさっきのあんたの質問の答えがわかると思う?」

「確かに。その点についてはおれもあんたと議論しようとは思わない」

「この資料には、あんたは〈メリットコン〉の殺し屋だってあるけど。あんたはちょっとまえに大シルティス（火星の北半球、赤道付近の一帯）で、ある考古学グループを脅して彼らの要求をひねりつぶした。彼らの家族を覚醒剤で皆殺しにして。なかなか手ぎわのいい仕事だったみたいね」オルテガはプリントアウトをどこかに放って消した。「だけど、カドミン、今度ばかりはもう逃げられない。あのホテルの監視システムのデジタル記録が残ってるし、あんたがスタックをふたつ一緒に冷凍保存して同時スリーヴィングした裏も取れてるんだから。それって強制消去が適用される罪よ。あんたの弁護士が一生懸命踊ってみせて、マシーン・エラーということで司法取引できたとしても、あんたが保管施設から出られるのは、太陽がただの赤い小人になってる頃でしょうね」

カドミンは笑みを浮かべた。「だったら、なんでおれたちは今ここにいる？」

「おまえは誰に雇われた？」とおれはぼそっと言った。

「おや、犬がまたしゃべった！

おれが聞くのは狼
操縦士のいない星と
孤独に交わるその吠え声
それとも、あれはただの尊大と隷属
犬の鳴き声か？

何千年を要したか
もう一方を

道具に変えるのに
もう一方のプライドを
くじいて責めて
奪うのに」

おれは煙草を深く吸って、うなずいた。たいていのハーラン人同様、おれもクウェルの『詩とそのほかの言い逃れ』は多少なりとも暗記していた。子供には今でもラディカルすぎると考えられている後期のより重たい政治的な作品のかわりに、学校で習ったのだ。今のはあまりいい翻訳とは言えなかったが、それでも作品のコアはきちんととらえられていた。が、それより何より驚いたのは、ハーラン人でもない人間がこんなマイナーな詩を引用したという事実だ。

おれはあとを引き取って詩を締めくくった。


「精神と精神との距離はどうやって測る?

誰を探して責めを負わす?」


「責めを負わす相手を探しにきたのか、ミスター・コヴァッチ?」

「ああ、おれの一番の望みはそれだ」

「それは残念」

「ほかに何を期待してた?」

「何も」とカドミンはまた笑みを見せて言った。「期待とはわれらが最初の過ちだ。だけど、ちがうよ、さっき言ったのは、あんたにとって残念だったなという意味だ」

「かもしれない」

彼は斑の頭を振った。「かもしれないじゃない。確かに、だ。おれからはひとつの名前も得られない。まあ、ただ単に責めを負わす相手を探してるだけなら、おれが負ってやってもいいが」

「それはどうも。でも、覚えてるか、追従者についてクウェルはなんと言ってるか」

「歩きながら殺せばいい／だけど、弾丸は大切に／標的にはもっと大切なものがある」カドミンは自分の内側の深いところでさも嬉しそうに笑った。「おまえさんはモニターされてる警察の留置場でおれを脅そうっていうのか?」

「いや、おれはただ事実をきちんと整理してるだけだ」おれは煙草の灰を落とし、それが床に落ちるまえに火花を散らせて消えるのを見つめた。「おまえのうしろで糸を引いてるやつがいる。おれの狙いはそいつだ。おまえにはなんの値打ちもない。おまえはゼロだ。おまえみたいなやつには唾をひっかけるのももったいない」

そのとき、キュービストが描いた稲妻のように空に線が走り、震え、カドミンはそれを見上げた。光がメタルのテーブルに鈍く反射し、震えがカドミンの手に一瞬伝わったように見えた。彼がまたおれに眼を戻したときには、その眼に奇妙な光が宿っていた。

「おれはおまえを殺すことを頼まれたわけじゃない」と彼は抑揚のない口調で言った。「誘拐するのが厄介にならないかぎり。だけど、やっぱり殺してやるよ、今」

最後のことばの最後の音節がカドミンの唇を離れたときにはもう、オルテガがカドミンに一撃を与えていた。テーブルが一瞬にして消えたかと思うと、オルテガはブーツを履いた足でカドミンを椅子から蹴り落としていた。カドミンはどうにか立ち上がったが、すぐにまたオルテガのブーツが今度は口に飛んでいき、また床に倒れた。おれは口の中の傷に舌をやった。もうほとんど治りかけていた。だからといって、カドミンに同情する気には少しもなれなかった。

オルテガはカドミンの髪をつかんで立たせた。見ると、テーブルを消したシステム・マジックのおかげで、さっきまで彼女がもう一方の手に持っていた煙草が今は見るからに凶暴そうな棍棒に変わっていた。

「今のは空耳じゃなかった」と彼女は歯の隙間からことばを押し出すようにして言った。

「おまえは尋問者を脅すことばを口にした、そうだよね、空気頭？」

「容疑者に対する警察官の暴力も——」

「そのとおりだよ、クソ野郎」オルテガは棍棒でカドミンの頬を殴った。皮膚が裂けた。

「警察官による暴力も警察はヴァーチャルでモニターしてる。これでサンデイ・キムも〈ワールドウェブ・ワン〉も、いいネタが手にはいったと思ってることだろうよ。だけど、わかるかい？　おまえの弁護士がそのテープを公にしたがるとはわたしにはとても思えない」

「もういいだろう、オルテガ」とおれは言った。

彼女はそこでわれに返ったらしく、黙ってうしろにさがった。顔はまだ引き攣っていたが。ひとつ大きな息をついた。その途端、テーブルがまた現れ、カドミンも椅子に坐った状態で現れた。きれいな顔で。

「あんたも暴力刑事のひとりだったとはな」とカドミンはぼそっと言った。

「ああ、そうさ」オルテガの声音には侮蔑がありありと表れていた。が、少なくともその侮蔑の半分は自分自身に向けられたもののようにも思えた。彼女は自分を取り戻すのにもう一度深く息をついて、乱れてもいない服を直した。「さっき言ったとおり、おまえにはチャンスなんて訪れない。それだけは言っておくよ」

「誰に頼まれたにしろ、そいつはおまえにとってそれほど値打ちのあるやつってわけだ、だろ、カドミン？」とおれは事実不思議な気がして尋ねた。「おまえは契約上の忠誠心から黙秘しているのか。それとも、そいつがそれほど怖いのか？」

答えのかわりに合成男は腕を組んで、その腕越しにただおれを見た。

「もういいかな、コヴァッチ？」とオルテガが言った。

おれはカドミンの傲岸な眼から眼をそらさずに言った。「カドミン、おれを雇った人物はいろんな方面に影響力を持ってる。だから、取引するならこれが最後のチャンスということになるかもしれない」

応答はなかった。まばたきひとつ返ってこなかった。

おれは肩をすくめて言った。「ああ、オルテガ、もういい」

「わかった」とオルテガはむっつりと言った。「このクソ野郎の風下に坐ってるだけで、普段は忍耐強いわたしもどうしてもキレやすくなってしまう」彼女はカドミンの眼のまえで手をひらひらさせて言った。「じゃあね、空気頭」

そのとき、カドミンの眼がちらっと彼女のほうに向いた。ゆがんだ笑みがその口元に薄く浮かんだ。

おれたちは現実に戻った。


四階のオルテガのオフィスに戻ると、焼けつくような太陽の光が白い砂に燦々と降り注いでいた。おれはそのぎらつきに思わず眼を細めた。オルテガが机の引き出しから自分用のサングラスとスペアを取り出して言った。

「何かわかった？」

おれは小さすぎてうまくかけられないサングラスをどうにかかけた。「大したことはわからなかったな。あいつが受けてた指令がおれを殺すことじゃなかったということ以外は。それはつまり、誰かがおれと話をしたがってたということだ。おおかたそんなことじゃないかとは思ってたが。そもそも、おれを殺すつもりなら、ヘンドリックスでおれのスタックを吹き飛ばすチャンスなんか、やつにはいくらでもあったんだから。バンクロフトとは関係のないところで誰かがおれと取引をしたがってた。どうやらそういうことのようだ」

「あるいは、あなたから何かを訊き出したかったのか」

おれは首を振った。「何について？ おれは地球に着いたばかりだんだぜ。意味をなさないよ」

「エンヴォイは？ まだ終わっていない任務があったとか」オルテガはカードのかわりに可能性を配るかのように手をひらひらさせて言った。「遺恨の対決とか」

「ありえない。その話はこないだの晩互いに怒鳴り合ったときにもうすんでるだろうが。おれがこの世から消えるのを見たがってる人間はいくらもいる。でも、それは地球に住んでる人間じゃない。恒星間に及ぶ影響力を行使できるような人間でもない。それから、どこかにきっと保管されてるはずだが、エンヴォイに関するハイレヴェルなデータ・スタックのことなどおれは何も知らない。それにそういうことなのだとすれば、あまりに偶然すぎる。どう考えても、これはバンクロフトに関することだよ。このプログラムにはいりたがってるやつがどこかにいるということだ」

「誰であれ、それが彼を殺した犯人？」

おれは顎を引いていくらかうつむき加減になり、サングラスのふち越しに彼女を見た。

「ということは、やっとあんたもおれの言ってることを信じてくれたということかな？」

「全部じゃないけど」

「おいおい、今さらなんだよ」

オルテガは聞いていなかった。「わたしが知りたいのは」と思案顔で言った。「どうしてカドミンは最後にコードを書き直したのかということ。いい？　日曜の夜に彼をダウンロードしてから、わたしたちはもう十回近く絞り上げてるわけよ。でも、これまでは自分がその場にいることさえ認めようとしなかった」

「弁護士に対しても？」

「彼が弁護士になんと言ってるかはわからない。彼についてるのはウランバートルとニューヨークの大物弁護士なのよ。彼らにはつかえるお金がいくらでもあるから、みんな傍聴防止ヴァーチャル接見をする。そのため、われわれのテープには雑音しか残らない」

おれは心の中で眉を吊り上げた。ハーランズ・ワールドではどんなヴァーチャル勾留も当然のこととしてモニターされ、傍聴防止装置を使うことは許されていない、被疑者がどれほど金持ちであろうと。

「そのカドミンの弁護士だが、ベイ・シティに来てるのか？」

「物理的にってこと？　そう、マリン郡にある法律事務所と契約して、代表弁護士のひとりが裁判が終わるまで地元のスリーヴをレンタルしたみたい」オルテガは唇をへの字に曲げた。

「近頃は物理的にちゃんと接見するほうが高級と思われていて、通信施設を使ってるのは三流の事務所だけね」

「その弁護士の名前は？」

オルテガは言いかけて、ためらった。間ができた。「カドミンの件にはまだ微妙なところがある。だから、そこまであなたに話していいものかどうか」

「オルテガ、おれたちは最後までやる。それがお互い話し合った結論だろうが。さもなきゃ、おれはまた最大限荒っぽい調査に戻って、イライアスのこの可愛い顔を危険にさらす」

彼女はしばらく押し黙った。

「ラザフォード」最後に言った。「ラザフォードと話すつもり？」

「今は誰とでも話したい気分だ。もっと早く取りかかれてればよかったんだろうが、バンクロフトとしてもおれを地球に来させるのにひと月半かかった。で、いろんなことが今はもうだいぶ冷えちまってて、今のところおれにはカドミンしかいないんだからな」

「でも、キース・ラザフォードも一筋縄ではいかない男よ。階下のカドミンと同じ結果になるのは眼に見えてる。だいたいわたしは彼になんと言ってあなたを紹介すればいいのよ、コヴァッチ？　ハイ、キース、こちらはあなたの依頼人が日曜に消そうとした、元エンヴォイの問題児とでも？　むしろ彼のほうからあなたにあれこれ訊いてくるんじゃない？　で、彼のほうはお金をもらえなかった娼婦のプッシーみたいに口を閉ざすでしょうね」

彼女の言うことには一理あった。おれは海を眺めながらしばらく考えた。

「よし」おもむろに言った。「ほんの数分話せればそれでいい。おれをイライアス・ライカーと言って紹介するのは？　あんたの有機体損壊課の相棒だと言って。実際、それはまちがってるわけでもないんだから」

オルテガはサングラスを取ると、まじまじとおれを見た。

「今のはジョークよね？」

「いや。現実的な提案だ。ラザフォードのスリーヴにはいってるやつはウランバートルの弁護士なんだろ？」

「ニューヨーク」と彼女は硬い口調で言った。

「ニューヨーク。それでもいい。たぶんそいつはあんたのこともライカーのことも何も知らないはずだ」

「たぶん」

「だったら、何が問題になる?」

「問題は、コヴァッチ、そういうのはわたしの気に召さないってことね」

また沈黙ができた。おれは自分の膝に眼を落とし、ため息をついた。ほんの少しばかり演技をして。それから、おれもサングラスを取って彼女を見上げた。すべてがそこにありありと表れていた。スリーヴィング自体に対する赤裸々な恐れ。その恐れにともなうすべてのもの——窮地に陥った偏執狂的な実在。

「オルテガ」とおれはやさしく言った。「おれはライカーじゃない。ライカーになるつもりも——」

「あなたには彼に近づくことさえできないでしょうよ」と彼女はぴしゃりと言った。

「おれが言ってるのは、ほんの少しのあいだライカーごっこをする。ただそれだけのことだ」

「ただそれだけ?」

彼女は鉄の声音でそう言った。が、そのあとぶっきらぼうにサングラスをかけ直した。慌てていた。だから、おれとしてはミラーレンズ越しに彼女の眼にたまった涙を見るまでもなかった。

「わかった」彼女は空咳をしてから最後に言った。「あなたの要求を呑んであげる。そんなことをして何か意味があるとも思えないけど。でも、やってあげる。そのあとは?」

「それはまだなんとも言えない。まあ、出たとこ勝負だな」

「ウェイ・クリニックでやったみたいに?」

おれはあいまいに肩をすくめた。「エンヴォイの特殊技能というのはだいたいが反応と言っていい。

だから、何かが起こるまでは反応できない」

「もう血の海は見たくないからね、コヴァッチ。市の統計の見栄えが悪くなるから」

「どこかで暴力沙汰になったとしても、始めるのはおれじゃない」

「その程度のことばじゃあんまり安心できないけど。でも、会ってどうするか、何か考えがあるわけじゃないの？」

「とにかく話してみる」

「それだけ？」彼女はいかにも信じられないといった顔でおれを見た。「ほんとうにそれだけなのね？」

おれはサイズの合っていないサングラスを顔に戻して言った。

「ときにはただ話すだけで事足りることもある」

第十八章

おれが初めて弁護士という人種に会ったのは十五のときだった。始終何かに困っているみたいな顔をした少年乱闘罪専門の弁護士で、おれを弁護してくれたのだ。訴訟そのものはニューペスト警察の警官がからんではいたが、ささやかな有機体損傷訴訟だった。その弁護士はいわば近視眼的な根気強さでもって、十一分のヴァーチャル精神カウンセリングを受けるという条件付き釈放を勝ち取ってくれたのだが、少年裁判所の外で、挑戦的でひとりよがりのおれの顔をのぞき込むと、ただ黙ってうなずいた。自分の人生に関する最大の危惧がひとつこれでまたはっきりした、とでも言いたげな顔だった。そうしておれに背を向けると、すぐに歩き去った。なんという名前の弁護士だったか、覚えていない。

ニューペストのギャングの仲間入りをしたのはその少しあとで、それ以降、そういった形で弁護士と出会ったことは一度もない。ギャングたちは情報ネットに通じており、頭もよく、すでに自分たちの侵入プログラムを書いていた。また、自分たちの歳の半分ぐらいの子供からプログラムを手に入れたりもしていた。ネットから盗んできた、程度の悪いヴァーチャル・ポルノと交換して。簡単には捕まらなかった。その結果、ニューペストの警察も段々おれたちを放っておくようになった。ギャング同士の抗争はもうほとんど習慣のようなものになっていたが、たいていの場合、部外者を巻き込むことはなかったからだ。ただ、たまに市民が巻き添えを食うことがあり、そういうときには懲罰的な荒っぽい手入れがあり、リーダーは保管施設に送られ、残りのおれたちはみな痣だらけになるということもあったが。おれの場合、幸運なことに、収監されるほど出世することはなかったので、次に裁判所を内部から見たのはイネニンの軍法会議のときだった。

そこでおれが出会った数人の弁護士は、十五のときにおれを弁護してくれた弁護士とは似ても似つかなかった。オート・マシーン・ライフルの発砲と放屁との差ぐらいあった。冷ややかで、プロとしてぴかぴかに磨かれていて、キャリアの階段を着実にのぼっている連中だった。軍服を着ていても、実戦の場から千キロ以内に近づかなくてもいい身分を保証してくれる階段を。法廷の大理石の床をサメのように行ったり来たりしていた彼らが唯一抱える問題は、明確な線引きをすることだった。戦争（自分たちとは異なる軍服を着た者たちを大量に殺戮する）と、正当と認めうる損失（自軍が大量に殺戮されるものの、そのことに多大な利益がともなう）と、犯罪的な怠慢（自軍が大量に殺戮され、なんの利益も得られない）とのあいだに。おれは三週間法廷に坐って、まるで何種類ものサラダにかけるドレッシングを吟味しているかのような彼らの議論を聞いた。その結果、ある時点ではきわめてはっきりしていたこの三つの定義が、一時間ごとにあいまいになっていった。それはつまり彼らがそれだけ優秀だったということなのだろう。

その挙句、単刀直入に有罪と言われたときにはむしろほっとしたほどだった。

「どうかした？」小石を敷き詰めた浜辺に警察の覆面クルーザーを着陸させ、オルテガがおれを横目で見ながら言った。浜の斜面をのぼったところに、プレンダーガスト・サンチェス法律事務所の乱斜面のガラス張りオフィスが並んでいた。

「ちょっと考え事をしてた」

「冷たいシャワーを浴びてアルコールを飲む。わたしにはそれが効くけど」

おれはうなずいて、金属製の小さなビーズを親指と人差し指のあいだにはさんでかざした。

「これは合法かな？」

オルテガは手を伸ばして、第一次コイルの電流を切った。「まあね。誰も文句は言わない」

「よし。それじゃ、まずことばの援護が要る。話はあんたがしてくれ。おれは口を閉じて聞いてる。で、あんたたちのやりとりから何かを聞き取る」

「いいわよ。実際、ライカーもそんな調子だったし。ひとことですむときには絶対ふたことは言わない人よ。相手がカス野郎のときにはただ相手を見るだけだった」

「ミッキー・ノザワ・タイプなんだ？」

「誰、それ？」

「なんでもない」オルテガがエンジンをアイドリングにすると、それまで風圧に舞い上げられ、機体に降っていた小石がやんだ。おれはシートの上で伸びをしてから、自分の側のハッチを開けた。降り立つと、やけに図体のでかい男が、乱斜面を曲がりくねって伝っている接ぎ木みたいな木の階段を降りてくるのが見えた。鈍器のようにも見える銃を肩からさげて、手袋をしていた。弁護士ではなさそうだった。

「気楽にかまえていて」とオルテガが即座に近づいてきて、おれの肩のあたりで言った。

「ここはわたしたちの管轄だから、彼には何もできない」

筋肉野郎が脚のばねを利かせて階段の最後の踏み段から砂地に飛び降りると、オルテガはバッジを見せた。それを見て、男ががっかりしたのは顔を見れば容易にわかった。

「ベイ・シティ警察よ。ラザフォードに会いたいんだけど」

「ここにクルーザーを停めてもらっちゃ困るんだけどな」

「もう停めちゃったんだから」とオルテガは抑揚のない口調で言った。「それとも、ミスター・ラザフォードを待たせる？」

筋肉野郎は不快げに鼻を鳴らして自分を納得させると、階段を示し、用心深い羊飼いの距離を保っておれたちのあとからついてきた。てっぺんまではけっこうあって、たどり着くと、オルテガのほうが明らかにおれより息を切らしていた。それを見て、おれはちょっぴり嬉しくなった。階段と同じ木で造られた、落ち着いた感じのサンデッキがあり、それを横切り、板ガラスの自動ドアを抜けると、その中はまるで誰かの家の居間のような受付エリアになっていた。おれのジャケットと同じ模様のニットの敷物、壁には感情移入派の版画。五つの肘掛け椅子が客を待っていた。

「どういうご用件でしょう？」

今度は弁護士だ。まちがいない。きれいに梳かしつけたすべらかなブロンドの髪、部屋の雰囲気にマッチしたゆったりとしたスカートに仕立てのいいジャケット。自然な恰好でポケットに手を入れていた。

「ベイ・シティ警察です。ミスター・ラザフォードにお会いしたいんですが」

女はおれたちをそこまで案内してきた筋肉野郎のほうをちらっと見やり、筋肉野郎がうなずくのを認めると、わざわざ身分証明書を求めてはこなかった。

「申しわけありませんが、今、ラザフォードは手がふさがっております。ニューヨークとヴァーチャル通信をしてるんです」

「だったら、一時中断させてちょうだい」とオルテガは乱暴なことをおだやかな口調で言った。「こちらの依頼人を逮捕した警察官が来てると言ったら、きっとミスター・ラザフォードも関心を持つんじゃないかと思うけど」

「それでも少し時間がかかります」

「いいえ、かからないと思う」

ふたりの女の視線ががっちりとからみ合った。弁護士がさきに眼をそらして、筋肉野郎にうなずいてみせた。筋肉野郎は外に出ていった。まだがっかりしたような顔をしていた。

「様子を見てきます」と女弁護士は氷の声音で言った。「ここでお待ちください」

おれたちは待った。おれは絵を見てまわった。オルテガは床から天井まである窓のそばに立って、こっちに背を向け、海を眺めていた。おれは絵を見てまわった。何点かすばらしいのがあった。別々に身につけた習慣ながら、モニターされている環境の中でおれたちはひとこともしゃべらなかった。みだりに人を入れない神聖な場所からラザフォードを引っぱり出すのには十分かかった。

「オルテガ警部補」変調されたラザフォードの声はウェイ・クリニックのミラーの声を思い出せた。暖炉の上の版画から声のしたほうに眼を向けると、スリーヴもミラーそっくりだった。ミラーよりいくらか歳はいっているかもしれない。また、少しばかりごつい家長的な雰囲気があった。陪審員だけでなく、判事にも一目で印象づけられるように意図されたものだろう。体型は、ミラー同様アスリート系で、できあいのハンサム顔をしていた。「あなた方の突然のご訪問を受けなければならないようなことが何かあったでしょうか？　仕事の邪魔はあまりされたくないほうでしてね」

オルテガはラザフォードのその異議申し立てを無視して、おれのほうを顎で示して言った。

「こちらは部長刑事のイライアス・ライカーです。あなたの依頼人はついさきほど、誘拐を意図したことについて認めました。それから、モニターされている中で、第一級有機体損壊脅迫罪を犯しました。そのモニターテープ、見ます？」

「いや、けっこう。それより、あなた方はそもそもどうしてここにおられるのか、まずはご用をおっしゃってください」

ラザフォードはさすがに優秀だった。ほとんど反応していなかった。ほとんど。それだけのことは眼の隅で見ていてもわかった。おれは心のギアをオーヴァードライヴに入れ替えた。

オルテガが肘掛け椅子の背にもたれて言った。「それは強制抹消訴訟の弁護をなさってる弁護士さんとしては、ちょっと想像力に欠けるおことばのような気がするけど」

ラザフォードは芝居がかったため息をついた。「あなたは今大切なリンクから私を引き離してるんですよ。話があるのは私じゃなくてあなたたちのほうじゃないんですか？」

「第三者遡及共謀というのはどんな罪か知ってるかい？」おれは版画から眼を離さず、尋ねた。そのひとことでラザフォードの関心を百パーセント惹くことができた。

「いいえ」と彼は硬い口調で言った。

「それは残念。なぜって、カドミンがゲロして今言った法律が適用されたら、あんたもここの代表弁護士、プレンダーガストとサンチェスも戦闘最前線に立たされることになるわけだからね。もちろん、あくまでそういうことになったらという仮定の話だが」おれは両手を広げて肩をすくめた。「非難のシーズン到来というわけだ。いや、もうすでにそうなってるか」

「よかろう、もう充分だ」とラザフォードはきっぱりと言い、上着の襟に取り付けたリモート・エミッターに手を伸ばした。これでさっきの筋肉野郎がこっちに向かいはじめたはずだった。「きみたちとゲームをしている時間はなくてね。きみがさっき言ったような名前の法律はどこにもない。それに、きみたちはもう少しで営業妨害罪になる危険を冒している。わかっていると思うが」

おれは声を荒げて言った。「ラザフォード、プログラムがクラッシュしたとき、あんたはどちら側に立っていたい？　おれたちはただそれが知りたかっただけさ。法律はちゃんとあるよ。国連法廷で訴追される罪だ。その法が最後に執行されたのは二二〇七年五月四日だ。調べればわかる。こいつを掘り出すにはずいぶんかかったがね。でも、この法でもっておまえたちまで窮地に立たせることができるんだよ。カドミンはそれを知っていた。だから、ゲロしそうになってるのさ」

ラザフォードはうっすらと笑みを浮かべて言った。「私はそうは思わないが、刑事さん」

おれはまた肩をすくめた。「そりゃ残念だ。いずれにしろ、言われたとおり、調べることだ。それからどっちの側でプレーしたいか決めることだ。おまえじゃなくて、ウランバートルの弁護士先生が来てたらよかったのにな。このチャンスをなんとかものにできるとなれば、そいつはフェラチオだってなんだってやってただろうよ」

笑みがかすかに揺れた。

「よかろう。まあ、考えてみることだ」おれはオルテガのほうを顎でしゃくって言った。「フェル・ストリートまで来てくれりゃ、いつでも会える、警部補同様。イライアス・ライカー、オフワールド、連絡担当だ。はっきり言っておくよ。あんたらに勝機はない。で、どういうことになろうと、負けが決まったとき、おれはあんたらが知っていて損のない人間だ」

オルテガは、生まれてこの方ずっと同じことを繰り返してきたかのように、おれのそのことばを引き上げる合図と受け取った。サラもたぶん同じようにしていただろう。椅子の背から体を起こすと、すたすたとドアに向かった。

「それじゃまた、ラザフォード」外のデッキに出たところで、彼女はぶっきらぼうにそう言った。筋肉野郎が立っていた。腕を脇に垂らして、にやにやしていた。「あんた。あんたはよけいなことは考えないことだね」

おれはライカーが効果的によく使ったという無言のひと睨みを男に向けると、相棒のあとを追って階段を降りた。

クルーザーに戻ると、オルテガはスクリーンのスウィッチを入れて、隠し通信器から送られてくるアイデンティティ・データをスクロールして言った。

「どこに仕掛けたの？」

「暖炉の上の版画。額の隅に」

彼女はうなった。「どうせすぐに廃棄されてしまうでしょうけど。それにそもそも証拠としても認められないけど」

「わかってる。あんたから二度も言われたからな。でも、問題はそこじゃない。少しでも動揺したら、ラザフォードはまずまちがいなく最初に動くはずだ」

「動揺したと思う？」

「少しは」

「そうね」彼女は不思議そうにおれを見た。「でも、あの第三者遡及共謀っていったい何？」

「さあ。ただの思いつきだ」

彼女は眉を吊り上げた。「嘘でしょ？」

「あんたも騙されたか、ええ？　ひとつ教えよう。あの話をしたとき、たとえ嘘発見装置にかけられていても、おれはみんなを騙せたよ。むしろ基本的なエンヴォイの特殊技能だ。もちろん、調べられりゃすぐにばれる。だけど、ラザフォードが調べた時点でもう目的は果たせてる」

「というと？」

「それで闘技場が用意できたということさ。嘘をつかれると、人間それだけでも少しは不意を突かれた恰好になる。なじみのない土俵で戦わなきゃならない気分になる。ラザフォードはまちがいなく動揺した。それでも、カドミンがおかしくなったのはその法律のためだと言ったら、うっすらと笑みを浮かべた」おれはフロントガラス越しに上の建物を見ながら、直感から得られたものを寄せ集めて整理した。「おれがそう言ったとき、あいつは心底ほっとしたんだよ。さもなきゃ、自分の感情などおくびにも出さなかっただろう。おれのはったりで少しは動揺したものの、やはり自分のほうが刑事なんかよりよくわかっていることがわかった。それが安心のひとつのよりどころになった。それはつまり、カドミンが態度を変えたとしても、その理由はほかにあることを知ってるからだ。つまり、ほんとうの理由を」

オルテガは同意して鼻を鳴らした。「すばらしい、コヴァッチ。あなたはお巡りになるべきだったわね。だったら、あなたも気づいたと思うけど、カドミンがしたことに関するいい知らせをわたしが伝えたときの彼の反応。彼は少しも驚かなかった」

「ああ。むしろ予測していたようなところがあった。初めからわかっていたような」

「ええ」彼女はちょっと考えてから言った。「あなたはほんとうにこういうことを仕事にしてたのね?」

「いつもじゃないが。微妙な外交問題がからむ作戦に参加したり、敵陣に深く潜行したりしたときだけだ。でも、それは——」

彼女に脇腹をつつかれ、おれは言いかけたことばを呑み込んだ。スクリーンに蛇がとぐろを解くように青い炎がくねくねと広がり、コードが次々に打ち出された。

「来た、来た。同時通話ね。時間を節約するためにヴァーチャルでやってるのにちがいない。ひとつ、ふたつ、みっつ——これがニューヨーク。上級代表弁護士にご注進ってわけね……おっと」

画面がいきなり明るくなったかと思ったら、すぐに何も映らなくなった。

「どうやら見つけられちまったようだな」とおれは言った。

「ええ。ニューヨークのラインにはおそらく盗聴除去装置がついてるのよ。それで近くある通信器はすべて掃き出されてしまう」
「そういう装置はほかのやつのところにもついてるだろうな」
「ええ」オルテガはスクリーン・メモリーのスウィッチを入れ、通信コードを見つめた。
「三つともプライヴァシー保護ルートでかけられてる。相手を特定するには少し時間がかかりそうね。あなた、何か食べない？」

古参のエンヴォイがホームシックということばを口にすることはまずない。訓練によって身につけた順応性がうまく働かなくても、スリーヴィングを何度も繰り返し、保護国全域を行ったり来たりしていれば、もうそれだけでそういう感慨を覚えることはなくなる。エンヴォイは〝ここ——今〟という名の国の市民みたいなもので、その国は嫉妬深く、二重国籍を認めない。おれたちにとって過去が意味を持つのはデータとしてだけだ。

それでも、〈フライング・フィッシュ〉のキッチン・エリアに足を踏み入れ、ミルズポートでよく味わったソースの香りに友好的な触手みたいにくすぐられて覚えたのは、まごうかたなきホームシックだった。テリヤキ、テンプラ、ミソの下味。それらに包まれ、おれはその頃を懐かしく思い出した。〈ジェミニ・バイオシス〉を襲ったあと、サラと人目につかないようにこっそりはいったラーメン・バー。店にはいっても、もちろん眼だけはニュースネット・ブロードキャストと、店の隅に置かれたおんぼろビデオフォンから離さなかった。ビデオフォンはいつ鳴りだしてもおかしくなかった。水滴に曇る窓。無口なミルズポートの船長たち。

さらにそれよりまえの記憶は、ニューペストの金曜日の夜、紙でできたワタナベの店の角灯——よく蛾がぶつかっては死んでいた——にまでさかのぼる。十代のおれの皮膚は南から吹くジャングル風に汗でぬめり、テトラメチルのせいでぎらついているおれの眼がウィンドチャイムの鏡のひとつに映っていた。おしゃべり――ラーメンより金のかからないおしゃべり。大金、ヤクザとのコネ、はるか北に行けるチケット、新しいスリーヴ、新しい世界。ワタナベ翁は外のデッキに置かれた椅子におれたちと一緒に坐って、おれたちのそうしたおしゃべりをただ黙って聞いているだけで、何も言わなかった。パイプ煙草をふかし、時々鏡に映る自分自身の白人の姿を見て、そのたびにかすかに驚いているようにおれには見えた。

　そんな白人のスリーヴをまとっていることについて、ワタナベは一切何もおれたちに話してくれなかった。また、海兵隊時代にしろ、クウェル記念旅団時代にしろ、エンヴォイ時代にしろ、何にしろ、昔の武勇伝に関する噂を肯定も否定もしなかった。ワタナベが部屋にひしめくセヴン・パーセント・エンジェルズの荒くれをパイプ一本で威嚇するのを見たことがある、と年かさのギャングのひとりから聞いたことはあったが。また、こんなこともあった。沼地の町出身の若いやつが入植戦争時のものと言って、不鮮明な二次元のニュース・テープをどこかから持ってきたのだが、それは突撃隊が攻撃に移る直前の様子を映したテープで、ひとりの軍曹がインタヴューを受けており、そこに〝ワタナベ・Y〟という字幕がはいったのだ。そして、その軍曹の小首の傾げ方にはみな見覚えがあり、そのシーンではそのテープを見ていた全員が歓声をあげた。もちろん、ワタナベというのはありふれた名前だし、そういうことを言えば、エンジェルズを威嚇したところを見たと言っていたやつも、スラム見物に来たハーラン一族の箱入り娘と寝たことがあるというのが自慢で、誰からもあまり信用されていない男だったが。

　ただ一度、ワタナベの店で珍しく素面（しらふ）でひとりだったとき、おれは青春のプライドを呑み込んで、彼にアドヴァイスを求めたことがある。そのとき、おれは国連軍の入隊応募要項を何週間も読んでいて、誰かに背中を押してもらいたかったのだろう。

ワタナベはパイプ越しにおれを見ると、にやっと笑って言った。「おれがおまえさんにアドヴァイスをする？　おれという男をこんなところに流れ着かせた知恵をおまえさんと分かち合う？」

「ああ、まあ、そうだ」

「だったら、やめたほうがいい」彼はきっぱりと言って、またパイプの煙をくゆらせはじめた——。

「コヴァッチ？」

おれは眼をしばたたいた。オルテガがまえにいて、奇妙な眼でおれを見ていた。

「何かわたしの知らなくちゃならないこと？」

おれは薄い笑みを浮かべて、ぴかぴかに磨かれたキッチンのスティール製のカウンターを見やった。

「そうでもない」

「ここはおいしいわよ」と彼女は言った。おれの思いを誤解したようだった。

「だったら、早く試そう」

彼女は湯気の中からおれをレストランのブースのひとつへ案内した。彼女によれば、〈フライング・フィッシュ〉はもともと掃空海艇だったのだそうだ。それがお役ご免となって、どこかの海洋学協会が買い上げたのだが、その海洋学協会も今はなく——あるいはどこかに移転して——湾に面した協会所有の設備だけが残り、そのひとつ、フライング・フィッシュ号を誰かが改装し、レストランとして生き返らせ、朽ちていく海洋施設の屋根の上、五百メートルまでケーブルで吊り上げたということだった。船体は定時に地上に降ろされ、満足した客が吐き出され、新たな客が詰め込まれる。おれたちが着いたときにも客の列ができており、それは埠頭格納庫の角をふたつ曲がるほど延びていた。が、格納庫の天井が開いてフライング・フィッシュが降りてくると、オルテガはバッジを見せて列を割ってまえに進み、おれたちは並ぶことなく乗船していた。

おれは脚を組んでクッションに腰を落ち着けた。テーブルは船体の骨組(ガントリー)には接しておらず、メタル・アームに取り付けられていた。ブースそのものはパワー・スクリーンの靄(もや)で蛇腹装飾が施され、気温は適温に保たれ、突風もそよ風程度に変えられるようになっていた。床は六辺形の格子細工でできていて、クッションの端からほとんど何物にも邪魔されずに、一キロ下の海が眺められた。おれはクッションの上でもぞもぞと尻を動かした。高さがおれの得意科目であったことはこれまでに一度もない。

「この船は鯨を追いかけるのにも使われてた」とオルテガが船体のへりのほうを手で示しながら言った。「こういうものが衛星時代にも通用するようになるまえは。理解の日(アンダスタンディング・デイ)以降、鯨は鯨と話ができる人にとっては突然ビッグマネーになった。それはあなたも知ってるでしょ？　火星人について鯨たちは四世紀にわたる火星の考古学とほぼ同じくらいの情報をわたしたちに提供してくれた。彼らは自分たちが火星から地球に来たことも覚えていた。そう、種(しゅ)の記憶として」

彼女は少し間(ま)を取ってからいかにも瑣末なことのようにつけ加えた。「わたしは理解の日に生まれたのよ」

「ほんとうに？」

「ええ。一月九日に。クリスティンという名前は、最初の翻訳チームで活躍したオーストラリアの鯨学者の名前から取ったんだそうよ」

「すばらしい」

そのとき彼女がほんとうには誰に向かって話していたにしろ、その人物が彼女を現実に引き戻した。彼女は肩をすくめると、そっけなく言った。「いいえ、子供の頃はそんなふうに考えないものよ。わたしはマリアという名前がよかった」

「ここへはよく来るのか？」

「そうでもない。でも、ハーランズ・ワールドの人なら誰でもきっと気に入るだろうと思ったのよ」

「それはまちがってなかった」

ウェイターがやってきて、ホロトーチで宙にメニューを書き刻んだ。おれはざっとリストの下まで見て、ラーメンのひとつをいい加減に選んだ。ヴェジタリアン向けのやつだ。

「それはお勧めね」とオルテガは言うと、ウェイターにうなずいた。「わたしも同じものを。それからジュース。あなたは飲みものは？」

「水がいい」

メニューが消えて、おれたちが選んだ料理が一瞬ピンクに輝いた。ウェイターはきびきびとした指使いでホロトーチを胸のポケットにしまうと、引き下がった。オルテガはまわりを見まわしていた。無難な話題を探しているようだった。

「それで――ミルズポートにもこういうところはある？」

「地上にね。こういう空中ものに関して言うと、おれたちはあまり強くない」

「そうなの？」オルテガは例によって眉を吊り上げた。「ミルズポートは群島でしょ？　だったらこういった飛行船が――」

「――土地不足を解消する明快な解決法になる？　そのかぎりにおいてそれは正しい。でも、ひとつ忘れてることがある」おれはちらっと上空を見上げた。「おれたちはひとりじゃない（ウィー・アー・ノット・アローン）（映画『未知との遭遇』のキャッチコピー）」

それだけで彼女にもわかったようだった。「オービタル（火星人がハーランズ・ワールド星の衛星軌道に残した正体不明の物体）？　オービタルは敵なの？」

「ううん。まあ、気まぐれなやつらとだけ言っておこうか。ヘリコプターより大きなものはなんでも撃墜されてしまう。それらのひとつでも非作動状態にするには相当近くまで行かなきゃならないが、それができない。というか、それらのプログラミング限界がわからないので、誰も近づこうとしないと言ったほうが正確だな。で、おれたちは君子危うきに近寄らずということで、とにかくあまり上には上がらないことにしてるのさ」

「それはつまり恒星間交通がやりにくいってことね」

おれはうなずいた。「ああ。ただ、交通量そのものがまだきわめて少ない。グリマー系にはほかに移住可能な惑星はないし、おれたちはハーランズ・ワールドの開拓にまだ忙しくて、惑星地球化をする余裕なんてない状態だからね。探査ロケットをたまに打ち上げたり、プラットフォームへメンテナンス・シャトルを飛ばしたり、エキゾティックな原子を見つけたり、まあ、やってるのはその程度のことだ。打ち上げ可能な時間帯は二度ある。赤道付近の夕方にかけてと極の明け方だ。たぶん大昔にオービタルがふたつばかりクラッシュして燃え、それでオービタルのネットに穴があいたんじゃないかな」おれはことばを切った。「あるいは、そう見えるだけで、ほんとうは誰かが意図的に撃ち落としてるのか」

「誰かって？　まさか火星人だなんて言うんじゃないでしょうね？」

おれは両手を広げた。「どうして言っちゃいけない？　火星に関してわかったことはすべて完全に破壊されるか、埋められるかしてしまった。あるいは、きわめて巧妙に偽装されてしまったために、おれたちはそれを眼にしながら、そこにあることに気づかずに何十年も過ごしてしまってるのか。いずれにしろ、これはたいていの植民星について言えることだ。すべての証拠が過去になんらかの衝突のあったことを示している」

「それは市民戦争だったと考古学者は言う。つまり植民戦争だったと。でしょ？」

「ああ、そのとおりだ」おれは椅子の背にもたれて腕を組んだ。「考古学者というのは、保護国政府に言えと言われたことをただそのとおり言ってる連中だからな。火星の領土は火星人自らの蛮行によって分裂を繰り返し、結局、領土全部が消滅してしまったというわけだ。でもって、その悲劇を憐れむのが今では彼らのファッションになってる。後継者へのありがたい警告というわけだ。遵法精神に富む為政者に逆らってはいけない。あらゆる文明社会に住むあらゆる善男善女のためにも」

　オルテガはいかにも神経質そうにまわりを見まわした。近くのテーブルの何卓かでぎすぎすと軋みながら会話がやんでいた。おれは聴衆に特大の笑みを向けてやった。

「話題を変えない？」オルテガが居心地悪そうに言った。

「いいとも。ライカーのことを話してくれ」

　居心地の悪さが消え、それにかわって氷のような沈黙が降りた。オルテガは両手をテーブルに押しつけるようにして置くと、その手をじっと見つめた。

「いいえ、話そうとは思わない」最後にそう言った。

「それでも別にかまわない」おれはパワー・スクリーン上に雲が形づくられるのをしばらく見てから、眼下の海をできるだけ見ないように気をつけながら言った。「でも、あんたはほんとうは話したがってる」

「そういうのをオスのひとりよがりというのよ」

　料理が運ばれ、おれたちは黙りこくって食べた。麵をすする伝統的な音だけがその沈黙を破った。オートシェフがつくるヘンドリックスの栄養バランスの取れた朝食とは一味も二味もちがっていた。気づくと、おれは貪るように食べていた。胃が必要としている以上に、深い飢(かつ)えの引き金が引かれたかのようだった。オルテガが半分も食べないうちに、おれはスープも全部飲み干していた。

「料理は問題ない？」おれが椅子の背にもたれると、オルテガが皮肉っぽく訊いた。

　おれはただ黙ってうなずいた。そして、努めてラーメンにまつわる記憶の澱(おり)を拭い去ろうとした。今エンヴォイの特殊技能を使ってわざわざこの幸せな満腹感を台無しにしたいとは思わなかった。ダイニング・ガントリーの清潔な金属の線と上空を眺めた。ヘンドリックスでミリアム・バンクロフトにからからに搾り取られたのとほぼ同程度の満足感があった。

オルテガの電話がけたたましく鳴った。彼女はポケットから出すと、最後の麵を口にほおばったまま電話に出た。

「ええ？　そう、ふうん、よかった。いいえ、今からふたりで行くわ」彼女の眼が一瞬おれの眼をとらえた。「そうなの？　いいえ、それにも手をつけないで。そのままにしておいて。ええ、ありがとう、ザック。これでひとつ借りができたわね」

彼女は電話をしまうと、また改めて咀嚼しはじめた。

「いい知らせ？」

「それは見方によるわね。ラザフォードの残りふたつの遠距離通話のかけ先がわかった。ひとつはリッチモンドの格闘競技場。わたしも知ってるところよ。とりあえずそこへ行って、様子を見てみましょう」

「もうひとつは？」

オルテガはスープボウルからおれの顔を見上げ、麵を嚙んで嚥下してから言った。「もうひとつは慎み深い邸宅。バンクロフトの家。サンタッチ・ハウス。さてさて。あなたはこの事実をどう読む？」

第十九章

オルテガが言った格闘競技場というのは、実際には旧式のばら積み貨物船のことで、湾の北側に並ぶ廃倉庫の近くに停泊していた。はっきりとわかる貨物房が六つ、船首から船尾までは半キロ以上あり、一番うしろの貨物房が開けられていた。上空からだと、船全体がオレンジ色に見えた。錆だろうか。

「騙されないように」とオルテガがクルーザーを旋回させながら言った。「あれは錆じゃなくて、船体に厚さ二十五センチものポリマー加工が施してあるのよ。沈めるには指向性爆薬が要る」

「金がかかってるんだ」

オルテガは肩をすくめた。「きっと誰かがバックについてるのよ」

おれたちは埠頭に着陸した。オルテガはモーターを切ると、おれのほうに身を乗り出して、一見廃船にしか見えない船の上部構造物を見た。おれは膝と満腹の腹を彼女のしなやかな上体に圧迫され、当惑し、シートの背もたれに体を押しつけた。彼女はそのおれの動きから自分が何をしているかやっと気づいたようで、慌ててまた姿勢をもとに戻すと、ぎこちなく言った。

「誰もいないようね」

「見るかぎり。行って、確かめてみるか?」

おれたちはクルーザーを降り、湾からたえず吹いている海風の毛布に包まれながら、船尾近くに渡されたアルミ製の管状道板のほうに向かった。わけもなく人に落ち着きをなくさせるオープン・スペースで、おれはクレーンのある甲板と手すりと橋塔から眼を離すことができなかった。動きは何もない。それでも左腕を脇腹に押しつけて、ファイバー・グリップのホルスターがずり落ちていないことを確かめた。安物のファイバー・グリップは何日かつけたあとでずり落ちることがよくあるのだ。ネメックスがあれば、手すりのところから誰が撃ってきても対処できる。おれは自分にそう言い聞かせた。

結局、それは杞憂だった。何事もなく道板までたどり着けた。入口には細い鎖が掛けられ、次のように書かれた表示板がその鎖にぶら下げられていた。

パナマ・ローズ
ファイト　今夜　22時
当日券　二倍

おれはその長方形のメタルの表示板を手に取り、そのぞんざいなレタリングを胡乱(うろん)に見た。

「ほんとうにラザフォードはこんなところに電話したのか？」

「さっき言ったでしょ、騙されないで」オルテガは鎖をはずして言った。「こういうのが格闘競技ファンにはおしゃれなのよ。〝ぞんざい〟がキーワードね。まえのシーズンのときには安っぽいネオンサインだったけど、それでもまだ充分クールじゃなかったんでしょう。世界規模で宣伝してるこういう施設は、この地球上に三つか四つしかなくて、収録することを一切許可していない。ホロスコープはもちろんテレビさえ。来るの、来ないの？」

「なんだか気味が悪いな」おれは彼女のうしろについて管状の通路を歩きながら、若い頃によく行った見世物ファイトを思い出していた。ハーランズ・ワールドでは、すべてのファイトがブロードキャストされ、常に高視聴率を得ている。「地球の人間はこの手のファイトがあんまり好きじゃないのか?」

「いいえ、好きよ」通路の中で反響し、声がひずんでいても、オルテガが皮肉っぽい口調でそう言ったのは容易にわかった。「むしろいくら見ても見たりないのよ。だから、こういうところがいつまでも流行ってるのよ。いい? 地球ではまず教養から始まって——」

「教養?」

「そう、純粋の教養とか。そういった屁理屈。ねえ、人の話の途中で口をはさむのは不躾なことだって、これまで誰にも言われなかったの? その純粋の教養では、ファイトが見たけりゃ、ナマで見ろってことになるわけよ。ウェブで見てるよりずっといいって。ずっと高級だって。だから、かぎりのある観客席にはプレミアがつく。それがまたチケットをセクシーにする。すごく高価なものにもする。そのことがさらにセクシーなものにする。それを考えたやつは天井を抜けて舞い上がるその相乗効果に乗ってればいいわけ」

「賢いもんだ」

「そう、賢いものね」

おれたちは道板の端まで歩き、風の吹きすさぶデッキに出た。両側に貨物房の屋根があった。甲板から腰の高さあたりまでふくらんでいて、船の皮膚にできたスティールの発疹のようだった。船尾側のふくらみの向こうに橋塔が天に向かってぶっきらぼうに伸びていた。おれたちが立っているところとは無関係に立っているように見えた。前方に積荷用クレーンが何台か並び、その鎖が風に吹かれてかすかに揺れていた。見るかぎり、動いているのはそれだけだった。

「まえにここに来たのは」とオルテガが風に逆らい、声を大きくして言った。「〈ワールドウェブ・ワン〉のアホな記者がインプラント式収録装置を体内に埋め込んで、タイトル戦を収録しようとしたときよ。その馬鹿はもちろん湾に放り込まれた。ペンチでインプラントを引き抜かれて」

「すばらしい」

「言ったでしょ、ここは高級なところだって」

「そんなお世辞を言われたら、警部補、なんと答えたらいいのかわからなくなる」

その声は手すりに沿って立っている二メートルほどの支柱に取り付けられた、一見錆びついているようにも見えるスピーカーから聞こえてきていた。おれは反射的にネメックスに手を伸ばし、眼が痛くなるほどの速さであたりを見まわした。オルテガはかすかに見て取れる程度、首を傾げてブリッジを見上げていた。そのあとはふたりとも無意識に協力し合い、それぞれ船の反対側に眼を配った。緊張しながらも、おれは体内になにやら温かい波動が起こるのを覚えた。オルテガとの思いがけないシンメトリーがなんとも嬉しかった。

「ちがう、ちがう、こっちだ」金属質の声がした。今度は船尾のスピーカーからだった。見ていると、後部の積荷用クレーンの鎖が軋りながら動きはじめた。ブリッジのまえに位置する開かれた房の中から、何かを引き上げようとしている。おれはネメックスを握った手を放さなかった。頭上で太陽が雲間から顔をのぞかせた。

鎖の先端の大きな鉄のフックが房から現れ、そのフックの上に今声を出したやつが立っていた。片手には有史以前の遺物のようなマイクを持っていて、もう一方の手で鎖を軽く握っていた。グレーのスーツというなんとも場ちがいな恰好で、好みがあるらしい角度で体を斜めに傾げていた。スーツの上着の裾が風にはためき、気まぐれに射す陽の光に髪が輝いていた。おれは眼を凝らした。人造スリーヴのようだった。それも安っぽい。

　クレーンが向きを変え、貨物房の丸天井の上に伸び、人造スリーヴ野郎は優雅にその上に降り立っておれたちを見下ろした。

「イライアス・ライカー」その声は大昔のタンノイ（イギリスのスピーカーの商品名）の音より悪かった。声帯のできがあまりよくないのだろう。そいつは首を振って続けた。「もうあんたと会うこともないと思ってたがな。立法府の記憶というのはなんとまあ短いもんだ」

「カーネージ（大虐殺）？」オルテガがいきなり顔をのぞかせた太陽に手をかざして言った。

「あなたなの？」

　人造野郎はちょこんとお辞儀をして、マイクをジャケットの内ポケットにしまうと、ドーム型の貨物房の屋根を降りはじめた。

「我輩はＭＣ・カーネージ、どうぞよろしく、お巡りさん。さては、今日は、私どもはどのような罪を犯しましたかな？」

　おれは何も言わなかった。こいつの物言いからすると、おれはこいつを知っていなければならないようだが、今のところ、あまりに情報がなさすぎた。オルテガに言われたことを思い出して、ただ無表情にカーネージを見た。できるかぎりライカーらしい一瞥になっていることを祈りながら。

　人造野郎は屋根のへりまで来ると、そこから飛び降りた。近くで見ると、安っぽいのは声帯だけでないことがよくわかった。おれが焼き殺したとき、トレップがまとっていたスリーヴなどとは似ても似つかず、とても同じ人造とも思えないような代物だった。こういうのが格闘ファン好みのアンティーク趣味なのかともふと思ったが。黒い髪はごわごわして、エナメルのような質感で、のっぺりとした顔はシリコンゴム製で、淡いブルーの眼はロゴ入り、体は頑丈そうにできていたが、いささか頑丈すぎるように見えた。腕も妙で、蛇を思い出させた。手はすべらかで皺がなかった。カーネージは、調べてくれと言わんばかりにそんな特徴のない手を差し出しておだやかに言った。

「で?」

「お定まりの捜査」とオルテガがおれに助け舟を出してくれた。「今夜ここを爆破するって予告電話があったのよ。それで、とりあえず様子を見にきたってわけ」

カーネージは耳ざわりな笑い声をあげた。「なんかまるでおれたちのことを心配してくれてるみたいなことを言うじゃないか」

「言ったでしょ?」とオルテガは感情を交えずに言った。「お定まりの捜査だって」

「まあ、そういうことなら、見てもらおうか」人造野郎はため息をつき、おれのほうに顎をしゃくって言った。「彼はスタックの言語機能をなくしちまったのかい?」

おれたちは彼について船尾に向かい、一番うしろの貨物房のピットのまわりを歩いた。その中をのぞき込むと、白くてまるいリングがあり、そのリングを四方から傾斜のある観客席が取り囲み、スティールとプラスティックでできた椅子が何列か並べられていた。その上に照明施設が突き出ていたが、遠隔操作を思わせる球形のものではなかった。リングの中央で誰かが膝をついて、手でマットになにやら模様を描いていた。おれたちが通りかかると、顔を起こした。

「テーマだ」カーネージがおれの視線のさきを追って言った。「それをアラビア語で書いてるのさ。この時期のファイトはどれも保護国の警察活動に関することがテーマでね。たとえば今夜はシャーヤの〈神の右手〉の殉教者VS保護国海兵隊。素手同士、十センチを超える刃物は禁止」

「ことばを換えれば、血の海」とオルテガが言った。

人造野郎は肩をすくめた。「大衆は欲しいものに金を出す。刃渡り十センチのナイフでも致命傷を与えられる。でも、きわめてむずかしい。技というものが試される。こっちだ」

階段を降りて、船の腹の中にはいった。ぴっちりと仕切られた空間におれたちの靴音が響き渡った。

「アリーナをさきに見たほうがいいだろうね」とカーネージが靴音に逆らって大声で言った。

「いいえ、タンクをさきに見せて」とオルテガは言った。

「タンクを？」できの悪い合成音声から口調を聞き取るのはむずかしかったが、カーネージはどこか愉しんでいるようだった。「あんたたちが探してるのはほんとに爆弾なんだろうね、警部補？　爆弾ならアリーナがまずどこより――」

「何か隠してるのか、カーネージ？」

人造野郎は振り向くと、怪訝な顔でおれを見た。「いや、全然、ライカー刑事。それじゃ、タンクへ行こう。でも、それよりやっと会話に加わってくれて光栄だよ、ライカー刑事。保管施設は寒くはなかったかい？　まさか自分がはいることになるとはあんたも思ってなかっただろうね」

「もうその話はいいわ」とオルテガが割り込んできて言った。「わたしたちを早くタンクに連れていって、おしゃべりは夜に取っておいて」

「はいはい、私どもは常に警察当局に協力することを心がけておりますです。合法的な法人といたしまして――」

「わかったから」オルテガはなけなしの忍耐を示し、カーネージの冗舌を手で払いのけるようにして言った。「早くくそタンクのところへ連れていって」

おれはまたそれまでの無表情な危険な眼つきを装った。

船体のへりに沿ってレールが敷かれ、その上を小さな電子磁石トラクターが走っており、タンク・エリアまではそれに乗って行った。貨物房をふたつ通り過ぎた。そのふたつにも中央にファイティング・

リング、そのまわりに座席が設(しつら)えられていたが、そこの座席にはすべてビニールシートが掛けられていた。最後まで乗って、トラクターを降り、例によって音波洗浄室にまずはいらされた。見るかぎり、黒い鉄製の洗浄器具が取り付けられていたが、〈サイカセック〉の設備とは比較にならないほど不衛生な感じがした。しかし、重いドアが手前に開かれると、中はしみひとつなく真っ白だった。

「ここでここのイメージががらりと変わる」とカーネージは呑気に言った。「観客には粗野なローテクが受けるわけだけど、舞台の裏側というのはこうしたものさ。まあ」彼はよく磨かれたまわりの設備を手で示した。「フライパンに少しは油をひかなきゃ、オムレツは焼けないってことだ」

そのさきの貨物房は馬鹿でかくて、ひんやりとして、照明も抑えられていたが、備えられている設備はいかにも威圧的だった。〈サイカセック〉のバンクロフトの子宮のような保管室は、富と文化を思わせる柔らかでおだやかな声音で人に語りかけ、ベイ・シティの保管施設では、最低限の者たちのための最低限の予算を求めるうめき声が聞こえていた。それらに対して、このパナマ・ローズのボディ・バンクから聞こえてくるのは、凶暴な力のうなり声だった。保管筒が、魚雷のように鎖を掛けられて両側のラックに収められ、ニシキヘビのように床でとぐろを巻いている太くて黒いケーブルで中央モニターにつながれていた。中央モニターはおれたちの前方にずしりと鎮座していた。身悶えして凍りついたようなデータ・ケーブルの上に——二十五センチばかり高くなったメタルの突出物の上に。そのため、なにやら不快なクモの神のために設(しつら)えられた祭壇のように見えた。その背後の壁の右と左に、ふたつの大きな移動タンクの四角い面が一面ずつ見えていた。右のタンクにはすでにスリーヴが収められ、モニター・ラインに十字形につながれ、逆光を受けて浮遊していた。

なんだかニューペストのアンドリッチ礼拝堂にはいり込んだような気分になった。

カーネージは中央モニターのところまで歩くと、振り向いて、背後のタンクの中で浮いているスリーヴみたいに両手を広げた。

「どこから始める？　もちろん爆弾探知器ぐらいは持ってきてるんだろうね？」

オルテガはそのことばを無視して移動タンクに近づき、冷たくほの暗いグリーンの光が射し込んでいるタンクを見上げた。「これが今夜の淫売？」

カーネージは鼻を鳴らした。「まあ、はっきり言えばね。海岸沿いの脂ぎった小さな店で売られてるものとこいつとのちがいぐらい、あんたにもちゃんと理解してもらいたいもんだが」

「それはわたしもよ」オルテガはまだ頭上のスリーヴを見上げながら言った。「これはどこで仕入れてきたの？」

「そんなこと、どうしておれが知ってる？」カーネージは右手のプラスティックの爪を点検するふりをして言った。「調べなきゃならないのなら、どこかに仕入れ伝票があるはずだけど。見かけからすると、〈ニッポン・オーガニックス〉か、〈パシフィック・リム〉系列から出たものじゃないかな。それが何か？」

おれも壁ぎわまで行って、タンクの中で浮いているスリーヴを見上げた。すらりとしていたが、強靭そうな肉体で、色は薄茶色、繊細に吊り上がった日本人の眼、きわめて高い頬骨。海草のように漂っている、黒くてまっすぐでこれまたきわめて黒い髪。長くて優雅で柔軟そうな芸術家の手。しかし、手にはスピード・コンバットのための筋肉がしっかりとついていた。テクニカル・ニンジャのスリーヴだった。おれがまだ十五歳の頃、自分もあんな肉体を持ちたいと、雨ばかり降るもの憂いニューペストであこがれた体で、さらにシャーヤの戦いに向けて与えられたのがこんなスリーヴだった。初めて手にしたビッグボーナスをはたいてミルズポートで買ったスリーヴ――サラに初めて出会ったときに身につけていたスリーヴにもよく似ていた。

なんだかガラス越しに自分を見ているような気分になった。子供の頃にまでたどれる記憶のコイルのどこかで築いた自分自身を。わけもなく、自分は白人の肉体に逃げ込んでしまっているような、鏡の誤った側に立ってしまっているような気がした。

カーネージがそばまでやってきて、ガラスを叩いた。「気に入ったかい、ライカー刑事?」おれが何も言わないでいると、彼は勝手に続けた。「もちろん気に入ったよな。あんたみたいな……まあ……そう、喧嘩好きなら誰でも気に入るはずだ。仕様もすばらしくてね。強化シャーシで、骨にはすべて文化成長骨髄合金、靭帯にはポリバンド靭帯が使われてる。腱はカーボン補強。ニューラケムはクマロ――」

「おれの体もニューラケム入りだ」とおれは言った。ただ口を利くだけのために。

「あんたのニューラケムについてはすべて知ってるよ、ライカー刑事」低品質の合成音声ながら、その口調には彼の嬉しさがねばねばと貼りついていた。「あんたが保管されてるあいだに、あんたの仕様を調べたのさ。で、あんたを買い取ろうっていう話もあったんだ。そう、もちろん肉体的な意味でだが。あんたのそのスリーヴは屈辱ファイトに使えそうだってことでね。もちろんあくまで〝やらせ〟だが。本番をやろうなんて夢にも思っちゃいないよ。だって、それは犯罪だものな」そこでカーネージは芝居がかって間を置いた。「しかし、結局、屈辱ファイトというのは、まあ、なんというか、うちの方針には合わないってことになったんだ。なんか格調が下がるっていうか。わかるだろ? そもそもそういうのはほんとのファイトじゃないし。でも、ちょっぴり残念ではあったな。あんたにもそりゃ友達はいるだろうけど、そういうファイトを組んだら、かなりの呼びものにはなっただろうからね」

おれはカーネージの話を聞いていなかった。それでも、ライカーが侮辱されていることだけはわかったので、カーネージのほうを向いて、わざと睨んでみせた。

「話がそれた」とカーネージは巧みに続けた。「おれが言いたかったのは、あんたのニューラケムとこのスリーヴのニューラケムのちがいは、おれのこの声とアンチャーナ・サロマオの声ぐらいのちがいがあるってことさ。このスリーヴに使用されてるのは」彼はまたタンクを手で示した。「つい去年〈ケープ・ニューロシックス〉が商品化に成功したクマロ・ニューラケムだ。もうほとんど精神の域にまで達してるね。シナプシス化学増幅剤も使われてなきゃ、自動制御チップもない。記憶装置の書き込みを埋め込んだりもしてない。システムそのものが成長して、思考に直接反応するんだ。すごいだろ、刑事さん。オフワールドじゃ手にはいらない。国連は入植星には今後十年は禁輸措置を取ることを考えてるそうだ。まあ、そんな措置を取ってもあまり効力は――」

「カーネージ」とオルテガがカーネージの背後にやってきて、苛立たしげに言った。「どうして対戦相手のスリーヴィングはまだやってないの？」

「やってるさ、警部補」カーネージは左側の保管筒のラックのほうに向けて片手を振った。ラックの背後から何か重厚な機械が動く音が聞こえていた。薄闇に眼を凝らすと、オート・フォークリフト・ユニットが保管筒の列に沿って移動していた。見ていると、そのうち停止して、明るい光を発し、フレーム全体があらわになった。大きなフォークが保管筒に伸ばされ、保管筒がひとつ鎖からはずされた。そのあと小さな付属フォークがケーブルをはずして分離作業がすむと、フォークリフトは少しうしろに下がり、そこで向きを変えると、空（から）のスリーヴィング用タンクのほうへ進みはじめた。

「システムは完全オートメ化されててね」とカーネージが言わずもがなのことを言った。

　タンクの下に恒星間弩級戦艦の発射口のようなまるい三つの穴があり、フォークリフトは液圧式ピストンで動くフォークを少しだけ持ち上げると、そこまで運んできた保管筒を中央の穴にすべらかに入れた。保管筒は居心地よくその穴に収まり、見えている側が九十度回転したかと思うと、スティール製のバッフルがその上に降りてきた。フォークリフトは自分の仕事を終えると、液圧式ピストンのフォークを下ろし、うしろに下がり、自分でエンジンを切った。

おれはタンクを見た。

しばらく時間が過ぎたような気がしたが、実際には一分もなかっただろう。タンクの下のハッチが開いて、無数の銀色の泡が立ち昇った。そのあと体が浮かび上がってきた。そして、しばらく胎児の恰好で水面に浮いていたかと思うと、空気の作用で小さな渦巻きができ、おれたちのほうへ流れてきて、手首と足首に取り付けられたモニター・ワイヤの助けを借りて、手足を伸ばしはじめた。クマロ・ニューラケム仕様のスリーヴより大きくてずんぐりとして筋肉も多かったが、皮膚の色は同じ薄茶色だった。細いワイヤが垂直に引かれると、鷲鼻をした骨ばった顔がおれたちのほうに向けられた。

「シャーヤの〈神の右手〉の殉教者だ」とカーネージが嬉しそうに言った。「もちろん本物じゃない。だけど、人種は混じり気がないし、〈神の意志〉反応システムも織り込まれている」彼はもうひとつのスリーヴを顎で示した。「シャーヤの海兵隊は多民族で成り立ってた。実際、そのことを信じさせるに足るだけの日本人タイプがいた」

「だったら、大した試合にはなりそうもないな」とおれは言った。「最先端のニューラケム対一世紀も昔のシャーヤのバイオテクじゃ」

カーネージはのっぺりとしたシリコンラバーの顔に笑みを浮かべた。「それは、まあ、ファイター次第だ。クマロ・システムは慣れるのに少し時間がかかるんだよ。それに、正直な話、よりすぐれたスリーヴが必ず勝つともかぎらない。むしろ心理の問題だな。根気強さとか、痛みに耐える精神力とか……」

「野蛮さとか」とオルテガがつけ加えた。「同情心の欠如とか」

「まあ、そういうことだ」と人造野郎は認めて言った。「でも、言うまでもないが、そこがエキサイティングなところなわけだ。もし今夜来るのなら、警部補、ライカー刑事、まだ残ってるうしろのほうの席でよければ、取っておけるけど」

「おまえさんがその実況をやるわけだ」とおれは想像して言った。業界用語を手あたり次第にわめき散らすカーネージの声がすでに心の耳に聞こえていた。暗い観客席から起こる観客のどよめきも。白色光に照らされた殺し合いのリングも見えた。汗と血のにおいも嗅げた。

「もちろんやるとも」カーネージは訝しげに眼を細くした。「そんなに長いこと保管されてたわけでもないのに、なんでそんなことを――」

「そろそろ爆弾を探す？」とオルテガが大声で言った。

ありもしない爆弾を探して、船内を一時間半ばかりうろついた。その間、カーネージはずっとおれたちのそばから離れなかった。嬉しさを隠しきれない顔で。頭上から――グリーンのライトに照らされたガラスの子宮の中から――修羅場に向かうことを運命づけられた二体のスリーヴがおれたちを見下ろしていた。眼を閉じて、夢でも見ているようなぼんやりとしたその顔とは裏腹に、彼らの存在はおれにはずしりと重かった。

第二十章

オルテガがおれを、ミッション・ストリートで降ろしたときには、夕闇がすでに市を包みはじめていた。格闘競技場から戻るあいだ、オルテガはことば少なだった。おれのことをライカーではないと自分に思い込ませるのがだんだんむずかしくなってきたのではないか。そんな気がした。が、クルーザーを降りかけ、そのことをわざと口にすると、彼女はけたたましく笑って言った。

「明日はヘンドリックスにいて。あなたに会わせたい人がいるのよ。でも、それをセッティングするのにちょっと時間がかかるから」

「わかった」おれは行きかけた。

「コヴァッチ」

おれは振り返った。彼女は助手席のほうに身を乗り出して、開いたドアからおれを見上げた。おれは持ち上げられたドア・ウィングに手をかけて、彼女を見下ろした。そのままけっこう長い沈黙ができた。血がゆっくりと沸き立ちかけているのが自分でもわかった。

「なんだ?」

彼女はさらに間を置いてから言った。「カーネージは何かを隠してた、でしょ?」

「あいつのおしゃべりを聞くかぎり、ああ、おれもそんな気がしたよ」

「そう思った」彼女はそう言っただけで、そそくさとコントロール・コンソールに向き直ると、ドアを閉めた。「じゃあ、明日」

　おれはクルーザーが空に舞い上がるのを見送り、ため息をついた。オルテガに迫るのも悪い考えではなかっただろう。それに関しては確信さえあった。しかし、おれは今ここでことを複雑にしたいとは思わなかった。彼女とライカーがどれほど長くつきあっていたにしろ、お互いの相性（ケミストリー）はすでに壊れかけているにちがいない。何かで読んだのを思い出した。体と体を引き寄せ合う初期フェロモンというものは、体と体が近接している時間が長ければ長いほど、暗号化を経てより強く体と体を結びつけ合わせるようになるのだそうだ。その過程については、インタヴューを受けていた生化学者にもちゃんと理解できているわけではなさそうだったが、そういう研究が実際になされたことは事実で、そのフェロモンの効果を促進したり妨げたりして得られた成果のひとつが共感薬ということだった。

　化学物質（ケミカルズ）。おれはまだミリアム・バンクロフトのカクテルから完全に回復できていなかった。しかし、これはもう要らない。自分にそう言い聞かせた、はっきりと――これは今は要らない。

　前方に――夕暮れの通行人の頭越しに、ヘンドリックスのまえで左手でギターを弾くホログラフが見えた。おれはもう一度ため息をついて歩きだした。

　ブロックを半分ほど歩いたところで、ずんぐりとしたオート・キャスターが歩道脇にやってきたのに気づいた。ミルズポートの通りを掃除しているロボ・クリーナーにとてもよく似ており、すぐ横で停まってもことさら気に留めなかった。が、その数秒後にはもうその機械が発するイメージにずぶ濡れになっていた。

　……ハウスの、ハウスの、ハウスの、ハウスの、ハウスの、ハウスの……

その声はうめき声ともうなり声とも言えそうで、男と女の声がかぶさり合っていた。まるでオーガズムの絶頂の合唱みたいだった。イメージは避けがたく、さまざまな性的なイメージのスペクトルで、感覚の旋風が吹きまくった。

本物……

ノーカット……

全感覚を呼び覚ま……

お好みの……

この最後のことばを証明するかのように、ランダムなイメージが徐々に薄れ、男と女の普通のセックスのさまざまなコンビネーションに変わった。あいまいな性的イメージをあれこれ示し、それらに対するおれの反応をスキャンして、それをブロードキャスト・ユニットにフィードバックしたのだろう。なかなかのハイテク仕様だ。

さまざまなイメージは、やがてきらきらと光る数字で示された電話番号と、長くてまっすぐな黒髪と真っ赤な唇をした女の手に握られたペニスに収斂された。その女は笑みを浮かべて、カメラのレンズをのぞき込んでいた。おれには女の指を感じることができた。

「ヘッド・イン・ザ・クラウズ（夢見心地で）」と女は囁いていた。「ここがあそこよ。あなたにはあそこに行くだけのお金はないかもしれないけれど、でも、これならOKでしょ?」

女は頭を下げると、ペニスをくわえ込んだ。それがまるでおれの身に起きていることのように感じられた。そこで長い黒髪が両脇から中央に寄ってきて、イメージ全体が真っ黒になった。おれは現実の通りに戻った。ふらふらして、うっすらと汗をかいていた。オート・キャスターはごろごろと通り過ぎていった。見ていると、歩行者の中でも世慣れた連中はキャスターが近づくとすばやくサイドステップして、そのキャスト半径から逃れていた。

さきほどの電話番号がしっかりとおれの記憶に刻まれているのに気づいた。

汗が冷えて悪寒がした。おれは肩をそらし、また歩きはじめた。まわりの人間のわけ知りの視線に努めて気づかないようにして。もとの歩き方にほとんど戻ったところで、まえの歩行者の連なりに隙間ができて、ヘンドリックスの正面玄関のまえにリムジンが停まっているのが見えた。

神経が泡立っていたせいで、止めていた息を吐き出し、すぐにそれがバンクロフトのリムジンであることがわかった。自然とネメックスに手が向かったが、リムジンのまわりをまわって確かめた。運転席には誰も坐っていなかった。どうしたものかと考えていると、うしろのコンパートメントのドアが開き、運転手のカーティスが中から出てきた。

「話したいことがある、コヴァッチ」と彼は男が男同士の話だと持ちかけるときの声音で言った。その声音に、おれはもう少しでヒステリヅクな笑い声をあげそうになった。「決めてもらわなきゃならないことがある」

おれは彼の頭のてっぺんから爪先までとくと眺めた。その態度と雰囲気からして、彼の体内化学物質が増強されているのは明らかだった。そう判断して、おれは彼の話を聞いてやることにした。

「いいとも。リムジンの中で?」

「窮屈だ。あんたの部屋で話すっていうのはどうだい?」

おれは怪訝な思いで眼を細めた。明らかにカーティスの声音には敵意が含まれていた。彼のペニスが勃起して、しみひとつないチノパンツのまえの部分を押し上げているのと同じくらい明らかに。すでに萎えかけてはいるものの、おれのペニスも確かに通常よりまだ大きくなったままだったが、バンクロフトのリムジンには通りのブロードキャストをブロックする機能がついている。ということは、カーティスの勃起はまたおれとは異なる理由によるものということだ。

おれはホテルの正面玄関のほうを顎で示した。

「わかった。じゃ、そうしよう」

ドアが開き、おれたちがはいると、ヘンドリックスが眼を覚ました。

「お帰りなさいませ。今日はお客さまはどなたさまもお見えになっておりません」

カーティスが鼻を鳴らした。「がっかりしたか、コヴァッチ?」

「――お電話もございません」ヘンドリックスはさらになめらかに続けた。「お連れの方はあなたのお客さまでしょうか?」

「ああ、そうだ。ここにはバーがあったかな?」

「おれはあんたの部屋と言ったんだ」とおれのうしろでカーティスが怒鳴った。が、言うなりロビーの背の低いメタルのテーブルに向こう脛をぶつけたらしく、甲高い叫び声をあげた。

「〈ミッドナイト・ランプ〉がこの階にございます」とヘンドリックスは言った。が、どことなく自信なげだった。「ただ、もう長いこと使われておりませんが」

「おれはあんたの――」

「ちょっと黙っててくれないか、カーティス。ファーストデートのときには焦らないようにってこれまで誰にも教わらなかったのか? その〈ミッドナイト・ランプ〉でいい。はいれるように準備してくれ」

ロビーの反対側、チェックイン・コンソールの奥の大きな壁が不承不承開き、さらにその奥に広いスペースのあることがわかった。照明がちらちらと点滅していた。不服そうな声をあげているカーティスを引き連れ、おれはその入口まで歩き、〈ミッドナイト・ランプ〉に続く短い階段をのぞき込んだ。

「ここで充分だ。来いよ」

店内の内装を手がけたのはどうやら超直訳主義者のようだった。壁は群青色と紫色のサイケデリックな渦巻き模様で、正時とその数分前を示す時計に、有史以前の粘土製のものから酵素腐食ライト・キャニスターまで、さまざまな形をしたランプが織り込まれた花綱飾りまであしらわれていた。そんな壁に沿って、真ん中のへこんだベンチシートと文字盤の形をしたテーブルが並び、秒読み用ダイヤルの形をした円形バーが中央に設えてあった。その中で、時計とランプで構成されたロボットがダイヤル12のまえに立ち、じっと動かず、客の注文を待っていた。

ほかには誰も客がいないので、得体の知れない雰囲気がよけいに強調されていたが、とにかく給仕ロボットのところまで歩いた。カーティスがいくらか気を静めたのが感じ取れた。

「何にいたしましょう?」と機械が思いがけずしゃべった。外から見るかぎり、音声を発する装置をつけているようには見えなかった。そいつの顔はアンティーク趣味の時計の白い文字盤を思わせる造りで、ローマ数字で時間が刻々と刻まれ、そこからクモの足のように細いバロック風の腕が伸びていた。おれはなんだかうんざりして、カーティスを振り返った。カーティスは無理をして素面を保っているような顔をしており、即座に応えた。

「ウォッカ。零度以下で」

「それとウィスキーだ。おれが部屋のキャビネットから出して飲んでるやつならなんでもいい。温度は室温。勘定は両方ともおれにつけてくれ」

時計顔が片方に幾分傾いだかと思うと、マルチ・ジョイントの腕が動き、頭上のラックからグラスを選んだ。もう一方の腕のさきには噴出口がいくつもついていて、そこから求められたアルコールが噴出し、グラスに注がれた。

カーティスは自分のグラスを取り上げると、ウォッカをたっぷりと咽喉に放り込んだ。そして、歯の隙間から息を吐いて、満足げなうめき声を洩らした。おれのほうは、液体がバーのチューブとロボットの噴出口を最後に通過したあと、いったいどれぐらい経っているのか気になり、用心深く軽くひとくち口にふくんだ。が、それが杞憂とわかると、次はたっぷり飲んで、ウィスキーが胃にゆっくりと落ちていく感覚を愉しんだ。

カーティスが叩きつけるようにグラスをカウンターに置いて言った。

「これで話をする準備はできたか?」

「ああ、カーティス」とおれはグラスの中をのぞき込みながらおもむろに言った。「あんたにはおれに言いたいことがある」

「ああ、そうだ」彼の声は今にもひび割れしそうなほどこわばっていた。「奥さまがこう言っておられる。奥さまのすこぶる気前のいい申し出をあんたは受ける気があるのかどうか。考えるのに少しは時間をやる。これを全部おれが飲みおえるまでの時間にしろ」

おれは奥の壁に掛かっている火星の砂でつくったランプをじっと見つめた。カーティスがご機嫌ななめなわけがやっとわかった。

「つまりおれはあんたのテリトリーに侵入しちまったということか」

「あんまりいい気になるなよ、コヴァッチ」カーティスの声にはどこか必死なところがあった。「妙なことを言ってみろ。このおれが――」

「このおれが、なんだ?」おれはグラスを置いて、彼と向かい合った。カーティスの歳はおれの主観的な歳の半分もなかった。まだ若くて、筋骨逞しく、薬物のせいで自分は危険な男だという幻想に囚われていた。そんな彼を見ていると、どうしても彼と同じ年恰好の頃の自分が思い出された。苛立たしいまでに。おれは一発かましてやりたくなった。「このおれが、なんだ?」

カーティスはごくりと唾を呑み込んで言った。「おれは州の海兵隊にいたことがある」

「壁掛け用の飾りとしてか?」おれは腕を突き出して彼の胸を小突こうとしかけ、そこで腕を下ろした。自分を恥じて。おれは声を落として言った。「よく聞け、カーティス。こんなことはもうするな。お互いのためだ」

「あんたは自分だけがタフだと思ってるのか、ええ?」

「これはタフとかタフじゃないとかの問題じゃない。キ……カーティス」おれはもう少しで〝小僧(キッド)〟と呼びかけそうになった。結局のところ、おれはどこかで闘いたがっている。そうとしか思えない。「これはふたつの異なる種(しゅ)の問題だ。州の海兵隊でおまえは何を教わった? 素手の殴り合いか? 素手で相手を殺す二十七の方法か? しかし、なんだかんだ言ってもおまえはまだ男だ。おれはエンヴォイだ。そこがちがいだ」

　それでも彼はやはりおれに殴りかかってきた。おれの気をそらすためのリードパンチを放ち、同時におれの側頭部を狙ったまわし蹴りを繰り出してきた。それは当たれば頭蓋骨割りになるハイキックだった。が、絶望的なまでに芝居がかっていた。その日彼が仕込んだ薬物のせいだろう。まともな頭を持った人間で、腰から上を狙ったキックなど実際のファイトで繰り出すやつなどいやしない。おれはリードパンチもキックも同時によけて、彼の足をつかんだ。そして、間髪を入れずにねじった。それだけでカーティスはよろけた。勢い余ってカウンターの上に両腕両脚を広げた恰好で乗っかった。おれはカーティスの顔を硬いカウンタートップに思いきりぶつけ、髪をつかんでしばらくそこに押しつけた。

「おれの言った意味がわかったか?」

　彼はくぐもった声を出し、無意味にのたうちまわった。時計顔のバーテンダーはただじっと突っ立っていた。カーティスの鼻から出た血がカウンタートップを流れはじめた。おれは血が描く模様を眺めながら、息を整えた。エンヴォイの特殊技能をわざと封じ込めているので、息が切れた。髪をつかんでいる手をいったん離して彼の右腕をつかみ直し、逆手に取って背中にまわした。それで彼の無駄な抵抗がやんだ。

「よろしい。じっとしてないと、へし折るからな。今はそんなことをしたい気分じゃないが」そう言いながら、おれは彼のポケットをすばやく探った。ジャケットの内ポケットに小さなビニールのチューブがはいっていた。「ははあ。今夜おまえの組織をいきり立たせてるすばらしいものとはなんだったのか。ホルモン強化剤だったんだ、チンポコがおっ立っちまったまんまになってるところを見ると」おれはそのチューブをほの暗い照明にかざした。小さな結晶の破片が無数に詰められていた。「これは軍隊仕様だ。どこで手に入れた、カーティス？　除隊したときにただでもらったのか？」所持品検査をさらに続けると、薬剤投与器も出てきた――スライド式薬室とマグネティック・コイル付きの小さな骸骨みたいな銃だ。結晶を銃尾に入れて蓋をすると、磁力で結晶の位置が整理される。それを加速装置で貫入速度にして皮膚に射ち込むのだ。サラの破砕銃ともそれほど変わらない。頑丈なので、戦場では常に衛生兵に人気のある皮下スプレーの代用品だ。

おれはカーティスを立たせ、おれから離れさせた。彼はどうにか立っていられた。片手で鼻を押さえ、おれを睨みつけていた。

「鼻血を止めたいなら、上を向くことだ」とおれは言った。「さあ、やれよ。もう痛めつけたりしないから」

「このクホ野郎！」

おれは結晶と薬剤投与器を掲げて言った。「これをどこで手に入れた？」

「このくされチンコが」カーティスはそう言いながらも、いくらか顔を上向きにしていた。おれから眼を離さないでいられる範囲内で。それでも、パニックを起こした馬みたいに白眼になった。「おまえはんかにはひとこともはへらない」

「好きにしろ」おれは結晶をカウンターの上に置き、しばらくむっつりと彼を見つめた。

「そうだ、かわりにおれがしゃべってやろう。エンヴォイを訓練するとき、まずどういうことをするか知ってるか？　暴力に限界を設定しようとする人間の本能の除去だ。服従サインを認めることにしろ、社会の上下関係の力学にしろ、飼い慣らされた忠誠心にしろ。それら全部を取り去る。一時的に神経を麻痺させてな。そのあと相手を傷つける意志というものが植えつけられるんだ」

彼は黙っておれを見返した。

「今おれが言ったことがわかったか？　要するに、さっきなんかもおれにはおまえを殺すほうが簡単だったということだ。嘘じゃない。おれは自分を抑えなきゃならなかった。それがエンヴォイであるということなんだよ、カーティス。組み立てられた人間、考案されたものなんだ」

沈黙が延びた。カーティスに理解できたのかどうか、それはおれにも判断がつかなかった。が、一世紀半前のニューペストを思い起こすと、理解できたとは思えなかった。彼の年頃だと、むしろ逆にまるで夢が叶うかのように聞こえるはずだからだ。夢の力が手に入れられるかのように。

おれは肩をすくめた。「まだおまえにはおれの答えがわかってないかもしれないから言っておくと、夫人のオファーに対する返事はノーだ。おれには興味はない。おまえにとってもそのほうがいいはずだ。まあ、そのことを知るのには鼻の骨を折られなきゃならなかった。そう思うことだ。目一杯薬物を注入したりなんかしてこなきゃ、そんな必要もなかったのにな。夫人にはこう伝えておいてくれ。申し出はありがたいが、ここには避けなきゃならないことがいっぱいあるってな。それから、そのことをおれは愉しみはじめてもいるって言っておいてくれ」

　バーの入口のほうで誰かが軽く咳払いをした。見ると、スーツを着た、赤毛の人影が階段に立っていた。

「取り込み中かな?」とそのモヒカンは言った。いかにも余裕のある声音だった。お巡りではあったが、フェル・ストリート本署にいた図体のでかいオルテガの部下ではなかった。

　おれはカウンターから自分のグラスを取り上げた。「全然。降りてきて、パーティに参加してくれ。何を飲む?」

「百度以上のラム」と言ってお巡りはおれたちのほうにやってきた。「あれば。スモールグラスで」

　おれは時計顔に向かって指を一本立てた。バーテンダーは四角くカットされたグラスを取り出し、その中に深紅色の液体を注いだ。モヒカンはカーティスの脇を通り、形ばかりの好奇の眼を彼に向けると、その長い手を伸ばしてグラスを取り上げた。

「いただこう」ひとくち口にふくみ、首を少し傾げて言った。「悪くない。話がしたいんだが、コヴァッチ、ふたりだけで」

　おれたちはふたりともカーティスを見やった。カーティスは憎しみを込めた眼でおれを睨んだが、新参者の登場で、いささか気勢をそがれていた。お巡りは首を振って出口を示した。カーティスは痛められた顔に手をやったままおとなしく出口に向かった。カーティスが姿を消すと、お巡りはおれのほうを振り向いて、さりげない口調で言った。「あんたがやったのか?」

　おれはうなずいて言った。「挑発されてね。どうしようもなかった。彼は彼で誰かを守っているつもりのようだったが」

「その誰かがおれでなくてよかった」

「言っただろ？　どうしようもなかったんだよ。気づいたときにはもう過剰反応してた」

「おいおい、おれにいちいち弁解なんかしてくれるな」お巡りはカウンターにもたれ、好奇心もあらわにあたりを見まわした。そこでこいつの顔を思い出した。ベイ・シティ保管施設で、バッジをすばやく見せてすぐにしまったお巡りだ。まるで空気に長いことさらしていると変色するかのように。「あいつも腹に据えかねたら、おまえさんを訴えりゃいいわけで、そういうことになったら、おれたちとしちゃ、このホテルのメモリーをちょっとプレーバックさせりゃいいんだから」

「これぐらいのことでもメモリー提出令状が取れるのか？」おれは軽い口調を装って尋ねた。

「たいていは。少し時間はかかるけどな。なにしろ相手はくそ人工知能だからな。そんなことより、マーサーとデイヴィッドスンのことでおれはあんたに謝りたかったんだ。署でのあいつらの態度について。あいつは時々全身チンポコ頭みたいになっちまうことがあってね。だけど、まあ、基本的にはいいお巡りだ」

おれはグラスを横に振って言った。「全然気にしちゃいないよ」

「よかった。おれはロドリゴ・バウティスタ部長刑事。オルテガの相棒だ、たいていのときは」バウティスタはグラスをあおり、にやっと笑った。「まあ、あまり緊密な関係の相棒とは言えないんで、そこのところは断っとかなきゃならんが」

「わかった」おれは手ぶりでバーテンダーにおかわりを頼んだ。「ひとつ教えてくれ。あんたらはみんな同じへアドレッサーのところに行ってるのか、それともそれは何かチームの固い絆の証しかなんかなのか」

「みんな同じへアドレッサーのところに行ってるんだ」とバウティスタはどことなく残念そうに言った。

「フルトン・ストリートに店をかまえてる爺さんで前科者だ。その爺さんが保管されたときには、たぶんモヒカンが大流行りだったんだろう。で、爺さんはそのヘアスタイルしか知らないんだ。でもいいおやじで、それに安くてね。何年かまえに誰かが行きはじめたんだが、おやじさんはそれ以降、おれたちみんなを割引料金でやってくれてるんだよ」

「でも、オルテガはちがったけど」

「オルテガは自分でカットしてる」バウティスタは〝そんな器用な真似がよくできるもんだ〟とでも言いたげな身振りをした。「空間コーディネーションだかなんだか知らないが、そういうものが改善されるっていうのが謳い文句のちっちゃなホロキャスト・スキャナーがあってね」

「それでちがうんだ」

「ああ、そうだ」バウティスタはいくらか思案顔になって、いくらか遠くを眺めやった。それから、ぼんやりとしたまま新しく注がれた飲みものを飲んで言った。「おれが来たのは彼女のことだ」

「ほう。あんたのほうは友好的な警告かな？」

バウティスタは怪訝な顔をした。「まあ、友好的ということにはなるかな、強いて言えば。誰かが誰かの鼻の骨を折るようなことにはならないだろう、たぶん」

おれは意に反して笑った。バウティスタもおれにつきあって少しだけ笑った。

「おれが言いたいのは、あんたにその顔でうろうろされたら、彼女の心はもうずたずたになってしまうってことだ。彼女とライカーの関係はそれだけ深かった。実際、彼女がライカーのスリーヴ保管料を払ってたんだよ。かれこれ一年も。それは警部補の給料じゃ容易なことじゃない。でも彼女としてもくそバンクロフトにこんなに値を吊り上げられるとは思わなかった。はっきり言ってライカーはもう若くはなかったし、美形とは絶対言えなかったし」

「ニューラケムが付加されてた」とおれは指摘した。

「ああ、そうだってな」バウティスタは大げさに腕を広げた。「もう試してみたか？」

「ああ、何度か」

「魚網にくるまってフラメンコを踊るような感じはしないか、ええ？」

「ああ、ちょっと手強いことは確かだな」とおれは認めて言った。

今度はふたりで笑った。笑いの波が遠のくと、バウティスタはまたグラスを取り上げた。いたって真面目な顔つきになっていた。

「あんたに面倒を持ち込むつもりはない。ただひとこと言っておきたいだけだ、気楽にやれって。今の状況は彼女が心から望んでる状況とは言いがたい」

「それはこっちもご同様だ」とおれは正直に言った。「ここはおれの星でさえないんだから」バウティスタはおれに同情するような顔をした。あるいは、ただ酔いがまわっただけだったのかもしれない。

「ハーランズ・ワールドは地球とはだいぶちがうんだろうな」

「そのとおりだ。なあ、バウティスタ、身も蓋もないことを言うつもりはないが、誰もオルテガに言わないのか、ライカーは真の死（リアル・デス）を除けば最長刑に服してるんだぞって。彼女だって二百年も彼のことを待とうとは本気で思ってないだろうが、ええ？」

バウティスタは眼を細くしておれを見た。「ライカーのことはあんたもいくらか知ってるんだ」

「ああ、彼が樽をふたつ食らったことと、なんでそういうことになったのか、それだけは知ってる」

バウティスタの眼に何かが浮かんだ。昔の痛みのかけらのように見えた。堕落した同僚の話をするのは誰にとっても愉しいこととは言えない。おれは自分の言ったことを少し後悔した。

——土地の色。それを吸い取るのだ。

「坐らないか？」とバウティスタは沈んだ顔で言い、ストゥールを探してあたりを見まわした。店が使われなくなって以降、ストゥールはどこかの時点で取り除かれたようだった。

「あそこのブースにするか？　話が長くなりそうだから」

おれたちは時計顔のテーブルのひとつについた。バウティスタは煙草を探してポケットを叩いた。それを見て、体が疼いた。が、一本勧められても首を振った。オルテガ同様、バウティスタも驚いたような顔をした。

「やめたんだ」

「そのスリーヴで？」バウティスタの眉が恭しく吊り上げられたのが芳しいブルーの煙越しに見えた。

「これはこれは。おめでとう」

「どうも。ライカーの話をしてくれ」

「ライカーは」バウティスタは鼻孔から煙を出すと、椅子の背にもたれた。「二年前までスリーヴ窃盗課の所属だった。そこのやつらはおれたちと比べたら、ずいぶんと洗練されたやつらだ。完全なスリーヴを無傷で盗み出すというのは簡単なことじゃない。だから、そういう犯罪に手を出すのはだいたいが頭のいいやつらだ。それでも、そいつらも時々有機体損壊などという荒っぽいことをやることがある。そんなときにはスリーヴ窃盗課と有機体損壊課が共同捜査をする。まあ、ウェイ・クリニックの件がそのいい例だ」

「ほう」とおれはすまして答えた。

バウティスタはうなずいて続けた。「まあ、あそこのことについちゃ、昨日誰かがおれたちの時間と労力をずいぶんと省いてくれたが。あそこを交換部品の特売場に変えちまったのさ。もちろんあんたは何も知らないと思うが」

「おれがちょうど玄関を出たときに、何かそんなことが起こったらしいな」

「ああ、そうらしい。まあ、いずれにしろ、二六〇九年の冬、ライカーは任意保険の詐欺事件を追っていた。どういう事件かわかるだろ、保険スリーヴィング用のクローンが何体もタンクからなくなったのに、どこへ行っちまったのか誰にもわからない。その手の事件だ。結局のところ、それらのクローンは南の汚い戦争に使われてた。腐敗はかなり上層部にまで及んでた。国連最高議会にまで。それでいくつかの首がすげ替えられて、ライカーはヒーローになった」

「すばらしい」

「最初だけは。これはどこでもそうだろうが、ヒーローというのは世間の注目を集めるものだ。で、ライカーのためにありとあらゆる番組が組まれた。たとえば、〈ワールドウェブ・ワン〉のインタヴュー、なにしろ相手はサンデイ・キムだからな。大変な宣伝になった。それに署名記事。そういった騒ぎが収まるまえにライカーはチャンスをつかんで、有機体損壊課に転属になった。オルテガとは以前何度か一緒に仕事をしたことがあって——さっき言ったとおり、窃盗課と損壊課とはよく共同捜査をするからな——損壊課の捜査のしかたもライカーにはよくわかっていた。上層部としてもヒーローの希望をむげに退けることもできなかった。もっともっと活躍できる場所におれは行きたいんだ、などというご立派なスピーチを彼にやられたあとじゃ、なおさら」

「で、そのとおりになったのか？　ライカーはスピーチどおり活躍したのか？」

　バウティスタは頰をふくらませた。「やつはいいお巡りだった。たぶん。まあ、その質問はあとひと月ぐらい一緒にいて、オルテガに直接訊くんだな。いずれにしろ、ふたりはねんごろになった。だけど、ライカーに対する彼女の評価はまちがってた」

「それがあんたには納得できない？」

「いや、納得するとかしないとかの問題じゃないよな、こういうことは。ある思いを誰かに持ったら、あとはそれで行くしかない。だから、そういうことに関して客観的になるのはむずかしい。ライカーがへたを打っても、オルテガとしては彼の側に立つしかなかった」

「そうだったのか？」おれはおれたちのグラスを取り上げ、カウンターまで持っていき、おかわりを注いでもらいながら言った。「おれは彼女がライカーをぶち込んだんだと思ってた」

「どこでそんなことを聞いた？」

「噂だ。信頼できるすじからじゃない。そうじゃなかったのか？」

「ああ。まあ、裏社会で生きてるやつらの中には、そんなふうに思いたがるやつもいるかもしれないが。ふたりが互いに卑劣な真似をし合ったと思うだけで、パンツが濡れてくるんだろうよ。だけど、事実はこうだ。ライカーは彼女のアパートメントにいるところを内務監察課のやつらに逮捕された」

「ほう」

「ああ、ひどい話さ」バウティスタはおれを見ながら、新たに飲みものを注いだグラスをおれから受け取った。「だけど、彼女はそのことでは眉ひとつ動かさなかった。ただ内務監察課と真っ向対決した」

「おれが聞いたところじゃ、ライカーには一切申し開きができなかったということだが」

「ああ、そこのところは正しい」バウティスタはもの憂げにグラスの中をのぞき込んだ。さらにさきを進めていいものかどうか、急に自信が持てなくなったかのように。「オルテガは今でもこう思ってる、ライカーは二六〇九年に失脚した上層部のくそったれにはめられたんだと。実際、ライカーが多くの人間を怒らせたことは確かだ」

「だけど、あんたはそうは思わない？」

「思いたいさ。さっき言ったとおり、やつはいいお巡りだった。しかし、おれはこうも言ったはずだ、スリーヴ窃盗課は頭のいい犯罪者を相手にしてるとね。だから、そういう相手には注意が必要だ。頭のいい犯罪者には頭のいい弁護士がついている。だから、ぶっ叩きたくなったらぶっ叩けばいいようなやつらとはちがうんだよ、連中は。有機体損壊課はどんなやつらも扱う。人間のくずから何から何まで。そういうやつらを相手にしてると、そのうち自分で自分の許容範囲を決めるようになる。転属して、あんたが――いや、失礼――ライカーが求めたのがそれだった。その許容範囲だった」バウティスタはグラスを傾け、咽喉（のど）を鳴らして飲んだ。それから、おれをじっと見すえて言った。「それがライカーをおかしくしちまったんだと思う」

「バン、バン、バン？」

「まあ、そんなところだ。彼が尋問をしてるところを見たことがあるんだが、だいたいのところ教科書からはずれちゃいなかった。だけど、そこから大きく一歩踏み出しちまうこともないとは言えなかった」バウティスタの眼には何か恐れのようなものが浮かんでいた。この男はこの恐怖と毎日ともに生きている。ふとおれはそんなことを思った。「クズ野郎を相手にしてると、誰だって冷静さを忘れるものだ。それはもういたって簡単にな。そういうことが起きたんだと思う」

「おれが聞いた話じゃ、ライカーはふたりを殺し――ふたりとも真の死（リアル・デス）だ――あとふたりも殺したが、そいつらのスタックは無事だったということだ。それってなんともまぬけな話じゃないか？」

バウティスタは勢いよくうなずいた。「オルテガもそう言ってる。しかし、それだけじゃ容疑は晴らせない。わかるだろ、すべてはシアトルのブラック・クリニックで起きたことだ。殺されずにどうにかクリニックの建物を出られたふたりは、クルーザーに飛び乗った。ライカーはそのクルーザーが離陸すると、機体に百二十四の穴をあけた。弾丸（たま）はその近くを走ってたエアカーにも飛んでいった。ふたりは太平洋に落ちて、ひとりは弾丸（たま）にあたって運転席で死に、もうひとりは落下したときの衝撃で死んで、ふたりとも海に沈んだ。深さ二百メートルの海底まで。言うまでもないが、シアトルはライカーの管轄外だ。シアトルのお巡りとしちゃ、よそ者のお巡りに自分たちの縄張りでエアカーを狙い撃ちされて、いい気分でいられるわけがない。だから、回収チームは断固としてライカーをふたりの無傷のスタックには近づけなかった。

そのふたつのスタックの主がカトリックだということがわかったときには、そりゃ誰もが驚いた。しかし、シアトル警察にどういう天才がいたのか知らないが、シアトルのお巡りはそれを信じなかった。で、ほんの少しばかり真面目にやられた捜査で、〝信条・良心に基づく蘇生拒否〟はインチキだったことがわかった。まあ、誰かとんでもなく腕の悪いディッパーの仕業だったんだろうよ」

「あるいはとんでもなく慌ててたディッパーか」

バウティスタは指を鳴らし、テーブル越しにその指をおれに向けた。明らかに酔っていた。

「面白いことを言うじゃないか。いずれにしろ、内務監察課の見立てはこうだ。目撃者を逃がしてしまったのは、ライカーにしてみりゃ大ドジだった。で、彼の唯一の望みは、その目撃者のスタックにカトリック信徒により〝就寝中〟という札が掛けられることだった。しかし、無傷のスタックが回収されてスリーヴィングされると、そのふたりはきっぱりと証言した。ライカーは令状も持たずに現れ、従業員を脅し、クリニック内に無理やり押し入り、彼の質問に答えないと、プラズマ・ガンを振りまわして、お次は誰だ？　とわめきはじめた、とね」

「それはほんとうなのか？」

「令状の件か？　ああ。そもそもライカーがそのクリニックにいたこと自体奇妙なことだったんだ。それ以外のことについては、そう、そんなこと誰にわかる？」

「ライカー本人はなんと？」

「やってない。それが彼のことばだ」

「それだけ?」

「いや、これまた話が長くなるが、彼がそのクリニックに行ったのは、タレ込みがあったからだった。で、どこまで訊き出せるものか、少しは嘘も交えて建物の中にはいった。そうしたら、いきなり向こうから撃ってきた。誰かを撃ったかもしれないが、それは頭を狙ったものではなかった。クリニックはまえもって従業員をふたり生贄にして、彼が到着するまえに焼き殺したにちがいない。カトリック偽装については何も知らない。それが彼の言い分だ」バウティスタは疲れたように肩をすくめた。「しかし、警察はカトリック偽装をしたやつを見つけた。そいつはライカーに金をもらい、わざとディッピングをまちがえたんだと証言した。嘘発見器の検査も受けた。しかし、そいつはこうも言った、ライカーからは電話で頼まれて、実際に会ってはいないと。ヴァーチャル・リンクでしか連絡し合ってないとね」

「そんなことはいくらでもごまかしが利く。それも簡単に」

「ああ」バウティスタはいきなり嬉しそうな顔をした。「しかし、そいつはまえにもライカーに頼まれて仕事をしたことがあるとも言ってるんだよ。そのときには実際にライカーに会ってる。その点に関してもそいつは嘘発見テストをパスした。いずれにしろ、ライカーもそいつのことは知っていた。それは明らかだ。当然のことながら、内務監察の連中はライカーがどうしてひとりで踏み込んだりしたのか知りたがった。ライカーが通りからエアカーを狙って、狂ったように銃を撃ちまくったことに関しては、何人も目撃者がいる。シアトル警察はその点に関しては当然彼に冷たかった、このことはもうさっき言ったと思うが」

「エアカーには百二十四の穴ができた」とおれはぽつりと言った。

「ああ。大変な数だよ。ライカーとしてはなんとしてもスタックが無傷なそのふたりを捕まえたかったんだろう」

「しかし、彼がはめられた可能性も否定できない」

「ああ。否定はできない」バウティスタはいくらか酔いが醒めたのか、思い出したような憤りが声に混じっていた。「可能性はいくらもある。だけど、ひとつ言えるのは、あんたは――くそ、すまん――ライカーはやりすぎたということだ。で、枝が折れて彼が木から落ちそうになったときにはもう、彼をしっかり捕まえようとする者は誰もいなかった」

「でも、オルテガははめられたという彼の言い分を信じて、彼の側に立って内務監察課と戦った。それでも負けると……」おれはうなずいた。「ふたりの負けが決まると、保管費用を自分で出して、ライカーの体が市の競売にかけられないようにした。当然、新たな証拠探しなんかもしたんだろうな？」

「ああ、それでひとつ新証拠を見つけて、すでに上訴手続きもやってる。しかしそういうことが実際に動き出すには刑が執行されてから最低二年はかかる」バウティスタは心の奥底から浚ったようなため息をついた。「だから言っただろ？　今の彼女の心はずたずたなのさ」

おれたちはしばらく黙りこくった。

「さて」とバウティスタが最後に言った。「そろそろ行くよ。こんなところに坐って、ライカーの顔をしたやつにライカーの話をするというのもなんか妙なもんだ。オルテガはどうやって耐えてるんだろうな」

「まあ、これまた現代という時代の断面だ」おれはそう言って、ウィスキーを呷った。

「ああ、かもしれん。もう慣れてもいい頃だよな。おれなんか本人とはちがう顔をした被害者から事情を聞いて、これまでの人生の半分を過ごしてきたんだからな。人間のクズどもについては言うに及ばず」

「そんなあんたにとってライカーはどっちだ？　被害者か、人間のクズか」

バウティスタは眉をひそめた。「それはあんまり心やさしい質問とは言えないな。ライカーはいいお巡りだったが、過ちを犯した。それだけでやつは人間のクズだとは言えない。同じように被害者とも言えない。へたを打ったやつ。ただそれだけのことだ。おれだって、そういうことから半ブロックと離れていないところに住んでる」

「確かに。すまん、つまらんことを訊いた」おれは片頬を撫でた。エンヴォイとしてはなんともお粗末な質問だった。「ちょっと疲れた。あんたの話はよくわかった。そろそろ寝るよ。帰るまえにもう一杯飲みたければ、気楽にやっててくれ。おれのつけで」

「いや、もういい」バウティスタはグラスの残りを飲み干した。「古株お巡りのルールだ。ひとりでは飲むな」

「おれもその古株お巡りとやらになればよかったのかもな」立ち上がると、ちょっとふらついた。ライカーは自殺願望のある愛煙家だったかもしれないが、アルコールのほうはそれほど強くなかったようだ。

「もちろん」バウティスタも立ち上がり、五、六歩歩きかけて振り向いた。ちょっと考える顔つきになっていた。「そう、そう、いちいち言うまでもないと思うが、おれは今夜ここへは来なかった」

「出口はわかるよな」

おれは手で彼のことばを振り払って言った。「あんたはここへは来なかった」

彼は嬉しそうににやりとした。思いがけず、その顔がとても若く見えた。「そう、そういうことだ。じゃあ、またな」

「ああ」

おれは彼のうしろ姿を見送り、不承不承、エンヴォイの特殊技能を使って酔いを醒ました。そして、不快ながら素面(しらふ)になると、カーティスの結晶をカウンターから取り上げ、ヘンドリックスと話をするために階上に向かった。

（下巻に続く）

本書は『オルタード・カーボン』（二〇〇五年四月、アスペクト）を加筆修正したものです。

■著者紹介

リチャード・モーガン（Richard Morgan）

1965年、ロンドン生まれ。処女作の『オルタード・カーボン』でフィリップ・K・ディック賞受賞。著書に、『ブロークン・エンジェル』『ウォークン・フュアリーズ 』（パンローリングより近刊）、『Market Forces』（ジョン・W・キャンベル記念賞受賞）、『Thirteen』（アーサー・C・クラーク賞受賞）、『The Steel Remains』『The Cold Commands』『The Dark Defiles』などがある。イギリス在住。

■訳者紹介

田口俊樹（たぐち・としき）

1950年奈良市生まれ。早稲田大学英文科卒。『ミステリマガジン』で翻訳家デビュー。訳書にローレンス・ブロック『八百万の死にざま』（ハヤカワ・ミステリ文庫）、ジョン・ル・カレ『パナマの仕立屋』（集英社）、トム・ロブ・スミス『チャイルド44』（新潮文庫）、リチャード・モーガン『ブロークン・エンジェル』『ウォークン・フュアリーズ』、ドン・ウィンズロウ『ザ・ボーダー』（ハーパーBOOKS）など多数。

2019年9月2日 初版第1刷発行

フェニックスシリーズ ⑱

オルタード・カーボン 上

著　者　リチャード・モーガン
訳　者　田口俊樹
発行者　後藤康徳
発行所　パンローリング株式会社
〒160-0023　東京都新宿区西新宿7-9-18 6階
TEL 03-5386-7391　FAX 03-5386-7393
http://www.panrolling.com/
E-mail　info@panrolling.com
装　丁　パンローリング装丁室
印刷・製本　株式会社シナノ

ISBN978-4-7759-4211-6